W0461481

Kate S. Stark

Die Dunkelheit deiner Seele

FISCHER Taschenbuch

MIX
Papier aus verantwortungsvollen Quellen
FSC® C083411
FSC
www.fsc.org

Erschienen bei FISCHER Kinder- und Jugendtaschenbuch
Frankfurt am Main, März 2020

© 2020, Fischer Kinder- und Jugendbuch Verlag GmbH,
Hedderichstraße 114, D-60596 Frankfurt am Main

Satz: Pinkuin Satz und Datentechnik, Berlin
Druck und Bindung: CPI books GmbH, Leck
Printed in Germany
ISBN 978-3-7335-0509-7

Für alle Schreibenden da draußen.
Ich glaube an euch!

1

Heute ist der erste Tag eines neuen Lebens. Ein Leben voller Glück und Freude. Ich bin so aufgeregt, dass ich es einfach nicht länger in meinem Zimmer aushalte. Keine fünf Minuten später liegt das *Wohnheim unter den Weiden* hinter mir, während vor mir uralte Bäume in den Himmel ragen und sich sanft im Wind wiegen. Die Natur ist der einzige Ort, an dem ich mich wirklich lebendig fühle. All das Leben um mich herum gibt mir Kraft, strahlt so viel Licht aus und vertreibt die Dunkelheit aus meinem Inneren. Diesmal hoffentlich für immer.

Unter dem dichten Dach aus herbstlich bunten Blättern ist es düster, fast so als wäre schon wieder Abend, obwohl es doch noch so früh am Morgen ist. Ich drehe mich zu dem Haus um, in dem ich die nächsten drei Jahre leben werde. Es sieht so ganz anders aus, als ich mir Studentenwohnheime immer vorgestellt hatte. Hochherrschaftlich und irgendwie ein bisschen trist mit all den Trauerweiden, die kaum Sonnenlicht durch die hohen Fenster lassen. Mit dem Türmchen und der groben Natursteinfassade wirkt das Wohnheim eher wie eine kleine Festung. Zu gerne würde ich in diesem Türmchen wohnen, aber das wäre dann zu viel des Guten. Zu unnormal. Aber eigentlich ist so gut wie nichts an der Akademie normal. Es gibt sie schon seit gefühlten Ewigkeiten. Die Vorlesungen und Seminare finden in den ältesten Gebäuden der kleinen Stadt statt. Manche sogar auf der Burg von Dunkelfelsen, deren einstiger Besitzer die Akademie vor so vielen Jahren ins Leben gerufen hat.

Und nun bin ich hier. Lenora Hagen. In Dunkelfelsen, meinem Geburtsort, den ich seit Jahren nicht mehr betreten habe. Wie ein schützender Mantel legt sich der Wald um die Stadt, als müsste er sie vor den Schrecken der Welt abschirmen. Die dunklen Schatten, die die Baumriesen auf die Felsen werfen, haben der Stadt einst zu ihrem Namen verholfen.

Bei meiner Ankunft war ich die Erste im Wohnheim, aber es wird sicher nicht mehr lange dauern, bis meine Mitbewohnerinnen und die restlichen Studenten eintreffen. Laut Klingelschild werde ich mir unser Apartment mit einer A. Steinberg und einer M. Bachmann teilen. Hoffentlich sind die beiden einigermaßen nett. Wir müssen ja nicht die besten Freundinnen werden, aber ich könnte es nicht ertragen, wenn wir nicht wenigstens miteinander auskämen. Zu Hause war es schon so unerträglich. Ein weiterer Grund, warum ich hierhergekommen bin.

Aber nein, die Zeit des Unglücklichseins ist vorbei. Wieder und wieder flüstere ich mein neustes Mantra vor mich hin. *Denk nicht mehr daran. Denk nicht mehr daran. Denk nicht mehr daran.*

Meine Schritte werden durch die vielen Tannennadeln und das Moos auf dem feuchten Waldboden gedämpft. Ich erinnere mich noch, dass ich früher mit meiner Großmutter oft in diesem Wald gewesen bin. Wir haben Pilze gesammelt, uns vor Trollen versteckt und in den vielen Höhlen nach Schätzen gesucht. Zumindest glaube ich das. Vielleicht habe ich mir das nur ausgedacht, um die anderen, die schlimmen Dinge aus meiner Vergangenheit zu vergessen. Ich weiß es nicht, aber auch aus diesem Grund bin ich hier: Ich will meine Großmutter finden. Auch wenn ich ihren Namen weder im Internet noch in diversen alten Telefonbüchern gefunden habe, glaube ich fest daran, dass sie hier noch irgendwo lebt. Und dass sie mir Antworten geben kann.

Mein Herz macht bei diesem Gedanken einen Satz. Mit einem Blick über die Schulter stelle ich fest, dass ich bereits ein ganzes Stück gelaufen bin. Die Mauern des Wohnheims sind längst hinter den Baumriesen verschwunden.

Statt weiter über meine Kindheit in Dunkelfelsen nachzudenken, konzentriere ich mich ganz aufs Laufen, auf die kühle Herbstluft und die Geräusche des Waldes. Auf all das Leben um mich herum. Mit einem tiefen Atemzug nehme ich es in mir auf, schmecke es regelrecht auf meiner Zunge und rieche es im Duft der Tannennadeln und der feuchten Erde. Endlich bin ich zu Hause, und es fühlt sich verdammt gut an. Fast zu gut, um wahr zu sein …

Nach einer Weile führt der Weg an einer kleinen Lichtung vorbei. Eine riesige Baumwurzel ragt in die Höhe, schon halb überwuchert mit Brombeerranken und Farn. Ich stelle mich daneben, nur um zu sehen, wie groß dieser Baum einst gewesen ist. Die Wurzeln überragen mich um ein ganzes Stück, aber das hat nicht meine Aufmerksamkeit erregt. Nein, vielmehr sind es die vielen Äste und Triebe, die noch immer aus dem Stamm des Baums hervorsprießen. Der Riese scheint seinen Kampf gegen den Tod noch nicht aufgegeben zu haben. Fasziniert steige ich über die Brombeerranken und streiche über die Rinde des Baums. Sie ist rau, an manchen Stellen abgeplatzt, aber noch immer kann man das Leben darunter spüren. Irgendwie fühle ich mich zu dem gefallenen Riesen hingezogen. Er klammert sich mit aller Kraft ans Leben. Genau wie ich.

Ich lasse mich auf seinem Stamm nieder, fahre mit den Fingern über die Zweige, die mich wie eine Thronlehne umgeben, und schließe die Augen. In den Ästen über mir höre ich ein paar Vögel zwitschern.

Wie es hier wohl im Sommer ist, wenn die Baumkronen von unzähligen Vögeln bevölkert sind? Noch mehr Leben, noch mehr Kraft um mich herum.

In der Ferne kann ich ein Eichhörnchen schimpfen hören. Der Wind rauscht durch die Äste, lässt bunte Blätter auf den Waldboden regnen. Es ist vollkommen friedlich, keine Flugzeuge, kein Großstadtlärm. Nur Leben.

Eine tiefe innere Ruhe erfüllt mich, breitet sich ganz in mir aus und lässt mich zum ersten Mal seit Jahren richtig durchatmen. Es ist vorbei. Vor mir liegt ein Neuanfang. Eine Chance, die ich nutzen werde.

Ganz in der Nähe knackt ein Zweig, als wäre jemand darauf getreten. Ich schlage die Augen auf und erstarre. Ich bin nicht mehr allein.

2

Aus den Schatten der Bäume tritt er auf die Lichtung, den Kopf gesenkt, ohne mich zu bemerken. Uns trennen noch mindestens zehn Meter, als er den Kopf hebt und sich sein Blick verfinstert, sich regelrecht in meinen bohrt. Hinter ihm kann ich keinen Pfad erkennen, es sieht aus, als wäre er einfach so querfeldein durch den Wald gelaufen. Ob er sich in den Tiefen dieses Waldes verlaufen hat? Als Kind kam es mir immer so vor, als wäre er endlos. Als bestünde die Welt aus nichts anderem. Für mich gab es nur Dunkelfelsen und den Wald außen herum. Nichts als Bäume und Felsen, Höhlen und Leben. Und dann haben wir den Schutz des Waldes verlassen …

Der Typ bleibt stehen. Seine Augen sind dunkel, voller Argwohn, die Haare rabenschwarz. Ich schlucke und zwinge mich, ruhig zu bleiben. Ich kenne diesen Blick, habe ihn schon so oft gesehen. Nur waren es sonst blaue Augen, stechend, kalt wie Eis und voller Hass.

Denk nicht mehr daran.

Meine Finger krallen sich um die Äste, die aus dem sterbenden Baum sprießen. Ich bleibe, wo ich bin, doch das scheint den Fremden nur noch wütender zu machen. Selbst aus der Entfernung sehe ich, wie seine Kiefer mahlen. Dunkle Ringe liegen unter seinen Augen, als hätte er zu wenig Schlaf bekommen. Alles an ihm wirkt düster und bedrohlich. In meiner Phantasie sehe ich ihn auf mich zustürzen, ein Messer in der Hand, das sich brutal in meine Brust bohrt. Wieder schlägt mein Herz schneller. Diesmal vor Angst.

Mit einem Mal ist das Gefühl der Freiheit verschwunden. Mein Atem stockt.

Der Typ macht ein paar Schritte auf mich zu, wütende Schritte. »Verschwinde von hier.«

Ich zucke zusammen. Seine Stimme gleicht einem Knurren, noch bedrohlicher als sein Blick. Absolut gefährlich.

Denk nicht mehr daran. Für einen Moment trägt mein Gegenüber ein anderes Gesicht. Kalte blaue Augen, graues Haar. *Denk nicht mehr daran.*

Die Erinnerung verfliegt. Vor mir steht wieder der Fremde, während in mir all die Dinge hochkommen, die ich so lange unterdrückt habe.

»Nein«, entgegne ich und erschrecke selbst beim

Klang dieses einen Wortes. Wo kommt meine Entschlossenheit her?

Auch er scheint erstaunt über meinen Widerstand und überwindet eine Brombeerranke, die sich hartnäckig an den Stoff seiner dunklen Jeans klammert.

»Ver-schwin-de!« Er baut sich vor mir auf, steht wie einer der Baumriesen vor mir. Ich bin tatsächlich drauf und dran zu tun, was er sagt. So wie immer. Wenn es gefährlich wird, mache ich dicht, ziehe mich zurück und renne davon.

»Nicht heute«, murmele ich zu mir selbst und denke an meinen Entschluss, den ich vor knapp einem Jahr gefasst habe: Ich werde mich von niemandem mehr herumkommandieren lassen. Erst recht nicht von einem dahergelaufenen Fremden mit Schlafstörungen.

»Nein.«

Seine Augen verengen sich zu Schlitzen. Auch das kenne ich. Sicher fehlt nicht mehr viel, bis er endgültig die Fassung verliert. Aber warum? Weil ich früh am Morgen auf einem Baum im Wald sitze?

»Was ist dein Problem?« Es dauert einen Moment, bis ich merke, dass ich das laut ausgesprochen habe.

Er steigt über einen Baumstumpf, verringert den Abstand zwischen uns noch mehr, bis ihn knapp eine Armeslänge von mir trennt. Jetzt werde ich unruhig, kann schon vor mir sehen, wie er das letzte bisschen zwischen uns überwindet und zuschlägt. Vergangenheit mischt sich mit Gegenwart. Ich beiße mir in die

Wange, um nicht in Tränen auszubrechen. *Denk nicht mehr daran.*

»Was mein Problem ist?« Er verschränkt die Arme vor der Brust und mustert mich, die Augen noch immer zusammengekniffen.

»Hast du was auf den Ohren?«, entgegne ich und lasse ihn dabei nicht aus den Augen. Solange er die Arme verschränkt hält, kann er mir nichts tun, von einer spontanen Kopfnuss mal abgesehen.

Ganz ruhig.

»Wir sind also vorlaut, hm? Was habe ich anderes erwartet?« Er schüttelt den Kopf, tritt einen Schritt zurück und sieht sich um. Er wird doch nicht etwa …?

»Ich sage es ein letztes Mal: Verschwinde, Mädchen. Das hier ist mein Platz.«

Ich schnaube belustigt auf. Ich kann gar nicht anders. Sein Platz? »Ist das dein Ernst?«

Ich lasse mich vom Baumstamm gleiten. Der Typ ist mindestens einen Kopf größer als ich, wenn nicht sogar zwei, aber das ist mir egal. Ich muss mich nicht mehr zurücknehmen, muss niemanden mehr beschützen. Ich ignoriere die Stimme in meinem Kopf, die mich anschreit, mich sofort umzudrehen und wegzulaufen. Das bin nicht mehr ich. Nie mehr wieder. Ab heute ist alles anders. Ich bin anders.

»Dieser Baum gehört höchstens demjenigen, der dieses Waldstück besitzt. Und da es hier überall Wanderwege gibt, glaube ich nicht, dass der Besitzer sich daran stört, wenn man sich hier aufhält.«

»Du hast diesen Ort entweiht. Wo du hingehst, kann nur Tod folgen«, entgegnet er.

»Was?«, hauche ich und spüre, wie sich die Tränen nun endlich ihren Weg nach draußen bahnen, wie sie mir über die Wangen rinnen, wie flüssiges Eis in der kalten Herbstluft.

»Du hast mich schon richtig verstanden. Und jetzt verschwinde endlich.« Sein Atem trifft warm auf meine Haut, so dicht steht er vor mir. Ich kann mich nicht bewegen. In seinen Augen liegt so viel mehr als bloß Hass. Sein Blick wandert von meinem Gesicht zu meinem Herzen. »So eine Schande«, murmelt er ganz leise, so dass ich ihn kaum verstehen kann.

Diese Worte habe ich so oft gehört. Schande, Verschwendung, Bürde.

Denk nicht mehr daran. Denk nicht mehr daran. Denk nicht mehr daran.

Und doch kann ich mit Gewissheit sagen, dass dieser Fremde, dem ich vor einer Minute zum ersten Mal begegnet bin, die Wahrheit sagt. Er hat recht. Tod und Unglück verfolgen mich, seit ich denken kann. Er braucht seinen Befehl nicht noch einmal zu wiederholen. Ich drehe mich um und renne, während Tränen meinen Blick verschleiern und Dornenranken und Äste an meinen Kleidern reißen. Und ich Idiotin dachte, dass ich all das hinter mir gelassen habe.

3

Als ich aus dem Wald zurückkomme, bin ich auch im Wohnheim nicht mehr allein. Autos parken auf der Kieseinfahrt, während Studenten und deren Eltern Koffer und Kisten in das alte Haus schleppen, in dem wir das kommende Semester wohnen werden. Ich stapfe mit gesenktem Kopf an ihnen vorbei, ignoriere ihre Blicke, achte nicht auf die Tränen, die mir noch immer die Wangen hinabrinnen, und stürme in mein Apartment. Es ist eines von insgesamt acht in diesem Haus mit je drei Zimmern, einem Bad und einem Wohnzimmer. Im Flur stapeln sich mehrere Koffer und ein ganzes Arsenal an Malsachen: blanke Leinwände, Pinsel und Zeichenblöcke. In einem der Zimmer verrückt jemand ein Möbelstück. Doch niemand scheint meine Anwesenheit zu bemerken.

Gut so. Ich brauche jetzt meine Ruhe, muss all diese Erinnerungen aus meinem Kopf vertreiben, allen voran die Worte des Fremden aus dem Wald.

Wo du hingehst, kann nur Tod folgen.

Ich ziehe mich in mein Zimmer zurück, lege mich in mein Bett und ziehe die Decke fest um mich. Mein Blick fällt auf das große Fenster, das nichts als Wald zeigt. Ich schließe die Augen und versuche, nicht an ihn zu denken. Dennoch zieht mich mein dummer

Verstand zurück in den Schatten, so dass ich meinen dunklen Gedanken ausgeliefert bin. Auf einmal bereue ich es, so früh angekommen zu sein. Ich bereue es, ausgerechnet dieses Zimmer gewählt zu haben. Jetzt werde ich mit jedem Blick aus dem Fenster an diese Begegnung erinnert werden. An diesen einen Satz.

Vermutlich hat der Typ das nur gesagt, um mich zu verscheuchen. Und wie das funktioniert hat! Wohin ist die Entschlossenheit verschwunden, die ich kurz davor noch gespürt habe? Ich könnte mich ohrfeigen, dass ich einfach weggerannt bin. Das war mein altes Leben, mein altes Verhalten. Die neue Lenora rennt nicht mehr vor ihren Problemen weg. Sie geht sie an, und zwar mit der Sicherheit, dass alles gut werden wird – egal, wie scheiße die Situation gerade sein mag. Ich habe ein Happy End verdient. *Also, warum verdammt nochmal handelst du nicht danach, Lenora?*

Ich schüttle den Kopf und seufze. Langsam wende ich meinen Blick vom Wald ab. Meine Koffer stehen noch immer gepackt neben der Tür zum Wohnzimmer. Daneben stapeln sich drei Umzugskartons mit meinen restlichen Habseligkeiten, hauptsächlich Bücher. Auf dem Bett neben mir liegt eine verknickte Broschüre der Akademie.

Jede Sekunde zählt, steht da. Ich werde jede einzelne davon nutzen. Um glücklich zu sein und das zu tun, was ich schon immer gewollt habe: schreiben. Und keine alten Erinnerungen oder mysteriösen Typen können mich davon abhalten. Ich bin gekommen, um zu bleiben, koste es, was es wolle.

4

Während ich den Nachmittag nutze, um meine Sachen auszupacken und mich in meinem neuen Zimmer einzurichten, füllt sich das Haus mit Leben. Irgendwie wünsche ich mir die Stille vom Morgen zurück, als noch niemand durch die altehrwürdigen Flure dieses Wohnheims gelaufen ist.

Das ist doch gut, rede ich mir ein, als es um mich herum lauter wird. Durch das geöffnete Fenster höre ich, wie sich Studenten und Eltern miteinander unterhalten, wie sie darüber diskutieren, wo was hingestellt werden soll. Ich höre sie schluchzen, wenn es Zeit wird, Abschied zu nehmen. Fast kann ich ihre Tränen auf meinen Wangen spüren. All das werde ich nie haben. Nicht so wirklich zumindest. Der Abschied von meinem Vater ist recht kurz verlaufen, schließlich kennen wir uns noch nicht so lang. Ich glaube, er ist froh, mich los zu sein. Nun wird bei ihm im Haus wieder eine bessere Stimmung einziehen. All das Drama ist vergessen, für ihn zumindest.

Denk nicht mehr daran.

Von jetzt an zählen nur noch das Jetzt und die Zukunft. Meine Zukunft als Schriftstellerin, so bescheuert und naiv es sich anhören mag. Das Schreiben hat mich gerettet. Ohne mein Tagebuch wäre ich verrückt geworden. *Er* hätte mich verrückt werden lassen. Aber ich bin noch hier – frei, endlich frei, das zu tun, was ich schon immer wollte, während *er* hinter Schloss und Riegel sitzt. *Er* wird büßen für das, was *er* mir angetan hat. Was *er* meiner Familie angetan hat. Und dennoch ist kein Gerichtsurteil gerecht genug. Nichts wird wiedergutmachen können, was *er* verbrochen hat. Nichts wird meine Mutter von den Toten zurückbringen oder mir eine bessere Kindheit bescheren. Aber es ist eine Erleichterung zu wissen, dass *er* nun niemandem mehr etwas antun kann.

»Ich bin hier, wer noch?«, ruft eine Stimme aus dem Wohnzimmer. Irgendwie kommt sie mir bekannt vor, auch wenn ich sie niemandem zuordnen kann. Offenbar ist auch meine zweite Mitbewohnerin eingetroffen. Bis auf die Koffer und Malutensilien habe ich von der ersten noch nicht viel gesehen. Nur gehört. Einen ziemlich fiesen Streit zwischen ihr und ihren Eltern; ein Streit von der Sorte, wie ich ihn nie hatte. Zum Glück.

»Wo sind meine Bitches? Na kommt schon raus, ich werde euch schon nicht beißen.«

Ihre Bitches? Die hat sie ja wohl nicht mehr alle!

Schritte nähern sich meiner Tür. Anscheinend trägt meine Mitbewohnerin ziemlich hohe Schuhe. Na, wenn das mal nicht Zicke schreit, weiß ich auch nicht weiter … Ich schnaufe tief durch und streiche mein Kleid glatt.

Schwungvoll öffne ich die Tür und trete hinaus ins Wohnzimmer, das erfüllt ist vom Duft neuer Lederkoffer und von Parfüm.

Mit einer theatralischen Drehung wendet sich meine neue Mitbewohnerin mir zu und schenkt mir ein strahlendes Lächeln. Ich erstarre.

»Alicia Steinberg?«, fragt da eine andere Stimme ungläubig. Alicia Steinbergs Gesicht hellt sich auf, sie legt ein breites Lächeln wie aus einer Zahnpastawerbung auf: perfekte Zähne, strahlend weiß, blendend schön. Dann dreht sie sich zu unserer dritten Mitbewohnerin um.

»Ganz genau, meine Liebe«, flötet sie. »Ich liebe deine Haare! So rebellisch. Gefällt mir. Es muss Stunden gedauert haben, die so hinzubekommen. Fabelhaft!«

Alicia wickelt sich eine Strähne des dunkelblau gefärbten Haares unserer Mitbewohnerin um die Finger, hält sie prüfend ins Licht, ehe sie sich wieder mir zuwendet.

Noch immer trägt sie ihr Zahnpastalächeln, das einfach nur falsch sein kann. Niemand zeigt beim Lächeln so viele Zähne. Mit falschen Schlangen kenne ich mich nur zu gut aus, auch wenn sie nie das Schlimmste in meinem Leben waren. Die wirkliche Gefahr hat immer daheim gelauert, hinter einem riesigen Eichenschreibtisch mit blitzenden blauen Augen und einer viel zu kleinen Brille. Gerade wenn man denkt, dass das Leben nicht schlimmer werden kann, setzt das Schicksal noch mal einen obendrauf.

Na vielen Dank auch, dass mir nichts erspart bleibt!

Es wird ziemlich schwer werden, mich hier an der Akademie vor meiner Mitbewohnerin zu verstecken, geschweige denn ihr aus dem Weg zu gehen. Als hätte sie meine Gedanken gelesen, lässt sie von unserer Mitbewohnerin ab und nimmt nun mich in Augenschein. Wenn es irgend möglich ist, verbreitert sich ihr Lächeln noch mehr.

»Look at you, darlin'! Du rockst den sexy Bibliothekarinnen-Look, Mädchen.« Alicia Steinberg klatscht begeistert in die Hände und mustert mich von oben bis unten. Ich drücke meine Fingernägel fest in meine Handinnenflächen. »Oh, ich habe das Gefühl, dass wir viel Spaß miteinander haben werden, Ladys.«

Wieder erklingen Schritte im Flur. Ein in Anzug gekleideter Mitfünfziger erscheint, schwer schnaufend, mit mehreren Koffern im Schlepptau.

»Das waren die letzten, Fräulein Steinberg. Haben Sie sonst noch einen Wunsch?«

Mir klappt die Kinnlade runter. Hat sie sich etwa einen Bediensteten mitgebracht? Wo soll der denn bitte wohnen? In ihrem Kleiderschrank? Halt, bei der Anzahl an Koffern wird da wohl kaum Platz für etwas anderes sein.

»Nein, das wäre alles. Gute Fahrt, Bernhard«, zwitschert Alicia und winkt dem Mann freundlich zu.

Dieser deutet eine Verbeugung an, dreht sich um und geht.

Ich zwicke mir in den Arm. *Das kann doch bloß ein Traum sein! Bitte sag mir, dass das ein Traum ist.*

»Also, wer seid ihr, und was sind die besten Kleider, die ihr mitgebracht habt?«, fragt Alicia, als wäre nichts geschehen.

Shit, kein Traum.

Ganz ruhig.

»Alicia Steinberg …«, sagt das Mädchen mit den blauen Haaren und starrt unsere Mitbewohnerin noch immer völlig verdattert an. Wahrscheinlich sehe ich selbst nicht viel besser aus. Das alles ist so surreal, dass ich keine Ahnung habe, was ich denken soll. Vor ein paar Tagen noch habe ich Alicia im Fernsehen gesehen. An der Seite ihres Bruders Caspar, den meine Schwester Helena so anbetet. Und jetzt steht sie hier vor mir? Unmöglich.

»Mund zu, es zieht, Blue«, sagt Alicia, während sie von mir zu unserer Mitbewohnerin und wieder zurückblickt. »Muss man euch wirklich alles aus der Nase ziehen?«

Mit geschürzten Lippen verschränkt sie die Arme vor der Brust. Ich kann nicht anders. Ich muss lachen.

»Wow, okay … Habe ich irgendwas zwischen den Zähnen, oder was ist hier los?« Plötzlich verschwindet das Selbstbewusstsein aus ihrem Blick. Sie hat ihre aufrechte Haltung verloren und wirkt plötzlich seltsam verloren. Dann gewinnt sie wieder ihre Beherrschung zurück. Da ist wieder das Zahnpastalächeln, aber es erreicht ihre Augen nicht mehr. Unsicherheit liegt darin – und Angst. Ich kenne diesen Blick, kenne ihn von meinem eigenen Spiegelbild, und plötzlich bin ich mir nicht mehr so sicher, ob ich Alicia nicht zu früh verurteilt habe.

»Das Studium an der Akademie ist eine lange Familientradition, Blue«, erklärt Alicia dann und seufzt genervt. Man hört, dass sie all ihr Schauspieltalent dafür aktivieren muss. »Ich will mich nicht wiederholen müssen: Name und beste Kleider? Hopp, hopp!« Sie wedelt mit der Hand in der Luft umher.

»Nur damit eines klar ist, Mädchen. So sprichst du nicht mit mir«, stoße ich hervor, mache auf dem Absatz kehrt und knalle meine Zimmertür hinter mir zu. Nie hätte ich gedacht, dass sich das so gut anfühlen würde.

»Du kommst da sofort wieder raus, L. Hagen. Ich habe einen Ruf zu wahren, und ihr zwei werdet mich heute Abend zur Willkommensparty begleiten. Das wird die beste Nacht unseres bisherigen Lebens«, höre ich Alicia durch die geschlossene Tür.

»Ist das dein Ernst? Du bist fünf Minuten hier und bist schon zu einer Party eingeladen?«, frage ich.

»Ich brauche keine Einladung, Belle. Wie unser kleines blaues Vöglein schon so lautstark verkündet hat, bin ich Alicia Steinberg. Also, Kleider raus, Partymodus an und ab dafür, Mädels!«

Eine Party ist wirklich das Letzte, was ich heute ge

brauchen kann, schon gar nicht nach dieser bescheuerten Begegnung mit dem Typen im Wald.

Wieder fällt mein Blick auf die Broschüre der Akademie.

Jede Sekunde zählt.

»Ach, scheiß drauf!«, murmle ich und reiße meinen Kleiderschrank auf. Die letzten Jahre über habe ich so viel Zeit hinter verschlossenen Türen verbracht. Es wird Zeit, dass ich endlich lebe.

5

Knapp zwei Stunden später stehen wir auf einer weitläufigen Wiese, die keine zehn Minuten von unserem Wohnheim entfernt liegt. Ich kann also jederzeit flüchten, wenn es mir hier zu voll wird, was sicher nicht lange dauern kann. Es sind schon einige Leute da, stehen in Grüppchen zusammen und trinken aus Pappbechern. Irgendjemand hat sich wirklich Mühe gegeben, diese Party zu organisieren. In der Mitte der Wiese hat man ein riesiges Lagerfeuer vorbereitet. Musik dröhnt aus mehreren Lautsprechern, während bereits die ersten Bierfässer angezapft werden. Also gut, meine erste Party. Und jetzt?

»Ladys, dieser Abend ist spielentscheidend. Heute

bekommen wir einen ersten Vorgeschmack auf das Eye Candy hier an der Akademie«, sagt Alicia und klatscht begeistert in die Hände. Ihr Blick scheint an jedem Typen kurz hängen zu bleiben und ihn regelrecht auszuziehen.

»Können wir nicht einfach wieder gehen? Wir haben doch jetzt alles gesehen«, jammert Mara, unsere blauhaarige Mitbewohnerin, die anscheinend genauso wenig Lust auf sinnloses Saufen und dämliche Anmachsprüche hat wie ich. Viel mehr als das weiß ich allerdings noch immer nicht über sie.

»Wohl kaum, Blue. Die meisten kommen erst ein bisschen später. Es ist ja noch nicht einmal richtig dunkel«, entgegnet Alicia, packt unsere Hände und zerrt uns auf eines der Bierfässer zu.

Eine Stunde später hat sich die Anzahl der Partygäste tatsächlich mehr als verdreifacht. Viele haben schon jetzt einen im Tee, johlen vor sich hin, als die Musik plötzlich ausgeht und einer von Alicias Eye Candys mit einer brennenden Fackel auf das Lagerfeuer zutritt. Er hebt die Hand, und die Menge wird still. So still, dass es fast schon unheimlich ist. Nebel wabert langsam zwischen den vielen Füßen der Studenten über die Wiese.

»Auf ein neues Semester voller Kreativität und vor allem eines: Spaß!«, schreit der Fackelträger in die Menge, die in lautes Jubeln ausbricht. Er dreht sich zum Lagerfeuer um und entzündet es endlich. Wird aber auch Zeit, schließlich sind Herbstnächte nicht gerade für ihre Wärme bekannt. Seit wir hier angekommen sind, sind meine Hände kalt wie Eis geworden. Nicht dass ich daran nicht gewöhnt wäre, aber das letzte Jahr außerhalb feuchtkalter Kellerräume und zugiger Dachböden hat mich ziemlich verweichlicht.

»Okay, Ladys. Jetzt wird es Zeit, die Kerls mal genauer unter die Lupe zu nehmen. Seid ihr dabei?« Alicia hat sich bei uns untergehakt und schaut nun zwischen mir und Mara hin und her. Ihre braunen Augen leuchten im Schein des Feuers. In ihrem Blick liegen Vorfreude und eine Wärme, die ich einfach nicht gewohnt bin. Kein Wunder, dass sie von so vielen angehimmelt wird. Sie ist wirklich wunderschön, und dessen ist sie sich mehr als bewusst.

»Ich weiß nicht ... Es ist ganz schön voll hier ...« Ich blicke mich um, sehe all diese Menschen und bin von der schieren Anzahl überwältigt. Es ist lange her, dass ich mich in einer solch gewaltigen Menschenmenge bewegt habe. Ich kenne niemanden hier, so dass mir nichts anderes übrigbleibt, als bei Alicia zu bleiben oder nach Hause zu gehen.

»Komm schon, Belle. Das wird lustig!«, entgegnet Alicia und stößt mich in die Seite. Wir umrunden das Lagerfeuer und entgehen dabei nicht den Blicken der männlichen Studentenschaft.

»Geschmack haben sie ja schon mal.« Alicia lacht, als uns jemand hinterherpfeift. Ich bewundere sie dafür, dass sie so cool bleiben kann. Mir ist das eher unangenehm.

»Es ist wirklich interessant, wie das Feuer alles in dieses unheimliche Licht taucht, findet ihr nicht?«, fragt Mara und starrt direkt in die Flammen. Mittlerweile haben sie die Spitze des Holzstapels erreicht. Es wird endlich warm. Ich lächle.

»Wie lebendige Wesen aus dunkler Kohle …«

»Eine wahre Künstlerin, was?« Alicia lacht so laut, dass sich die anderen zu uns umdrehen. Dabei spüre ich die Aufmerksamkeit der umstehenden Typen auf uns oder, besser gesagt, auf Alicia. Sie ziehen sie genauso mit ihren Blicken aus, wie sie es vorhin umgekehrt getan hat. Mir wird schlecht.

»Na los, wir sind noch lange nicht fertig hier.« Alicia zieht uns weiter durch eine Menge tanzender Studenten hindurch. Erst jetzt wird mir so richtig klar, dass ich all das hier noch nie erlebt habe. Weder die unangenehmen Blicke von Alicias Eye Candy noch den beißenden Geruch nach Feuer oder die Tanzenden um mich herum. Irgendwie stimmt mich der Gedanke traurig, aber viel habe ich nicht verpasst. Oder?

Während wir eine zweite Runde um das Lagerfeuer drehen, redet Alicia auf uns ein. Ihr Ziel des Abends ist es wohl, sich einen Überblick über unsere Kommilitonen zu verschaffen und den heißesten Typen an der Akademie zu küren. Ich schüttle bei dem Gedanken bloß den Kopf, aber wenn es das ist, was sie glücklich macht, will ich ihr nicht im Weg stehen.

Wir kommen an einigen Baumstämmen vorbei, auf denen ein paar Studenten sitzen und sich unterhalten, Bierflasche oder Becher in den klammen Händen. Nur auf einem Baumstamm sitzt jemand für sich alleine. Ich erstarre.

»Willst du mich verarschen?« Es ist der Typ aus dem Wald. Das hat mir gerade noch gefehlt. Den ganzen Tag über habe ich gehofft, dass er nicht zu den Studenten an der Akademie gehört. Aber wieso sonst sollte er dann hier sein? Diese Stadt besteht praktisch nur aus Studenten.

»Oh, hallo, schöner Mann«, sagt Alicia, die mittlerweile ihren dritten Becher Bier geleert hat. »Ich glaube, wir haben einen Gewinner.«

Mir wird schon wieder schlecht, während die Erinnerungen an unsere erste Begegnung mein Sichtfeld fluten. Die vom Feuerschein erhellte Wiese wird zum Herbstwald hinter dem Wohnheim. Erschrocken stelle ich fest, dass er sich zu uns umgedreht hat. Wenn es überhaupt möglich ist, verfinstert sich sein Gesichtsausdruck noch mehr.

»Ich brauche jetzt dringend ein Bier«, stoße ich hervor und mache kehrt. Ich laufe nicht davon. Ich habe bloß keine Lust, weiter von ihm angestarrt zu werden, als wollte er mich mit seinem Blick töten. Der Klügere gibt nach, heißt es doch, oder?

6

»Manchmal wünsche ich mir, ich hätte eine Fernbedienung fürs Leben, dann könnte ich die Lautstärke runterdrehen«, höre ich Mara sagen, als wir uns auf einem Heuballen niederlassen, der auf der anderen Seite der Wiese liegt. Irgendwo jenseits der Flammen vermute ich den Typen aus dem Wald mit seinem finsteren Blick, aber wir sind weit genug weg, dass ich mich wieder entspanne.

»So eine Fernbedienung hätte ich auch gerne«, sage ich und lache bei dem bloßen Gedanken daran, wie affig alle hier aussehen würden, wenn plötzlich all der Lärm, all die Musik verschwinden würden.

Mara und ich schweigen lange Zeit, schauen dem Partytreiben zu und nippen ab und zu an unserem Bier. Es schmeckt mir nicht, aber ich habe sonst nichts zu tun. Mittlerweile muss es auf Mitternacht zugehen, aber ich bin alles andere als müde. Mal abgesehen von dem Lärm gefällt es mir hier. Um uns herum sitzen andere Studenten und unterhalten sich, lachen und machen Scherze wie ganz normale Menschen.

Es sind ganz normale Menschen, Lenora.

Ich sauge die kalte Nachtluft ein, schmecke den Rauch des Feuers darin und fühle das Leben um mich herum, fast so wie heute Morgen im Wald. Hinter uns lassen sich noch mehr Studenten auf den Heuballen fallen. Sie sind so ausgelassen, dass Mara und ich uns lieber einen anderen Ort suchen, um die Partygäste zu beobachten. Mara zieht Skizzenbuch und Bleistift aus ihrer Tasche.

»Man kann ja nie wissen«, sagt sie und zuckt mit den Schultern. Wir finden einen halbwegs freien Baumstamm, dessen Rinde sich fast genauso anfühlt wie die des sterbenden Baumes heute Morgen.

O nein!

Unsere Flucht vor den Betrunkenen hat uns wieder näher zum griesgrämigen Waldschrat gebracht. Diesmal scheint er mich allerdings nicht zu bemerken. Er ist viel zu sehr damit beschäftigt, grimmig in die Flammen zu starren, während um ihn herum die Party weitergeht. Er wirkt so völlig fehl am Platz, genau wie ich.

Seufzend schüttle ich den Kopf und taste meinen Stiefel ab. Wie Mara bin auch ich vorbereitet gekommen. Aus dem rechten Schuh ziehe ich ein dünnes Notizheft, aus dem anderen einen Kugelschreiber. Die ausgelassene Stimmung auf der Wiese lässt mich nicht mehr los. Ich muss diese Eindrücke einfach festhalten. Manchmal gibt es Momente in meinem Leben, da steht meine Inspiration in Flammen und rauscht wie Feuer durch meine Adern. Ich kann nicht mehr still sitzen, mich auf nichts anderes konzentrieren als auf die Worte in meinem Kopf und den Drang, sie endlich aufzuschreiben. Mein Therapeut, der mich zu Beginn noch ermutigt hat, mir alles von der Seele zu schreiben, ist bald schon der Meinung gewesen, dass ich mich dadurch zu sehr in die jeweilige Situation hineinsteigere. Mir ist das egal. Das Einzige, was in solchen Momenten für mich zählt, ist das Schreiben selbst.

Es fühlt sich gut an, als ich die ersten Sätze auf die blütenweiße Seite bringe. Das Lagerfeuer und die Sterne allein spenden mir Licht. Selbst auf die Entfernung spüre ich die Wärme des Feuers, die immer wieder vom frischen Herbstwind durchschnitten wird. Die perfekten Bedingungen für gute Ideen.

Mein Stift tanzt über die Seite, füllt sie mit Wörtern, die all das hier kaum beschreiben können. Ich bemühe mich wirklich sehr, die Situation einzufangen, damit ich etwas habe, wenn die Dunkelheit mich wieder zu übermannen droht.

Denk nicht mehr daran.

Ich schlucke diesen Gedanken runter und konzentriere mich auf meine Umgebung, auf die Tanzenden am Feuer, auf die Gespräche der anderen Partygäste und hin und wieder auch auf den Fremden. Er sitzt noch immer unverändert auf seinem Baumstamm. Irgendetwas an ihm kommt mir vertraut vor, aber ich kann nicht sagen was. Und da ist noch etwas: das Gefühl, dass etwas ganz und gar nicht mit ihm stimmt, als umgäbe ihn ein heller Schimmer aus Geheimnissen und Rätseln. Auch das schreibe ich auf, auch wenn ich weiß, dass künftige Leser ganz sicher mit den Augen rollen werden. Sie werden denken, dass ich verrückt geworden bin, dass ich mich in diese Sache von heute Morgen zu sehr hineinsteigere. Und vielleicht haben sie recht. Vielleicht bin ich ja verrückt, aber ich werde dieses Gefühl einfach nicht mehr los. Je länger ich ihn beobachte, je mehr ich wie im Wahn über ihn schreibe, umso wütender werde ich. Ich bekomme seine Worte nicht mehr aus dem Kopf, während in mir der Drang aufkommt, ihn deswegen zu konfrontieren. Aber etwas hält mich zurück, sein eisiger Blick, der sich tief in mein Innerstes bohrt, bis er meine Seele umschließt und mir die Luft zum Atmen raubt. Ob er gemerkt hat, dass ich ihn schon länger beobachte?

Mein Stift rutscht mir aus den Fingern und fällt auf den Boden.

»Mist!« Ich lasse mich von dem Heuballen gleiten und taste in der Dunkelheit danach. Ich war noch längst nicht fertig mit meinen Aufzeichnungen. Noch immer rauscht mir die Inspiration durch die Adern.

Das Gras zu meinen Füßen ist stachelig und eiskalt, aber irgendwann bekomme ich den Kugelschreiber tatsächlich zu fassen. Triumphierend erhebe ich mich, werfe einen Blick in Richtung des seltsamen Typen, nur um festzustellen, dass er verschwunden ist. Ich lasse den Blick schweifen, suche die Menge nach ihm ab.

Wieso?

Keine Ahnung. Irgendetwas an ihm fasziniert mich, auch wenn er die ganze Zeit so guckt, als wollte er mich im nächsten Moment erwürgen. Da wäre er nicht der Erste.

Auch wenn so viele Leute hier sind, dass er überall sein könnte, bin ich mir sicher, dass er fort ist. Und mit ihm ist meine Inspiration verschwunden, der Zauber gebrochen. Seufzend lasse ich mich wieder auf den Heuballen sinken und überlege, wie ich hier am besten wegkomme. Mir ist plötzlich eiskalt, und ein Gähnen kann ich auch nicht mehr unterdrücken. Kein Wunder, schließlich bin ich seit fünf Uhr morgens auf den Beinen. Ich habe darauf bestanden, so früh nach Dunkelfelsen zu fahren, und wurde dabei von meiner Stiefmutter unterstützt. Sie wollte mich bloß aus dem Haus haben, das ist alles. Ich bin kein guter Umgang für ihre Tochter, meine Halbschwester Helena, aber unsere Freundschaft hat sie nicht verhindern können. Ich denke an Helena und die unzähligen Nächte, die wir in ihrem gigantischen Zimmer Caspar Steinberg dabei zugesehen haben, wie er die Herzen ganzer Heerscharen von Mädchen bricht. Mit Helli habe ich mich zum ersten Mal seit langem wieder geborgen und sicher gefühlt, umhüllt von dicken Decken und dem Duft von frischem Popcorn. Jetzt wünsche ich mir nichts sehnlicher als mein Bett im Wohnheim, auch wenn die Bettdecke irgendwie moderig riecht, ganz anders als die von Helli, aber immerhin besser als diese endlose Kälte hier draußen.

7

Tag zwei meines neuen Lebens beginnt für mich mit Kopfschmerzen und dem nervtötenden Sirren des Weckers. Es ist bereits neun Uhr morgens, die Sonne hat sich durch dicke Herbstwolken geschoben und dringt nun durch den Vorhang in mein Zimmer. Langsam setze ich mich auf. Keine gute Idee. Mein Kopf tut nur noch mehr weh. Für jemanden, der Lärm sonst nur durch das Brüllen seines Stiefvaters gewohnt ist, war der gestrige Abend ziemlich anstrengend. Es ist so viel passiert, Gutes wie Schlechtes. Und die Nacht ist viel zu kurz gewesen, um das alles zu verarbeiten. Da hilft heute nur eines: Augen zu und durch. Und Kaffee. Kaffee hat noch nie geschadet.

Der Wecker klingelt ein zweites Mal, gerade als ich darüber nachdenke, mich noch für eine halbe Stunde umzudrehen. Die Einführungsveranstaltung für meinen Kurs beginnt schließlich erst um halb elf. Allein der Gedanke daran, meine Kommilitonen näher kennenzulernen, lässt die Nervosität von gestern wieder hochkommen. Mir wird ganz flau im Magen, während die Aufregung durch meine Adern fährt und das letzte bisschen Müdigkeit aus meinem Körper vertreibt. An Schlaf ist jetzt nicht mehr zu denken. Ich seufze und schiebe die Bettdecke von mir. Sofort beginne ich zu frösteln. Im Zimmer ist es eiskalt. Mit einem Mal erscheint mir die muffige Bettdecke wieder sehr verlockend, aber nein, ich werde nicht weiterschlafen. Am Ende komme ich noch zu spät, und das will ich auf keinen Fall. Auch wenn mein Stiefvater in vielen Dingen, eigentlich in allem, unrecht gehabt hat, gibt es eine Sache, die für heute auf jeden Fall zutrifft: Der erste Eindruck zählt. Er war ein Meister darin, hat die Dunkelheit in seinem Inneren hinter den blauen Augen und dem freundlichen Lächeln versteckt und hat damit alle an der Nase herumgeführt. Meine Mutter, die Lehrer an meinen Schulen, die Nachbarn, einfach jeden. Und mich auch, anfangs.

Denk nicht mehr daran.

Ich setze mich auf, so dass meine Füße den blanken Holzfußboden berühren. Die Kälte durchfährt mich wie ein eisiger Blitz und vertreibt glücklicherweise die Erinnerung an meine Vergangenheit. Mein Kopf schmerzt wie von vielen kleinen Nadeln, die mir in die Stirn gebohrt werden, aber ich ignoriere es. Darin bin ich über die Jahre hinweg richtig gut geworden. Langsam stehe ich auf. Als Erstes schiebe ich die Vorhänge beiseite, um das schwache Sonnenlicht ins Zimmer zu lassen, schließe die Augen und verbanne die Erinnerungen an mein altes Leben aus meinem Kopf. Sofort geht es mir besser. Als ich meine Augen wieder öffne, fällt mein Blick auf den Waldrand. Von meinem Zimmer aus kann ich den Weg sehen, den ich gestern entlanggelaufen bin. Fast erwarte ich, dass der grimmige Waldschrat gleich aus den Schatten der Bäume hervortritt, aber der Weg ist menschenleer. Gut, ich könnte seinen Anblick heute nicht ertragen. Die finsteren Blicke gestern, all die Abneigung darin, haben mir gereicht. Ich hoffe inständig, dass wir nicht dieselben Kurse belegt haben oder er nur zufällig auf der Party gewesen ist.

Denk nicht mehr daran.

Schnell wende ich mich vom Fenster ab und trete auf meinen Sessel zu. Vor der Party habe ich mir bereits Klamotten für heute herausgelegt. Ich schnappe mir den kleinen Stapel und verziehe mich hinter den altmodischen Paravent. Der stammt sicherlich noch aus der Zeit, als das Haus privat genutzt worden ist. Er ist wunderschön, altes Holz bemalt mit kleinen Blüten, die über die Jahrzehnte hinweg verblasst sind. Vielleicht kann Mara ihnen ja neues Leben einhauchen. Im Moment wirken sie ein wenig trist und leblos, genau wie ich mich fühle. Und trotzdem sind sie schön auf ihre eigene Weise. Als ich mich zum Spiegel umdrehe, erstarre ich. Vor mir steht eine Fremde, eine Lenora, die ich vor einem Jahr in einem dunklen, kalten Keller zurückgelassen habe. Ihre Haut ist blass, die Augen von dunklen Schatten umgeben und die Lippen aufgesprungen. Ich hebe die Hand, und sie tut es mir gleich. *Das bin ich,* fährt es mir durch den Kopf.

Spiegel-Lenora und ich schütteln erschrocken den

Kopf. Ich werde nicht zulassen, dass sie in mein Leben zurückkehrt.

»Ich bin nicht mehr wie du«, sage ich leise, ehe ich das kleine Schminkkästchen nehme, das mir Helli zum Geburtstag geschenkt hat. Wenn man mit Schminke Menschen wie Tote aussehen lassen kann, dann funktioniert es sicher auch andersherum. Tot bin ich zwar nicht, aber manchmal fühlt es sich so an. Dunkel und leer. Trostlos. Als wäre ich längst zerbrochen.

»Das bin nicht mehr ich«, sage ich, lauter, entschlossener. Zum ersten Mal seit meiner Flucht glaube ich mir. Das sind nur die Reste von einem überwältigenden Abend, von zu viel Lärm und zu viel Leben.

Zehn Minuten später bin ich einigermaßen zufrieden mit meinem Aussehen, fast schon stolz, schließlich schminke ich mich sonst fast nie, aber wenigstens sind die Augenringe jetzt weg. Mein dunkles Haar ist ordentlich zu einem Pferdeschwanz gebunden, so dass es mich später nicht beim Schreiben stören wird. Ich werfe einen letzten Blick in den Spiegel. Die alte Lenora ist verschwunden. Wenn ich jetzt noch lächeln könnte, wäre die Lüge perfekt. Aber ich bin noch zu ausgelaugt von gestern, um es einigermaßen überzeugend hinzubekommen.

»Guten Morgen, Langschläferin!«, begrüßt mich Alicias fröhliche Stimme, als ich das Wohnzimmer betrete. Sie sitzt mit einem Reclamheftchen in den

Händen in einem Sessel und strahlt mich an. »Ihr seid gestern einfach verschwunden. Was ist passiert?«

Ich zucke mit den Schultern und mustere sie genauer. Sie ist gestern nicht mit uns nach Hause gekommen, und selbst bei uns war es weit nach Mitternacht. Wie kann Alicia so guter Laune sein, wenn sie kaum geschlafen hat?

»Komm schon, Belle. Irgendwann müssen wir miteinander sprechen.« Alicia legt das Heftchen weg und verschränkt die Arme vor der Brust.

Ich seufze. »Wir waren müde und hatten keine Lust mehr. Partys sind nicht so mein Ding«, murmle ich auf dem Weg zum Badezimmer. Mein Kopf sticht noch immer wie Hölle, aber eine kleine Ibuprofen wird das schon wieder richten.

»Hey, Belle! Kannst du leise sein, wenn du im Bad bist?« Alicias Stimme ist plötzlich nicht mehr ganz so fröhlich.

Überrascht drehe ich mich zu ihr um.

»Ich will bloß nicht, dass du ihn aufweckst.« Sie deutet auf ihr Zimmer, das direkt ans Bad angrenzt. Ihn?

»Das ist jetzt nicht dein Ernst!« Ihr zuliebe versuche ich, leise zu sprechen, aber meine Fassungslosigkeit kann ich trotzdem nicht verbergen. Sie ist nicht einmal vierundzwanzig Stunden hier und hat sich schon einen Typen angelacht? Na, das kann ja heiter werden.

»Bitte, Belle.« Sie legt die Hände aufeinander wie zum Gebet und schiebt die Unterlippe vor. Ich frage mich, ob sie so alles bekommt, was sie will. Wenn man so aussieht wie Alicia Steinberg, nein, wenn man Alicia Steinberg ist, bekommt man sicherlich immer seinen Willen, egal, was es ist. Ich nicke, um endlich ins Bad zu können, und lasse Alicia zurück.

Eine halbe Stunde später sitze ich in der Gemeinschaftsküche vor einem leeren Teller und versuche, mein Frühstück bei mir zu behalten. Die Aufregung ist wieder zurück, stärker noch als zuvor. Ich schlucke und zwinge mich, aufzustehen und abzuräumen.

Es wird alles gut, wiederhole ich innerlich wieder und wieder, während meine Hände zittern, als ich den Teller in die Spülmaschine stelle. *Es wird alles gut.*

Mein Blick fällt auf die Uhr über der Tür. Ihr Ticken ist unverhältnismäßig laut und steigert meine Nervosität bis ins Unermessliche. Es wird Zeit zu gehen. Dank Google Maps weiß ich zwar, dass es bis zu meinem Unterrichtsgebäude nicht weit ist, aber ich habe trotzdem Angst, zu spät zu kommen. Ich habe immer Angst, zu spät zu kommen. Mein Stiefvater hat dafür gesorgt, dass ich mich davor fürchte.

Ich werfe mir meinen Mantel über, heute soll es kalt werden, und greife nach meiner Tasche.

Es wird alles gut. Ich nicke, wie um mich zu bestärken, auch wenn es nichts hilft, und öffne die Tür zum Gang. Jeder einzelne Schritt in Richtung Haustür kostet mich große Anstrengung. Ich hasse es, die Neue zu sein, auch wenn ich heute nicht die Einzige bin.

Es wird alles gut.

Als ich hinaus in den Morgen trete, umfängt mich die kalte Herbstluft wie ein zweiter Mantel. Mein Gesicht kribbelt, kleine Atemwölkchen bilden sich vor meinem Mund. Wenn ich jetzt nicht rumtrödele, bekomme ich vielleicht noch einen guten Platz.

Ich überwinde das letzte bisschen Furcht, schiebe meine Aufregung beiseite und laufe los. Es ist nicht schwer, sich hier zurechtzufinden, weil es überall kleine Wegweiser aus Holz gibt. Auf einem von ihnen prangt in Großbuchstaben EICHENDORFF-HAUS. Da muss ich hin.

Der erste richtige Tag meines neuen Lebens liegt vor mir. Und dann wird mein größter Albtraum seit gestern Morgen wahr: Der grimmige Waldschrat sitzt auf der Treppe zum Eichendorff-Haus, ein Notizbuch in den Händen.

Ich bleibe stehen, will schon wieder umdrehen, einen anderen Eingang suchen, bevor er mich sieht, aber es ist zu spät. Er zuckt zusammen, als hätte ich ihm einen Stromschlag verpasst, und blickt auf. Wieder kneift er die Augen zu Schlitzen zusammen, um mich anzustarren. Dann spuckt er aus und ballt die Hände zu Fäusten.

Was bildet sich der Kerl eigentlich ein? Glaubt er, dass ihn dieses mysteriöse Gehabe irgendwie interessanter macht? Was zur Hölle habe ich ihm getan?

Wütend setze ich mich in Bewegung, spüre, wie da wieder dieses Gefühl in mir erwacht, das mich gestern dazu getrieben hat, sechs Seiten meines Notizbuches bis auf den letzten weißen Fleck mit Worten zu füllen. Ich stürme an ihm vorbei, bin schon fast versucht, ebenfalls auszuspucken, auf seinen Kopf wohlgemerkt, halte mich dann aber zurück. Ich muss mich nicht auf sein Niveau herablassen. Einen zornigen Blick werfe ich ihm aber dennoch zu.

Für einen Moment begegnen sich unsere Blicke, verschmelzen. Ich schnappe nach Luft, zwinge mich weiterzugehen, lasse ihn aber nicht aus den Augen. Als ich die Tür erreiche und nicht gleich beim ersten Mal aufbekomme, peinlich!, wende ich mich schließlich ab, spüre ihn aber noch immer deutlich hinter mir. Er ist wie der Schatten, der mich manchmal durch meine Träume jagt, auch wenn der Waldschrat jetzt von einem seltsamen Strahlen umgeben ist. Selbst wenn er nicht zu sehen ist, weiß ich, dass er da ist und nur darauf wartet, dass ich einen Fehler mache. Ich werfe mich regelrecht gegen die Tür und unterdrücke einen erleichterten Aufschrei, als sie sich endlich öffnet und ich ins warme Innere des Unterrichtsgebäudes flüchten kann. Ich eile, so schnell ich kann, den Gang entlang und spüre, wie dieses intensive Gefühl abebbt, das mich in der Gegenwart dieses Typen befallt, bis es lediglich eine Erinnerung ist. Ein Echo von dem, was ich eben noch gespürt habe.

Und dann ist sie wieder da. Die Neugier auf mein neues Leben an der Akademie, ist zu neuem Leben erwacht, kaum dass mein Blick an einem weiteren Wegweiser hängenbleibt.

Einführungsveranstaltung Kreatives Schreiben und Literatur Raum 102 steht da mit einer Feder als Pfeil, der auf eine breite Treppe deutet.

Es wird alles gut, sage ich mir, ehe ich meinen Weg zu meinen Kommilitonen antrete.

8

Zwei Stunden später stehe ich äußerst demotiviert in meinem Zimmer und schiebe Buch für Buch in das Wandregal. Am Anfang hat es noch so groß gewirkt, aber so langsam wird der Platz für meine Schätze aus Papier und Tinte knapp. Über meinen Laptop höre ich leise Musik. Normalerweise heitert mich das immer auf, vor allem wenn ich meine Happy-Playlist ausgewählt habe. Heute allerdings nicht.

Dieser Typ lässt mich nicht mehr los. Sein Blick und der Hass darin verfolgen mich bis ins Wohnheim, auch wenn er selbst weit weg ist. Hoffentlich. Unauffällig werfe ich einen Blick über die Schulter, schaue aus dem Fenster, doch da ist nichts Ungewöhnliches. Nur Bäume, die lange Schatten auf das Grundstück des Wohnheims werfen.

Ich seufze und zucke im nächsten Moment zusammen. Die Musik wird von einem vertrauten Klingelton unterbrochen. Sofort lasse ich alles stehen und liegen und stürme auf den Laptop zu, der bereits auf seinem neuen (ziemlich ramponierten) Schreibtischzuhause steht. Auf dem Monitor ein Skype-Fenster mit dem Bild meiner Schwester darin.

»Helli!«, begrüße ich sie und freue mich, endlich ein freundliches Gesicht zu sehen.

»Hey, Lenora!«, kreischt sie und blickt dann belustigt an mir vorbei.

»Ist noch etwas unordentlich, ich weiß.« Ich folge ihrem Blick und bleibe an den Kisten hängen, die nebeneinander auf dem Boden stehen. Eigentlich hätte ich sie schon längst wegräumen können.

»Bei mir sieht's auch nicht besser aus, und du hast wenigstens eine Ausrede. Ich wohne schon in diesem Zimmer, seit ich denken kann.« Helli kichert und deutet auf das viele Pink um sie herum. Im Gegensatz zu mir ist sie eines dieser Mädchen, die mit dem Prinzessinnentick geboren wurden, und ihre Mutter hat sie darin nur bestärkt.

»Also, schieß los, Schwesterherz! Wie ist es so unter den Abgehobenen?« Ein breites Grinsen erhellt ihr Gesicht, so dass das Grübchen in ihren Wangen zum Vorschein kommt. Sie ist einfach zu niedlich, und ich bin unendlich dankbar, dass wir uns so gut verstehen.

»Hey, ich gehöre ab jetzt zu denen. Ein bisschen freundlicher, wenn's geht!«

Helli prustet laut los und winkt ab. »Du sagst doch selbst immer, dass du nirgendwo dazugehörst, Leni.«

Sofort ist meine gute Laune dahin. Da ist es wieder, dieses altbekannte Gefühl der Einsamkeit. Ich schlucke und zwinge mich zu einem Lächeln. Helli soll nicht sehen, wie sehr mich das noch immer verletzt.

»Sorry. Hätte ich nicht sagen sollen. Also: Ich will alles wissen. Irgendwelche heißen Typen?«

Helenas Augen werden groß. Sie lehnt sich näher an die Kamera, und ich weiß genau, dass ich aus diesem Verhör nicht mehr so schnell herauskomme.

»Hunderte. Ganz besonders die Schauspieler«, sage ich und denke an die letzte Nacht zurück. An all das Leben, die Ausgelassenheit meiner Kommilitonen und natürlich an Alicias Kommentare, wie sie die Typen miteinander verglichen und ihre Vor- und Nachteile aufgezählt hat.

»Und, hast du dir schon einen ausgesucht?« Helli zwinkert mir zuckersüß zu, obwohl sie genau weiß, dass mich dieses Thema in Verlegenheit bringt. Ich stöhne und schüttle den Kopf, auch wenn ich sofort an den grimmigen Waldschrat denken muss. Wobei unsere Begegnung das genaue Gegenteil eines heißen Flirts sein dürfte.

»Kommt alles noch«, sagt Helli und schenkt mir eines dieser Lächeln. Das bekomme ich immer dann zu sehen, wenn sie merkt, dass sie bei mir einen wunden Punkt getroffen hat. Und das kommt leider viel zu oft vor. Mein ganzes Leben besteht aus wunden Punkten.

»Na, wenn du das sagst«, murmle ich und weiß nicht mehr, was ich sagen soll. Auch Helli ist plötzlich still, aber zum Glück habe ich ja jetzt Mitbewohnerinnen, die einfach in mein Zimmer platzen, ohne zu klopfen. Alicia gehört ganz klar zu dieser Sorte. Wie ein Wirbelsturm rauscht sie in mein Zimmer und packt mich an der Schulter.

»Ich hab es geschafft, Belle! Ich weiß endlich, wie du wirklich heißt.« Sie hüpft aufgeregt auf und ab und klatscht in die Hände. »Lenora!«

»Danke, das wusste ich bereits«, entgegne ich wenig begeistert. Ich bin der festen Überzeugung, dass es im Leben ein paar Regeln gibt, beispielsweise dass man klopft, bevor man in ein Zimmer stürmt.

Ich wende mich wieder meiner Schwester zu und nehme mir vor, mit Mara und Alicia noch einmal über das Thema Privatsphäre zu sprechen. Nennt mich Spielverderberin, aber ich brauche einfach meine Ruhe und Ordnung. Schon immer und erst recht jetzt.

»Ist das …? Oh, mein Gott, Leni! Warum hast du mir nicht gesagt, dass du mit Caspar Steinbergs Schwester zusammenwohnst? Krass!« So aufgeregt habe ich Helli nicht mehr gesehen, seit unser Vater ihr erlaubt hat, auf das One-Direction-Konzert zu gehen. Ihre Stimme ist kaum mehr als ein schrilles Kreischen.

»War ja wieder klar, dass sie auf Caspar steht«, höre ich Alicia hinter mir murmeln. Die ganze Zeit über hat sie sich still über meine Schulter gebeugt, um Helli auf dem Laptopbildschirm zu betrachten, aber jetzt zieht sie sich zurück. So plötzlich, wie sie ins Zimmer geplatzt ist. Ich schaue ihr hinterher und versuche zu erkennen, was los ist. Helli hat *Caspars Schwester* gesagt und damit offenbar einen wunden Punkt bei Alicia getroffen. Ihr Bruder spielt die Hauptrolle in einer Teenie-Serie, die Helli und ihre Freundinnen so sehr lieben. Ich erinnere mich, dass Alicia hin und wieder einen Gastauftritt gehabt hat, aber ihr Bruder ist ganz klar der Star der Serie. Also ist doch nicht alles so rosig im Hause Steinberg, wie die ganzen Teenie-Klatschblätter uns allen vorgaukeln.

»Gut gemeinter Rat, Schwesterherz«, sage ich und drehe mich wieder zu Helena um. Sie verdreht die Augen wie immer, wenn ich ihr damit komme.

»Ja, Frau Oberlehrerin?«

Ich seufze und schüttle den Kopf. Manchmal muss ich mir echt in Erinnerung rufen, dass sich normale Sechzehnjährige tatsächlich so benehmen und nicht wie ich damals still in der Ecke hocken und darauf warten, in die Sicherheit ihres Zimmers zurückkehren zu können.

»Glaub nicht immer alles, was in der *Bravo* steht.«

9

»Okay, zweihundert Grad müsste doch reichen, oder?«, fragt Mara und wirft einen prüfenden Blick in den Backofen. Ich nicke ihr zu und nehme mir vor, auf die Uhr zu achten. Ihr lautes Ticken ist ja kaum zu überhören.

»Wie aufregend! Meine erste selbst gemachte Pizza«, jubelt Alicia begeistert.

»Selbst gemacht würde ich jetzt nicht sagen«, werfe ich ein und deute auf die Verpackung auf der Anrichte. Alicia verdreht die Augen und wirft mir einen gespielt grimmigen Blick zu.

»Dann eben selbst aufgebacken«, murrt sie und wendet sich wieder dem Ofen zu.

»Jetzt müssen wir bloß hoffen, dass wir die nicht vergessen«, sagt Mara und erntet damit einen finsteren Blick von Alicia.

»Sag das nicht! Sonst passiert das auch wirklich!«

Wenn ich eines in den letzten beiden Tagen gelernt habe, dann, dass Schauspieler sehr abergläubisch sind. Zumindest Alicia. Sie ist die einzige Schauspielerin, die ich kenne, und wirklich sehr abergläubisch. Vermutlich verlässt sie an einem dreizehnten Freitag nicht einmal das Bett.

»Also, wie war euer erster Tag, Mädels?« Alicia lässt sich neben mich auf einen der wackeligen Küchenstühle sinken. »Du zuerst, Picasso!«

Ich kann mir ein Lachen nicht verkneifen, und auch Mara stimmt mit ein.

Sie erzählt uns von ein paar Leuten, die sie heute kennengelernt hat. Offenbar liegen sie auch so im Clinch mit ihren Eltern, weil sie lieber Kunst studie ren, anstatt etwas *Anständiges* zu machen. Das kenne ich nur zu gut. Mein Vater ist auch nicht gerade begeistert davon gewesen, als ich ihm von meinem Stipendium hier erzählt habe. Und trotzdem hat er mich unterstützt, als ich ihm klargemacht habe, wie wichtig mir das ist.

»Sie nennen sich *Die verlorenen Jungs*«, sagt Mara lachend und schüttelt den Kopf.

Ich schnaube belustigt auf. »Wie bei *Peter Pan*?«

Sie nickt, und ihr Lächeln wird noch breiter. »Aber es sind ein paar mehr Mädchen dabei als bloß Wendy Darling.«

»Gott, ihr seid solche Streber!« Nun ist es Alicia, die den Kopf schüttelt, aber schließlich auch lachen muss.

»Jetzt bist du dran«, sagt Mara und deutet mit einem farbfleckigen Finger auf Alicia, und natürlich lässt die es sich nicht nehmen, alles bis ins kleinste Detail zu erzählen, wobei sich die Details vor allem auf das Aussehen ihrer Kommilitonen und Dozenten beschränken.

»Professor Beerbaum ist auch echt heiß, vor allem wenn man bedenkt, wie alt er schon ist.« Ihre Augen richten sich träumerisch in die Ferne. »Und wie war's bei dir, Leni?«

Ich zucke zusammen, weil mich sonst nur Helena so nennt. Es dauert einen Moment, bis mir einfällt, dass Alicia bei meinem Skype-Anruf mit meiner Schwester dabei gewesen ist.

»Ganz okay, denke ich.« Ich weiß nicht so recht,

was ich erzählen soll. Im Gegensatz zu Mara und Alicia habe ich weder verlorene Jungs noch heiße Schauspielstudenten und -professoren getroffen. Die Schriftsteller unter den Studenten scheinen weit unspektakulärer zu sein. Und einige tragen tatsächlich Tweedjacken – ich dachte immer, das wäre bloß ein dummes Klischee. Ob ich mir auch eine anschaffen sollte, um irgendwie dazuzugehören?

»Ach, komm schon. Irgendetwas Aufregendes muss doch passiert sein, Belle. Sag's uns!« Alicia pikst mich in die Seite. Wieder und wieder ganz genau so, wie es Helena tun würde, um mich zum Reden zu bringen.

Ich lehne mich auf meinem Stuhl zurück und lasse den Tag Revue passieren. Es gibt da tatsächlich etwas. Eine Begegnung, die mich selbst jetzt in Gegenwart von Alicia und Mara nicht mehr loslässt.

»Okay, da ist so ein Typ, der …« Sofort trällert Alicia eines dieser *Ooohs,* die ich schon von Helli kenne. Ich rolle mit den Augen und schüttle den Kopf. »Nicht so ein Typ, Alicia. Er starrt mich die ganze Zeit so finster an.«

»Aber nicht der von gestern Abend, oder?« Maras Blick trifft mich. Ihre hellen Augen leuchten auf, als sie sich an den gestrigen Abend erinnert.

»Doch, leider. Anscheinend studiert er auch Kreatives Schreiben. Zumindest saß er heute vor dem Gebäude herum.« Ich erschaudere bei der Erinnerung daran. »Er hat mich angeschaut, als würde er mich umbringen wollen …« Mein Herz schlägt augenblicklich schneller, als ich sein hasserfülltes Gesicht vor mir sehe. Ich kann nichts dafür. Immer wenn ich an ihn denke, wird mir übel.

»Wie krass! Weißt du, wie er heißt?«, fragt Alicia.

Ich schüttle nur den Kopf und frage mich noch immer, wieso er mich, gerade mich, ständig so anstarren muss. Oder macht er das bei allen so? Sollte ich mal beobachten …

»Das ist noch nicht alles«, sage ich schließlich und erzähle ihnen von meiner ersten Begegnung mit ihm, der im Wald. Noch immer sehe ich den Baumstamm, der sich so verzweifelt ans Leben klammert vor mir, spüre seine Rinde unter meinen Fingern.

»Du bist allein in den Wald gegangen?« Mara starrt mich an, als hätte ich gerade etwas Unmögliches gesagt. Ich zucke bloß mit den Schultern.

»Okay, Belle. Ich gebe mein Bestes, um mehr über das Biest herauszufinden.« Alicia legt sich wie zum Schwur eine Hand aufs Herz. »Eigentlich schade, dass er so ist. Er war doch ziemlich heiß, aber wer weiß, wer weiß …«

Mara und ich stöhnen gleichzeitig genervt auf, während Alicia wieder träumerisch vor sich hin starrt. Einen Moment sagt keine von uns etwas, jede hängt ihren eigenen Gedanken nach, die jäh von einem schrillen Piepen unterbrochen werden. Mein Herz macht vor Schreck einen Satz.

»Oh, Shit! Die Pizza!«, schreit Alicia und stürmt

auf den qualmenden Ofen zu. Über den gellenden Lärm des Feuermelders hinweg hören wir nicht, wie sich die Tür zur Küche öffnet. Plötzlich steht ein Typ hinter uns, der als Musterbeispiel für einen Bad Boy durchgehen könnte. Gepiercte Augenbraue, schwarze Klamotten, dunkle Wuschelhaare und über und über tätowierte Arme.

Beurteile einen Menschen nicht nach seinem Aussehen, mahne ich mich, auch wenn ich im Moment eigentlich Besseres zu tun habe. Alicia davon abzuhalten, die Backbleche mit den bloßen Händen anzufassen, zum Beispiel.

»Dachte ich mir doch, dass das der Rauchmelder ist«, sagt der Bad Boy und schlägt die Ofentür zu, bevor Alicia irgendwas Dummes machen kann.

»Was soll's denn sonst sein? Ein Backofen, der rückwärts ausparkt?«

Eines muss man Alicia lassen. Selbst in solchen Momenten behält sie ihre Schlagfertigkeit. Ich schiebe mich an den beiden vorbei und ziehe mir die Backhandschuhe über. Schnell schalte ich den Ofen aus und weise Mara mit einem Kopfnicken an, die Fenster aufzumachen, damit sich der Rauch schneller verziehen kann. Als ich die Bleche aus dem Ofen hole, kann ich die Hitze deutlich spüren, wie das Feuer gestern Abend. Ich huste und puste vor mich hin, um den Qualm zu vertreiben, und lege die Bleche auf den Untersetzern ab. Bei der dritten Pizza verbrenne ich mir fast die Finger, aber ich schaffe es gerade noch rechtzeitig zum letzten Untersetzer. Bad Boy hat sich unterdessen einen Stuhl herangezogen und den Rauchmelder abgeschaltet.

»Och, Mann! Ich hatte mich schon so gefreut«, mault Alicia, als sie das Ausmaß des Schadens erkennt. Mein Magen teilt ihre Enttäuschung.

»Ach, das sind doch nur Röstaromen«, sagt Bad Boy und klopft ihr aufmunternd auf die Schulter, ehe er sich wieder verzieht.

»Was für ein Arschloch«, sagt Alicia.

10

Im Gegensatz zur Uni meines Stiefbruders Philip werden an der Akademie schon in der ersten Woche Vorlesungen gehalten. Generell habe ich das Gefühl, dass hier alles viel strikter ist. Selbst Professor Eichenbach, der gestern die Einführungsveranstaltung geleitet hat, hat mahnend davon gesprochen, dass die Akademie nur so gut ist wie ihr schlechtester Schüler.

»Wir haben einen Ruf zu verlieren«, hat er sogar mehrmals gesagt und uns dabei einen nach dem anderen angesehen. Ich bin noch keine drei volle Tage hier und fühle mich jetzt schon unter Druck gesetzt. Super!

»Du schaffst das!«, sage ich zu meinem Spiegelbild und schiebe mir eine Haarsträhne hinters Ohr. Ja, ich schaffe das, auch wenn ich mir gerade selbst mit vor Unsicherheit geweiteten Augen entgegenblicke. Ich kann das. Und noch wichtiger: Das hier, die Akademie, das Studium, die Kreativität, ist genau das, was ich will.

Ich blicke mich ein letztes Mal in meinem Zimmer um, überprüfe, ob ich auch nichts vergessen habe, dann mache ich mich auf den Weg zu meiner ersten Vorlesung. Erzähltheorie bei Professor Leiser, eine der Vorlesungen, die ich mit all den anderen Erstsemestern meines Studiengangs besuchen werde.

Du schaffst das, wiederhole ich innerlich, während ich in die kalte Herbstluft hinaustrete, den kurzen Weg zum Eichendorff-Haus zurücklege und die Tür zum Vorlesungssaal aufdrücke. *Du schaffst das.*

Ich bin viel zu früh. Nicht einmal unser Professor ist hier, aber das stört mich nicht. In solchen Momenten der Stille lasse ich gerne meine Gedanken wandern. Ich denke an Helli, die ich in Frankfurt zurückgelassen habe, um ins Nirgendwo irgendeines tiefen Waldes in Bayern zu ziehen. Helli und mein Vater sind die einzigen Menschen, die ich aus meinem Leben vor der Akademie vermisse. Ansonsten gibt es nichts, was mich davon hätte abhalten können, mein Studium hier zu beginnen. Ich bin einfach froh, dass ich endlich eigene Entscheidungen treffen kann, dass ich all die Jahre voller Angst hinter mir lassen kann. Das hier ist wirklich mein Neuanfang, meine Chance, mein Leben für immer zu ändern und ihm ein glückliches Ende zu geben, irgendwann in ferner Zukunft.

Langsam füllt sich der Saal mit Studenten, mit Leben. Wir nicken uns gegenseitig zu, sagen aber nichts. Anscheinend ist es hier eine unausgesprochene Regel, so viel wie möglich zu schweigen, sich die Worte für die eigenen Geschichten und Texte aufzuheben. Ich habe kein Problem damit, schließlich bin ich nicht wirklich ein Menschenfreund.

Als der Professor die Vorlesung beginnt, hören wir alle gespannt zu. Schon gestern bei der Einführung war offensichtlich, dass alle hier das Studium sehr ernst nehmen. Wir haben uns gegen Hunderte Bewerber durchgesetzt und bekommen nun die Chance auf eine erstklassige Ausbildung.

»Gut siebzig Prozent aller Absolventen dieses Studiengangs bekommen bereits für ihr erstes Manuskript einen Verlagsvertrag. Nicht wenige von ihnen sind in den Feuilletons und Bestsellerlisten vertreten und haben zahlreiche Preise für ihr Werk erhalten«, hat Professor Eichenbach gestern gesagt. Meinen Recherchen nach zu urteilen, sind es sogar mehr als siebzig Prozent, aber wir wollen ja nicht kleinlich sein. Während Professor Leiser mit seiner Einführung in Erzähltheorie fortfährt, kann ich ein Lächeln nicht mehr unterdrücken. Ich bin hier! Und in drei Jahren könnte ich zu diesen siebzig Prozent gehören. Damit hätte sich ein großes Stück meines Traums bereits erfüllt.

Ich blicke mich im Saal um und sehe, dass es den anderen ähnlich geht. Erst jetzt begreifen wir so richtig, was es wirklich bedeutet, hier zu sitzen. Wir haben es geschafft. Zumindest bis hierher. Professor Eichenbach ist gestern nicht müde geworden, uns wieder und wieder einzubläuen, dass es nicht alle bis zum Abschluss schaffen werden. Ich bin schon so weit gekommen, habe so viel überstanden, dass ich das hier auch noch durchstehen werde.

Ich schließe die Augen und versuche, meinen Herzschlag zu beruhigen. Dieses Glücksgefühl, das mich durchströmt, ist so wunderbar, besser als alles andere, was ich bisher gespürt habe. Ich möchte es festhalten, präge mir ganz genau ein, wie es sich anfühlt. Falls ich noch einmal in den Abgrund stürze, habe ich etwas, was mir dabei helfen wird, mich wieder nach oben zu kämpfen, den Schmerz abzuschütteln.

Eigentlich habe ich angenommen, Erzähltheorie wäre trocken, aber mit diesem unbändigen Glücksgefühl und der Neugier einer echten Schriftstellerin ist die Vorlesung spannender als so mancher Thriller.

Mein Handy vibriert in meiner Tasche. Bis auf Helli und meinen Vater hat keiner meine neue Nummer. Auch das ist ein Teil meines Neuanfangs: neues Handy, neue Nummer, keine Altlasten mehr.

Ich werfe einen Blick auf das Display. Es ist eine Nachricht meines Vaters. Er weiß, wie wichtig mir dieses Studium ist, wie sehr ich mich darauf konzentrieren will. Er würde mir nicht ohne Grund schreiben.

Ich kann mich nicht zurückhalten und öffne die Nachricht. Sie besteht aus einem einzigen Satz. Ein Satz, der dazu führt, dass meinen Lungen sämtliche Luft entweicht. Ein Satz, der mich abrupt aufspringen lässt, so dass ich alle Blicke, einschließlich den des Professors, auf mich ziehe.

Das Glücksgefühl ist verschwunden, ist Fassungslosigkeit und heißer Wut gewichen, die mir plötzlich durch die Adern rauscht. Meine Finger krampfen sich um das Handy, Tränen verschleiern meinen Blick, und doch sehe ich die Worte ganz genau vor mir. Sie haben sich längst in mein Gehirn gebrannt.

Reiner ist tot.

Es vibriert wieder, eine weitere Nachricht von meinem Vater, vermutlich um diesen schrecklichen Satz zu erklären, doch habe ich keinen Blick mehr dafür.

Ich muss hier weg.

Sofort.

Ich stürme aus dem Saal, spüre, wie mir die Blicke folgen, und tue mein Bestes, sie zu ignorieren. Am liebsten würde ich auf irgendetwas einschlagen. Kann mein altes Leben die Chance auf ein neues tatsächlich einfach so zerstören? Mit nur drei kleinen Worten?

Brenn in der Hölle, Arschloch, denke ich und stoße die Tür ins Freie auf.

11

Ich laufe und laufe, bis laufen nicht mehr genug ist. Also beginne ich zu rennen, achte nicht mehr auf die Umgebung, achte nicht auf die Autos, die mich überfahren könnten, achte nicht auf die wenigen Leute, die bei diesem Wetter draußen unterwegs sind und mir sicher irritiert hinterherblicken.

Innerhalb weniger Minuten habe ich Dunkelfelsen hinter mir gelassen und steuere direkt auf den Wald zu. Er sieht heute ganz besonders dunkel und bedrohlich aus, perfekt für meine aktuelle Stimmung. Die kalte Herbstluft brennt in meinen Lungen und gibt mir neben dem Rennen etwas, auf das ich mich konzentrieren kann. Die Tränen fließen meine Wangen hinab und werden vom Gegenwind sofort getrocknet. Sie fühlen sich eisig auf meiner Haut an, aber das macht mir nichts aus. Meine Gefühle tragen mich tiefer und tiefer in den Wald hinein, bis ich anhalten muss, weil ich keine Luft mehr bekomme. Es fühlt sich an, als würde jemand mit einem spitzen Messer auf meinen Brustkorb einstechen.

Ich stütze mich auf meine Oberschenkel und versuche, meine Atmung zu beruhigen. Es dauert einige Minuten, ehe der Schmerz in meiner Brust nachlässt und mein Herzschlag langsamer wird. Erst dann schaue ich auf, um mich zu orientieren. Der Wald ist hier so dicht, dass die Sonne kaum bis zum Boden durchdringt. Und trotzdem kommt mir die Umgebung bekannt vor. Langsam drehe ich mich im Kreis, bis mein Blick auf einen umgekippten Baumstamm fällt, den ich nur zu gut kenne. Auch seine Blätter färben sich allmählich gelb und fallen zu Boden. Wieder blicke ich mich um, gründlicher diesmal. Ich habe keine Lust und keine Kraft auf eine weitere Auseinandersetzung mit dem grimmigen Waldschrat. Ich will einfach nur allein sein und die Wut aus mir herausschreien, um sie endlich loszuwerden. Jedes Mal wenn ich denke, dass sich mein Leben zum Besseren gewendet hat, passiert so etwas. Dann bekomme ich irgendeine neue Schreckensnachricht aus meinem alten Leben.

»Warum?«, schreie ich den Baum an und bin kurz davor, auf ihn einzuschlagen. Mein Verstand hält mich allerdings zurück.

Du brauchst deine Hände noch, sagt er, und er hat recht.

Ich schreie weiter, Flüche, alles Mögliche. Hier im Wald hört mich zum Glück niemand. Die stillen Baumriesen sind meine einzigen Zeugen, bis meine Schreie in der Weite des Walds verhallen und es um mich herum vollkommen still wird. Als ich keine Stimme mehr habe, lasse ich mich auf dem Baumstamm nieder und sauge gierig die Luft ein. Dann kommen wieder die Tränen, stärker noch als zuvor. Ich lasse ihnen freien Lauf, suhle mich in der Wut und meiner Enttäuschung über das Schicksal.

Reiner hat es verdient, für den Rest seines Lebens eingeschlossen zu werden. Selbst das ist nicht genug für das, was er uns angetan hat. Es bringt mir meine Mutter nicht zurück oder lässt die Jahre der Taubheit vergehen, die hinter mir liegen. Nur seinetwegen habe ich keine Chance gehabt, dieses Leben zu genießen. Viel zu früh haben diese Medikamente fast alles Leben aus mir gesaugt und mir das letzte bisschen Hoffnung genommen.

Und jetzt ist er einfach tot? Wie kann das gerecht sein?

Gefühlte Ewigkeiten sitze ich in der Kälte, während Tränen meine Wangen hinabrinnen und auf den Waldboden tropfen, bis keine mehr übrig sind. Meine Wut ist trotzdem noch nicht vergangen. Ich packe sie und sperre sie zusammen mit meinem Hass dorthin, wo alle Erinnerungen und Gefühle meiner Vergangenheit liegen. Ich schließe die Augen, zähle die Sekunden, bis ich schließlich gar nichts mehr spüre. Ich bin mir nicht sicher, ob das nun gut oder schlecht ist. Vermutlich ein bisschen von beidem.

12

Die Woche verläuft ziemlich ruhig, so dass ich Gelegenheit dazu habe, den plötzlichen Tod meines Stiefvaters zu verarbeiten. Den grimmigen Waldschrat sehe ich nur selten, und wenn doch, gebe ich mir Mühe, ihn, so gut es geht, zu ignorieren. Und trotzdem brennt sich sein finsterer Blick bis tief in mein Innerstes und raubt mir den Atem.

Heute ist Freitag, und mal wieder ist eine Party angesagt, zu der uns Alicia mitschleppen will. Angeblich will sie da herausfinden, wer der Waldschrat ist und warum er sich so seltsam mir gegenüber verhält. Mara und Alicia sind ihm ebenfalls mehrmals auf dem Campus über den Weg gelaufen, doch hat er sie behandelt, als wären sie normale Studenten, im Gegensatz zu mir. Ich seufze und betrachte mich im Spiegel, der eine große Ecke von Alicias Zimmer in Anspruch nimmt.

»Ein richtiges Meisterwerk«, sagt sie und strahlt mich dabei stolz an. In den letzten Nächten habe ich schlecht geschlafen, habe immer und immer wieder Reiner in seiner Zelle erhängt vor mir gesehen. Und obwohl er tot war, hat er weiterhin auf mich eingeredet, mir gesagt, wie krank ich bin, dass ich nie in der Lage sein werde, allein in dieser Welt zu überleben. Das Gefühl der Taubheit hat sich wieder eingestellt, diesmal ganz ohne die Medikamente, die er mir damals verabreicht hat. Dunkle Ringe unter den Augen sind die Folge, die Alicia nun mit einer zentimeterdicken Schicht Make-up abgedeckt hat.

»Keine Sorge, Belle, wir finden schon noch heraus, was er für ein Problem mit dir hat.« Alicia klopft mir aufmunternd auf die Schulter und dreht sich dann schwungvoll zu Mara um. Auch sie wirkt nicht gerade glücklich darüber, dass unsere Mitbewohnerin uns wieder auf eine Party mitschleift, aber trotzdem lassen wir es über uns ergehen. Besser, als ganz allein zu Hause zu hocken und die Wand anzustarren. Seit der Nachricht von Reiners Tod weiß ich sowieso nichts mit mir anzufangen.

»Also, wenn ihr weiterhin solche Gesichter macht, können wir das gleich vergessen mit dem Spaß heute Abend«, sagt Alicia, drückt Mara die Mundwinkel nach oben und zwingt sie zu einem Lächeln.

Genervt weicht Mara zurück und reibt sich die Wangen, auf denen Alicias lange Fingernägel kleine Halbrunde hinterlassen haben.

»Wir müssen los. Wir sind sowieso schon zu spät«, sagt Alicia in vorwurfsvollem Ton, nimmt ihren Mantel und verlässt das Zimmer.

Widerwillig folgen Mara und ich ihr, wobei ich erkennen kann, dass Mara noch weniger Lust auf die Party hat als ich. Sie ist überhaupt schon den ganzen Tag ziemlich still gewesen. Ich nehme mir vor, sie morgen zu fragen, was los ist – wenn Alicia ihren Rausch ausschläft oder versucht, ihre nächtliche Eroberung rauszuschmeißen.

Als wir in dem Haus ankommen, in dem die Party stattfinden soll, ist diese bereits voll im Gange. Der Alkohol fließt in Strömen, während uns die neueste Musik umhüllt und mir die Ohren klingeln lässt. Vermutlich haben die meisten meiner Kommilitonen durch diese exzessive Feierei bereits einen Hörsturz erlitten.

»Ich höre mich dann mal um«, sagt Alicia, und weg ist sie. Es ist ziemlich dreist, wie sie mich und Mara immer auf den Partys stehenlässt, zu denen sie uns mitgeschleppt hat.

»Worauf hast du Lust?«, frage ich Mara, die sich wieder die Schläfen reibt, als hätte sie Kopfschmerzen.

Sie verzieht das Gesicht und schüttelt den Kopf.

»Ich glaube, ich gehe wieder. Mir geht es heute nicht gut.« Ich nicke langsam, begleite sie zur Tür und verabschiede mich, auch wenn ich den Gedanken, ganz allein auf dieser Party zu sein, nicht besonders verlockend finde. Alicia ist zwar irgendwo hier, aber das ist nicht dasselbe.

Ich frage mich, warum Mara sich überhaupt hat mitschleifen lassen. Warum habe ich mich überhaupt mitschleifen lassen?

Als ich wieder in den Partyraum komme, hat Alicia ein Glas in der Hand, das fast leer ist. Ich beobachte sie durch die Menschenmenge, wie sie sich einen Weg durch die Leute bahnt, die teils vor ihr zurückweichen, teils wie magisch von ihr angezogen werden. Ich bewundere sie dafür. Sie fügt sich nahtlos in die Gemeinschaft ein, in der ich mir noch immer wie eine Außenseiterin vorkomme.

Statt mich unter die Feiernden zu mischen, unter all das Leben und die Freude, ziehe ich mich in einen ruhigeren Nebenraum zurück. Ich bin nicht wie Alicia, aber gehen will ich auch nicht, schließlich habe ich für heute Abend nichts Besseres vor. Außerdem habe ich mir eine Beschäftigung mitgenommen. In meiner Tasche befindet sich ein Buch, das ich schon lange hätte lesen sollen und dem ich mich jetzt widme, während ich gleichzeitig ein Auge auf meine Mitbewohnerin habe. Dank Helenas *Bravo*-Wissens weiß ich, dass Alicia ganz gerne mal zu tief ins Glas schaut. Und das hat sich bei unserer ersten Feier ja auch bewahrheitet. Ich will nicht, dass sie bei irgendeinem schmierigen Typen landet und am nächsten Morgen bereut, was sie in der Nacht getan hat. Nein, sollte es zu schlimm werden, werde ich sie packen und nach Hause schleifen, so wie sie mich gepackt hat, um mich hierherzubringen. Sehr wahrscheinlich wird sie protestieren, aber am nächsten Morgen wird sie mir dankbar sein. Sosehr mich ihre Art manchmal auch nervt, bin ich irgendwie auch froh, dass sie mich aus meinem Zimmer holt. Dort kann es mitunter ganz schön einsam werden …

Ich lasse mich auf einen der Sessel sinken, die aussehen, als hätten bereits Generationen von Studenten darauf gesessen. Aus meiner Tasche ziehe ich Theodor Fontanes *Effi Briest* und blättere bis zu der Stelle, an der ich aufgehört habe. Der Kassenzettel dient mir als Lesezeichen, weil ich fast nie eines zur Hand habe, wenn ich mit dem Lesen eines Buches beginne. Ich habe noch keine Seite gelesen, als ich eine der Feiernden in der Tür stehen sehe, in der einen Hand ein Telefon, fest auf das Ohr gepresst, in der anderen einen Pappbecher. Sie bemerkt mich nicht, aber ich kann nicht verhindern, dass ich sie anstarre. Sie kommt mir bekannt vor. Ein geheimnisvolles Leuchten umgibt sie, das ich schon einmal gesehen habe.

13

Ich tue mein Bestes, mich wieder auf mein Buch zu konzentrieren und das Mädchen, das noch immer in der Tür steht, zu ignorieren. Die ganze Zeit über sagt sie kein Wort, nickt bloß, scheint darauf zu warten, endlich mit dem Reden dran zu sein. Und als sie es dann tut, spricht sie in einer Sprache, die ich noch nie gehört habe. Am ehesten klingt sie so wie eine Sprache aus Philips liebster Fernsehserie: *Game of Thrones.*

Weil ich Angst habe, dass sie mich beim Starren erwischt, und weil es ziemlich unhöflich ist, konzentriere ich mich wieder auf mein Buch und zwinge mich dazu, irgendeinen Sinn in den vielen Worten und Buchstaben zu erkennen. Jenseits meines Rückzugsorts ist die Party noch immer im vollen Gange. Gedämpfte Musik ist zu hören, vermischt mit Gelächter und lautem Grölen. Und den seltsamen Worten des Mädchens. Ich will mehr von dieser Sprache hören, die so ganz anders klingt als alles, was ich jemals zuvor vernommen habe. Irgendwie weich, aber doch abgehackt. Es hört sich so an, als würde sie auf jemanden einreden, jemanden zu etwas drängen wollen. Irgendwann verstummt sie. Langsam hebe ich den Blick und spüre, dass sie mich jetzt anschaut.

»Du liest auf einer Party?«, fragt sie und steckt das Handy in ihre Hosentasche. Sie kommt ein Stück näher und deutet auf das Buch, das aufgeklappt vor mir liegt.

Ich nicke langsam.

»Aber das ist eine Party. Solltest du nicht bei den anderen sein und feiern?« Sie betrachtet mich aus dunklen Augen, perfekt geschminkt und mit Wimpern so lang, dass die Models aus sämtlichen Mascara-Werbespots vor Neid erblassen würden. Und dann ist da wieder dieses Leuchten, das sie zu umgeben scheint, als wäre sie ein strahlender Engel unter uns einfachen Sterblichen. Wieso kommt sie mir nur so verdammt bekannt vor? Wo habe ich sie schon einmal gesehen?

Ich schlucke diese Gedanken runter und überlege,

was ich ihr antworten könnte. Sie bringt mich total aus dem Konzept. »Eigentlich wollte ich gar nicht herkommen. Aber wenn ich schon einmal hier bin, kann ich die Zeit auch sinnvoll nutzen.«

Sie kommt näher, bleibt dann aber abrupt stehen. Das Lächeln gefriert ihr auf den Lippen. Ihre Augen weiten sich. Sie saugt scharf die Luft ein, macht einen Schritt zurück und wirft mir einen hasserfüllten Blick zu, genau wie der grimmige Waldschrat.

»Du bist das also«, murmelt sie und ist ebenso plötzlich verschwunden, wie sie gekommen ist.

14

Es dauert einen Moment, bis ich mich von dem Schock erholt habe. Was habe ich ihr denn getan?

Ich möchte keine Sekunde länger auf dieser Party bleiben. Was soll ich denn hier? Das Mädchen hat recht. Auf einer Party zu lesen, ist genauso verrückt, wie mitten während der Vorlesung laut herumzugrölen und zu tanzen. Und konzentrieren kann ich mich jetzt sowieso nicht mehr. Nicht nachdem dieses Mädchen einfach so kehrtgemacht hat, als hätte sie sich an etwas verbrannt. Ihr Verhalten erinnert mich an den grimmigen Waldschrat, und es macht mich wütend, dass ich gerade jetzt wieder an ihn denken muss. Sie hat mich mit demselben Blick angesehen wie er, als wir uns das erste Mal begegnet sind. Das kann doch nur ein komischer Zufall sein, oder?

Ich schiebe mein Buch zurück in die Tasche, stehe auf und kehre zu den Partygästen zurück.

In der Menge suche ich nach Alicia und bahne mir langsam einen Weg durch die Feiernden. Dabei passe ich auf, dass mir niemand Bier über meine Kleidung kippt. Einen spontanen Wet-T-Shirt-Contest kann ich jetzt wirklich nicht gebrauchen. Die Stimmung ist ausgelassen, sicher sind schon einige der Bierkästen, die überall in den Ecken herumstehen, leer. Einen Moment lang lasse ich mich treiben, angesteckt von der Energie um mich herum, von dem Leben der anderen. Fast fühlt es sich so an, als wäre ich ein Teil der Menge, würde endlich dazugehören. Das warme Bier, das mir keine Minute später übers Kleid gekippt wird, holt mich in die Realität zurück. Ich bin nicht wie sie, und um ehrlich zu sein, will ich das auch nicht sein. Der Typ, der das Bier ausgekippt hat, versucht doch allen Ernstes, den Fleck mit einem schmierigen Taschentuch abzuwischen. Ich bin mir ziemlich sicher, dass er es schon mehr als einmal benutzt hat, und weiche aus, bevor er mich damit berühren kann.

Erleichterung durchfließt mich, als ich Alicia finde. Taumelnd steht sie auf der Tanzfläche. Wie hat sie es nur geschafft, in so kurzer Zeit so betrunken zu werden?

Genauso wie sie mich gepackt hat, um mich hierherzuschleifen, packe ich sie nun, um sie an einen ruhigeren Ort zu bringen. Ihre Augen sind glasig, und sie riecht nach Alkohol. Ich hätte besser auf sie aufpassen sollen, anstatt mich auf die Fremde und ihr seltsames Telefongespräch zu konzentrieren.

»Das reicht für heute. Lass uns nach Hause gehen«, sage ich in versöhnlichem Tonfall, weil ich merke, dass Alicia alles andere als erfreut ist.

»Wir sind doch gerade erst gekommen. Komm schon, Belle. Sei kein Spielverderber«, mault sie und verschränkt trotzig die Arme vor der Brust.

Ich unterdrücke ein genervtes Seufzen und sehe ihr fest in die glasigen Augen. »Morgen wirst du mir dafür danken.«

Alicia gibt ein Geräusch von sich, das halb Stöhnen, halb Lachen ist. Na super. Wie viel sie wohl schon getrunken hat?

»Ich kann jetzt nicht weg. René ist gerade erst angekommen.« Alicia deutet aufgeregt auf einen riesenhaften Kerl. Er ist von einer Schar Mädchen umringt, die offensichtlich alle darauf aus sind, mit ihm im Bett zu landen. Während ich angewidert die Augen verdrehe, höre ich, wie Alicia neben mir seufzt.

Das wird ja immer besser!

Warum ist Mara ausgerechnet heute schon so früh gegangen? Ich könnte ihre Hilfe jetzt ganz gut gebrauchen.

Weil ich spüre, dass das Ganze in einer ziemlich

schlimmen Katastrophe enden könnte, schleife ich Alicia trotz ihres Protests hinaus in die eisige Nachtluft. Vielleicht bringt die Kälte sie ja zur Vernunft. Fröstelnd ziehe ich mir die Jacke an, was Alicia ausnutzt, um wieder ins Haus zu rennen. Mit einem genervten Seufzen folge ich ihr und bringe sie schließlich dazu, mit mir nach Hause zu gehen.

»Weißt du, Belle, René ist echt super. Er ist der Beste in seinem Jahrgang und wird ganz bestimmt gute Angebote für Filmrollen bekommen«, erzählt mir Alicia und strahlt dabei bis über beide Ohren.

Ich gebe mir Mühe, nicht genervt zu stöhnen. Seit Tagen müssen wir uns anhören, wie toll dieser Kerl ist.

»Und er ist viel heißer als Kilian«, fügt sie nach einem Moment hinzu, in dem ich mir nicht sicher bin, ob sie sich nicht doch gleich auf dem Gehsteig übergeben wird.

»Wer ist denn bitte Kilian?« Diesen Namen hat sie bisher noch nicht erwähnt. Hoffentlich hat sie sich nicht noch einen Typen angelacht.

»Na, der grimmige Waldschrat. Kilian Winter«, sagt sie und beginnt zu kichern. Es ist ganz offensichtlich, dass ihr dieser Spitzname gut gefällt. Mir gefällt er allerdings noch weniger, jetzt, wo ich weiß, von wem wir sprechen.

Kilian heißt er also. Nun, das ist besser als grimmiger Waldschrat, aber was interessiert mich das? Der Typ ist ein einziges Arschloch, und je weniger ich über ihn nachdenke, umso besser. Und trotzdem. Eine

Bemerkung über ihn hat ausgereicht, um die Erinnerungen an unsere letzten Begegnungen wieder in mir hochkommen zu lassen, und mit ihnen kehrt die Wut zurück.

»Lass uns nicht mehr über ihn sprechen«, sage ich und fange Alicia im letzten Moment auf, bevor sie über einen Ast vor uns auf dem Gehsteig stolpern kann.

»Okay, okay. Kein Waldschrat-Gelaber mehr.« Sie nickt entschlossen. Und dann ist da wieder dieses Kichern, das sie immer dann von sich gibt, wenn sie über Waldschrat Kilian spricht.

Ich stöhne genervt und nehme mir fest vor, beim nächsten Mal besser auf Alicia aufzupassen.

15

Den Rest des Wochenendes verbringe ich zusammengerollt in meinem Bett oder auf dem Sessel in meinem Zimmer mit *Effi Briest*. Das Buch hat Professor Leiser uns in Erzähltheorie empfohlen, auch wenn er uns nicht aufgetragen hat, es zu lesen. Ich tue es trotzdem, einfach um noch tiefer in die Materie einzusteigen. Ich will Literatur wirklich verstehen. Ich bin gut, sonst wäre ich nicht hier, das weiß ich, aber trotzdem ist in mir dieses Verlangen, noch wesentlich besser zu werden. Neben mir erwacht mein Laptop aus dem Standbymodus, und das bekannte Klingeln von Skype ertönt. Das kann nur eines bedeuten: Helena.

Ich springe auf. Jede Minute mit meiner Schwester ist wertvoll und führt dazu, dass ich mich lebendig und angenommen fühle, als hätte ich endlich einen Platz im Leben gefunden. Ich erstarre, als ich erkenne, dass neben ihr noch jemand sitzt.

»Papa?«, frage ich verwundert und sehe, wie sich sein Gesicht aufhellt, weil ich ihn fast nie so nenne. Warum auch, schließlich kenne ich ihn erst seit einem Jahr – seit meiner Flucht vor *ihm*.

»Hey, Schwesterherz! Na, wie viele Partys hast du schon hinter dir?« Helli strahlt wie immer und scheint sich nicht daran zu stören, dass unser Vater neben ihr sitzt. Dieser schaut ziemlich betreten in die Webcam und scheint nicht zu wissen, was er sagen soll. Geht mir genauso. Da haben wir mal wieder etwas gemeinsam.

»So wild geht es jetzt auch wieder nicht zu«, sage ich bloß und sehe, wie sich das Gesicht meines Vaters verfinstert. Er hält es für eine schlechte Idee, dass ich in Dunkelfelsen studiere, nach allem was ich durchgemacht habe. Er wollte, dass ich bei ihm und seiner Familie in Frankfurt bleibe, aber ein Jahr dort war für mich mehr als genug. Und es war nicht das, was ich mir gewünscht habe, woran ich jahrelang festgehalten habe, um alles zu überstehen.

»Papa wollte mal sehen, wie du da so lebst. Ich kann ihn aber auch wegschicken, wenn du lieber mit mir alleine reden willst«, sagt Helli mit einem Seitenblick auf unseren Vater und zwinkert mir zu.

Ich verdrehe die Augen und höre, wie unser Vater seufzt. Helli ist eine Naturgewalt, die nicht so leicht zu bändigen ist, und gerade er scheitert öfter mal daran.

»Ich dachte mir, dass du vielleicht hören willst, was mit Reiner passiert ist«, sagt er, und ich erstarre. Er merkt es nicht, schaut nicht mal wirklich in die Kamera. Vermutlich ist es das erste Mal, dass er Skype benutzt.

Ich atme tief durch, spüre, wie sich meine Fingernägel in meine Handinnenflächen drücken und die Wut durch meine Adern pulsiert. Ich hatte angenommen, dass ich das hinter mir gelassen habe, dass mich nichts mehr daran erinnern würde, aber da habe ich wohl nicht mit meinem Vater gerechnet. Er redet sehr gerne, auch wenn er dabei oft nicht mitbekommt, wie sein Gegenüber darauf reagiert. So wie jetzt.

»Ich glaube, es ist ganz gut, dass er jetzt tot ist. Das gibt uns allen die Gelegenheit, mit der Sache abzuschließen.« Er runzelt die Stirn, als wäre er sich nicht sicher, ob er noch etwas sagen soll, lässt es dann aber bleiben.

Ich sehe, wie auch Hellis Laune drastisch sinkt. *Die Sache.* So nennt er mein Leben, bevor ich geflohen und zu ihm gekommen bin. Die Sache. Als wäre es nicht weiter schlimm. Und doch wissen wir alle drei, wie schlimm es tatsächlich ist, wie knapp ich mit dem

Leben davongekommen bin. Andere hat *die Sache* das Leben gekostet. Nicht nur meine Mutter, nun auch Reiner.

»Sie haben einen Abschiedsbrief neben ihm gefunden, der an dich gerichtet ist, Lenora. Soll ich ihn dir schicken?« Es ist das erste Mal, dass mein Vater in die Kamera blickt, sein Blick fragend, leicht besorgt.

Ich wende mich ab, überlege, ob ich das wirklich will, und schüttle schließlich den Kopf. Ich möchte nichts haben, was mich an *ihn* erinnert. Es ist mir egal, ob *er* einen Brief für mich hinterlassen hat und was darinsteht. Es kann nicht besser sein als das, was *er* mir von Angesicht zu Angesicht gesagt hat. Sicher wird das nur wieder eine Meisterkomposition aus Vorwürfen und psychologischem Fachchinesisch sein, um seinen eigenen Namen bis zuletzt reinzuwaschen.

»Papa. Du hast doch versprochen, nicht darüber zu reden. Schau doch, wie traurig das Leonora immer noch macht«, sagt Helli und stößt unserem Vater heftig in die Seite.

Er schaut von ihr zu mir, versucht zu verstehen, was sie meint. Aber er sieht es einfach nicht. Er sieht nicht, wie nah mir *die Sache* noch immer geht.

»Geh jetzt. Wir haben hier noch ein paar Mädchensachen zu regeln«, fügt Helli hinzu und stößt ihn noch weiter von sich fort. Er hebt beschwichtigend die Hände und steht langsam auf. Ich höre seine Knie knacken. Er ist auch nicht mehr der Jüngste. Und gerade in den letzten Monaten scheint er um Jahre gealtert zu sein. Der Prozess, den meine Flucht nach sich gezogen hat, hat uns alle ziemlich mitgenommen. Und ich bin meinem Vater so unendlich dankbar, dass er keine Kosten und Mühen gescheut hat, um Reiner hinter Gitter zu bekommen.

»Also gut, also gut. Wenn es das ist, was ihr beiden wollt. Bis zum nächsten Mal, Lenora«, murmelt er und winkt mir im Hinausgehen zu. Ich nicke und bringe ein Lächeln zustande, doch auch das sieht er nicht. Er ist längst aus Helenas Prinzessinnenzimmer verschwunden, vermutlich froh, diese unangenehme *Sache* endlich hinter sich zu haben.

»Tut mir leid, ich wusste nicht, dass er damit anfängt. Ich dachte, dass er hören will, wie's dir so an der Akademie geht«, sagt sie, als sich die Tür hinter ihm schließt. Helli schenkt mir ein entschuldigendes Lächeln.

Ich winke ab, weil sie ja unmöglich hätte wissen können, dass es dazu kommt. Sie trägt keine Schuld, auch nicht mein Vater, schließlich hat er es nur gut gemeint. Er meint es immer nur gut.

»Also, was ist aus diesem Typen geworden, der dich im Wald bedroht hat?« Helli rückt ein Stück näher an die Kamera ran, als könne sie es gar nicht abwarten, diese Geschichte zu hören.

Ich wappne mich für viel Kreischen und Gekicher, was ich ja dank Alicia schon gewöhnt bin, und erzähle ihr von den neuesten Erkenntnissen. Gestern, nachdem sie bis um drei Uhr mittags ihren Rausch ausgeschlafen hat, hat sie mir noch mehr von Kilian erzählt, obwohl ich sie mehrmals ausdrücklich gebeten habe aufzuhören.

»Und der starrt dich noch immer so böse an?«

Ich nicke. »Ja, leider. Langsam geht mir das echt auf die Nerven.«

Hellis Gesicht hellt sich noch weiter auf. Ihre schlechte Laune von vor ein paar Minuten ist bereits vergessen. »Du weißt aber schon, was das bedeutet, oder?«

Ich runzele die Stirn. Woher soll ich wissen, was dieses Verhalten zu bedeuten hat? Ich bin keine Hellseherin. Wahrscheinlich will er mich tatsächlich umbringen.

Stell dich hinten an, denke ich und schüttle den Kopf.

»Na, was sich liebt, das neckt sich, Leni! Und in Büchern sind die unfreundlichen Typen am Ende immer die große Liebe«, sagt Helli, als wäre es das Offensichtlichste auf der ganzen Welt. Die Bücher. Natürlich. In diesem Punkt sind wir uns wirklich ähnlich.

»Und wie sieht es denn bei dir aus mit den Jungs?«, frage ich sie, um das Thema zu wechseln. Mir ist es ziemlich unangenehm, mit meiner sechzehnjährigen Schwester über irgendeinen Typen zu reden, von dem ich nur weiß, dass er zwei Semester über mir ist, Kilian heißt und mich offensichtlich hasst.

Helenas Grinsen wird noch breiter, als sie mir von all den Jungs erzählt, die seit dem letzten Schuljahr auf ihre Schule gehen. Unsere Schule. Die Schule, die ich zusammen mit Philip im letzten Jahr verlassen habe.

Ich bin froh, dass ich ein Thema gefunden habe, über das Helena stundenlang reden kann. Das lenkt mich von meiner eigenen Lage ab, von Reiners Selbstmord, Kilians hasserfüllten Blicken und meiner Begegnung mit diesem komischen Mädchen auf der Party. Noch immer bekomme ich ihr merkwürdiges Telefongespräch und die fremde Sprache nicht aus dem Kopf, doch während Helli immer weiter und weiter auf mich einredet, verblasst die Erinnerung an jene Nacht, bis sie schließlich ganz verschwindet.

Die Tür hinter Helena geht wieder auf, doch diesmal kommt nicht unser Vater, sondern ihre Mutter Elisabeth ins Zimmer.

»Schluss jetzt. Es gibt Abendessen«, sagt sie im Befehlston, so wie sie immer mit uns spricht. Selbst mit dem Wissen, dass uns über zweihundert vielleicht sogar dreihundert Kilometer trennen, zucke ich beim Klang ihrer Stimme zusammen. Ich bin mit Elisabeth nicht wirklich warmgeworden. Sie hat mich nie akzeptiert, auch wenn mein Vater sich sehr darum bemüht hat.

»Aber ich rede gerade mit Lenora, Mama!«, protestiert Helena.

»Du machst jetzt sofort Schluss, junges Fräulein. Wir warten schon alle auf dich. Hast du uns nicht rufen gehört?« Ich kann mir Elisabeth in diesem Moment ganz genau vorstellen, wie sie mit verschränkten Armen im Türrahmen steht und ihre Tochter streng ansieht.

»Tut mir leid, Leni. Du weißt ja, wie das ist.« Helena winkt mir ein letztes Mal zu, dann wird die Verbindung unterbrochen.

16

Nach fast zwei Wochen habe ich mich an mein neues Leben in Dunkelfelsen gewöhnt.

Es wird Zeit, dass ich mich mit dem zweiten Grund, warum ich hergekommen bin, beschäftige. Die Suche nach meiner Großmutter, nach meinen Wurzeln. Aus meiner Geburtsurkunde, die nach Reiners Festnahme sichergestellt worden ist, weiß ich, dass ich hier in der Nähe geboren worden bin und eine Weile hier gelebt haben muss. Ich erinnere mich noch, dass ich bis zur dritten Klasse jeden Sommer hier verbracht habe, zusammen mit meiner Großmutter.

Seit dem Tod meiner Mutter bin ich allein. Ich habe keine weiteren Verwandten, und auch übers Internet habe ich nichts über meine Familie herausfinden können, außer natürlich den Wohnort meines Vaters. Meine Großmutter scheint wie vom Erdboden verschluckt. Trotzdem will ich mein Glück hier in Dunkelfelsen versuchen und vielleicht auf dem Einwohnermeldeamt nachfragen, ob sie hier noch irgendwo lebt.

Ich kann mich nicht mehr genau an sie erinnern, doch später, als ich nicht mehr jeden Sommer zu ihr gefahren bin, als Reiner längst unser Leben beherrscht hat, hat meine Mutter manchmal über sie gesprochen. Sie hat geschimpft, dass meine Großmutter jegliche Technik verabscheute, fast so wie mein Vater. Vermutlich habe ich deshalb nichts über sie im Internet finden können. Aber vielleicht ist sie auch einfach gestorben. Genau damit will ich anfangen, die schlimmste Möglichkeit aus dem Weg räumen. Das Einwohnermeldeamt wäre die logische Anlaufstelle für meine Suche gewesen und hätte vermutlich zu einem schnelleren Ergebnis geführt. Aber auf dem Weg dorthin befällt mich ein unerklärlicher Drang, eine andere Richtung einzuschlagen. Als zöge mich etwas dorthin. Meine Beine tragen mich immer weiter auf die Stadtgrenze und den Wald zu, der ganz Dunkelfelsen umgibt, bis ich schließlich vor einem schmiedeeisernen Tor in einer hüfthohen Mauer stehen bleibe. Grabsteine ragen dahinter auf, und auf dem rostigen Schild ist nur noch ein einziges Wort zu erkennen.

Friedhof.

Erschrocken starre ich es an. Warum um alles in der Welt bin ich ausgerechnet hier gelandet? Ich hasse Friedhöfe und die dunkle Energie, all die Trauer, die sich hartnäckig an die vielen Grabsteine klammert und mir die Luft abdrückt. Habe ich endgültig den Verstand verloren, oder ist das ein Zeichen, dass meine schlimmsten Befürchtungen tatsächlich wahr sind. Ist meine Großmutter längst tot?

Und wenn, ist sie tatsächlich hier begraben worden oder vielleicht in irgendeiner anderen Stadt hier in der Nähe? Wo soll ich weitermachen, wenn ich nichts von ihr finde?

So viele Fragen. Nur die Sonne und die kalte Herbstluft um mich herum, vereinzelt Vogelgezwitscher. Die bunten Blätter und meine Schritte auf dem harten Asphalt, als ich mich schließlich überwinde und durch das Tor trete. Irgendwie habe ich Angst davor, über den Friedhof zu wandern und nach einem Namen zu suchen, aber andererseits muss ich mich einfach vergewissern, dass ich mit meiner Befürchtung falschliege. Und wenn ich schon einmal hier bin … Vermutlich ist es sogar besser, ganz allein herauszufinden, ob sie gestorben ist, anstatt das falsche Mitleid ertragen zu müssen, das mich seit meiner Flucht vor meinem Stiefvater verfolgt. Erst von meinem Vater, dann den Polizeibeamten und schließlich sogar dem Lehrpersonal meiner letzten Schule, als die ganze Wahrheit über meine Vergangenheit durch den Prozess gegen Reiner ans Licht gekommen ist. Eigentlich hatte ich damit abgeschlossen, aber hier auf dem verlassenen Friedhof, umgeben vom Schweigen der Toten, kommen die Erinnerungen wieder hoch. Um mich abzulenken, konzentriere ich mich auf das, was ich über meine Großmutter weiß. Sophie Hagen. Das ist ihr Name, wenn ich mich richtig erinnere. Oma Sophie.

Ein runzeliges Gesicht taucht vor meinen Augen auf, lächelt mich an, so herzlich, dass ich mir sehnlichst wünsche, dass sie noch am Leben ist. Ich brauche dringend jemanden, mit dem ich über alles reden kann, mit dem ich mich verbunden fühle, den ich von früher kenne, als alles noch in Ordnung gewesen ist. Natürlich habe ich auch noch meinen Vater, aber das ist etwas anderes. Ihn kenne ich erst seit knapp einem Jahr und weiß, dass ich in seinem Haus nicht unbedingt willkommen bin. Zumindest nicht, wenn es nach seiner Frau und seinem Stiefsohn geht.

Eiskalt brennt sich der Metallgriff der Tür zum Friedhof in meine Hand. Kalt wie der Tod, der dahinter lauert. Kaum habe ich den Friedhof betreten, nehme ich schwarze Schlieren in der Luft wahr. Das passiert mir ständig, wenn ich an Orten bin, an denen der Tod seine Spuren hinterlassen hat. Ich weiß nicht, woher das kommt. Vielleicht bin ich doch verrückt, aber für mich sind sie da. Schon immer.

Langsam laufe ich die Reihen mit den Gräbern ab, eine nach der anderen, bis ich schließlich eine leider nur zu vertraute Gestalt knapp hundert Meter von mir entfernt erkenne.

Kilian.

Sofort ducke ich mich hinter eine niedrige Mauer, die ein Wasserbecken umfasst. Blätter schwimmen darin.

Ob er mich gesehen hat? Langsam richte ich mich auf und suche den Friedhof nach Kilian ab. Da ist er wieder, taucht hinter einem Grabstein auf und befreit ihn vom herabgefallenen Laub. Also hat auch er jemanden hier begraben müssen. Er geht um das Grab herum, zündet eine der Kerzen an, die vom Herbstwind ausgegangen ist, und hält für einige Zeit inne. Er hat die Augen geschlossen und fühlt sich offenbar unbeobachtet. Danach geht er zum nächsten Grab, streicht über den Mamorstein, als würde er nach etwas suchen. Langsam folge ich ihm und achte darauf, dass er mich nicht sieht. Verberge mich hinter einer Statue, die einmal ein Engel gewesen sein muss, aber jetzt von Regen und Schnee zerfressen ist. Ich ducke mich hinter Hecken und Grabsteine und hoffe, dass mir niemand bei diesem seltsamen Versteckspiel zusieht.

Was macht Kilian da?

Er läuft ein Stück weiter, hält bei einem anderen Grab an, das sehr alt aussieht. Der Stein ist schon richtig verwittert, so dass man nicht mehr lesen kann, welche Namen darauf stehen. Wieder zündet er eine Kerze an, bleibt einige Sekunden lang stehen, den Kopf gesenkt, als würde er beten oder sich auf die Person, die dort unten in der kalten Erde liegt, besinnen. Und wieder geht er weiter, wieder dasselbe Spiel: neue Kerzen, den Grabstein von Blättern befreien, welke Blumen abzupfen und so weiter. Ich komme kaum noch hinterher, fürchte, dass ich jeden Moment seine Aufmerksamkeit erregen könnte, und verliere ihn schließlich aus den Augen, als ich mich hinter einer besonders dichten Hecke verberge. Plötzlich höre ich

Schritte direkt hinter mir. Abrupt drehe ich mich um und erstarre. Da ist er. Kilian.

»Ich weiß nicht, ob man es dir jemals gesagt hat, aber man beobachtet andere Leute nicht einfach heimlich«, sagt er mit leiser bedrohlicher Stimme, die mir eine Gänsehaut verursacht.

Ich erschauere und will etwas erwidern, suche nach einer bissigen Antwort. Was würde Alicia an meiner Stelle sagen? Doch als ich den Blick hebe, um ihm endlich zu antworten, hat er den Ausgang fast erreicht, als könnte er es kaum erwarten, von mir wegzukommen.

Es ist normalerweise nicht meine Art, Fremden hinterherzuspionieren. Aber ich habe noch nie jemanden getroffen, der so viele Leute auf dem Friedhof zu kennen scheint. Verstorbene. Ob das alles Familienmitglieder sind?

Ich weiß es nicht und werde es wahrscheinlich auch niemals erfahren, schließlich spricht er nur mit mir, wenn ich ihn besonders wütend gemacht habe. So wie gerade eben.

Sollte er wirklich um so viele Menschen trauern, tut er mir wirklich leid. Ich weiß noch genau, wie schrecklich es gewesen ist, meine Mutter zu verlieren, nicht nur weil die Umstände so grausam gewesen sind. Wie fühlt es sich dann an, so viele Menschen aus dem Leben scheiden zu sehen?

17

Minutenlang stehe ich da und schaue Kilian hinterher, zucke zusammen, als er das Friedhofstor schwungvoll hinter sich zuknallt. So viel dazu, dass es auf Friedhöfen besonders ruhig ist. Selbst als er längst fort ist, bleibe ich, wo ich bin, und weiß nicht, was ich tun soll. Wäre ich doch einfach zum Einwohnermeldeamt gegangen!

Ich sauge tief die frische Luft ein, spüre, wie sie sich eisig auf meine Lungen legt und diese zu brennen beginnen. Meine Hände sind in der Kälte dieses Herbstnachmittags zu richtigen Eisklumpen erstarrt.

Ich beschließe, meine Suche auf dem Friedhof fortzusetzen, und bin so auf das Lesen der Namen auf den Grabsteinen fixiert, dass ich ihn beinahe übersehen hätte. Den Mann im dunklen Anzug, der ähnlich wie Kilian zuvor Kerzen auf mehreren Gräbern entzündet. Auch er kommt mir seltsam bekannt vor. Nicht vom Gesicht oder von seinem Aussehen her, sondern von der Art und Weise, wie er sich bewegt. Wenn ich mich genau darauf konzentriere, umgibt ihn eine Art Schimmern, das mir auch schon bei Kilian und dem Mädchen von der Party aufgefallen ist. Entweder ich werde jetzt tatsächlich verrückt, oder aber die drei sind irgendwie miteinander verbunden.

Wir stehen ungefähr einen Meter voneinander entfernt, und als er mich bemerkt und sein Blick meine Augen findet, erstarrt auch er, genau wie Kilian bei unserer ersten Begegnung. Für einen Moment sieht es so aus, als hätte er den Tod selbst erblickt, als wäre nicht ich hier, sondern irgendein Ungeheuer, das ihm nach dem Leben trachtet. Er wird kreidebleich, schluckt und schüttelt den Kopf. Dann setzt er ein freundliches Lächeln auf, aber man sieht ihm an, dass er lieber woanders wäre.

»Suchen Sie nach jemandem? Vielleicht kann ich Ihnen helfen.« Er macht eine ausladende Bewegung, die wohl den ganzen Friedhof einschließen soll. »Ich bin der Verwalter hier. Mein Name ist Gabriel Winter.«

Winter. Also lag ich tatsächlich richtig mit meiner Vermutung. Kilian trägt denselben Nachnamen. Die beiden sind miteinander verwandt. Auch wenn sie sich nicht besonders ähnlich sehen.

»Vielleicht«, sage ich zögerlich. Wie erklärt man, dass man nach seiner Großmutter sucht, die möglicherweise gar nicht tot ist? Ich meine, es ist schon ziemlich makaber, mit seiner Suche auf einem Friedhof anzufangen. Mittlerweile bin ich mir auch nicht mehr so sicher, warum ich es getan habe. Irgendetwas hat mich einfach hierhergezogen. Vielleicht waren es die schwarzen Schlieren, die vereinzelt wie große Ascheflocken durch die Luft wehen. Oder Kilian.

»Sie erinnern mich an jemanden. Sind Sie zufällig mit Sophie Hagen verwandt?« Herr Winter mustert mich von Kopf bis Fuß, vermeidet allerdings Augenkontakt. Es wäre mir unangenehm, hätte er nicht den Namen meiner Großmutter erwähnt.

Ich nicke langsam. Woher weiß er das? Sehe ich ihr wirklich so ähnlich? Ich kann mich nicht mehr wirklich an sie erinnern, aber ich habe nicht einmal meiner Mutter besonders ähnlich gesehen. Ich komme eher nach meinem Vater, wie ich vor einem Jahr festgestellt habe.

»Liegt sie hier irgendwo?«, frage ich und schlucke.

Die Sekunden, bis er mir antwortet, scheinen qualvoll lang zu sein. Ich beiße mir in die Wange, wappne mich für das, was kommen mag, und bin überrascht, als Herr Winter lächelnd den Kopf schüttelt. Er lacht sogar, als wäre das ein Scherz gewesen.

»Nein, noch lange nicht. An Sophie Hagen beißt der Tod sich die Zähne aus«, sagt er und kann noch immer nicht aufhören zu lachen.

Ich weiß nicht so recht, was ich davon halten soll. Sie ist noch am Leben. Das ist gut. Aber was meint er damit, dass sich der Tod an ihr die Zähne ausbeißt? Liegt sie im Koma? Ist sie dement und kann sich an nichts mehr erinnern?

Mein Herz beginnt zu rasen, treibt mir die Röte ins Gesicht und trägt die Angst bis in die letzte Faser meines Körpers. Ich kann sie nicht verlieren, nicht sie auch noch.

Herr Winter muss meine Sorge bemerkt haben, denn er kommt ein Stück auf mich zu, hebt die Hand, wie um mir die Schulter zu tätscheln, lässt sie dann aber doch wieder sinken.

»Keine Sorge. Es geht ihr gut. Sie lebt dort oben, im Altenheim direkt mit Blick auf den Friedhof. Es heißt, sie hätte explizit um eben dieses Zimmer gebeten, damit sie dem Tod ins Auge sehen kann«, sagt er und hört endlich auf zu lachen. Er deutet auf ein altes Gebäude, das sich direkt hinter dem Friedhof in die Höhe erhebt. Es ist größer, wesentlich größer als das Wohnheim und mindestens genauso alt. Auch dieses Haus ist umstellt von riesigen Bäumen, die bereits ihr Laub verloren haben und nun trostlos wirken. Genauso trostlos wie dieser Friedhof.

»Sie ist wirklich am Leben?« Ich kann es kaum glauben. Die ganze Zeit habe ich mich auf das Schlimmste vorbereitet, und jetzt ist praktisch der beste Fall eingetreten. Oma Sophie lebt noch. Ich habe noch eine Verwandte, ganz in meiner Nähe. Jemanden, der meine Mutter besser kennt als mein Vater. Mein Herz beruhigt sich allerdings kein bisschen. Ich spüre, wie meine kalten Hände zu schwitzen beginnen. So nah bin ich meiner Großmutter gewesen. Wer weiß, vielleicht sieht sie mich ja gerade mit Herrn Winter auf dem Friedhof reden. Ich stelle mir ihr Gesicht vor und frage mich, ob es noch runzeliger geworden ist.

»Wenn Sie möchten, begleite ich Sie zu ihr«, bietet Herr Winter an und legt mir nun doch eine Hand auf die Schulter. Bei seiner Berührung zucke ich zusammen, weil sie sich fast wie ein Stromschlag anfühlt.

Sofort spüre ich, dass etwas mit ihm nicht stimmt. Es ist dasselbe Gefühl, das ich habe, wenn Kilian in meiner Nähe ist. Irgendetwas ist mit dieser Familie ganz und gar nicht in Ordnung.

»Nein danke. Ich glaube, ich muss das erst einmal verarbeiten«, sage ich und weiche sofort zurück.

Auch Herrn Winter ist diese Situation sichtlich unangenehm. Schnell macht er sich an einem verdorrten Strauch zu schaffen.

»Natürlich. Kann ich Ihnen sonst noch irgendwie helfen?« Seine Stimme klingt nicht mehr ganz so freundlich, eher gepresst, als müsste er sich beherrschen.

Ich schüttle schnell den Kopf und mache auf dem Absatz kehrt. So schnell ich kann, verlasse ich den Friedhof und erwische gerade noch so den Bus zurück nach Dunkelfelsen. Er ist fast leer, doch die wenigen Leute, die darin sitzen, sehen mir an, dass etwas ganz und gar nicht stimmt. Eine ältere Frau bietet mir sogar ein Stück Traubenzucker an.

Ich lehne dankend ab. Noch immer rast mein Herz in meiner Brust, und ich finde kaum Halt an den Stangen, als der Bus losfährt. Fast wäre ich über meine eigenen Füße gestolpert, kann mich gerade noch so festhalten und hangele mich die Sitzreihen entlang, bis ich endlich einen Platz gefunden habe.

Was für ein Tag! Was für eine seltsame Begegnung. Mein Aufenthalt in Dunkelfelsen wird immer mysteriöser.

18

Ein Mädelsabend ist genau das Richtige, um mich von den Ereignissen am Nachmittag abzulenken. Wir stehen in der Küche und bereiten gemeinsam unterschiedliche Snacks zu. Jeder das, was er am liebsten mag.

»Und du tust wirklich Zimt auf dein Popcorn?« Alicia schaut zweifelnd auf die Schale Popcorn vor mir. Ich nicke bloß und lächele sie an.

»Mit Zimt schmeckt alles besser, vertrau mir.«

Alicia nickt, sieht aber nicht sehr überzeugt aus. Ich will ihr gerade eine Kostprobe anbieten, da geht die Tür auf und Bad Boy kommt hereinstolziert. Wie Alicia wirkt auch er unheimlich selbstsicher, als gehöre ihm das Wohnheim und wir seien nur dank seiner Großzügigkeit willkommen.

»Na, parkt der Backofen heute wieder rückwärts aus?« Mit einem breiten Grinsen geht er an uns vorbei und öffnet den Kühlschrank, um sich ein Bier herauszuholen. Hinter mir höre ich, wie Alicia genervt aufschnaubt.

»Solltest du nicht ein bisschen aufpassen? Sonst ist dein Sixpack am Ende vom Semester fort«, erwidert sie und stemmt die Hände in die Hüften, um unseren Hausmitbewohner anzufunkeln.

Alicia mag behaupten, dass sie ihn nicht leiden kann, aber ein Funkeln in ihrem Blick verrät mir, dass da doch etwas zwischen den beiden laufen könnte. Vor ihr sind sowieso keine Kerle sicher.

»Süß, dass du dir darüber Gedanken machst«, sagt der Bad Boy und prostet ihr mit seinem Bier zu, ehe er die Küche wieder verlässt.

»Wenn ich es nicht besser wüsste, würde ich sagen, dass er dich mag«, sagt Mara neben uns, was Alicia wieder ein genervtes Schnauben entlockt.

»Was sich liebt, das neckt sich«, füge ich Maras Bemerkung hinzu und bringe damit bei Alicia das Fass zum Überlaufen. Mit einem Knall schlägt sie den Kühlschrank zu, den Bad Boy offen gelassen hat.

»Bevor ich mit dem was anfange, springe ich lieber vom höchsten Gebäude der Akademie«, entgegnet Alicia und packt die Schokolade aus, die sie am Nachmittag gekauft hat. Aber dabei belässt sie es nicht. Nein, sie ist anscheinend so in Rage, dass sie die Schokoladentafel Stück für Stück auseinanderbricht und feinsäuberlich auf dem Teller stapelt.

»So viel dazu«, sage ich leise und höre, wie Mara kichert.

Wir schaffen es an diesem Abend nicht mehr, den Play-Knopf zu drücken und unseren Film zu genießen. Dafür haben Mara und Alicia viel zu viel zu erzählen, und auch ich will endlich loswerden, was ich heute erlebt habe.

»Also, ich habe mich noch ein bisschen wegen Kilian umgehört, Lenora«, beginnt Alicia.

Ich höre nur mit halbem Ohr zu, was sie über Kilian berichtet. Alicia hat herausgefunden, dass er ein paar Semester über uns ist. Das bedeutet, dass wir keine Vorlesungen zusammen haben werden, aber trotzdem laufen wir uns ganz bestimmt im Eichendorff-Haus über den Weg. Und darauf habe ich wirklich keine Lust.

»Er sitzt immer irgendwo auf dem Campus rum, meistens im Uni-Café, und schreibt in sein Notizbuch. Bei den Lesungen wurden schon einige seiner Gedichte vorgetragen, und die Mädels sind total scharf auf ihn. Ich kann es ihnen nicht verübeln, wäre da nicht sein Todesblick«, erzählt Alicia, und ich merke, wie mir langsam schlecht wird. Sie braucht Kilians Markenzeichen nur zu erwähnen, da spüre ich ihn wieder auf mir, diesen fiesen Blick. Ich muss gegen meinen Brechreiz ankämpfen. Vielleicht hätte ich doch nicht so viel Popcorn essen sollen.

»Ich habe mit einigen Mädels aus seinem Semester gesprochen, natürlich mit denen, die auch Vorlesungen mit ihm haben, und es ist echt kein Geheimnis, dass so ziemlich jede von ihnen mit Kilian ins Bett springen will. Er hat einfach irgendwas, das sie wie die Fliegen anzieht. Und ich muss ehrlich sagen, dass ich sie verstehen kann.« Alicia zwinkert mir zu, während Mara wieder leise kichert.

Ich bin echt drauf und dran, aufs Klo zu rennen und alles wieder rauszukotzen. Alicia scheint langsam zu merken, dass ihre Nachforschungen nicht gerade dazu beitragen, mich zu beruhigen. Im Gegenteil. Am liebsten würde ich jetzt auf ein Kissen einschlagen oder, seien wir mal ehrlich, auf Kilians Gesicht, bis er mir sagt, was los ist.

»Was sich liebt, das neckt sich«, wiederholt Alicia meine eigenen Worte und zwinkert mir zu, was meine Laune noch tiefer sinken lässt.

»Also ehrlich, ich kenne den Kerl vielleicht seit zwei oder drei Wochen, und ich bin mir definitiv hundertprozentig sicher, dass ich niemals was mit ihm anfangen könnte. Da springe ich lieber vom höchsten Gebäude der Akademie«, sage ich und sehe, wie Alicia zusammenzuckt. Das hat gesessen. Hoffentlich hält sie das davon ab, mir noch weitere nervige Details über Kilian Winter zu erzählen. Um das Thema zu wechseln, erzähle ich den beiden von meinem Besuch auf dem Friedhof und meiner seltsamen Begegnung mit Kilian. Allzu weit komme ich mit meinem Bericht allerdings nicht.

»Ha! Hab ich's doch gewusst! Du magst ihn«, ruft Alicia und klatscht begeistert in die Hände.

»Das hab ich doch gar nicht gesagt«, protestiere ich, doch gegen meine Mitbewohnerinnen habe ich keine Chance.

»Warum sonst würdest du ihm hinterherspionieren? Und was machst du überhaupt freiwillig auf einem Friedhof? Suchst du da irgendwie nach Inspiration, oder wie läuft das bei euch Schriftstellern?«

Alicia beobachtet mich aufmerksam. Um eine Antwort komme ich wohl nicht mehr so leicht herum. Ich muss ihr von meiner Großmutter erzählen, dem wahren Grund, weshalb ich überhaupt dorthin gegangen bin. Vielleicht lassen mich die zwei dann auch mit der Kilian-Sache in Ruhe.

»Das ist doch großartig! Dann bist du überhaupt nicht mehr alleine hier, Lenora«, sagt Mara und tätschelt mir die Schulter.

Ich nicke. Ja, allein bin ich wirklich nicht hier in Dunkelfelsen, ich habe auch endlich echte Freunde gefunden, aber trotzdem werde ich meine Furcht nicht los, dass irgendetwas zwischen Sophie und meiner Mutter vorgefallen sein muss. Dass meine Großmutter nichts mit mir zu tun haben möchte.

»Ach, Unsinn, Lenora. Sie wird sich so freuen, wie du dich eigentlich freuen würdest, wenn du dir nicht die ganze Zeit Sorgen machen würdest. Wenn du willst, kommen wir mit«, sagt Alicia, als ich von meinen Bedenken erzähle, und schlingt einen Arm um mich. Es fühlt sich noch immer seltsam an, jemandem so nahe zu sein, ohne im nächsten Moment mit einer Ohrfeige rechnen zu müssen, aber ich weiche nicht zurück. Die Jahre der Angst und Schmerzen sind endgültig vorbei. Reiner kann mich nicht mehr stundenlang, tagelang in den kalten Keller stecken oder seinen Frust an mir auslassen. Dafür hat er selbst gesorgt. Er kann mir nichts mehr tun. Einzig die Erinnerung bleibt und mit ihr die Trauer über den Tod meiner Mutter. Aber nicht alles ist verloren, noch besteht Hoffnung auf ein glückliches Ende, auch wenn ich mich vor dem Besuch bei meiner Großmutter fürchte.

»Danke, aber ich glaube, das muss ich alleine machen«, entgegne ich und greife nach dem Popcorn, auch wenn mir noch immer schlecht ist.

Meine beiden Mitbewohnerinnen nicken verständnisvoll und lächeln mich aufmunternd an. Ich weiß, dass sie es gut mit mir meinen, aber ich muss meiner Großmutter alleine gegenübertreten.

»Alter, du hattest echt recht. Popcorn mit Zimt ist der Burner!«, ruft Alicia, als sie sich endlich eine Handvoll davon in den Mund steckt, was Mara und mich beide zum Lachen bringt. Wir unterhalten uns weiter über die Akademie, über unsere Familien und natürlich über den ganzen Klatsch und Tratsch, den Alicia schon wieder aufgeschnappt hat. Es tut gut, über solche banalen Dinge nachzudenken und die Sache mit Kilian, dem komischen Anzugtypen auf dem Friedhof und meiner Großmutter zu vergessen. Und genau das ist es, was ich an diesem Abend brauche, um beruhigt einzuschlafen, auch wenn ich durch den ganzen Zucker und die Schokolade noch immer sehr aufgedreht bin.

19

Heute ist Freitag der Dreizehnte. Es ist sechzehn Uhr, und ich bin auf dem Weg zu einer Einführungsveranstaltung für ein Werkstattseminar, das nächste Woche beginnt. Immer wenn der Dreizehnte auf einen Freitag fällt, sehe ich, wie besonders abergläubische Menschen oder Menschen, die eigentlich gar nicht wirklich abergläubisch sind, völlig durch den Wind sind. Sie fürchten, dass jeden Augenblick ein Unglück passieren könnte. Ich habe an solchen Freitagen bisher immer nur Glück gehabt. Das kommt vielleicht auch daher, dass ich an einem geboren wurde. Selbst in den letzten Jahren ist mein Geburtstag immer ein Tag gewesen, auf den ich mich gefreut habe. Nicht einmal Reiner hat das geändert, und meine Mutter hat sich sehr dafür eingesetzt, dass ich wenigstens einen schönen Tag für mich habe. Hier in Dunkelfelsen kann jeder Tag ein guter werden, wenn ich nur gewissen Waldschraten aus dem Weg gehe.

Als ich das Eichendorff-Haus betrete, empfängt mich wohlige Wärme. Schnell steige ich die Treppe hinauf zum Vorlesungssaal. Die Veranstaltung wird jeden Moment beginnen, und ich will nicht die Letzte sein. Auf dem Weg zum Vorlesungsgebäude habe ich mir die Zeit genommen, die kalte Herbstluft an diesem Nachmittag zu genießen. Wenn man oft ein ganzes Wochenende lang eingesperrt gewesen ist, nimmt man diese kleinen Dinge, die andere oft gar nicht bemerken, viel intensiver wahr und weiß sie mehr zu schätzen.

Als ich die Tür zum Seminarraum endlich erreiche, völlig außer Atem, weil ich die letzten beiden Stockwerke hochgerannt bin, erstarre ich in der Bewegung. Das kann jetzt nicht wahr sein!

Kilian unterhält sich im Hörsaal mit unserem Professor. Unauffällig schiebe ich mich an ihnen vorbei, versuche herauszufinden, ob er bleiben wird oder ob er wieder verschwindet. Ich merke, dass er mich anstarrt, während er auf den Professor einredet, irgendetwas über die Bedeutung von einem Autor, den ich nicht kenne. Ich ignoriere seinen Blick und gehe weiter, suche mir einen Platz und warte, dass die Einführung endlich beginnt. Als weder Kilian noch der Professor den Raum verlassen, werde ich unruhig. Aus den Augenwinkeln beobachte ich, wie sich Kilian auf einen der freien Stühle am anderen Ende des Saals setzt, möglichst weit weg von mir. Der Professor dagegen steuert auf das kleine Podest vor der altmodischen Tafel zu und breitet seine Notizen auf dem Tisch aus.

Eigentlich ganz normal, wäre da nicht wieder dieses komische Gefühl, das mich jedes Mal in Kilians Gegenwart überfällt. Auch wenn ich nach vorne blicke, spüre ich, dass er mich noch immer anstarrt. Und ganz bestimmt nicht freundlich. Ich beiße mir auf die Wange, um etwas zu haben, auf das ich mich konzentrieren kann. Ich will mich nicht zu Kilian umdrehen und seinem Blick begegnen müssen, dem grimmigen Ausdruck seiner blaugrauen Augen und der steilen Falte auf seiner Stirn. Ja, ich habe in den letzten Wochen wirklich Zeit gehabt, mir sein Gesicht genau einzuprägen. Wenn Kilian in meiner Nähe ist und mir diesen Blick zuwirft, kann ich ihn nicht lange ignorieren. Auch jetzt nicht, obwohl es doch so wichtig wäre, mich auf den Vortrag unseres Dozenten zu konzentrieren, der sich als Professor Johannsen vorstellt. Aber lange kann ich nicht gegen den Drang ankämpfen, Kilian anzusehen, und fröstele, als er meinen Blick erwidert. Die Stimme des Professors tritt in den Hintergrund, bis ich sie kaum mehr höre. Mein Herzschlag übertönt sie, wird immer schneller, je tiefer sich Kilians Blick in meinen bohrt. Manchmal habe ich das Gefühl, dass er mir direkt in die Seele blickt, auch wenn ich mir nicht sicher bin, ob ich an so etwas überhaupt glaube …

Ich hoffe, dass Kilian nur zufällig in dieser Vorlesung ist und nicht jeden Montag beim Werkstattseminar dabei sein wird. Wenn das so weitergeht, kann ich das Studium auch gleich abbrechen. Vielleicht war es sowieso die falsche Entscheidung, nach allem, was in den letzten Jahren passiert ist. Vielleicht hätte ich in Frankfurt bei meinem Vater bleiben sollen.

Wieder muss ich an den Flyer der Akademie denken. *Jede Sekunde zählt.* Egal, wie meine Noten am Ende ausfallen werden, ich sollte hier so viel wie möglich mitnehmen. Und selbst Kilian kann mich nicht davon abhalten.

Da der Professor ihn nicht als seinen Assistenten vorstellt oder sonst wie anspricht, verstärkt sich meine Vermutung, dass Kilian hier ganz normaler Student ist. Und damit wächst meine Wut. So sehr, dass ich mich noch weniger auf den Professor konzentrieren kann, der uns gerade erklärt, dass wir in seinem Seminar die Theorie, die wir in allen anderen Unterrichtsfächern lernen, endlich anwenden werden. Er spricht über verschiedene Arbeitsmaterialien, so viel bekomme ich noch mit, aber Kilians Präsenz in diesem Raum lenkt mich einfach zu sehr ab. Am liebsten würde ich ihn fragen, was er hier sucht. Hat er nicht andere Werkstattmodule oder sonst irgendwelche Vorlesungen zu besuchen? Warum ausgerechnet das Werkstattseminar, das mir am wichtigsten ist?

Am liebsten würde ich ihn anschreien, ihn vor allen anderen zur Rede stellen. Natürlich ist es eine dumme Idee, gleich hier und jetzt aufzustehen und ihn zu konfrontieren. Professor Johannsen würde mich wahrscheinlich hochkant aus dem Raum werfen, und alle anderen würden mich für verrückt halten.

Nein, so möchte ich dieses Semester nicht starten. Ich will nicht wieder das verrückte Mädchen sein. Das hat lange genug mein Leben bestimmt. Jetzt ist die Zeit der echten Lenora gekommen. Wenn die Vorlesung endlich vorbei ist, nehme ich mir vor, werde ich auf Kilian zugehen und ihn ansprechen. Ich muss einfach wissen, was ich ihm getan habe.

»Wir sehen uns dann am Montag. Bringen Sie Ihre Kreativität mit!« Und damit ist die Stunde tatsächlich beendet. Noch bevor Professor Johannsen die Tür öffnet, stürmt Kilian bereits an ihm vorbei nach draußen, als hätte er geahnt, was ich vorhabe.

Und fort ist meine Chance, ihn zur Rede zu stellen. Genervt verdrehe ich die Augen und zwinge mich, tief durchzuatmen. Ich versuche, mich zu beruhigen, während sich meine Fingernägel in meine Handinnenflächen bohren.

Eigentlich hatte ich vorgehabt, meine Großmutter morgen zu besuchen, aber nach dieser Begegnung mit Kilian weiß ich nicht, ob ich das wirklich schaffe. Er macht mich einfach wahnsinnig, selbst wenn er nicht in meiner Nähe ist. Ich bekomme ihn nicht mehr aus dem Kopf, kann mich kaum auf etwas anderes konzentrieren. Ein Besuch im Altenheim wird mich da sicher nicht beruhigen können. Eher im Gegenteil. Allein daran zu denken, bringt meine Aufregung wieder zurück.

20

Die Nacht ist beinahe noch grausamer als der Tag. Mir geht Kilians anklagender Blick nicht mehr aus dem Kopf, und ich frage mich stundenlang, was ich ihm getan habe, dass er mich so hasst. Ich weiß, dass es übertrieben ist, wie sehr mich das alles beschäftigt, aber ich werde das einfach nicht mehr los. Genauso wenig kann ich die Angst vor dem Besuch bei meiner Großmutter verdrängen. Die Mädels haben mich zwar in meinem Entschluss bestärkt, morgen ins Altenheim zu fahren, und trotzdem bekomme ich vor Nervosität kein Auge zu. Ich wälze mich hin und her, beobachte durch den geöffneten Vorhang den Lauf des Mondes, bis er hinter dem Wald verschwindet.

Als ich am nächsten Morgen aufwache, ist es draußen noch ziemlich dunkel. Meine Uhr zeigt zwar acht Uhr an, aber ich fühle mich, als wäre ich gerade erst eingeschlafen. Stöhnend quäle ich mich aus dem Bett, schiebe erst einen Fuß in die Kuhle des Zimmers, dann den anderen. Langsam rappele ich mich auf und tappe zu meinem Spiegel an der gegenüberliegenden Wand. Dunkle Ringe liegen unter meinen Augen, und ich sehe aus, als hätte ich seit Tagen nicht geschlafen. Genauso fühle ich mich. Völlig erschöpft und ausgelaugt. Und wahrscheinlich ist auch etwas Wahres dran. Seit ich in Dunkelfelsen bin, hat es nicht eine Nacht gegeben, die ich durchgeschlafen habe. Erst bin ich ständig wegen irgendetwas aufgewacht, sei es nun von den Geräuschen des alten Hauses, dem Regen vor dem Fenster oder wegen eines Albtraums mit Kilian in der Hauptrolle. Und jetzt das ganze Gefühlschaos, weil ich Oma Sophie tatsächlich gefunden habe.

Ich balle meine Hände zu Fäusten und spüre den altvertrauten Schmerz meiner Fingernägel auf den Handflächen. Als ich meine Hände öffne, fürchte ich bereits, dort kleine halbmondförmige Wunden zu sehen, weil ich das in den letzten Tagen so oft gemacht habe. Jedes Mal wenn ich an Kilian denke, passiert das. Ich habe keine Ahnung, was das alles zu bedeuten hat, dieser grimmige Ausdruck in seinen Augen und seine abwehrende Haltung mir gegenüber, und ehrlich gesagt werde ich das Gefühl nicht los, dass es nicht bei diesen verachtenden Blicken bleiben wird. Die Vergangenheit hat mich einiges über Menschen gelehrt, vor allem über ihre Schattenseiten. Manchmal kommt nach finsteren Blicken mehr. Mehr Schmerz. Mehr Angst. Mehr Dunkelheit.

Die Jahre mit meinem Stiefvater sind das beste Beispiel dafür. Noch heute sehe ich sein Gesicht deutlich vor mir, wie langsam jegliche Menschlichkeit daraus verschwindet, bis nur noch der Zorn in seinen stechenden blauen Augen erkennbar ist. Diesen Ausdruck werde ich nie vergessen, diese Ruhe, die ihn plötzlich umgeben hat. Wie oft hat er meine Mutter oder mich einfach nur angeschaut, uns mit den Blicken gefangen gehalten, bis er sich urplötzlich auf uns gestürzt hat? Und warum? Weil wir es gewagt haben, ihm zu widersprechen. Oder weil ihm das Abendessen nicht geschmeckt hat. Oder wir zu laut geatmet haben. Es hat immer einen Grund für seine Wut gegeben, so banal er manchmal auch gewesen ist. Was ist wohl Kilians Grund? Was lässt ihn so wütend werden, wenn er mich sieht?

Vermutlich könnte ich ein ganzes Jahrhundert damit zubringen, mir deswegen den Kopf zu zerbrechen, doch entscheide ich nach einer Weile, dass er es nicht wert ist. Nach all den Schreckensjahren unter meinem Stiefvater habe ich es verdient, glücklich zu sein. Und über Kilian nachzudenken, bewirkt genau das Gegenteil. Also raffe ich mich auf und gehe ins Wohnzimmer, wo ich Mara beim Zeichnen finde.

»Guten Morgen, Lenora!«, begrüßt sie mich mit einem fröhlichen Grinsen. Sie hält ein Bild in die Höhe, an dem sie gerade arbeitet, und strahlt mich an.

»Das habe ich für deine Großmutter gemalt. Vielleicht hat sie in ihrem Zimmer ja einen Ort, an dem sie es aufhängen kann«, sagt sie und reicht mir das Bild über die Sofalehne.

Mein Hass auf Kilian ist plötzlich verschwunden, meine Aufregung vergessen, als ich die wunderbaren Details ihrer Zeichnung sehe. Sie hat nichts benutzt außer einigen Buntstiften, so wie ich es als Kind im

Wohnzimmer meiner Oma getan habe. Das Bild zeigt eine Wiese voll bunter Blumen. Sie leuchten mir von dem weißen Blatt entgegen und sind so voller Leben, obwohl sie nur auf Papier existieren. Ich muss unweigerlich lächeln.

»Es ist wunderschön. Danke«, hauche ich und kann es noch immer nicht fassen, dass sie mir gerade eine ihrer Zeichnungen überlassen hat.

»Ich dachte mir, gerade jetzt in der dunklen Jahreszeit sind ein paar Blumen an der Wand sicherlich gut«, sagt Mara, viel zu bescheiden, um mein Lob anzunehmen. Sie ist eine wahre Künstlerin, stelle ich fest und spüre bereits, wie die Inspiration wieder durch meine Adern fließt. Wäre ich nicht schon spät dran, hätte ich mich wahrscheinlich neben sie gesetzt und etwas geschrieben, aber heute gibt es etwas Wichtigeres als das Schreiben. Meine Großmutter.

21

Bevor ich mich wirklich ins Altenheim wage, laufe ich ziellos in der Kälte umher, Maras Bild in den Händen. Erst um Punkt fünfzehn Uhr stehe ich endlich vor dem Eingang zum Altenheim. Es ist ein riesiger Altbau, weit größer als ich bei meinem Friedhofsbesuch angenommen habe. Dunkel ragt er vor mir auf, und irgendwie habe ich den Eindruck, dass das ein trostloser Ort ist, um seinen Lebensabend zu verbringen. Ob es meine Großmutter genauso sieht? Hat sie deshalb ein Zimmer mit Blick auf den Friedhof gewählt?

Bevor ich aufgebrochen bin, habe ich eine Beauty-Prozedur durch Alicia über mich ergehen lassen müssen. Sie hat auch das Outfit für mich zusammengestellt, in dem ich fröstelnd durch die Gegend geirrt bin. Es war keine gute Idee, im Herbst ein dünnes Kleid zu tragen, aber was tut man nicht alles, um seine verloren geglaubte Großmutter zu beeindrucken?

Langsam strecke ich meine durchgefrorenen Finger nach der Türklinke aus. Sie ist golden und eiskalt durch die Herbstluft. Ich drücke sie runter und muss mich regelrecht gegen die Tür werfen, um sie aufzubekommen. Ich trete in einen hell erleuchteten Eingangsbereich, der mich eher an ein Hotel als ein Altenheim erinnert. Auf einer Seite befindet sich eine große Sitzecke mit antiken Sofas und Sesseln und einigen Zimmerpflanzen in großen Kübeln. Staunend sehe ich mich um, während die Tür hinter mir ins Schloss fällt. Eine breite Holztreppe, die mit rotem Teppich ausgelegt ist, windet sich ins obere Stockwerk, und am Ende des Foyers erkenne ich noch einige Türen, die vermutlich in Verwaltungsräume führen. Das Highlight des Raums ist allerdings ein imposanter Leuchter aus schwarzem Metall, der besser in eine Burg gepasst hätte. Wahrscheinlich stammen die Möbel noch aus der Zeit, als das Gebäude errichtet worden ist, ähnlich wie bei uns im Wohnheim.

Zu meiner Rechten befindet sich eine Theke, dahinter eine Frau, die in ein paar Jahren selbst hierhergehören könnte. Ihre Haare sind schneeweiß und zu einem festen Knoten auf ihrem Kopf zusammengefasst.

»Guten Tag, kann ich Ihnen helfen?« Sie erhebt sich und kommt um die Theke herum. Freundlich blickt sie mich an, aber ich kann einfach nicht verhindern, dass mir vor Aufregung wieder speiübel wird. Gleich werde ich meiner Großmutter nach so vielen Jahren gegenüberstehen. Wie sie wohl reagieren wird? Ich schlucke meine Nervosität herunter und versuche, mein rasendes Herz zu beruhigen, ehe ich schließlich nicke.

»Wollen Sie jemanden besuchen?«

Ich nicke wieder, suche nach Worten, versuche, den Namen meiner Großmutter auszusprechen, aber irgendwie will er mir nicht über die Lippen kommen.

»Sie müssen mir schon sagen, nach wem sie suchen, sonst kann ich Ihnen nicht helfen«, sagt die Frau und schenkt mir ein aufmunterndes Lächeln. »Sind Sie zum ersten Mal hier? Der erste Besuch hier ist oft ein wenig … überwältigend.«

Verständnisvoll tätschelt sie mir die Schulter, ehe sie wieder an ihren Platz hinter der Theke zurückkehrt und etwas in ihrem Computer nachschaut.

Komm schon, Lenora. Sag ihr, nach wem du suchst.

Ich atme tief ein und gebe mir einen Ruck. Je eher ich das hinter mich bringe, desto früher bin ich wieder zu Hause, sollte es nicht so laufen, wie geplant. Sollte Oma Sophie nichts mit mir zu tun haben wollen.

»Sophie Hagen. Ich möchte zu Sophie Hagen«, platzt es schließlich aus mir raus, und ich spüre, wie eine erneute Welle der Übelkeit über mich hereinbricht.

»Die liebe Sophie also. Sie hat schon lange keinen Besuch mehr gehabt«, sagt die Empfangsdame und schaut wieder etwas in ihrem Computer nach. »Zimmer 213.«

Zimmer 213. Mein Leben voller Dreizehner. Ob mir diese Zahl heute Glück oder Unglück bringen wird?

»Wenn Sie wollen, kann ich anrufen, um zu schauen, ob Frau Hagen überhaupt da ist. Sie unternimmt gerne Ausflüge, und dann müssten sie unnötig auf sie warten.«

Wieder nicke ich und versuche mich an einem dankbaren Lächeln. Sofort greift die Empfangsdame zum Hörer und telefoniert kurz.

»Die Pflegerin fragt Frau Hagen, ob sie Besuch empfangen möchte. Sie müssen wissen, dass sie sehr ungemütlich werden kann, wenn man sie stört. Aber wem sage ich das? Sie wissen sicher, wovon ich spreche«, sagt die Empfangsdame, während sie den Hörer an ihre Brust drückt.

Nein, das weiß ich nicht, denke ich traurig, sage allerdings nichts. Mitleid oder komische Blicke sind das Letzte, was ich jetzt will.

Wir warten einige Zeit, bis die Pflegerin sich wieder meldet, dann runzelt die Empfangsdame plötzlich die Stirn.

»Wer sind Sie noch mal?«, fragt die sie und mustert mich von oben bis unten.

»Lenora Hagen, ihre Enkelin«, sage ich nach kurzem Zögern mit zitternder Stimme. Jetzt gibt es tatsächlich kein Zurück mehr.

Die Empfangsdame gibt die Informationen weiter und zieht verwundert die Augenbrauen hoch.

Ein paar Sekunden später legt sie auf.

»Sie sagt, dass sie keine Enkelin hat, die Lenora heißt«, sagt sie und starrt mich an, als wäre ich eine Aussätzige. Ihre Augen sind zu Schlitzen verengt, wie bei Kilian, wenn er mir wieder seinen Todesblick zuwirft.

»Ich muss Sie bitten, jetzt zu gehen.«

22

»Was?«, keuche ich. Die Aufforderung der Empfangsdame fühlt sich an wie ein Schlag gegen die Brust, der mir sämtliche Luft aus den Lungen presst.

»Es tut mir leid, aber Frau Hagen möchte nicht mit Ihnen sprechen«, sagt die Empfangsdame, und ich spüre, wie sich all die Angst und Anspannung, die sich seit gestern in mir aufgebaut haben, in einer gewaltigen Explosion in meinem Inneren entladen. Ich klammere mich an der Theke fest und sauge scharf die Luft ein. Das hilft gar nichts. Meine Knie zittern viel zu heftig. So hatte ich mir das nicht vorgestellt. Aber wieso sollte meine Großmutter sich auch noch an mich erinnern? So vieles hat sich seit meiner Kindheit geändert.

»Mein Name«, hauche ich, und sofort fällt der Schock von mir ab. Wieso bin ich da nicht gleich darauf gekommen? »Es ist ein Missverständnis. Sie müssen wissen, dass ich meinen Namen erst kürzlich geändert habe.« Es gefällt mir nicht, das zu erwähnen. Meinen Geburtsnamen habe ich zusammen mit Reiner und meiner Vergangenheit zurückgelassen. Ja, Lenora ist nicht mein wirklicher Vorname, aber ich habe gute Gründe gehabt, ihn zu ändern. Zu viel Schmerz ist damit verbunden.

»Es würde mir wirklich sehr viel bedeuten, meine Großmutter wenigstens noch ein Mal zu sehen«, füge ich hinzu und spreche damit aus, was ich mir schon seit so langer Zeit wünsche. Das ist schließlich einer der Gründe gewesen, warum ich überhaupt nach Dunkelfelsen gekommen bin. Wenn nicht sogar der Hauptgrund. Die Erinnerungen an meine Großmutter und mein Entschluss, nach ihr zu suchen, ist einer der wenigen Gedanken gewesen, die mich alles haben durchstehen lassen. Noch einmal das runzelige Gesicht meiner Großmutter zu sehen, herauszufinden, ob meine Erinnerungen an sie stimmen.

Der Gesichtsausdruck der Empfangsdame verändert sich. Da ist plötzlich Verständnis und Mitleid in ihrem Blick, was mich hoffen lässt. Sie nickt kurz und bedeutet mir, mich auf eines der Sofas in der anderen Ecke zu setzen und zu warten. Sie lächelt mir ein letztes Mal zu, ehe sie die Stufen hinaufpoltert und im nächsten Stockwerk verschwindet. Während ich auf sie warte, versuche ich, mich wieder zu beruhigen. Atemübungen helfen nicht, an etwas Schönes denken, hilft nicht. Gar nichts hilft. Ich bin so nervös wie noch nie, nervöser noch als vor meiner mündlichen Aufnahmeprüfung für die Akademie. Und selbst Kilians finstere Blicke sind ein Dreck gegen die Aufregung, die in diesem Moment durch meine Adern schießt und meine Hände zittern lässt. Als ich erneut Schritte auf der Treppe höre, springe ich auf.

»Sie sitzt dort unten, Frau Hagen«, höre ich eine Stimme sagen. Und schließlich steht sie vor mir. Meine Großmutter. Sie sieht noch genauso aus wie in meiner Erinnerung. Ihre Falten sind etwas tiefer, das Haar nicht mehr grau, sondern weiß, aber ansonsten ist alles gleich geblieben. Vor allem ihre blauen Augen, die immer geleuchtet haben, wenn sie mir von den Trollen und Feen im Dunkelfelsener Wald erzählt hat.

Ich versuche, meine zitternden Hände unter Kontrolle zu bringen, und habe keine Ahnung, was ich sagen soll. Sophie scheint es ähnlich zu gehen. Sie starrt mich an, mustert mich von oben bis unten, ringt um Worte und bringt schließlich ein einziges hervor.

»Louisa.«

Mein alter Name. Der Name meiner Mutter.

23

Es dauert eine ganze Weile, bis wir uns wieder einigermaßen gefangen haben. Ich kann mich kaum bewegen und lasse meine Großmutter nicht mehr aus den Augen, zu groß ist meine Angst, auch sie zu verlieren oder mir dieses Treffen nach all den schrecklichen Jahren bloß einzubilden.

Irgendjemand bringt uns in einen separaten Raum, in dem einzig ein quadratischer Tisch und zwei Stühle stehen. Die Wände sind weiß, an manchen Stellen grau verfärbt, aber Bilder oder andere Dekoration gibt es nicht. Nur ein kleines Fenster, das kaum Licht hereinlässt. Fast komme ich mir vor, als wäre ich in einen der Vernehmungsräume der Polizei gestolpert. Die sind nach meiner Flucht vor Reiner im letzten Jahr fast zu einem zweiten Zuhause geworden, so viel Zeit, wie ich dort zusammen mit meinem Vater verbracht habe, um Reiner endgültig hinter Schloss und Riegel zu bringen, nach allem, was er mir und meiner Mutter angetan hat.

Als ich mich einigermaßen an die karge Einrichtung gewöhnt und all die schlechten Erinnerungen an das letzte Jahr verdrängt habe, bemerke ich Sophies Blick: voller Neugier und Verwunderung. Wieder frage ich mich, was zwischen ihr und meiner Mutter damals vorgefallen ist, aber ich traue mich noch nicht, danach zu fragen. Ich suche nach Worten, nach irgendetwas, das ich ihr sagen kann, aber mein Kopf ist vollkommen leer. Das alles fühlt sich wie ein Traum an, in dem ich kein Wort herausbringe.

Sophie ist ebenso sprachlos, aber am Ende diejenige, die das Schweigen zwischen uns bricht.

»Hat dich deine Mutter geschickt? Was braucht sie?«

Erschrocken zucke ich zusammen. Doch als ich den Blick meiner Großmutter auffange, spüre ich, dass sie ziemlich besorgt wirkt.

Sie weiß es nicht, stelle ich erschrocken fest und kann es einfach nicht glauben. Sie weiß nicht, dass ihre Tochter tot ist.

Es dauert eine Weile, bis ich wieder einigermaßen gefasst bin und Sophies Frage beantworten kann.

»Sie kann mich nicht mehr schicken. Sie ist tot«, sage ich so leise, dass Sophie mich wahrscheinlich gar nicht gehört hat. Ich warte, aber es kommt keine Antwort.

Ich hebe den Blick und sehe, dass das Gesicht meiner Großmutter erstarrt ist. Sie blickt mich aus weit aufgerissenen Augen an, nein, sie sieht durch mich hindurch, durch die Wand hinter mir, hinein in die Leere und Weite dieser Welt. Was auch immer die beiden auseinandergetrieben hat, es ist nicht stark genug, um verbergen zu können, wie sehr Sophie vom Tod meiner Mutter getroffen ist.

»Wie?«

Ich kneife die Augen fest zu, in dem verzweifelten Versuch, die schrecklichen Bilder von mir fernhalten zu können. Trotzdem strömen die Erinnerungen auf mich ein, als wäre es erst gestern passiert. Als wäre sie erst gestern vor meinen Augen gestorben. Ich sehe das Blut an den Wänden, auf dem Boden, wie es aus ihrer Kopfverletzung rinnt. Ich sehe ihre leeren Augen, sehe, wie sie ihre Hand ein letztes Mal nach mir ausstreckt und sie dann schlaff zu Boden fällt. Und ich sehe *ihn*, Reiner, der für ihren Tod verantwortlich ist. Und der nun ebenfalls tot ist. Wie soll ich Sophie das bloß erzählen? Ich will sie nicht noch mehr schockieren. Ich kann ihr nicht sagen, wie ihre einzige Tochter gestorben ist.

»Es war ein Unfall«, sage ich schließlich und wiederhole damit die Worte meines Stiefvaters. Bis zur letzten Sekunde hat er diesen Satz gemurmelt, auch dann noch, als man ihn wegen Totschlags verurteilt hat. Wahrscheinlich steht das auch in seinem Abschiedsbrief an mich. Aber es ist kein Unfall gewesen. Ich habe es mit eigenen Augen gesehen. Und ich bin nun die Einzige, die weiß, was wirklich passiert ist.

Zum Glück hat sich der Richter dafür entschieden, mir zu glauben und nicht *ihm.*

Sophie nickt langsam und versinkt in tiefes Schweigen. Sie scheint mir anzusehen, dass ich nicht darüber sprechen möchte, es nicht kann. Der Schmerz, den der Tod meiner Mutter mit sich gebracht hat, ist einfach noch zu groß und frisst sich immer tiefer in mein Herz. Auch wenn ich Sophie nicht erzählen kann, wie es passiert ist, spüre ich ihre Trauer mit jeder Faser meines Körpers. Sie mischt sich mit meiner eigenen, lähmt meine Atmung, selbst mein Herz. Wieder fühle ich mich so hilflos, wie in diesem Moment, als das letzte bisschen Leben aus dem Blick meiner Mutter gewichen ist. Meine Großmutter scheint das zu bemerken, denn plötzlich schließt sich ihre Hand um meine und drückt sanft zu.

»Ich bin froh, dass du hergekommen bist«, sagt sie mit brüchiger Stimme und schenkt mir ein Lächeln. In ihren Augen glitzern die Tränen, vor Trauer, aber auch vor Freude, dass wir uns endlich wiederhaben.

Zu meiner eigenen Überraschung schaffe ich es tatsächlich, Sophies Lächeln zu erwidern, während mich Zuversicht durchströmt und die Trauer sich langsam auflöst. Es ist eine gute Entscheidung gewesen, nach Dunkelfelsen zu kommen.

24

»Komm schon, Alicia, oder willst du zu spät kommen?«, ruft Mara unserer Mitbewohnerin zu, die noch immer vor ihrem Spiegel steht und ein Outfit nach dem anderen ausprobiert.

»Was zieht man denn da an? Gibt es irgendwelche Kleidungsvorschriften für einen Besuch im Altenheim?«, kommt es von ihr, als sie frustriert irgendein Kleidungsstück in die nächste Ecke schleudert.

»Zieh einfach irgendwas an!«, entgegnet Mara, was Alicia mit einem genervten Aufschrei quittiert.

Ich presse meine Lippen fest aufeinander, versuche, nicht laut loszulachen

»Irgendwas! Das ist doch unerhört!«

Ich kann es nicht länger zurückhalten. Ich muss einfach lachen, weil die Situation wirklich zu komisch ist. Bei jeder Party weiß Alicia genau, was sie anziehen soll, aber ausgerechnet ein Besuch im Altenheim bereitet ihr Schwierigkeiten.

Meine Großmutter hat uns drei eingeladen, damit sie sich bei Mara bedanken und meine Mitbewohnerinnen kennenlernen kann. Nachdem ich meiner Großmutter vom Tod meiner Mutter erzählt habe, hat sie irgendwann angefangen, mich auszufragen. Das war uns beiden ein willkommener Themenwechsel.

Es schmerzt noch immer zu sehr, über meine Mutter zu sprechen, auch wenn ihr Tod über ein Jahr her ist.

»Wieso bist du wirklich nach Dunkelfelsen gekommen? Doch nicht nur wegen mir, oder?«, hat Sophie gefragt und damit eine ganze Lawine an Erzählungen losgetreten. Wenn ich über das Schreiben reden kann, fällt alles von mir ab. Dann bin ich wirklich frei und ich selbst. Und das muss Sophie gespürt haben. Sie hat gelächelt, als ich ihr von dem Wohnheim und meinem Stipendium berichtet habe.

Als ich ihr erzählt habe, dass ich mir mein Apartment mit zwei anderen Frauen teile, wollte Sophie die beiden unbedingt kennenlernen. Also stehen Mara und ich nun schon seit etwa einer Stunde im Wohnzimmer herum, während Alicia noch immer nicht angezogen ist. Viel Zeit haben wir nicht mehr, wenn wir nicht zu spät kommen wollen. Und bei einem bin ich mir sicher: Sophie mag es nicht, wenn man sie warten lässt. Sie ist ja schon unruhig geworden, als man uns den Kaffee knapp zehn Minuten zu spät gebracht hat. Und dann war der Kuchen auch noch trocken. Es ist komisch gewesen, Sophie mit den Angestellten des Altenheims zanken zu sehen, weil meine Mutter nie das Wort gegen jemanden erhoben hat. Vor allem nicht gegen meinen Stiefvater.

»Jetzt komm endlich, Alicia!« Langsam werde auch ich ungeduldig. Mara läuft die ganze Zeit neben mir auf und ab, weil sie gespannt auf das kritische Auge meiner Großmutter ist. Bei unserem Gespräch gestern hat sich nämlich herausgestellt, dass Sophie früher selbst an der Akademie gearbeitet hat. Als Professorin für Kunstgeschichte, und davor war sie bei einer renommierten Galerie angestellt. Kein Wunder, dass Mara so nervös ist. Aber es gibt keinen Grund dafür. Sophie gefällt Maras Bild. So sehr sogar, dass sie es gleich hat aufhängen lassen. Dazu musste sie extra ein anderes Bild aus dessen Rahmen nehmen, weil an den Wänden ihres Zimmers wegen all der Kunstwerke kaum noch Platz ist.

»Okay, aber wenn die mich blöd angucken, seid ihr schuld«, gibt sich Alicia geschlagen und kommt endlich aus ihrem Zimmer. Sie trägt ein viel zu weit ausgeschnittenes Kleid, das für dieses Wetter ganz bestimmt nicht geeignet ist und offenkundig für den Sommer gedacht ist.

Ihre Entscheidung, nicht mein Problem.

Wir nehmen den Bus. Mit Alicias hochhackigen Stiefeletten wären wir sonst Stunden unterwegs gewesen und hätten uns ganz sicher ihr Gejammere anhören müssen. Wieso hat sie überhaupt solche Schuhe, wenn sie kaum darin laufen kann?

»Wow, das sieht ja fast so aus wie unser Wohnheim. Nur wesentlich größer«, sagt Alicia, als wir das Altenheim schließlich erreichen. Mara nickt zustimmend und ist schon wieder im Begriff, auf einer ihrer Notizbuchseiten Skizzen anzufertigen. Noch nie habe ich jemanden gesehen, der so schnell so viele Details auf eine Seite bannen kann. Weder mit Worten noch mit Pinselstrichen. Sie ist wirklich ein Ausnahmetalent, und ich glaube, dass ihr das noch nicht einmal bewusst ist.

Wir verbringen den Nachmittag bei Tee und Kuchen in Sophies Zimmer, das gefüllt ist mit allerlei Gemälden von ehemaligen Schülern. Auf dem Nachttisch, stelle ich fest, steht ein Bild von mir und meiner Mutter, wie wir zusammen in Sophies früherem Garten spielen. Gestern ist es mir nicht aufgefallen. Ich bin einfach zu nervös und abgelenkt gewesen, im Gegensatz zu heute. Nicht nur, weil die Mädels bei mir sind, fühle ich mich ruhiger, sondern auch, weil Sophie und ich da weitermachen, wo wir vor so vielen Jahren aufgehört haben. Außerdem ist Sophie so mit Mara und Alicia beschäftigt, dass ich mich ungestört umsehen kann. Auf der Kommode steht ein weiteres Bild. Es zeigt meine Mutter als junge Frau. Umrahmt wird es von kleinen Engeln, die ihre Flügel ausgebreitet haben. Ich kann es nicht lange ansehen, ohne dass mir Tränen in die Augen steigen. Selbst nach über einem Jahr schmerzt mich dieser Verlust noch immer. Ich drehe mich weg, damit die anderen es nicht merken, doch meiner Großmutter kann ich nichts vormachen. Während sie sich mit Mara über ihr Bild unterhält, greift sie über den Tisch nach meiner Hand und drückt sie, so wie sie es gestern getan hat, als ich ihr vom Tod ihrer Tochter erzählt habe. Sophies aufmunterndes Lächeln ist alles, was ich brauche, um die Trauer abzuschütteln, sie wieder wegzusperren. Ganz wird sie mich wohl nie loslassen.

»Und wie sieht es mit den jungen Herren aus in diesen Jahren? Ist die Auswahl noch immer so gut wie damals?«

Nicht auch noch Sophie! Ich kann es wirklich nicht glauben, dass neben Alicia und Helena nun auch meine Großmutter dieses Thema anschneidet. Gibt es nichts Wichtigeres als das?

»Oh, glauben Sie mir, die Jungs hier sind schon ziemliche Schnittchen«, sagt Alicia und grinst breit. Ich denke an unseren wohnheimeigenen Bad Boy, René, und an Kilian. Ja, Schnittchen sind sie wahrscheinlich schon, aber trotzdem …

Das Schreiben ist mir wichtiger. Das ist es, was mich die ganze Zeit über hat durchhalten lassen. Worte, nicht Typen.

Auch wenn Sophie noch immer fröhlich ist und sich ausgelassen mit Alicia über die *jungen Herren* unterhält, werde ich das Gefühl nicht los, dass es ihr sehr viel schlechter geht, als es den Anschein macht. Warum ist sie mit ihren fünfundsechzig Jahren schon ins Altenheim gezogen? Ob es einfach daran gelegen hat, dass sie sich in ihrem großen Haus einsam gefühlt hat – ohne mich und meine Mutter, die sie besucht haben, oder ob ihr gesundheitlicher Zustand das Alleinsein unmöglich macht? Durch den plötzlichen Tod meiner Mutter habe ich gelernt, dass es jeden Augenblick vorbei sein kann. Ich hoffe, dass ich noch viel Zeit mit Sophie habe, mit dem einzigen Mitglied meiner Familie, das mir noch geblieben ist. Mal abgesehen von meinem Vater.

In diesem Moment beschließe ich, die Zeit mit Sophie einfach zu genießen und nicht mehr an die Vergangenheit zu denken. Ich weiß nicht, wie viel Zeit uns bleibt, aber ich nehme mir vor, sie so oft wie möglich zu besuchen. Neben Alicia und Mara ist meine Großmutter die einzige Vertraute vor Ort, die mir im Leben noch bleibt. Es ist wirklich erstaunlich, wie schnell wir wieder miteinander vertraut geworden sind, als lägen nur ein paar Tage zwischen unserer letzten Begegnung und dem heutigen Tag, statt ein ganzes Jahrzehnt.

25

Am Abend sitzen wir zusammen im Wohnzimmer unseres Apartments und arbeiten an unseren jeweiligen *Talenten*, wie Sophie es nennt. Alicia markiert wie eine Verrückte Textzeilen in einem Reclamheft, während Mara an einem der beiden Tische sitzt und die Stifte über ihren Block tanzen lässt. Ich habe mich stattdessen auf einem der bequemen Sessel niedergelassen und tippe fröhlich vor mich hin, schreibe über die Ereignisse der letzten Tage und was mir sonst noch in den Sinn kommt. Bisher haben wir noch keine Aufgaben von unseren Kursleitern bekommen. Ich habe ein bisschen Angst davor, weil ich davon ausgehe, dass wir unsere Texte dann auch im Seminar diskutieren müssen. Mir gefällt die Vorstellung nicht, dass mich jemand vor versammelter Mannschaft für das zunichtemacht, was ich geschrieben habe.

»Es hat echt Spaß gemacht mit deiner Großmutter heute«, sagt Alicia irgendwann, so dass Mara und ich von unseren Arbeiten aufblicken. Mara ist so konzentriert, dass sie bloß kurz nickt, bevor sie wieder ganz in ihrer Zeichnung versinkt, geleitet von ihrer Inspiration, die offenbar nie verfliegt. Alicia dagegen scheint es aufgegeben zu haben, das Stück auswendig zu lernen. Sie donnert das Reclamheft auf den Couchtisch und setzt sich auf.

»Ich muss echt zugeben, dass ich im Vergleich mit Sophie noch recht harmlos bin. Total schlagfertig, deine Großmutter!«, sagt sie und kann sich ein Lachen nicht verkneifen. Ich stimme mit ein und denke daran zurück, wie Sophie sich bei einem Mitarbeiter des Altenheims beschwert hat, weil ihr Tee zu kalt gewesen ist.

»Das gehört sich nicht, Mädchen«, hat sie gesagt, als Mara und ich ihm zur Hilfe kommen wollten. »Ihr seid doch meine Gäste! Und meine Gäste verdienen nur das Beste.«

Ja, im Vergleich zu ihr ist Alicia wirklich harmlos, aber manche ihrer Sprüche sind trotzdem filmreif. Ich kann den rückwärts ausparkenden Backofen noch immer nicht vergessen.

Es freut mich, dass der Nachmittag bei Sophie so gut verlaufen ist. Zwischenzeitlich habe ich wirklich Angst gehabt, dass es danebengeht, vor allem wenn Alicias und Sophies Temperamente aufeinanderknallen, aber wie Alicia gerade gesagt hat: Von Sophie kann man eine Menge lernen, und sie ist bereit, ihre Lebensweisheiten mit uns zu teilen. Sie hat uns zu einem weiteren *Teegespräch* eingeladen, wie sie es nennt, und ich merke meinen beiden Mitbewohnerinnen an, wie tief beeindruckt sie von meiner Großmutter sind.

»Sie ist eine echte Inspiration«, sagt Mara plötzlich. »Sie hat mir so viele Tipps gegeben und so viele Künstler vorgeschlagen, die ich mir anschauen soll, dass ich gar nicht weiß, wo ich anfangen soll.«

Obwohl Mara sonst eher still ist, sprudelt sie heute regelrecht vor Aufregung, wobei ihre Augen wie Saphire strahlen.

Ich lächle und nicke Mara zu. Alicia erhebt sich, streckt sich und geht zu Mara, um ihre neueste Schöpfung zu betrachten. Auch ich lege meinen Laptop beiseite und folge ihrem Beispiel. Sie hat ein Porträt meiner Großmutter gezeichnet, das wirklich sehr gut getroffen ist. Sophies Gesicht ist umrahmt von allerlei Blumen, die mich an das Bild erinnern, das Mara meiner Großmutter als Geschenk überreicht hat.

»Es ist wunderschön«, sage ich und lege ihr einen

Arm um die Schultern. »Wenn jemand hierhergehört, dann du!«

Mara versteift sich unter meiner Berührung. Offenbar habe ich etwas Falsches gesagt.

»Sag das mal meinen Eltern. Die sind alles andere als begeistert davon«, murmelt sie und streicht ein paar Radiergummifussel von ihrem neuesten Werk.

»Ach, scheiß auf unsere Eltern! Die haben doch keine Ahnung, was im Leben wirklich wichtig ist«, sagt Alicia und legt nun ebenfalls ihren Arm um Mara. Gemeinsam versuchen wir, unserer neu gewonnenen Freundin etwas Mut zuzusprechen. Langsam schleicht sich ein Lächeln auf ihr Gesicht, zaghaft zwar, aber es ist da.

»Ich werde es ihnen zeigen. Mit Kunst kann man auch Geld verdienen«, sagt sie und greift wieder zu ihren Stiften.

»Genau. Wenn man etwas wirklich will, dann schafft man das auch«, sage ich und wiederhole dabei eines der vielen Mantras, die ich mir im letzten Jahr selbst immer wieder aufgesagt habe. Auch ich werde es schaffen. Und Alicia ganz bestimmt auch. Hier können wir das tun, was wir schon immer haben tun wollen. Das Einzige, was wir wirklich können, so aussichtslos und unmöglich es für manche auch erscheinen mag.

Irgendwann werde ich müde und will nur noch ins Bett, auch wenn ich mich mit Alicia und Mara so gut unterhalten habe. Es ist etwas ganz Besonderes, mit zwei weiteren Künstlern in einem Raum an den eigenen Projekten zu arbeiten. Ungemein inspirierend, und ich bin froh, dass ich hier sein und all das erleben darf. Ich schlafe mit einem guten Gefühl ein und träume irgendetwas von Blumenwiesen und meiner Großmutter. Als ich am nächsten Morgen aufwache, bin ich zum ersten Mal seit langer Zeit richtig ausgeruht und trage ein Lächeln auf den Lippen. Das verschwindet allerdings gleich wieder, als mir bewusst wird, welcher Tag heute ist.

Montag.

Das bedeutet, dass heute offiziell das Werkstattmodul beginnt. Und Kilian wird auch da sein. Ganze zwei Stunden lang in einem kleinen Raum mit mir. Na, wenn das keine schöne Aussicht ist …

26

Ich zögere es so lange hinaus, wie ich kann, bleibe im Bett liegen, wälze mich hin und her und bete inständig zum Universum, zu Gott oder was auch immer da draußen auf uns niederblickt, dass es nicht so schlimm werden wird, wie ich es mir vorstelle. Erst als es schon fast zu spät ist, stehe ich endlich auf, um mich anzuziehen. Wenigstens bin ich vorbereitet, weil ich, wie für jeden anderen Tag auch, meine Klamotten zurechtgelegt habe. Das Frühstück muss ich trotzdem ausfallen lassen und merke, kaum dass ich aus dem Haus bin, dass das eine schlechte Idee gewesen ist. Eine hungrige Lenora ist eine gereizte Lenora.

Ich muss rennen, um noch rechtzeitig das Eichendorff-Haus und den fensterlosen Seminarraum zu erreichen. Auf dem Weg dorthin mache ich mich auf Kilians wütende Blicke gefasst. Es fühlt sich so an, als würde er mich schon auf meinem Weg zur Akademie damit verfolgen. Ich nehme mir fest vor, mich nicht mehr von ihm aus dem Konzept bringen zu lassen. Doch als ich endlich den Saal erreiche, werde ich von der schieren Wucht des Argwohns in seinem Blick erschlagen. Er sitzt in der einen Ecke des Raums, ich nehme in der gegenüberliegenden Platz, so weit weg von ihm wie möglich. Meine Haare lasse ich wie einen langen, undurchdringlichen Schutzschild vor mein Gesicht fallen. Und trotzdem fühlt es sich so an, als wäre Kilian unmittelbar neben mir. Seine Blicke bohren sich in mein Innerstes und jagen mir kalte Schauder über den Rücken. Das Werkstattmodul hat noch nicht einmal begonnen, und ich kann mich auf nichts anderes konzentrieren als dieses ungute Gefühl, das er in mir auslöst. Wieder kommt Wut in mir auf und lässt mich meine Hände zu Fäusten ballen, bis Professor Johannsen endlich das Seminar beginnt. Er spricht von Emotionen, die ein wichtiger Bestandteil von Büchern und Kurzgeschichten sind. Klar, wer hätte das gedacht?

»Es ist nicht immer leicht, Gefühle auszudrücken, und viele Autoren scheitern genau daran. Deshalb habe ich mir dazu eine Aufgabe für Sie ausgedacht«, sagt er und macht eine bedeutungsvolle Pause. Sein Blick bleibt an mir hängen. Er lächelt leicht, und irgendetwas sagt mir, dass mir diese Aufgabe ganz und gar nicht gefallen wird.

»Diese Aufgabe beschäftigt sich nicht nur mit der Stimmung einer Geschichte, sondern auch dem Charakter des Protagonisten. Ebenfalls ein wichtiger Bestandteil einer jeden Geschichte, wie Sie sicherlich schon in Erzähltheorie gelernt haben«, sagt er und lehnt sich gegen das Pult.

Gleich kommt es, denke ich und warte schon mit klopfendem Herzen darauf, was er uns als erste Aufgabe aufs Auge drücken wird. Das Werkstattmodul ist das schreibintensivste Modul, das ich dieses Semester belegt habe. Und es jagt mir eine Höllenangst ein zu wissen, dass ich dieses Geschriebene dann auch mit allen Kursteilnehmern teilen soll. Dass Kilian liest, was ich schreibe …

»Ich werde sie per Losverfahren in Zweiergruppen aufteilen. Sie werden sich in den nächsten Tagen treffen und gegenseitig Fragen stellen, bis Sie das Gefühl haben, die emotionale Verfassung Ihres Partners oder Ihrer Partnerin einschätzen zu können. Und dann werden Sie auf Grundlage der Antworten einen möglichst authentischen Text über ihn verfassen«, fährt der Professor fort, und mir schwant nichts Gutes. Ich schiebe mein Haarschutzschild beiseite, wodurch mich Kilians Blick mit voller Intensität trifft. Es wäre Ironie des Schicksals, wenn ausgerechnet er mir zugewiesen werden würde. Allein bei der Vorstellung wird mir flau im Magen, und ich bin froh, dass ich keine Zeit mehr für mein Frühstück gehabt habe.

»In den kommenden Stunden werden Sie Ihre Werke vortragen und gegenseitig bewerten, um das Bestmögliche aus ihnen herauszuholen. Und bedenken Sie: Die Bewertung des Endergebnisses macht die Hälfte ihrer Modulnote aus«, fügt Professor Johannsen hinzu und stößt sich von seinem Pult ab. Er greift nach einer kleinen schwarzen Schachtel. Bisher hatte ich angenommen, dass er darin die Kreide aufbewahrt, aber jetzt muss ich feststellen, dass es Namenszettel sind. Kleine, ordentlich gefaltete Zettel, die einen Großteil meiner zukünftigen Freizeitaktivitäten bestimmen könnten, schließlich müssen die Partner viel Zeit miteinander verbringen, um diese Aufgabe einigermaßen gut zu bewältigen. Und auch wenn es mein erstes Semester an der Akademie ist, habe ich den Anspruch an mich selbst, einen guten Text abzuliefern. Professor Johannsen reicht dem ersten Studenten die Schachtel und weist ihn an, einen Zettel zu ziehen.

»Thomas Grün«, sagt er, und am anderen Ende des Raums hebt ein Typ die Hand. Das erste Paar hat sich gefunden. Auch bei den nächsten Zetteln fällt Kilians Name nicht, so dass die Chance steigt, dass ich ihn ziehe.

Unruhe macht sich in mir breit, als ich dran bin, und meine Hand beginnt zu zittern. Trotzdem lasse ich mir Zeit bei der Auswahl, auch wenn ich natürlich nicht wissen kann, auf welchem davon Kilians Name geschrieben steht. Alle sehen gleich aus, sind gleich gefaltet, geben keinen Hinweis darauf, welcher Name auf dem blütenweißen Papier steht.

»Heute noch, wenn es Ihnen beliebt, Frau Hagen«, sagt Professor Johannsen mit strenger Stimme und mustert mich tadelnd.

Ich seufze, ziehe endlich einen Zettel aus der Schachtel und falte ihn auseinander. Mein Herz bleibt stehen. Das kann jetzt wirklich nicht wahr sein!

»Kilian Winter«, hauche ich und zerknülle den Zettel in meiner Faust.

27

Es ist mir so was von egal, was Kilian von mir denkt. Okay, eigentlich nicht, aber das muss ich einfach ignorieren, wenn ich dieses Seminar mit einer guten Note abschließen möchte. Denn genau das will ich erreichen. Ich will mich nicht mit Kilian gutstellen oder erfahren, was eigentlich mit ihm los ist, sondern einfach nur dieses Semester erfolgreich abschließen.

Jede Sekunde zählt.

Nach der Stunde bleibe ich im Flur stehen und warte, bis die anderen Studenten aus dem Saal kommen. Als ich Kilian in der Tür erkenne, eile ich auf ihn zu und passe ihn ab.

»Es ist mir scheißegal, dass du mich hasst. Ich hab keine Ahnung, was dein Problem ist, aber es ist mir auch egal. Ich möchte den Kurs einfach nur bestehen und möglichst viel mitnehmen. Da brauche ich deine Psychospielchen wirklich nicht«, sage ich und spüre, wie die Wut durch meine Adern rauscht. Sie hilft mir, mein verlorenes Selbstwertgefühl zurückzubekommen und endlich das auszusprechen, was mir schon so lange auf der Zunge liegt. Langsam reicht es mir wirklich mit ihm.

Kilian sieht mich schweigend an und sagt kein Wort.

»Du bist echt unglaublich, weißt du das? Deine Note hängt doch auch davon ab, oder nicht? Also, was ist jetzt? Wann sollen wir uns treffen?«

Es graut mir bereits jetzt davor. Ich will eigentlich gar nicht mehr über Kilian wissen oder irgendwie Zeit mit ihm verbringen. Alicias zusammengesammelte Klatsch- und Tratschgeschichten reichen schon, um seinen Charakter einschätzen zu können. Wahrscheinlich hält er sich für den Größten, weil so ziemlich jedes Mädchen auf ihn steht und die Lehrer ihn für ein literarisches Genie halten, aber ich werde nicht auf seine Masche reinfallen. Bei seinem Anblick bekomme ich keine weichen Knie. Im Gegenteil. Ich bin eher damit beschäftigt, meinen Brechreiz zu unterdrücken.

»Mir egal. Um fünf Uhr im Uni-Café«, entgegnet er mit dieser tiefen Stimme, die mir bis in die Knochen fährt. Er wartet nicht auf eine Antwort. Es scheint ihn nicht zu interessieren, ob ich Zeit habe oder nicht. Kilian verschwindet einfach im Strom der Studenten um uns herum. Es dauert keine zehn Sekunden, da hat die Menge ihn bereits vollends verschluckt, und das seltsame Gefühl, das seine Anwesenheit bei mir auslöst, diese Mischung aus Angst und Übelkeit, ebbt langsam ab. Die Wut bleibt.

Ich kann mir gerade noch verkneifen, wie ein wütender Kobold auf dem Boden aufzustampfen oder sonst irgendwie meinen Gefühlen Luft zu machen. Dieses Treffen wird garantiert eine einzige Katastrophe. Es fällt mir ja jetzt schon schwer, in seiner Gegenwart ruhig zu bleiben, und bisher haben wir ein beträchtliches Stück Abstand zwischen uns gehabt. Und überhaupt! Was soll schon dabei herumkommen, wenn man uns beide in einen Raum steckt und uns mehr oder weniger zwingt, uns näher kennenzulernen? Er wird bloß wieder seinen Todesblick aufsetzen, und ich werde wütend auf ihn einreden, bis ich endlich ein oder zwei Worte aus ihm herausbekomme. Wenn er überhaupt auftaucht.

28

Ich habe keine Ahnung, warum ich so nervös bin. Eigentlich gibt es nichts, wovor ich mich fürchten müsste. Aber sobald ich das Uni-Café betrete, verwandeln sich meine Beine in Pudding. Sie gehorchen mir einfach nicht mehr richtig. Ich kämpfe mich wie durch ein Sumpfgebiet hindurch, laufe die Tischreihen ab und suche nach Kilian. Es ist kurz nach fünf. Ich bin zu spät, aber das wird seinen Hass auf mich auch nicht mehren. Schlimmer als jetzt kann es ja gar nicht werden. Schon allein bei dem Gedanken daran erschaudere ich wieder und finde ihn schließlich in der hintersten Ecke des Cafés. Er sitzt mit einem Mädchen zusammen, vor ihm eine dampfende Tasse. Das Mädchen hat nichts zu trinken.

Langsam komme ich näher, das imaginäre Sumpfgebiet um mich herum löst sich in Luft auf, wird von meiner Wut auf Kilian vertrieben. Hat er unsere Abmachung etwa vergessen?

Als ich näher komme, erkenne ich seine Gesprächspartnerin. Sie ist das Mädchen, das mich auf der Party so komisch angesprochen hat.

Ich zögere. Soll ich wirklich zu ihm gehen? Er ist in ein Gespräch vertieft. Es wäre ziemlich unhöflich, die beiden zu unterbrechen. Sie sind so aufeinander fokussiert, dass sie mich überhaupt nicht wahrnehmen.

Ich halte inne und werfe einen Blick auf mein Handy. Beinahe Viertel nach fünf. Ich bin hier, und wir sollten wirklich mit dieser dummen Aufgabe anfangen, damit ich so schnell wie möglich wieder zurück ins Wohnheim kann, wo ich sicher vor Kilians hasserfüllten Blicken bin. Außerdem habe ich keine Lust, noch länger hier im Trubel des Cafés zu bleiben. Gut, Kilian hat einen relativ ruhigen Ort gewählt. Dieser Teil des Cafés ist durch mehrere Vorhänge vom Hauptraum abgetrennt, trotzdem dringt der Lärm der restlichen Gäste zu uns herüber. Ich gebe mir einen Ruck und überwinde die letzten Meter zwischen uns, auch wenn alles in mir protestiert.

Als ich schließlich neben Kilians Tisch zum Stehen komme, fühle ich mich, als hätte ich ein Marathon hinter mir. Was zur Hölle ist nur los mit mir? Wieso verdammt hat er eine solche Wirkung auf mich? Habe ich mir nicht vorgenommen, ihn einfach zu ignorieren?

Kaum dass er mich bemerkt hat, erstirbt seine Stimme. Für einen Moment sieht es so aus, als hätte ich ihn erschreckt, und dann ist er zurück, all der Argwohn in diesen dunklen graugrünen Augen.

Ich warte. Kilian wendet sich wieder dem Mädchen zu, das mich vollkommen schockiert betrachtet, und fängt an, auf sie einzureden. Seine Worte sind unverständlich, in derselben fremden Sprache, die das Mädchen schon während der Party gesprochen hat.

Sosehr ich auch versuche herauszufinden, worüber die beiden sprechen, will es mir einfach nicht gelingen. Das Mädchen entspannt sich langsam, wirft mir aber einen verlegenen Blick zu. Sie scheint zu wissen, dass ich eigentlich mit Kilian verabredet bin. Als sie schließlich Anstalten macht aufzustehen, bedeutet er ihr mit einer einfachen Handbewegung, sich wieder hinzusetzen. Ihr Blick wandert für einen kurzen Moment zu mir, dann wieder zurück zu Kilian. Dann setzen sie ihr Gespräch fort, als wäre ich tatsächlich Luft für sie. Unsichtbar.

Allmählich treibt mich dieser Kerl wirklich zur Weißglut. Was bildet der sich eigentlich ein?

Mein Stand wird fester, ich fühle mich nicht mehr so, als bestünden meine Beine nur aus Matsch. Die Wut gibt mir Kraft, aber ich weiß nicht, was ich tun soll. Also wende ich mich ab, ziehe mein Handy aus meiner Tasche und tue so, als würde es mir nichts ausmachen, dass Kilian mich warten lässt. Aber es macht mir sehr wohl etwas aus. Dieses Seminar, das gesamte Studium ist mir einfach zu wichtig. Und Kilian ist gerade im Begriff, beides zu gefährden.

Und, ist er schon da?, schreibt Alicia und schickt mir ein dickes fettes rotes Fragezeichen hinterher.

Ich verdrehe die Augen und tippe eine Antwort, nachdem ich Kilian und dem Mädchen einen verstohlenen Blick zugeworfen habe.

Setz dich einfach zu ihnen. Dann wird er sie schon wegschicken, kommt es blitzschnell von Alicia zurück, zusammen mit einem Smiley, der eine Sonnenbrille trägt.

Ich schnaube genervt. Alicia hat leicht reden. Bei ihr sieht sowieso immer alles einfach und cool aus. Aber ich bin nicht wie sie, auch wenn es in manchen Situationen vielleicht ganz hilfreich wäre. Situationen wie diese.

Na mach schon!, schiebt sie hinterher, als würde sie mich beobachten. Als wüsste sie, dass ich zögere.

Ich fasse mir ein Herz, stecke mein Handy weg und lasse mich tatsächlich auf einen der freien Stühle an Kilians Tisch sinken. Sofort ist seine Aufmerksamkeit wieder bei mir. Sein Blick ist so dunkel, die Augen im schummrigen Licht des Cafés fast vollkommen schwarz, dass es mir eiskalt über den Rücken läuft. Und trotzdem schaffe ich es, wie auch immer, seinem Blick standzuhalten. Ich strenge mich an, ihn mindestens genauso fies anzustarren, einfach weil ich keine Lust mehr auf diese Spielchen habe.

Plötzlich stöhnt das Mädchen laut auf. Sofort richten sich unsere Blicke auf sie. Sie sieht aus, als wäre ihr übel. Mit einem Mal ist sie kreidebleich und starrt mich mit weit aufgerissenen Augen an. Schon im nächsten Moment springt sie auf und hastet durch das Café auf den Ausgang zu. Ich habe keine Ahnung, was gerade passiert ist, aber das ungute Gefühl, dass es etwas mit mir zu tun hat.

Wieder spüre ich Kilians Blick auf mir. »Also, fang an. Ich habe schließlich nicht den ganzen Tag Zeit.«

29

»Na, das sagt der Richtige!«, platzt es aus mir hervor. Erschrocken starre ich ihn an. Habe ich das gerade wirklich gesagt? Offenbar ist meine innere Alicia mit mir durchgegangen. Gut so. Vielleicht hilft das ja, ihn endlich zum Reden zu bringen.

»Oh, fährt da jemand seine Krallen aus?«, entgegnet Kilian.

»Nur damit das klar ist: Ich bin alles andere als freiwillig hier. Überhaupt wäre ich am liebsten so weit weg von dir, dass selbst das andere Ende des Universums noch nicht genug wäre.« Wow, anscheinend hilft es wirklich, mich auf Alicia zu konzentrieren, wenn ich mit ihm spreche. Die bissigen Antworten kommen dann wie von selbst.

»Das beruht auf Gegenseitigkeit, glaub mir.«

Mir entweicht die Luft aus der Lunge, als hätte mir jemand gegen die Brust geschlagen. So fest, dass es qualvoll lange dauert, bis ich endlich wieder einatmen kann.

Am liebsten würde ich fortlaufen, aber ich muss hierbleiben, ich brauche diese Note. Nicht nur weil ich gerne eine der Besten aus meinem Jahrgang wäre, sondern auch um mein Stipendium zu behalten. Ein einziger Ausrutscher würde schon genügen, um mich ganz schnell wieder zurück nach Frankfurt zu Helena, meinem Vater und dessen restlicher Familie zu verfrachten. Und darauf habe ich wirklich keine Lust, sosehr ich meine Halbschwester auch vermisse.

Die Aufgabe für diesen Text ist klar: Er soll voller Emotionen sein und sich mit meinem Partner beschäftigen. Ich fürchte, mein Text wird tatsächlich voller Emotionen sein. So sehr, wie ich Kilian in diesem Moment verabscheue, wird sich das sicherlich auf mein Schreiben auswirken. Und Hass ist ein exzellentes Gefühl, das ich mittlerweile perfekt in Worte fassen kann. Also beschließe ich, Kilian ein paar unangenehme Fragen zu stellen und ihn mit der Wahrheit zu konfrontieren.

»Was zur Hölle habe ich dir getan?«

Statt einer Antwort erhalte ich nur ein genervtes Schnauben und einen Blick, der mich von oben bis unten abtastet, als würde er direkt durch mich hindurchsehen. Ich kann nicht verhindern, dass ich Gänsehaut bekomme und mir kalte Schauer den Rücken hinunterrinnen.

Am liebsten würde ich laut aufschreien. Aber was kann ich schon tun? Er reagiert ja nicht auf meine Versuche, ihn endlich zum Reden zu bringen. Das ist wirklich mehr als frustrierend. Ich kann mich gerade noch davon abhalten, ihm eine zu scheuern. Nur zur Sicherheit setze ich mich auf meine Hände. Er soll nicht sehen, wie sehr er mich auf die Palme bringt.

»Okay, nächste Frage: Was ist deine schlimmste Kindheitserinnerung?« Ein neuer Versuch. Vielleicht kann ich etwas aus ihm herauskitzeln, ihn endlich zum Reden bringen und ihn vergessen lassen, wie sehr er mich hasst. Wieder schnaubt er belustigt und zuckt dann mit den Schultern.

»Der Tod. Keine Ahnung?«, sagt er, wenig überzeugend.

Der Tod? Ernsthaft?

»Wessen Tod?«

»Such dir einen aus, es gibt schließlich so viel Tod um uns herum, nicht wahr?«, entgegnet er und mustert mich wieder mit diesem durchdringenden Blick, der mir das Gefühl gibt, dass er direkt in meine Seele blickt. Ehrlich gesagt, würde ich ihm eine solche Gabe zutrauen. Ich werde einfach das Gefühl nicht los, dass seine Worte mehr bedeuten, als es den Anschein hat. Sein ganzes Gehabe macht mich wahnsinnig. Seine Antworten bringen mich nicht weiter. Und es geht noch eine geschlagene halbe Stunde so weiter:

»Woher kommst du?«

Schulterzucken. »Woher kommen wir alle?«

»Kannst du auch mal normale Antworten geben?«

»Kannst du vielleicht auch mal normale Fragen stellen?«

Hin und her, hin und her. Bis ich es einfach nicht mehr aushalte. Ganz ehrlich: Ich habe es versucht, und mehr kann ich nicht tun. Vielleicht sollte ich Professor Johannsen um einen neuen Partner bitten.

Mittlerweile weiß ich nicht mehr, was ich sagen soll, und starre schweigend auf Kilians Tasse, die inzwischen fast leer ist. Seit das Mädchen verschwunden ist, hat er mich kaum aus den Augen gelassen, als ahne er, dass ich ihm am liebsten den Kopf abreißen würde. Oder wegrennen, um ihn und seine miese Laune endlich loszuwerden. Aufgeben will ich allerdings nicht.

Noch nicht. Irgendwann halte ich unser eisiges Schweigen nicht mehr aus, so dass ich auf die Toilette flüchte. Ich weiß, dass Kilian jeden Moment verschwinden könnte, aber ich muss mich einfach selbst davon abhalten, meiner Frustration nicht vor seinen Augen nachzugeben und ihm eine zu scheuern. Wobei … Das wäre vermutlich Alicias Reaktion, ich dagegen würde eher in Tränen ausbrechen oder einfach abhauen, weil ich es in seiner Gegenwart nicht mehr aushalte. Wie kann man nur so arrogant sein? Und wo hat er, bitte schön, gelernt, Fragen so gut auszuweichen? Egal, was ich sage, egal, was ich frage, er hat immer irgendeine Antwort parat, um sich herauszuwinden. Ugh! Ich könnte ihn erwürgen!

30

Nachdem ich mir auf dem Klo dreimal die Hände gewaschen und mindestens fünfmal die Haare neu zusammengebunden habe, kehre ich zu unserem Platz zurück. Dabei lasse ich mir sehr viel Zeit, lese all die Tafeln, die der Café-Besitzer angebracht hat, bestelle mir selbst eine Tasse Kaffee und tue so, als würde ich mir auch noch ein Stück Kuchen aussuchen, nur um es dann doch zu lassen. Mir ist ohnehin viel zu schlecht, um etwas essen zu können.

Als ich es schließlich nicht mehr länger hinauszögern kann, kehre ich mit meiner Kaffeetasse in der Hand zu Kilian zurück. Er ist erstaunlicherweise noch immer an seinem Tisch, und doch hat sich etwas verändert. Neben seiner halb leeren Kaffeetasse liegt nun aufgeschlagen ein Notizbuch, dessen Seiten dicht mit schwarzer Tinte beschrieben sind.

»Du hattest deine Chance. Jetzt bin ich dran«, sagt er, ohne aufzublicken. Seine Körperhaltung ist abweisend, seine Füße von mir abgewandt, er schaut mich nicht einmal mehr an. Seine Arme sind verschränkt, der Kiefer angespannt. Kurz: Er hat genauso wenig Lust, hier zu sein. Weniger noch als ich, wie es scheint.

Langsam lasse ich mich wieder auf meinen Stuhl nieder, achte darauf, keinen Kaffee zu verschütten, und bereite mich innerlich auf seine Fragen vor. Unbehagen macht sich in mir breit, frisst sich in mein Herz. Was soll ich ihm bloß antworten, wenn er mich nach meiner Familie fragt? Oder nach meiner Vergangenheit? Bisher habe ich immer vermieden, darüber zu sprechen, selbst kurz nachdem ich bei meinem Vater angekommen war. Ich will nicht wieder alte Geister wecken. Ich will nicht darüber reden. Aber ich werde das Gefühl nicht los, dass Kilian es genau darauf abgesehen hat, als wüsste er über die Dunkelheit Bescheid, die mein Leben überschattet. Ich traue ihm zu, dass er unsere Aufgabe ausnutzt, um mehr zu erfahren, mich damit zu quälen. Ob er sich deswegen immer so merkwürdig in meiner Gegenwart verhält?

»Hat es irgendwelche gewaltsamen Todesfälle in deinem Leben gegeben?«

Ich erstarre. Ist das sein Ernst? Gewaltsame Todesfälle?

»Geht's noch?«, platzt es aus mir heraus. Wie kann man nur so taktlos sein? Und was soll das überhaupt bedeuten?

»Nein, es geht nicht, aber es muss sein. Also, gewaltsame Todesfälle?«, entgegnet er mit einer Stimme, die mir deutlich macht, dass er nicht aufhören wird, danach zu fragen, bis ich ihm eine Antwort geliefert habe.

Ich stoße langsam den Atem aus und kämpfe gegen die lähmende Traurigkeit an, die mich in diesem Augenblick befällt.

»Der Tod meiner Mutter«, sage ich schlicht und verschränke die Arme vor der Brust, damit er nicht sieht, wie sehr meine Hände zittern. Vor meinen Augen sehe ich wieder, wie meine Mutter stürzt, wie all das Blut sich um sie ausbreitet und das Leben aus ihrem Blick weicht. Tränen sammeln sich in meinen Augen, doch halte ich sie zurück.

Nicht heulen, nicht jetzt. Nicht vor ihm.

Mir wird schlecht, plötzlich bereue ich es, so viel Kaffee getrunken zu haben. Mein Magen fühlt sich an, als hätte jemand hundert Dolche hineingestoßen. Ich bin drauf und dran, erneut auf die Toilette zu rennen oder besser gleich zurück ins Wohnheim, doch stellt Kilian bereits seine nächste Frage: »Gibt es Fälle von psychischen Störungen in deiner Familie? Oder häusliche Gewalt?«

Ich schlucke. Was sind das bitte für Fragen? Mein Herz beginnt zu rasen. Immer schneller und schneller.

Was weiß er?

»Hast du schon mal Drogen genommen, oder kennst du jemanden, der Drogen genommen hat? Welche Verbrechen hast du begangen?«

Was? Was soll das? Das hört sich alles so an, als wüsste er weit mehr, als er sollte.

Ein Kloß bildet sich in meinem Hals, drückt mir die Luft ab.

»Was soll die Scheiße? Kannst du mir nicht einfach normale Fragen stellen, so wie ich vorhin?«

»Für mich sind das normale Fragen, solche Ereignisse wirken sich schließlich auf die emotionale Verfassung aus, oder nicht?«

»Aber was hat das denn jetzt mit Drogen oder Verbrechen zu tun? Das hört sich ja so an, als würdest du glauben, dass ich aus einem kriminellen Umfeld komme oder bisher ein Scheißleben hatte. Du kennst mich doch gar nicht!«, stoße ich entsetzt hervor, doch ist Kilian davon wenig beeindruckt.

»Habe ich da so unrecht? Außerdem nehme ich grundsätzlich das Schlimmste von den Menschen an, ganz gleich, was sie durchgemacht haben. Das vermindert die Chance, enttäuscht zu werden«, entgegnet er schlicht und lehnt sich auf seinem Stuhl zurück. Es scheint Kilian zu gefallen, mich zu quälen.

Es dauert etwas, bis ich begreife, dass das ein interessantes Detail über Kilian ist. Es rechtfertigt zwar nicht, wie er mich behandelt, aber immerhin habe ich jetzt eine Information, die ich in meinen Text einbauen kann. Etwas mehr Substanz. Neben all dem Hass und der Angst, die im Moment durch meine Adern rauschen, kann das nur gut sein. Ich versuche, mich darauf zu konzentrieren, sehe bildlich vor mir, wie ich später an meinem Laptop sitze und den ersten Entwurf schreibe. Es hilft mir, meine Gefühle besser unter Kontrolle zu bekommen, die Vergangenheit wegzusperren. Ganz werde ich sie aber nicht los, und Kilian hört nicht auf mit seinen Fragen.

»Ich wette, du hattest eine schreckliche Kindheit. Lass mich raten: ein Stiefvater, der dich emotional runtergemacht hat? Der vielleicht sogar deine Mutter geschlagen hat? Oder dich?«

Ich zwinge mich dazu, möglichst ausdruckslos auszusehen. Innerlich sieht das aber ganz anders aus. Wut rauscht durch meine Adern und treibt mir die Röte in die Wangen. Ich kann es spüren, spüre wie sie brennen, während mein Herz von tiefster Kälte erfasst ist. Kilian stellt Fragen, als würde er meine gesamte

Lebensgeschichte kennen, als wäre er von Anfang an dabei gewesen. Ich kann es einfach nicht glauben. Wieso weiß er so viel über mich? Oder verrate ich durch meine Reaktion einfach so viel?

Die Traurigkeit, die mit den Erinnerungen, aufgeweckt durch Kilians Fragen, zu mir zurückkehrt, frisst sich langsam tiefer in mich hinein, bis sie meine Seele erreicht. Irgendwann halte ich es nicht mehr aus.

»Ich gehe jetzt. So sollte das nicht ablaufen«, sage ich mit so brüchiger Stimme, dass ich Angst habe, im nächsten Moment tatsächlich vor ihm in Tränen auszubrechen. Diese Genugtuung will ich ihm allerdings nicht geben.

Kilian starrt mich ungerührt an. Er zuckt bloß mit den Schultern und wirkt ziemlich gelassen, auch wenn er noch immer ein wütendes Funkeln in seinem Blick trägt.

»Du wolltest doch unbedingt, dass wir das machen.« Die Gehässigkeit in seiner Stimme lässt mich nun endgültig die Beherrschung verlieren. Ich springe auf und stürme aus dem Café, lasse ihn einfach stehen. Ich kann seinen Blick nicht länger ertragen, seine endlosen fiesen Fragen. Ich kann ihn nicht mehr ertragen, seine Nähe.

Ich muss hier weg.

31

Ich renne zurück nach Hause, in der Hoffnung, mich ein klein wenig abzureagieren, doch es hilft nicht. Statt direkt in mein Zimmer zu gehen, steige ich die Treppen hinauf zur Gemeinschaftsküche und mache mir einen Tee. Das hat mir bisher immer geholfen, mich zu beruhigen. Selbst an den schlimmsten Tagen, und das will etwas heißen. In meinem Zimmer ziehe ich Schuhe, Jacke und Schal aus, schmeiße sie einfach in eine Ecke und lasse mich vor meinem Fenster nieder. Ich beobachte, wie die Blätter langsam von den Bäumen fallen, wie es immer dunkler und dunkler wird, bis ich sie nicht mehr erkennen kann. Ich sehe mein Spiegelbild im Fenster, sehe das Licht, das hinter mir den Raum erhellt. Und nur langsam komme ich zur Ruhe.

Lange sitze ich da, die Tasse in der Hand, das Herz so schnell schlagend, dass ich Angst habe, dass man mich auch über zwei Stockwerke hinweg noch hören könnte. Ich bin wütend auf mich selbst, aber vor allem auf Kilian. Noch immer verstehe ich nicht, warum er mich so sehr hasst.

Was soll das? Habe ich je irgendetwas getan, um ihn so gegen mich aufzubringen?

Ich weiß, dass ich jetzt nicht einschlafen, mich auf

nichts anderes konzentrieren kann als auf diese Fragen. Fragen, die er mir nicht beantwortet hat.

Obwohl ich bei weitem noch nicht genug Informationen über Kilian gesammelt habe, schnappe ich mir meinen Laptop, stelle den inzwischen kalt gewordenen Tee beiseite und beginne damit, meinen Text für das Werkstattseminar zu schreiben. Dabei ist mir alles egal, was Professor Johannsen uns heute über das Beschreiben von Emotionen beigebracht hat. Ich schreibe einfach darauf los, schreibe mir sämtliche Gefühle, die Kilian in mir auslöst, von der Seele. Ich muss einfach meine Fragen loswerden, all die Wut, all die Angst vor ihm, weil er sich so seltsam mir gegenüber verhält.

Ich höre, wie meine beiden Mitbewohnerinnen sich im Bad fürs Bett fertig machen, als ich endlich mit meinem Text fertig bin. Während ich ihn noch einmal durchlese, merke ich, wie negativ und düster er geworden ist und wie sehr er sich von meinen sonstigen Arbeiten unterscheidet. Da ist kein Quäntchen Hoffnung, kein Funken Freude, nur Wut, Verwirrung und Angst. Wie meine Tagebucheinträge von früher. Ich verabscheue jedes einzelne Wort, aber was soll ich anderes schreiben?

Ich weiß so gut wie nichts über Kilian. Nur, dass er mich aus tiefstem Herzen zu hassen scheint, dass irgendetwas mit ihm ganz und gar nicht stimmt und dass er grundsätzlich immer das Schlimmste von jedem Menschen annimmt, wie er mir selbst erzählt hat.

Wie bescheuert! Nur damit er nicht enttäuscht

wird? Das ist eine so negative Sichtweise der Welt, dass es mich gar nicht mehr wundert, warum er die ganze Zeit so griesgrämig ist.

Und trotzdem kann ich diesen Text so nicht abgeben. Ich kann es einfach nicht, weil ich weiß, wie unser Professor ihn bewerten würde. Das könnte mich mein Stipendium kosten, und das muss ich um jeden Preis vermeiden. Das Schreiben ist alles, was mich noch einigermaßen normal sein lässt. Etwas anderes kann ich nicht, und das habe ich *ihm* zu verdanken.

Die Lösung ist simpel, aber schon jetzt bereitet sie mir Bauchschmerzen: Ich muss noch einmal mit Kilian sprechen, mehr über ihn herausfinden. Doch ich fürchte, dass er mich im Gegenzug auch weiter mit seinen unheimlichen Fragen löchern wird. Mit jeder Faser meines Körpers habe ich mich bisher dagegen gewehrt, aber jetzt scheint es kein Zurück mehr zu geben. Wenn ich aufrichtige Antworten von Kilian will, werde ich zumindest einige seiner Fragen beantworten müssen.

32

Am nächsten Tag habe ich einige Vorlesungen im Eichendorff-Haus und verbringe meinen Nachmittag in der Bibliothek. Dabei laufe ich Kilian zwar mehrere

Male über den Weg, doch beachtet er mich nicht. Er tut so, als wäre ich gar nicht hier, als wäre ich Luft. Das ist mir tausendmal lieber als sein Todesblick …

Immer wenn ich ihn sehe, ist dieses Mädchen bei ihm und irgendein großer Typ, mit dem sie wie verwachsen scheint. Er lässt sie nie los, hat immer einen Arm um ihre Schulter gelegt. Aber was interessiert mich das?

Jedes Mal wenn ich den Mut zusammengekratzt habe, um Kilian um ein weiteres Treffen zu bitten, stecken die drei die Köpfe zusammen und unterhalten sich in dieser fremden Sprache. Auch die anderen Mitschüler werfen ihnen irritierte Blicke zu, wenn sie sie reden hören. Ich bin also nicht die Einzige, die die drei nicht versteht.

Nachdem ich den Großteil des Nachmittags damit verbracht habe, einige Theoriebücher nach Anhaltspunkten zu durchforsten, wie ich diese Katastrophe von einem Text verbessern kann, lasse ich alles stehen und liegen und besuche meine Großmutter

Schon bei meinem letzten Besuch, unserem kleinen Teegespräch zusammen mit Alicia und Mara, hat sie durchklingen lassen, dass ich immer zu ihr kommen kann, wenn ich Probleme habe.

»Lenora, Liebes! Wie schön, dich zu sehen!«, begrüßt sie mich, als mich die Empfangsdame in den Aufenthaltsraum des Altenheims führt. Noch immer fühle ich mich hier irgendwie fehl am Platz, genauso wie mir Sophie hier fehl am Platz vorkommt. Sie wirkt so lebendig, so beweglich im Gegensatz zu all den anderen Leuten, die hier mehr oder weniger vor sich hin vegetieren. Nur ein paar wenige der Anwesenden unterhalten sich oder spielen Karten zusammen. Die meisten sitzen still herum und haben entweder die Augen geschlossen, als würden sie schlafen, oder starren ins Leere. Als sähen sie Dinge, die wir anderen nicht wahrnehmen können. Vergangene Dinge, Erinnerungen.

»Du siehst ziemlich fertig aus. Was ist los?«, fragt Sophie schon im nächsten Moment, noch bevor ich mich überhaupt neben sie setzen kann.

»Ach, eine Hausaufgabe gestaltet sich schwieriger als erwartet«, sage ich und winke ab. Ich weiß nicht genau, wie ich ihr von Kilian erzählen soll. Bisher haben wir noch nicht über ihn gesprochen.

»Magst du mir den Text vorlesen? Das ist doch die Hausaufgabe, oder?« Es erstaunt mich immer wieder, wie normal Sophie es findet, dass ich schreibe.

»Ich weiß nicht. Er ist wirklich nicht gut«, sage ich. Natürlich habe ich den Text mitgebracht. Auch wenn ich mir nicht sicher bin, ob ich ihn Sophie wirklich vorlesen möchte. Noch nie habe ich etwas so Schlechtes, etwas so voller Hass geschrieben. Texte voller Verzweiflung und Angst ja, aber keiner war so voller Wut.

»Lass uns woandershin gehen. Hier sind so viele Ohren, die zwar taub sind, uns aber trotzdem belauschen«, sagt Sophie mit einem breiten Grinsen und steht auf. Als sie mich durch den Aufenthaltsraum zurück in ihr Zimmer führt, sieht nicht einer der anderen Bewohner auf.

In Sophies Zimmer ist es kühler als im Aufenthaltsraum und ruhiger. Wären die vielen Bilder an den Wänden nicht, darunter auch Maras, hätte ich es vermutlich keine zwei Minuten hier ausgehalten. Es ist so trostlos und leer. Ich kann noch immer nicht verstehen, wieso Sophie sich für das Altenheim entschieden hat, aber das ist nicht meine Sache. Sie scheint sich hier wohlzufühlen. Sogar sehr.

Sie lässt sich neben mich auf das knallrote Sofa fallen und wirbelt dabei etwas Staub auf. Ich folge ihrem Beispiel, mein Blick auf Maras Bild geheftet, die Hände umklammern meine Tasche, in der sich mein schrecklicher Text über Kilian befindet. Ich kann den Hass förmlich durch den Stoff spüren. Er brennt mir unter den Fingern, fließt in Wellen durch meine Arme, bis er schließlich meine Seele erreicht und mein Herz allein durch den Gedanken an Kilian schneller schlagen lässt.

»Na los, deswegen bist du doch hier, oder nicht?«, sagt Sophie und drückt mir aufmunternd die Hand.

Sie lässt mir keine Wahl. Irgendetwas in ihrem Blick ist so streng, dass ich mich nicht traue, etwas anderes zu tun, als ihrer Aufforderung Folge zu leisten. Also ziehe ich meinen Laptop aus der Tasche und klappe ihn auf. Nachdem ich das Passwort eingegeben habe, springt mich mein Text regelrecht an. Ich habe ihn vorsorglich offen gelassen, weil ich geahnt habe, dass Sophie ihn würde hören wollen. Ich reiche ihr den Laptop. Ihn vorzulesen, bringe ich nicht über mich.

Während sie auf den Bildschirm sieht, ohne auch nur eine Regung zu zeigen, versuche ich, mich von der Unsicherheit abzulenken, die immer dann in meinem Inneren tobt, wenn jemand meine Texte liest. Mein Blick wandert unruhig durch das Zimmer, um meine Großmutter nicht anschauen zu müssen. Meine Aufmerksamkeit fällt auf den kleinen Schreibtisch, auf dem sich neben Büchern auch ein Computer befindet. Im Gegensatz zu den meisten anderen hier hat Sophie tatsächlich Ahnung, wie man ihn benutzt.

»Das klingt wirklich nicht sehr gut. Bezieht sich das auf eine reale Person? Kenne ich sie oder besser gesagt *ihn*?« Sophies Worte reißen mich zurück in die Gegenwart. Mit einem leisen Klacken stellt sie den Laptop auf den Kaffeetisch, ehe sie sich mir zuwendet. Ich spüre ihren besorgten Blick, kann ihr aber einfach nicht in die Augen sehen. Am liebsten würde ich wegrennen oder die Zeit zurückdrehen, wenn das möglich wäre. Warum habe ich Sophie den Text gegeben? Ich weiß doch, wie furchtbar er ist.

Es dauert einen Moment, bis ich mich einigermaßen unter Kontrolle habe, um überhaupt irgendwie zu reagieren. Die Abneigung gegen diesen Text ist einfach zu groß. Als ich schließlich Kilians Namen hervorbringe, bin ich erleichtert, dass Sophie schon seit längerem nicht mehr an der Akademie unterrichtet. Woher sollte sie Kilian kennen?

»Kilian Winter also, hm? Seine Mutter, Frau Doktor Winter, ist wirklich nett. Ich kann gar nicht verstehen, wieso er in deinem Text so schlecht wegkommt«, sagt Sophie.

Die Welt ist einfach zu klein, gerade hier in Dunkelfelsen, und die Winters scheinen überall ihre Finger im Spiel zu haben. Erst Kilian an der Akademie, jetzt seine Mutter als Sophies Ärztin.

»Ich habe nie mit ihm gesprochen, aber ich glaube, er ist ein guter Junge. Ich sehe ihm öfter aus dem Fenster dabei zu, wie er sich auf dem Friedhof um alte Gräber kümmert. Er verbringt ziemlich viel Zeit dort, was für sein Alter kurios ist, aber das muss ja nichts heißen. Und wenn Frau Doktor Winter über ihn oder seine Schwester spricht, dann immer nur in den höchsten Tönen«, fügt Sophie nach kurzem Schweigen hinzu, als wollte sie versuchen, mich umzustimmen.

Glauben kann ich ihr nicht, schließlich habe ich einen anderen Kilian kennengelernt.

Dass Kilian einen Großteil seiner Freizeit auf dem Friedhof verbringt, habe ich bereits gemerkt. Vielleicht hätte ich das auch in den Text mit einfließen lassen sollen, um ihm noch eine weitere sonderbare Eigenschaft zu geben. Das hätte meinem Geschreibsel etwas mehr Tiefe verleihen können, aber das klingt so klischeehaft. Der Fiesling, der viel Zeit auf dem Friedhof verbringt und urplötzlich hinter Grabsteinen auftaucht ... Wie der Anfang eines Vampirromans oder so.

»Aber das ist doch nicht mehr normal, wenn er so viel Zeit dort verbringt, findest du nicht?« Ich kann mir nicht vorstellen, so lange jeden Tag vom Tod umgeben zu sein. Ich war nur zweimal auf dem Friedhof: zur Beerdigung meiner Mutter. Und als ich Sophies Namen auf den Grabsteinen gesucht habe.

Ein Schauder überkommt mich, als ich daran denke. Vom Sofa aus kann man direkt auf den Friedhof blicken, der jetzt allerdings in der Dämmerung liegt. Er ist alt und groß, erstreckt sich bis tief hinein in den Wald. So schnell bringen mich keine zehn Pferde mehr dorthin.

»Es gibt für alles einen Grund, Lenora. Auch für Kilians Verhalten. Vielleicht solltest du versuchen, ihn besser kennenzulernen«, sagt Sophie und deutet zum Fenster hinaus auf eine Silhouette, die sich im Lichtkegel einer Laterne über einen der überwucherten Grabsteine beugt.

»Wenn man vom Teufel spricht«, murmelt sie. Ich muss die Augen fest zusammenkneifen, um zu erkennen, wer dort unten steht, aber eigentlich ist es eindeutig. Mein Körper reagiert sogar über die gewaltige Distanz auf Kilians Anwesenheit. Mir jagen eiskalte Schauer über den Rücken, während sich die Härchen in meinem Nacken aufstellen.

»Na los, geh zu ihm! Vielleicht erfährst du dann, warum er tut, was er tut«, treibt Sophie mich an und zieht mich auf die Beine. Sie nimmt mich kurz in den Arm und schickt mich dann mit einem Schubs zur Tür.

33

Noch bevor ich das Tor zum Friedhof aufdrücke, erfasst mich wieder diese innere Unruhe, die mich immer dann einholt, wenn ich solche *Orte des Friedens* betrete. Trotzdem gehe ich weiter, wohlwissend dass mich Sophie von ihrem Zimmer aus beobachtet. Langsam bewege ich mich durch das Meer der Grabsteine, die sich mal bleich wie Knochen, mal so dunkel wie getrocknetes Blut aus dem Boden erheben, und nähere mich Kilian. Irgendwann wird das Gefühl der Unruhe überlagert von dem Kribbeln, das mich immer dann befällt, wenn Kilian in der Nähe ist. Er steht mit gesenktem Kopf einige Grabsteine von mir entfernt.

Wieder rinnen mir Schauder den Rücken hinab, lassen mich frösteln, so dass ich die Jacke noch fester um mich ziehe. Ich spüre die warme weiche Wolle meines Pullovers auf der Haut und atme tief durch, bevor ich ihn anspreche.

»Was machst du da?«, frage ich, weil er Begrüßungen offenbar für überbewertet hält, wie ich schon habe feststellen dürfen. Macht er ja schließlich auch bei mir so.

Kilian dreht sich um, scheint aber nicht erschrocken über mein plötzliches Auftauchen zu sein. Es sieht so aus wie immer, wenn wir miteinander sprechen. Wütend, genervt, abweisend. Und trotzdem ist da etwas in seinem Blick, das anders ist.

»Du bist doch diejenige, die das letzte Mal einfach so abgehauen ist. Warum sollte ich deine Frage beantworten?«

Er hat recht.

»Ich weiß, das war nicht in Ordnung. Aber zu meiner Verteidigung: Deine Fragen waren mehr als fies. Was fällt dir eigentlich ein, mich zu fragen, ob ich irgendwelche Verbrechen begangen habe? Sehe ich aus wie eine Kriminelle?«

Allein die Erinnerung an unser letztes Gespräch bringt die Wut zurück. Wie ein Waldbrand frisst sie sich durch meine Adern, bis ich einfach nicht mehr anders kann, als meinem Ärger freien Lauf zu lassen. Wie bei einem Hagelsturm prasseln alle Fragen, die ich mir bereits in meinem Text gestellt habe, auf Kilian ein, lassen ihn nicht zu Wort kommen, auch wenn er es mehrmals versucht. Ich will endlich wissen, was hier vor sich geht, was ich verbrochen habe.

»Kannst du nicht leiser reden? Wir sind schließlich auf einem Friedhof, einem Ort der Ruhe«, unterbricht er mich irgendwann

»Die Toten können uns nicht hören«, entgegne ich so überzeugt, dass er verwundert eine Braue hebt.

»Was macht dich da so sicher?«

»Sie liegen metertief im Boden und gammeln vor sich hin. Deswegen!«, sage ich und erstarre, als er plötzlich zu lachen beginnt. So laut, dass ich ihn daran erinnern müsste, dass er sich auf einem Friedhof befindet. Es dauert eine ganze Weile, bis er sich wieder beruhigt hat. Habe ich mir das gerade bloß eingebildet? Ein lachender Kilian? Gibt's so was?

Noch ehe ich etwas sagen kann, deutet er auf eine steinerne Bank, die unter einer alten Trauerweide steht. Anscheinend ist er nun doch bereit, mit mir zu sprechen.

»Ich kümmere mich um diese Gräber, weil es sonst niemand macht. Und außerdem verdienen es die Toten, dass man sich an sie erinnert«, sagt er schließlich und schaut mich mit einer Mischung aus Misstrauen und, ich weiß nicht, so etwas wie Unsicherheit an?

Ich kann es gar nicht glauben. Kilian ist wie ausgewechselt. Wo kommt das denn plötzlich her?

»Woher willst du wissen, dass sich sonst niemand an sie erinnert?«, frage ich, weil ich selbst weiß, dass es nichts bedeuten muss, wenn man ein Grab nicht besucht. Seit der Beerdigung meiner Mutter bin ich nie mehr bei ihr gewesen, denke aber jeden Tag an sie. Auch wenn ich es manchmal nicht möchte.

»Ich weiß es eben«, sagt er, und schon ist der alte Kilian zurück. Allein, wie er es sagt, zeigt mir, dass es sinnlos ist, weiter nachzufragen. Mittlerweile weiß ich, wann ich Antworten von ihm bekomme und wann nicht. Jetzt ist der Zeitpunkt gekommen, an dem er dichtmacht und abblockt.

»Ich würde gerne wissen, was du über mich geschrieben hast. Das könnte sehr interessant werden«, sagt er nach einer langen Pause und klingt dabei tatsächlich neugierig.

Ich mustere ihn, weil ich nicht ganz glauben kann, dass es ihn wirklich interessiert.

»Tja, da musst du mir entweder noch ein paar Fragen beantworten oder bis Montag warten«, entgegne ich.

»Dann also bis Montag«, sagt er und schenkt mir ein schiefes Grinsen. Es irritiert mich nach wie vor, ihn in meiner Gegenwart lächeln zu sehen. Ein Glück, dass wir sitzen, sonst wären meine Beine sicher unter mir eingeknickt.

Ich rücke ein Stück von ihm ab und lasse meinen Blick über den Friedhof schweifen, nur um ihn nicht ansehen zu müssen.

»Aber das ist nicht fair! Wie soll ich denn einen guten Text abliefern, wenn ich nicht einmal weiß, wer du bist?«, protestiere ich, doch Kilian steht einfach auf und wendet sich dem nächsten verwahrlosten Grab zu. Ich folge ihm, versuche, weitere Antworten zu erhalten, doch er ignoriert mich einfach.

So ein Arsch!

34

Die restliche Freizeit, die mir diese Woche zur Verfügung steht, verbringe ich damit, an dem Text zu feilen, ihn umzuschreiben und mehrmals dabei auszurasten, weil ich einfach nicht weiß, was ich damit tun soll. Einmal geht sogar eine Teetasse zu Bruch, was meine Mitbewohnerinnen auf den Plan ruft. Am Freitagabend schleift mich Alicia zusammen mit Mara in die Küche, weil sich die beiden allmählich Sorgen um mich machen. Sorgen, die berechtigt sind, weil ich nur noch in meinem Zimmer sitze und auf meine Tastatur einhacke, als wäre ich auf sie und nicht auf den griesgrämigen Waldschrat wütend. Und im Prinzip stimmt das auch: Ich bin auf den Laptop wütend, weil er mir nicht dabei hilft, diesen Text zu verbessern. Nein, er macht ihn schlimmer. Jedes Mal wenn ich eine Taste drücke, habe ich das Gefühl, das Falsche zu tun. Jedes verdammte Mal!

»Wieso muss er so schwierig sein? Kann er sich nicht wie all die anderen Kerle benehmen?«, maule ich, als mir Alicia eine Schüssel Suppe vor die Nase stellt.

»Was sich liebt, das neckt sich«, sagt sie, einer ihrer Lieblingssätze in letzter Zeit, und kichert zusammen mit Mara, was ich am liebsten damit quittiert hätte, den beiden einen Löffel Suppe ins Gesicht zu klatschen. Ich beschränke mich allerdings aus Sicherheitsgründen und der Ordnung wegen auf einen finsteren Blick à la Kilian, der die beiden nur noch mehr zum Lachen bringt.

»Iss deine Suppe, Kindchen. Sonst fällst du uns noch vom Fleisch«, sagt Alicia mit der Stimme einer alten Vettel, als würde sie für eines ihrer Theaterstücke üben. Mara kicherte wieder und erhält dafür einen weiteren finsteren Blick. Vielleicht sollte ich sie doch mit Suppe ...

»Du kommst heute Abend wahrscheinlich nicht mit, oder? Es ist ja schon ein Wunder, dass wir dich überhaupt aus deinem Zimmer bekommen haben«, sagt Alicia, und erst jetzt stelle ich fest, dass die beiden bereits in ziemlich aufreizenden Klamotten stecken, die ganz sicher Alicia ausgewählt hat. Mara zupft immer wieder unsicher an dem Paillettenkleid herum, das ihr sitzend kaum bis über die Oberschenkel reicht. Sie fühlt sich offensichtlich nicht wohl darin, aber was tut man nicht alles, um des Hausfriedens willen? Wahrscheinlich hat Alicia so lange auf sie eingeredet, bis Mara nachgegeben hat.

Ich schüttle bloß den Kopf und beginne, meine Suppe zu löffeln. Beeile mich, auch wenn ich mir dabei die Zunge verbrenne. Je mehr Zeit ich hier mit ihnen verbringe, umso weniger bleibt mir, um an meinem Text zu arbeiten. Es ist wie eine Sucht geworden, mich jede freie Sekunde darauf zu konzentrieren, jeden einzelnen Satz zu perfektionieren und doch noch irgendetwas anderes einzubauen außer Hass, Wut und tiefste Verwirrung über Kilians Verhalten. Irgendetwas, das mir bisher entgangen ist.

»Na dann, Jane Austen, viel Spaß dabei«, sagt Alicia lachend und klopft mir auf die Schulter. Sie hält Mara ihre Hand hin, zieht sie von ihrem Stuhl und verlässt die Küche mit ausladenden Schritten und einer Hand in die Hüfte gestemmt. Mara wirft mir einen letzten missmutigen Blick zu, scheint mir ohne Worte sagen zu wollen, dass ich sie begleiten und unterstützen soll, aber ich bin alles andere als in Partystimmung. Meine Laune ist seit Tagen im Keller, und das bekommen nicht nur die beiden zu spüren. Auch meine Professoren haben gemerkt, dass irgendetwas nicht stimmt, haben mich teilweise sogar darauf angesprochen, aber eine Antwort haben sie nicht bekommen. Was soll ich ihnen auch schon sagen? Dass ihr Vorzeigestudent das größte Arschloch auf der ganzen Welt ist? Das wollen sie sicherlich nicht hören.

Während Alicia Mara also zur nächsten großen Party auf dem Campus schleift, setze ich mich wieder an die Arbeit. Ich öffne ein separates Dokument, versuche, mich an wirklich jede Begegnung mit Kilian zu erinnern, sei sie auch noch so flüchtig gewesen. Dabei wird immer deutlicher, dass irgendetwas nicht mit ihm stimmt. Nicht nur dieses komische Gefühl, das mich immer dann befällt, wenn ich in seiner Nähe bin. Dieses Kribbeln, als würden sich alle meine Nackenhaare aufstellen, als ginge irgendeine Gefahr von ihm aus. Nein, da ist auch diese … Aura, die ihn umgibt wie eine zweite Haut, dieses sanfte Schimmern, das ich noch nie zuvor gesehen habe außer bei den anderen Mitgliedern seiner Familie. Herr Winter, dem ich auf dem Friedhof begegnet bin, das Mädchen von der Party – vielleicht seine Schwester? – und der Typ, der sich immer an sie klammert.

In den letzten Tagen habe ich so viel Zeit an meinem Laptop verbracht, dass ich teilweise sogar vergessen habe zu schlafen. Irgendwann fordert diese Lebensweise ihren Tribut, am Sonntag ist es dann so weit. Ich kann meine Augen nicht mehr offen halten. Auch wenn Alicia die Musik in unserem Wohnzimmer viel zu laut aufgedreht hat, sinkt mein Kopf auf die Tastatur. Die ersten Male schrecke ich gleich wieder hoch, versuche, dagegen anzukämpfen, bis ich irgendwann keine Kraft mehr habe. Als ich das nächste Mal aufwache, ist es hell um mich herum. Entfernt höre ich Stimmen, sie müssen von draußen kommen. Im ersten Moment bin ich noch benommen. Da ist nichts außer Nebel in meinem Kopf, Nebel und Schmerzen. Stöhnend fahre ich mir mit der Hand über meinen Nacken. Die Position war wirklich nicht die beste für ein kleines Nickerchen.

Langsam richte ich mich auf, wische das letzte bisschen Müdigkeit weg und werfe dann einen Blick auf mein Handy. Es dauert eine ganze Weile, bis ich merke, dass meine nächste Vorlesung in weniger als einer halben Stunde beginnt.

»Das kann doch jetzt nicht wahr sein!«, murmele ich, schalte das Display kurz aus und wieder ein, doch die Zeit bleibt gleich. Halb zwölf, Montag. Schon im nächsten Moment bin ich aufgesprungen, wobei ich gerade noch so meinen Stuhl festhalten kann, damit er nicht umkippt.

»Scheiße, Scheiße, Scheiße!«, fluche ich, während ich mich panisch in meinem Zimmer umsehe.

Eigentlich habe ich noch einmal alles an meinem Text umschreiben wollen, all diese seltsamen Momente mit Kilian einbauen und ein wenig meiner eigenen Verwirrung aus dem Text ziehen wollen. Aber dafür habe ich jetzt keine Zeit mehr. Mir bleibt nichts anderes übrig, als irgendetwas anzuziehen und zur Akademie zu gehen. Erst als ich durch das Eingangsportal des Eichendorff-Hauses trete, fällt mir auf, dass ich mein Oberteil schon mindestens zweimal letzte Woche angehabt habe, es dementsprechend riecht und ich eine Dusche gebraucht hätte. Jetzt gibt es kein Zurück mehr. Gleich wird Kilian den Text über sich hören. Und ich werde wahrscheinlich vor Scham sterben.

35

Statt uns irgendwelche langweiligen Fakten vorzutragen, wie all die anderen Professoren in der letzten Woche, ruft Professor Johannsen gleich den ersten Studenten auf, um seinen Text vorzutragen. Die ganze Zeit hoffe ich, dass ich heute noch nicht drankomme, weil es so viele gibt, die vorlesen müssen. Ich spüre Kilians Blick auf mir, was nicht gerade zu meiner Beruhigung beiträgt. Wieder ist da dieses Kribbeln, dieses Gefühl, dass irgendetwas nicht stimmt. Hinzu kommen die Texte meiner Kommilitonen, die wirklich gut geworden sind. Sie sind voller emotionaler Details über ihren jeweiligen Partner, und trotzdem werden sie von Professor Johannsen verhackstückt. Anscheinend kann man es ihm überhaupt nicht recht machen, was mir nur noch größere Sorgen bereitet.

Während ich mit halbem Ohr zuhöre und hin und wieder bei der scharfen Stimme unseres Professors zusammenzucke, mache ich mir in letzter Minute auf meinem ausgedruckten Text Notizen. Er strotzt nur so vor hastig gekritzelten Anmerkungen und Änderungen in Rot.

»Wenn Sie sich schon so eifrig Notizen machen, Frau Hagen, sollten Sie Ihren Text vielleicht auch vortragen, damit die anderen etwas daraus lernen«, reißt mich Professor Johannsens Stimme plötzlich aus meinem Änderungswahn. Er klingt genervt, wahrscheinlich weil er mehr Talent von uns erwartet hat. Und ich kann ihn nur zu gut verstehen. Diese Akademie hat schließlich einen hohen Anspruch, und wir scheinen ihm nicht gerecht zu werden.

Es dauert einen Moment, bis ich begreife, wozu er mich gerade aufgefordert hat. Dann ist es, als würde mir das Herz stehenbleiben. Mein Stift fällt mit einem Klacken auf den Boden und verursacht dabei das lauteste Geräusch im ganzen Saal. Alle Blicke sind auf mich gerichtet, und plötzlich frage ich mich, ob es wirklich eine gute Idee gewesen ist, sich für dieses Studium zu bewerben. Ich spüre, wie mich alle anstarren, wie die Neugier meine Kommilitonen mit jeder Sekunde wächst. Ich sehe, wie manche von ihnen, deren Texte wenigstens einigermaßen gut abgeschnitten haben, gehässig grinsen. Sie glauben wahrscheinlich, dass meiner schlechter ist als ihrer. Und das ist er ganz sicher. Im ganzen Saal gibt es allerdings nur eine einzige Person, deren Reaktion mich wirklich interessiert. Was wird Kilian dazu sagen?

Um das herauszufinden, schlucke ich all die Angst, die ich in diesem Moment verspüre, herunter und beginne zu lesen. Meine Stimme ist so brüchig, dass ich manche Sätze mehrmals wiederholen muss, weil ich das Gefühl habe, dass mich keiner verstanden hat. Ich stottere die ganze Zeit, während mein Blick immer wieder zu Kilian wandert. Er mustert mich ausdruckslos. Auch ich gehe bei ihm mittlerweile nur noch vom Schlimmsten aus. Vielleicht hat er recht gehabt, vielleicht werde ich so tatsächlich nicht mehr enttäuscht.

36

Das erste Mal sind wir uns nicht in der Akademie begegnet, sondern im Wald. Du hast mich angeschrien, hast mich mit hasserfülltem Blick betrachtet, als wäre ich das Böse in Person.
Dein Blick ist finster, dunkel, genauso wie die Schatten des Waldes, die sich um uns herum erheben. Unheimlich, düster, mysteriös.
Ich weiß nicht, was ich von dir halten soll. Jedes Mal wenn wir uns begegnen, überkommt mich das Gefühl, dass irgendetwas nicht stimmt. Etwas mit dir, etwas mit uns, irgendetwas ist nicht in Ordnung. Du bringst mich vollkommen aus dem Konzept, so sehr, dass ich kaum ein Auge zubekomme. Ich weiß nicht, was ich dir getan habe, dass du mich so sehr verachtest, dass du mich so sehr hasst.
Immer wieder trifft mich dein Blick, so voller Missmut, dass es mir eiskalt den Rücken hinabläuft. Ich will

mich abwenden, aber gleichzeitig zu dir gehen und dich fragen, was dein Problem ist. Was ich dir getan habe. Was ich tun kann, damit du mich nicht mehr so ansiehst. Ich kann es nicht mehr lange ertragen, habe keine Ahnung, wie ich damit umgehen soll. Und ich weiß nicht, ob ich dich auch hassen soll. Es gibt so vieles, das dafür spricht. Deine finsteren Blicke, deine gemeine Art, mit mir zu sprechen, das Bild, das du offenbar von mir hast, obwohl du mich gar nicht kennst. Und trotzdem kann ich es einfach nicht.
Mir wurde gesagt, dass du ein guter Junge bist. Dass man in den höchsten Tönen von dir spricht, dass dir alle Mädchen zu Füßen liegen und deine Dozenten begeistert von dir sind. Aber all das habe ich nie gesehen. All das weiß ich nur aus zweiter Hand und wüsste es so gerne selbst. Aber du blockst mich immer ab, ignorierst mich, sperrst mich aus oder bombardierst mich mit Fragen, die alles andere als gut gemeint sind.
Was habe ich dir getan? Was weißt du über mich?
Wer bist du?

37

Als ich schließlich den Blick hebe, umfängt mich zunächst eisige Stille. Noch immer starren mich alle an, als wäre ich verrückt. Dieser Text beinhaltet genau das, was mir in den letzten Tagen durch den Kopf gegangen ist. Und es gäbe noch so viel mehr zu sagen, aber ich habe mich nicht getraut, es aufzuschreiben, aus Angst, Professor Johannsen und meine Kommilitonen könnten mich dafür verurteilen.

Mein Blick wandert weiter, bis er an Kilian hängenbleibt, der wieder finster dreinschaut und die Arme vor der Brust verschränkt hat. Als sich unsere Blicke kreuzen, durchzuckt mich ein Gefühl der Angst. Ich weiß nicht, warum ich meinen Text wirklich laut vorgelesen habe. Warum bin ich so dumm gewesen, die Wahrheit vorzulesen? Hätte ich nicht versuchen können, mich davor zu drücken? Warum habe ich ausgerechnet das aufgeschrieben, was tief in mir vor sich geht? Hätte ich nicht einfach etwas erfinden können?

Mit diesem Text habe ich mich verwundbar gemacht, vielleicht zu viel über mich preisgegeben.

Es dauert eine Weile, bis unser Professor seine Stimme findet. Er mustert mich von oben bis unten, ehe er zu sprechen beginnt: »Der Text ist an manchen Stellen zu negativ. Das habe ich nicht von Ihnen erwartet,

Frau Hagen. Und prinzipiell finde ich es ungewöhnlich, dass sie sich für diese Perspektive entschieden haben. Zweite und erste Person … Ich weiß wirklich nicht, was ich davon halten soll. Sie und Herr Winter sollten sich noch einmal zusammensetzen. So können Sie das nicht einreichen.«

Ich schlucke und nicke. Im Vergleich zu manch anderen bin ich noch recht glimpflich davongekommen, aber irgendetwas scheine ich in Professor Johannsen ausgelöst zu haben. Er schweigt eine ganze Weile, als würde er noch über meinen Text nachdenken. Keine Ahnung, ob das jetzt gut oder schlecht ist.

Ich schließe die Augen und versuche, die Tränen, die mir in die Augen steigen, davon zu überzeugen, nicht jetzt meine Wangen hinabzurinnen. Ich hasse es, wenn man meine Texte kritisiert, auch wenn dieser es garantiert verdient hat. Und ich hasse es, dass unser Professor vorgeschlagen hat, dass ich noch mehr Zeit mit Kilian verbringen soll. Als ob das irgendetwas nutzen würde!

Apropos Kilian: Der sitzt kerzengerade auf seinem Stuhl und lächelt vor sich hin, als würde er sich freuen, dass Professor Johannsen meinen Text vor versammelter Mannschaft zerreißt.

»Genug davon. Wir sollten weitermachen«, murmelt der Professor und sieht sich im Raum um. Sofort beschleunigt sich mein Herzschlag wieder. Wahrscheinlich ruft er Kilian nicht als Nächstes auf! Am liebsten würde ich jetzt einfach verschwinden, um seinen Beitrag nicht hören zu müssen. Oder unsichtbar werden, wie die Schattenmenschen, die außer mir niemand sehen kann.

Aber ich bin nicht wie sie, wer auch immer sie sind. Ich bin ein Mensch, ganz normal, und habe keine Ahnung, was ich tun soll, sollte Kilians Text tatsächlich so ausfallen, wie ich ihn mir vorstelle: noch fieser als seine Fragen, noch fieser als das Grinsen, das er plötzlich zur Schau trägt.

Ich will hier weg, aber ich kann es nicht.

38

Und dann geschieht es: »Kilian Winter.«

Ich glaube, mein Herz setzt mehrere Schläge aus. Sofort ist es wieder totenstill im Raum. Alle Blicke richten sich jetzt auf Kilian, der sein schwarzes Notizbuch hervorzieht und mir einen Blick zuwirft, den ich nicht deuten kann. Das Lächeln ist von seinem Gesicht verschwunden, er wirkt sehr konzentriert, als er in seinem Notizbuch blättert und schließlich die richtige Seite findet.

Als er sich räuspert und bereit macht, die folgenden Worte mit uns zu teilen, wird mir urplötzlich schlecht. Ich habe das Gefühl, dass gleich etwas ganz Schlimmes passieren wird, dass sein Text noch schlimmer sein wird als meiner.

Wie schlimm es allerdings ist, hätte ich mir selbst in meinen kühnsten Träumen nicht vorstellen können. Er spricht nicht von mir, nicht wirklich, und auch nicht von dem, was er während unserer Gespräche über mich herausgefunden hat. Er spricht über meine Seele.

Sie ist die Art von Mädchen, die man schnell übersieht. Schweigsam zieht sie durch die Welt und trägt doch so viele Geschichten in sich, hätte so viel zu erzählen, doch sie hält etwas zurück.
Der Schatten ihrer Vergangenheit, der ihr Herz, ihre Seele wie im Würgegriff gefangen hält.
Die Dunkelheit, der sie gerade noch entkommen ist, bevor ihre Seele ihr gänzlich verfallen konnte.
Lange Nächte in dunklen Kellerräumen, eingesperrt wie eine Gefangene, vergessen von der Welt. Der Verlust einer geliebten Vertrauten und die Tyrannei eines anderen.
Unendliche Leere füllt sie aus, lässt sie an ihrer Hoffnung auf ein besseres Leben zweifeln, während alter Schmerz einem Echo gleich in ihrer Seele wütet, an ihr reißt wie ein Sturm, bis sie in schwarzen Fetzen vergeht. Tiefe Risse ziehen sich durch sie hindurch, wie ein schwarzes Loch hat die Dunkelheit längst jegliches Licht verschluckt, jede Hoffnung auf eine zweite Chance, ein neues Leben zerstört.
Und auch wenn sie sich an die letzten Träume klammert, die ihr noch geblieben sind, an einen winzigen Funken falscher Hoffnung, ist ihr Ende, die endgültige Auslöschung ihrer Seele, unvermeidbar.

Mir stockt der Atem. Mein Sichtfeld beginnt zu flirren, und ich bin mir sicher, dass ich gleich vor Scham in Ohnmacht fallen werde. Ich kann nicht fassen, dass er mich nach diesen wenigen Treffen, schon so gut kennt. Dass er so tief in mein Innerstes hat blicken können. Denn genau so fühle ich mich, als hätte man mich innerlich zerfetzt. Als hätte *er* mich für immer zerstört und nur eine leere Hülle zurückgelassen, die ziellos durchs Leben wandert. All das habe ich Reiner zu verdanken.

Ich nehme noch wahr, wie die Blicke der anderen Studenten von Kilian zu mir wandern. Neugier blitzt in ihren Augen auf, während sie mich mustern, als würden sie mich mit ganz neuen Augen sehen. Als wäre ich die Hauptattraktion im Zirkus.

Mir ist so schlecht, dass ich fürchte, mich gleich hier und jetzt übergeben zu müssen. Mein Atem geht viel zu langsam, es fühlt sich so an, als würde ich ersticken. Es kommt einfach nicht genug Luft in meine Lungen. Kilians Worte setzen sich auf meinem Brustkorb fest wie unsichtbare Parasiten, krallen sich mit ihren kalten Klauen in meine Haut und schnüren mir jegliche Luft ab. Ich weiß nicht, wie lange ich das noch aushalten kann. Selbst als Kilian endlich mit Vorlesen fertig ist, werde ich dieses schreckliche Gefühl nicht los. Und das Schlimmste ist: Obwohl mich alle anstarren, merken sie nicht, dass ich gleich in Ohnmacht falle. Sie scheinen nur das sehen zu wollen, was Kilian in mir gesehen hat. Vermutlich können sie es nicht.

Hätte er es nicht in Worte gefasst, hätte ich wohl auch nie erkannt, mir nie eingestanden, wie schrecklich meine Seele über die Jahre zugerichtet worden ist.

Ich höre nur mit halbem Ohr zu, wie sich der Professor darüber auslässt, dass sich Kilian zu stark auf den Aspekt der Seele konzentriert hat und damit ins Phantastische abgedriftet ist, anstatt einen realistischen Text zu schreiben. Noch immer versuche ich, meine Fassung wiederzuerlangen, meine Atmung zu kontrollieren und Kilians Worte abzuschütteln. Alles vergebens.

Kilian beginnt, darüber zu diskutieren, das bekomme ich noch mit, ob es Seelen gibt oder nicht und in welchen Zuständen sie sich befinden können. Doch all das nehme ich nur am Rande wahr, noch immer hallen einige der Sätze, die Kilian gerade vorgetragen hat, in meinem Kopf wider.

Tiefe Risse ziehen sich durch sie hindurch, wie ein schwarzes Loch hat die Dunkelheit längst jegliches Licht verschluckt, jede Hoffnung auf eine zweite Chance, ein neues Leben zerstört.

Aber je mehr ich darüber nachdenke, umso deutlicher wird es für mich: Kilian hat nicht in mein Innerstes geblickt, wie soll er das auch geschafft haben, so selten, wie wir uns gesehen haben. Er hat mich gegoogelt. Das ist die einzig mögliche Erklärung dafür, dass er so viel über mich weiß. Erzählt habe ich ihm fast nichts. Nur dass meine Mutter tot ist. *Der Verlust einer geliebten Vertrauten,* hat er geschrieben. Und mit *Tyrannei eines anderen* ist ganz sicher Reiner gemeint. Zwar habe ich Kilian nichts von ihm erzählt, aber im Internet finden sich mittlerweile zahlreiche Artikel über den Prozess gegen meinen Stiefvater. Artikel, die ich mir nie durchgelesen habe, weil sie mir meine Vergangenheit nur allzu deutlich wieder vor Augen geführt hätten. Ich wollte diese Zeit hinter mir lassen. Und trotzdem sucht sie mich heim, immer, in jeder Sekunde. Durch Kilians Worte kann ich den Blick nicht länger von all den Gesterns abwenden, die bereits hinter mir liegen.

Als plötzlich alle aufstehen, bin ich froh, dass die Stunde endlich vorbei ist. Offenbar ist unserem Professor die Diskussion mit Kilian zu sehr ausgeartet. Kopfschüttelnd hat er sich an sein Pult zurückgezogen und räumt seine Notizen in seinen Aktenkoffer, der schon bessere Tage gesehen hat. Ich tue es ihm gleich, stopfe meinen Text in die Tasche und will aufstehen, aber etwas hält mich zurück. Kilians Blick liegt wieder auf mir, diesmal nicht ganz so finster, eher neugierig, aber heute bin ich es, die einfach so verschwindet, die ihn ignoriert und dichtmacht. Ich habe einfach keine Ahnung, was ich zu seinem Text sagen soll. Seine Worte gehen mir noch zu nah, als dass ich darüber hätte sprechen können. Und unter all der Angst und dem Schock über diesen Text kommt die Wut langsam wieder hoch.

Warum hat er das getan? Warum hat er so viel über mich preisgegeben? Hätte er mich nicht einfach fragen können, wieso ich bin, wie ich bin?

Aber hätte ich ihm dann auch tatsächlich geantwortet und ihm die Wahrheit erzählt? Diese schreckliche Wahrheit …

Niemals. Nicht ihm.

39

Ich will einfach nur verschwinden, fort von Kilian und mich unter meiner Bettdecke verkriechen, bis all das vergessen ist. Ich sollte ganz weg von hier, von Dunkelfelsen, schließlich lässt mich auch hier mein altes Leben nicht los. Erst die Nachricht von Reiners Tod und nun das. Nun wissen einige Leute hier, dass meine Kindheit nicht ganz so rosig verlaufen ist.

»Danke, Arschloch!«, knurre ich, als ich die Tür nach draußen aufstoße. Es ist eiskalt. Schnell ziehe ich den Reißverschluss meiner Jacke hoch und stapfe zurück zum Wohnheim. Die Sonne ist hinter dichten Wolken verborgen, so dass es selbst um die Mittagszeit sehr düster draußen ist. Kaum dass ich die Treppen hinter mir gelassen habe und den Fußgängerweg einschlage, beginnt es zu regnen. Auch das noch!

Meine Regenjacke hängt, wie immer in solchen Momenten, zu Hause im trockenen Zimmer. Ich laufe weiter, schneller, um nicht vollkommen nass zu werden. Darauf habe ich heute wirklich keine Lust. Nicht nach dem, was gerade eben passiert ist. Ohne zu gucken, renne ich über die Straße und bemerke dabei erst viel zu spät, dass sich mir grelle Scheinwerfer nähern. Im ersten Moment spüre ich gar nichts, doch dann ist da ein dumpfer Aufprall, als ich über die Motorhaube geschleudert werde, und dann nur noch heißer Schmerz. Ich spüre den kalten Boden unter mir, den eisigen Regen, der immer noch auf mich herabrieselt. Ich höre aufgeregte Stimmen, sehe im Augenwinkel, wie Taschenlampen angeschaltet werden, aber all das ist plötzlich nicht mehr wichtig. Meine rechte Körperhälfte steht in Flammen, mein Schädel fühlt sich an, als wäre er explodiert.

Das war's dann wohl, denke ich und hätte am liebsten laut losgelacht. Ich habe all diese schrecklichen Jahre überstanden, nur damit ich hier ende. Im matschigen Straßengraben, kurz nachdem mich so ein Möchtegern-Edward-Cullen vor versammelter Mannschaft bloßgestellt hat. Der Schmerz breitet sich in mir aus, durchdringt jede Faser, und selbst meine Seele schreit innerlich wegen der Qualen, die sie in den neunzehn Jahren meines Lebens hat erleiden müssen. Aber das ist jetzt nicht mehr wichtig. Es ist vorbei.

Mir entgleitet mein Bewusstsein, der Schmerz, die Rufe, das grelle Licht hinter meinen geschlossenen

Augen, der kalte Regen auf meiner Haut, bis auf ein Detail: Kilian. Aber er ist nicht wirklich Kilian. Jegliche Farbe ist aus ihm gewichen, so dass er aussieht wie einer der Schattenmenschen, die ich manchmal wahrnehme. Mein Blick richtet sich auf ihn, ich kann einfach nicht wegsehen, versuche zu begreifen, was mit ihm geschieht, was mit mir geschieht, aber mein Kopf ist schon nicht mehr in der Lage zu denken. Vorsichtig beugt sich Kilian über mich, streicht mir über das Gesicht, so liebevoll, ganz anders als sonst. Seine Hände sind warm, nehmen mir etwas von dem Schmerz, der zusammen mit meinem Blut durch meinen Körper rauscht.

Das kann nicht mehr real sein. Wahrscheinlich bin ich längst tot, und das ist bloß irgendeine Wahnvorstellung, kurz bevor es wirklich mit mir zu Ende geht. Und trotzdem fühlt es sich unglaublich echt an. Zu echt.

»Kilian?«, hauche ich und versuche, meine Hand nach ihm auszustrecken, doch ich kann es nicht. Es tut einfach zu sehr weh.

Erschrocken zuckt er zusammen. Lange Zeit ruhen seine dunklen Augen auf mir. Ohne Hass, ohne Argwohn, nur voller Neugier und Sorge. Vollkommen anders, als ich ihn kennengelernt habe. Als Sirenen ertönen, ist er plötzlich einfach so verschwunden. So wie die Schattenmenschen einfach vor meinem Auge verschwinden, wenn ich sie zu lange anstarre. Langsam entweicht auch meinem Blickfeld die Farbe, bis es nur noch schwarz um mich herum ist.

40

Ich werde von Stimmen geweckt, die mir irgendwie bekannt vorkommen. Es hört sich so an, als wäre ich unter Wasser, untergegangen in Regen und Matsch, und die Stimmen irgendwo an Land über mir. Ich fühle mich leicht und schwerelos, warm und geborgen, wie in einem von der Sonne erhitzten See treibend. Langsam öffne ich meine Augen, nehme erst einige schemenhafte Gestalten wahr, die nach ein paarmal Blinzeln klarer werden, bis sie die Gesichter von den drei Frauen bilden, die mir in den letzten Wochen am nächsten gestanden haben.

Alicia, Mara und Sophie, die Tränen in den Augen haben.

Ich habe keine Ahnung, was passiert ist. Das Letzte, an das ich mich erinnern kann, ist Kilians Stimme, wie sie einen schmerzhaften Satz nach dem anderen über meine Seele hervorbringt.

Das Licht um mich herum ist grell und beunruhigt mich. Was ist denn los? Und warum ist Sophie auf einmal hier? Sollte sie nicht im Altenheim sein?

»Ganz ruhig, Kleines. Es wird alles gut«, sagt sie und berührt meine Schulter, ganz vorsichtig, als hätte sie Angst, mich zu zerbrechen. Und das tut sie. Ich winde mich vor Schmerzen. Was zur Hölle ist passiert?

»Erinnerst du dich noch an irgendetwas?«, fragt jetzt Alicia und tritt noch etwas näher an mein Bett heran. Ein Krankenbett, wie es scheint, zumindest ist das nicht mein Bettbezug. Ihr Gesichtsausdruck ist besorgt, ganz anders als sonst. Das schelmische Grinsen ist verschwunden. Auch Mara ist noch ruhiger als sonst. Sie hält einfach ganz vorsichtig meine Hand, als bestünde ich aus Glas, als hätte auch sie Angst, mich gleich zu zerbrechen.

»Nein«, sage ich, doch klingt es mehr wie ein Krächzen. Völlig unnatürlich, überhaupt nicht wie ich.

»Du hattest einen Unfall. Du bist vor ein Auto gelaufen, hast dir aber nichts gebrochen. Nur die Kopfwunde bereitet den Ärzten Sorge«, erklärt Sophie und streicht mir über die Stirn. Ich versuche auszuweichen, aus Angst, dass es wieder weh tun könnte, und mache damit alles nur noch schlimmer. Um nicht laut aufzustöhnen, beiße ich die Zähne fest aufeinander. Ich will nicht, dass sich die drei noch mehr Sorgen machen. Sie haben dunkle Ringe unter den Augen, und Sophie wirkt, als wäre sie seit meinem letzten Besuch um zehn Jahre gealtert.

»Wann?«, frage ich und zucke bei dem Klang meiner Stimme erneut zusammen. Was ist nur passiert?

»Vor ein paar Tagen. Die Ärzte haben dich wegen deiner Verletzungen ruhigstellen müssen, aber sie sagen, dass du über den Berg bist. Sie halten es für ein Wunder, dass dir nichts Schlimmeres passiert ist«, sagt nun Alicia und streckt die Hand aus, um mir wie

Sophie die Schulter zu tätscheln, doch muss irgendetwas in meinem Blick sie dazu gebracht haben innezuhalten.

Ich höre, wie die Tür aufgeht und jemand hereinkommt. Schuhe quietschen über den Boden. Das grelle Licht kommt von einer Lampe, die direkt über mir von der Decke hängt. Links und rechts von mir stehen irgendwelche Apparate, die die ganze Zeit piepsen und rauschen, triste Bilder hängen an den weißen Wänden. Und es stinkt, nach Desinfektionsmittel, Schmerzen und Tod. Der Geruch muss sich über die Jahre hinweg auf den Wänden angesammelt haben, auf den Möbeln und Pflanzen, die am Fenster stehen. Sie wirken halb tot, so wie ich mich fühle.

»Ach, Frau Doktor Winter. Sie ist aufgewacht«, sagt Sophie freudestrahlend und wendet sich der Frau zu, die gerade mein Krankenzimmer betreten hat. Ich kann sie nur verschwommen sehen, aber sie sieht Kilian nicht gerade ähnlich. Statt schwarzer Haare hat sie blonde, ihre Augen sind, glaube ich, wesentlich heller. Und sie lächelt.

»Das ist sehr gut. Wie fühlen Sie sich, Frau Hagen?«, fragt sie und kommt näher. Bereitwillig lässt Mara meine Hand los und tritt zusammen mit Alicia beiseite, um die Ärztin durchzulassen. Sie beugt sich über mich, so dass ich sie besser sehen kann. Nein, sie hat wirklich nichts mit Kilian gemein. Aber das Namensschild macht nur allzu deutlich, dass sie mit ihm verwandt ist. Allerdings wirkt sie viel zu jung, um einen erwachsenen Sohn im dritten Semester zu haben. Ich beobachte sie dabei, wie sie mich langsam abtastet, versuche, nicht aufzustöhnen, wenn sie eine meiner Verletzungen erwischt.

»Sie haben schwere Prellungen und Verstauchungen erlitten, aber nichts gebrochen. Meistens fühlt sich das so an, aber kein Grund zur Sorge, Frau Hagen«, sagt sie und schenkt mir ein strahlendes Lächeln. Und das ist die erste Gemeinsamkeit, die ich zwischen ihr und Kilian erkenne. Wenn sie lächeln, dann strahlen ihre Augen. Kilian habe ich nur ein einziges Mal wirklich lachen sehen. Vor keine Ahnung wie vielen Tagen auf dem Friedhof. Es ist eines der schönsten Dinge gewesen, die ich je in meinem Leben gesehen habe. Und beinahe auch eines der letzten.

41

Während Frau Doktor Winter mich untersucht, denke ich über das nach, was Sophie mir über meinen Unfall erzählt hat. Sehr langsam kommen die Erinnerungen daran zurück. Die Scheinwerfer, die so plötzlich aufgetaucht sind, das Geräusch des Aufpralls, der Schreck und dann der Schmerz, als wäre jeder einzelne Knochen meines Körpers gebrochen. Und dann Kilian, wie er mir über die Wange streicht.

Kilian?

»Kann ich von den Medikamenten Wahnvorstellungen bekommen?«, frage ich, was Doktor Winter innehalten lässt. Sie dreht sich um und bedeutet meiner Großmutter und meinen beiden Mitbewohnerinnen, den Raum zu verlassen. Erst dann lässt sie sich auf einen Hocker neben meinem Bett sinken und greift nach meiner Hand. Ihre Berührung ist so sanft, dass ich sie kaum spüre. Der erwartete Schmerz bleibt aus.

»Was meinen Sie denn zu sehen?«, fragt sie und klingt dabei ein bisschen so wie der Psychologe, den ich vor knapp zehn Jahren zum ersten Mal getroffen habe. Der Psychologe, der später zu meinem schlimmsten Albtraum geworden ist. Reiner.

»Kilian, aber mit durchscheinendem Körper. Und er hat sich über mich gebeugt und über meine Wange gestrichen, und er sah so traurig aus, und ich weiß nicht, was das soll. Ich verstehe das einfach nicht!«, brabbele ich und habe keine Ahnung, warum ich ihr das alles erzähle. Muss wohl auch an den Medikamenten liegen. In nüchternem Zustand und unter normalen Umständen hätte ich es ihr garantiert nicht anvertraut. Ich kenne sie ja kaum fünf Minuten. Und warum himmele ich überhaupt einen Typen an, der mich eigentlich nicht ausstehen kann? Es ist mir fast peinlich, dass ich in den letzten Momenten des Bewusstseins nach dem Unfall an Kilian gedacht habe. Ausgerechnet an ihn!

Ich meine, Doktor Winter zusammenzucken zu sehen, in ihrem Blick mischt sich Entsetzen mit Panik, aber schon in der nächsten Sekunde hat sie sich wieder gefasst. Wahrscheinlich wieder eine Wahnvorstellung meinerseits. Sie lächelt noch immer, aber irgendetwas in ihrem Blick verrät mir, dass da mehr ist. Dass irgendetwas nicht stimmt.

»Sie haben sich den Kopf angeschlagen, Frau Hagen. Da bildet man sich manchmal solche Dinge ein«, sagt sie mit diesem Lächeln, als wäre ich ein dummes Kind, als würde sie mir etwas ganz bewusst verschweigen.

»Nein, ich bin mir sicher, dass er da war. Er sah so echt aus. So wie all die anderen Schattenmenschen«, sage ich und hätte mich selbst ohrfeigen können. Warum erzähle ich ihr das? Wenn ich weiterhin von Schattenmenschen spreche, lässt sie mich einweisen. Und das war's dann mit meinem Studium und dem neuen glücklichen Leben … Anscheinend soll Kilian recht behalten.

»Bitte beruhigen Sie sich, Frau Hagen. In Ihrem Zustand sollten Sie sich nicht aufregen«, sagt Doktor Winter und greift wieder nach meiner Hand. Ich ziehe sie weg, auch wenn alles in meinem Körper vor Schmerz aufschreit.

»Ich will ihn sehen. Ich muss mit Kilian sprechen. Er ist doch Ihr Sohn, oder nicht? Können Sie ihn nicht hierherholen?«, frage ich sie, und dieses Mal bin ich froh, dass ich es gesagt habe. Ich will ihn wirklich sehen und ihn zur Rede stellen. Nicht nur wegen dem, was kurz nach meinem Unfall passiert ist. Vielleicht habe ich mir das wirklich nur eingebildet, aber vor allem muss ich mit ihm über diesen Text sprechen, den er über mich geschrieben hat. Ich muss wissen, ob er mich wirklich gegoogelt hat. Und wieso er vor dem ganzen Kurs hat vorlesen müssen, was er dabei herausgefunden hat.

»Das halte ich für keine gute Idee. Zu viel Aufregung wird Ihnen nicht guttun«, sagt Doktor Winter und steht langsam auf. Sie wirkt so, als befände sie sich in einem Käfig mit einem wilden Tier, einer Löwin, die bei der kleinsten Bewegung auf sie losgehen könnte. Und so fühle ich mich im Moment auch, auch wenn jede einzelne Bewegung furchtbar schmerzt. Ob wirklich nichts gebrochen ist?

»Ich werde die Schwester anweisen, Ihnen etwas zur Beruhigung zu geben. Sie brauchen jetzt Schlaf, am besten schicke ich Ihre Familie nach Hause«, sagt sie und verlässt mein Zimmer. Ich habe gar keine Chance zu protestieren, und als in den nächsten paar Minuten die Tür wieder aufgeht, hoffe ich vergebens, dass es meine Großmutter ist. Stattdessen kommt eine junge Frau in Schwesternkluft herein, eine Spritze schon in der Hand. Weil ich Nadeln schon immer gehasst habe, versuche ich auszuweichen, doch die Schwester hat einen anderen Plan. Statt in meine Haut jagt sie die Spritze direkt in die Infusion, die über einen Katheter mit meiner Hand verbunden ist. Ich will danach greifen, will es rausreißen, fürchte mich aber gleichzeitig vor den Schmerzen. Also lass ich es passieren, auch weil ich den strengen Blick der Schwester auf mir spüre. Ich will nicht noch mehr Leuten hier Grund dazu geben zu glauben, dass ich verrückt bin. Also lege ich den Kopf zur Seite und beobachte die Infusion dabei, wie sie langsam in meine Hand läuft. Und irgendwann spüre ich, wie ich wieder in diesen schwerelos leichten Zustand zurückkehre, aus dem ich vor einer Viertelstunde erst erwacht bin. Und dann sind das Krankenhaus, die Schwester und meine Schmerzen wieder verschwunden.

42

Als ich die Augen das nächste Mal aufschlage, habe ich wieder keine Ahnung, wo ich bin. Neben mir rauscht und piepst es leise, ich habe das Gefühl, dass irgendetwas nicht stimmt. Um mich herum ist es dunkel. Durch die dünnen Vorhänge am Fenster fällt schwaches Licht in mein Zimmer, aber ich kann kaum etwas erkennen. Plötzlich nehme ich eine Bewegung neben mir wahr und zucke vor Schreck zusammen. Kilian sitzt neben mir. Für einen Moment glaube ich, dass es ein Traum ist, irgendeine Einbildung, aber als er plötzlich zurückweicht, weiß ich, dass er echt ist. Er starrt mich an, als hätte er einen Geist gesehen, dann steht er auf, ist schon auf halbem Weg zur Tür, doch will ich jetzt nicht allein sein, denn die Erinnerungen kehren zurück.

»Bleib. Bitte«, flehe ich und strecke die Hand nach ihm aus, ein böser Fehler, denn plötzlich reißt es mich vor Schmerz zurück. Ich kann nicht verhindern, dass meiner Kehle ein gequälter Laut entweicht, der Kilian zusammenzucken lässt. Es dauert keine Sekunde, da ist er wieder neben mir, noch näher als zuvor. Meine Überraschung ist groß, als er plötzlich nach meiner Hand greift und sie vorsichtig drückt. Er sucht meinen Blick, sieht mich fest an, und da ist keine Wut, kein Hass mehr in seinen dunklen Augen. Nein, nur Besorgnis.

»Mach das nie wieder«, murmelt er so leise, dass ich ihn kaum verstehen kann. »Mach das nie wieder, ganz gleich, was du damit beweisen wolltest.«

Ich runzele die Stirn, habe keine Ahnung, was er meint, aber ich bin noch immer zu erschöpft, um mir darüber Gedanken zu machen. Doch allein, dass Kilian hier ist, bringt mir Sicherheit. Ich habe keine Angst mehr, nicht vor diesem Krankenhaus und nicht vor den Verletzungen, die ich bei meinem Zusammenstoß mit dem Auto erlitten habe. Nun, da er meine Hand hält, ist alles gut. Da ist nicht mehr dieses Kribbeln oder dieses Gefühl von Gefahr, sondern einfach nur

Geborgenheit. Ich weiß, dass mich das eigentlich verwundern sollte, dass es merkwürdig ist, ihm so nahe zu sein, aber ich bin einfach zu müde. Vorsichtig drehe ich mich zu ihm um, um zu erkennen, was gerade in ihm vorgeht, doch werden mir schon im nächsten Moment die Augen schwer. Ich versuche krampfhaft, sie offen zu halten, kämpfe mit der Müdigkeit, die mich wieder erfasst, und verliere. Kilian ist wieder fort, der Dunkelheit gewichen, aber trotzdem spüre ich, dass er bei mir ist. Er ist bei mir, und es fühlt sich so an, als hätte ich lange auf diesen Moment, dieses Gefühl gewartet.

43

Als ich das nächste Mal zu mir komme, ist es wieder hell in meinem Krankenzimmer. Instinktiv spüre ich, dass Kilian nicht mehr da ist. Das Gefühl der Sicherheit ist fort, zumindest so lange, bis ich Sophie erblicke. Sie sitzt wieder neben mir und hält meine Hand, die mit einigen Schürfwunden versehen ist. Meine Großmutter ist für mich da, als wäre das selbstverständlich, dass es mir die Tränen in die Augen treibt. Nie hätte ich gedacht, dass sich noch einmal jemand so um mich kümmern würde. Nicht nach dem Tod meiner Mutter.

»Ich hatte solche Angst um dich, Liebes. Aber ich bin froh, dass du wieder in Ordnung kommst«, sagt sie, als sie meinen Blick bemerkt, und streicht mir vorsichtig über den Handrücken. Ich folge ihren runzeligen Fingern mit meinem Blick und bemerke die Schwellungen an meinem Arm. Dunkellila heben sie sich von der weißen Decke ab, genau dort, wo das Auto mich erwischt hat.

Ich nicke, noch immer zu benommen, um irgendetwas zu sagen.

»Ich habe mit Doktor Winter gesprochen. Du kannst bald wieder nach Hause, Lenora«, sagt Sophie, und das Lächeln, das ihre Lippen umspielt, erwärmt mein Herz. Ich kann ihr ansehen, dass sie noch immer erschöpft ist, aber sie ist offensichtlich beruhigt, dass ich über den Berg bin.

»Bald?«, krächze ich und merke bereits, wie sich das schlechte Gewissen in meinen vernebelten Verstand schleicht. Wie viel habe ich schon von meinen Vorlesungen verpasst? Wie viel Zeit ist seit dem Unfall verstrichen?

»Du musst dich schonen, Lenora. Auch wenn du dir nichts gebrochen hast, ist damit nicht zu spaßen.« Sophie kommt näher, lehnt sich über mich, als könnte sie so ihren Worten mehr Nachdruck verleihen.

»Um dein Studium brauchst du dir keine Gedanken zu machen«, fügt sie hinzu, als wüsste sie, was in meinem Kopf vor sich geht.

Keine Gedanken machen? Ich glaube, sie versteht

nicht ganz, was dieses Studium für mich bedeutet. Ich will schreiben, und ich will mich verbessern, und dieses Studium ist die beste Möglichkeit, um beides zu erreichen.

»O nein, das lässt du schön bleiben. Ich weiß, dass du am liebsten gleich wieder zu deinem Computer zurückkehren willst, aber das geht nicht, hörst du?«, sagt Sophie so energisch, dass ich erschrocken zusammenzucke. Wieder tut mir mein gesamter Körper weh, doch zwinge ich mich dazu, nicht allzu gequält dreinzuschauen. Ich will nicht, dass sie sich noch mehr Sorgen um mich macht. Wahrscheinlich habe ich ihr schon mehr als genug schlaflose Nächte bereitet, den dunklen Ringen unter ihren Augen nach zu urteilen.

»Wie lange bin ich denn schon hier?«, frage ich, während das schlechte Gewissen in mir wächst. Ich bin daran schuld, dass sie keinen Schlaf gefunden hat, dass es ihr nicht gut geht.

»Seit zwei Tagen, Liebes. Es hat eine Weile gedauert, bis sie sichergestellt haben, dass du keine schweren Verletzungen erlitten hast. Scheint so, als hättest du einen Schutzengel gehabt«, sagt Sophie und zwinkert mir zu. Einen Schutzengel? Unweigerlich muss ich an Kilian denken, an seinen durchscheinenden Körper, als er sich über mich gebeugt hat. Und an das Versprechen, das ich ihm letzte Nacht geben musste. Oder habe ich mir das auch nur eingebildet?

»Und die Vorlesungen? Ich kann nicht noch mehr verpassen!«, sage ich, um mich von meinen Wahnvorstellungen abzulenken. Allmählich kehrt die Sorge zurück, mein Stipendium zu verlieren, hochkant aus der Akademie geworfen zu werden, nur weil ich einmal nicht geguckt habe, bevor ich die Straße überquert habe.

»Wenn es sein muss, dann spreche ich persönlich mit deinen Professoren. Ein paar von ihnen kenne ich schon lange«, verspricht mir Sophie und klingt wieder ganz so, wie ich sie kennengelernt habe. Als würde sie keine Widerrede dulden. »Das wird schon, Lenora. Vertrau mir«, schiebt sie hinterher, weil ich noch immer nichts gesagt habe. Stattdessen nicke ich. Ich glaube Sophie und bin froh, dass ich sie habe. Was würde ich nur ohne sie machen?

»Es wird alles gut werden, wenn du dich nur ausruhst, Schätzchen«, sagt Sophie und streicht mir über die Wange.

Ich nicke wieder. Seit Kilian gestern bei mir gewesen ist, fühle ich mich tatsächlich etwas besser. Ich weiß zwar nicht, ob er real gewesen ist oder ob ich mir seinen Besuch nur eingebildet habe. Der Gedanke an seine Hand auf meiner hilft mir auf jeden Fall, ruhig zu bleiben, auch wenn sich ein kleiner Teil meiner selbst noch immer Sorgen um das Studium macht. Wie auch nicht, schließlich ist es mein Ticket zum Glück.

44

Die restlichen Tage, die ich zur Beobachtung im Krankenhaus verbringen muss, sind ziemlich langweilig, auch wenn Sophie fast die ganze Zeit bei mir ist. Alicia und Mara kommen immer dann, wenn sie keine Vorlesungen haben, und erzählen mir von dem neuesten Klatsch und Tratsch an der Akademie oder lesen mir etwas vor. Mein Unfall ist laut Alicia zu einer regelrechten Pressegeschichte geworden. In der Zeitung der Akademie ist ein großer Artikel erschienen, die wundersame Heilung der Lenora Hagen. Dass ich nicht lache! Von Heilung kann wirklich nicht die Rede sein. Mir tut noch immer jeder einzelne Knochen weh, als hätte man meinen Körper in tausend Stücke zertrümmert.

Als es endlich so weit ist und ich das karge Zimmer verlassen darf, geht es mir augenblicklich besser, aber an den Vorlesungen darf ich immer noch nicht teilnehmen, was mich beinahe in den Wahnsinn treibt. Verstehen sie denn nicht, wie wichtig dieses Studium für mich ist?

Wenigstens komme ich endlich hier raus und werde nicht mehr rund um die Uhr überwacht. So ist es mir zumindest vorgekommen mit all den Visiten.

Sophie hat uns ein Taxi gerufen, das vor dem Krankenhaus wartet und uns zum Wohnheim bringt. Ich bin froh, nicht den Bus nehmen zu müssen, weil jede Bewegung noch immer schmerzt. Nicht mehr ganz so schlimm wie an den ersten Tagen, aber es hat einen Grund, warum sie mir einen ganzen Jahresvorrat an Schmerztabletten mitgegeben haben. Und dann auch noch die ganz harten Sachen …

Sophie hilft mir dabei, die wenigen Sachen, die Alicia und Mara für mich zusammengepackt haben, in mein Zimmer zu bringen und in dem altmodischen Kleiderschrank zu verstauen. Sie bleibt noch eine ganze Weile, nachdem sie mich auf meinem Bett platziert und darauf bestanden hat, mich zuzudecken, als wäre ich ein kleines Kind. Sophie ist noch schlimmer als die Schwestern, fragt mich alle fünf Minuten, wie es mir geht, und scheint total nervös zu sein ohne das ganze Krankenhauspersonal. Mehrmals ist sie drauf und dran zu gehen, bevor ihr wieder irgendein Grund einfällt, doch noch ein bisschen zu bleiben.

»Ach, die Pflanzen könnten mal wieder gegossen werden«, heißt es dann, oder: »Ich mache dir nur schnell noch eine Kanne Tee. Ja nicht bewegen, Kindchen.«

Zum Glück habe ich sie davon abhalten können, mir bis ins Bad zu folgen. Aufs Klo gehen kann ich alleine, auch wenn das im Moment einer regelrechten Tortur entspricht. Als es schließlich nichts mehr zu tun gibt, muss ich Sophie ein letztes Mal versichern, dass ich auch brav in meinem Bett bleibe und mich nicht gleich bei der nächstbesten Gelegenheit an meinen Schreibtisch setze. Es ist später Nachmittag, als sie ins Altenheim zurückkehrt, weil sie dort einige Untersuchungen hat. Wieder meldet sich mein schlechtes Gewissen, Sophie davon abgehalten zu haben, sich um sich selbst zu kümmern, auch wenn sie meinen Zustand wahrscheinlich dazu genutzt hat, sich vor den eigenen Behandlungen zu drücken.

Kaum dass Sophie weg ist, tue ich genau das, was sie eigentlich verhindern wollte. Ich setze mich an meinen Schreibtisch und klappe den Laptop auf. Von Sophie weiß ich, dass ich während der Woche, die ich im Krankenhaus verbracht habe, wichtigen Stoff verpasst habe. Es ist einiges, aber doch nicht so viel, dass ich es nicht an den Tagen, die ich noch zu Hause bleiben muss, nachholen kann. Die restliche Zeit will ich dafür nutzen, um mir schon einmal Gedanken über meine Hausarbeit in Erzähltheorie zu machen. Ich weiß, ich habe noch massig Zeit, aber ich bin ein Mensch, der solche wichtigen Aufgaben gerne vor der Deadline erledigt hat. Sophie hat für mich vermittelt und dafür gesorgt, dass ich genau das Thema bekomme, was ich möchte. Nun kann ich über den Aufbau der Bücher schreiben, die im letzten Jahr über auf der Bestsellerliste gestanden haben. Bücher, die mir am Herzen liegen, die ich entweder hasse oder liebe und allesamt in kürzester Zeit verschlungen habe.

Ich vertiefe mich so sehr in meine Arbeit, gehe alle Vorlesungsskripte durch und mache mir Notizen, dass ich gar nicht merke, wie die Zeit vergeht. Immer wenn ich draußen im Wohnraum Schritte höre, verzieh ich mich sofort in mein Bett und tue so, als hätte ich nichts anderes gemacht, als den ganzen Tag herumzuliegen und Löcher in die Luft zu starren. Sobald die Luft wieder rein ist, sitze ich wieder am Schreibtisch oder in meinem Sessel, aber immer ist mein Laptop mit samt den Unterlagen aus den Vorlesungen bei mir.

Natürlich ist das Stipendium der Grund für meinen Arbeitswahn, aber es gibt noch einen wichtigeren, auch wenn es mir schwerfällt, ihn mir einzugestehen. Ich tue das alles, um mich von Kilian abzulenken und nicht jede einzelne verdammte Sekunde an ihn zu denken. Ich weiß noch immer nicht, ob sein Besuch im Krankenhaus nur Einbildung gewesen ist. Ich weiß nicht, ob er nach dieser Nacht noch einmal da gewesen ist, zumindest kann ich mich nicht daran erinnern, aber es ist nicht auszuschließen.

Alicia und Mara erzähle ich nichts davon, weil ich fürchte, dass sie mich für verrückt halten. Sie wissen ja, wie sehr ich Kilian gehasst habe und wie offensichtlich sein Hass auf mich gewesen ist. Warum also sollte er mich im Krankenhaus besuchen kommen? Vermutlich ist ihm mein Unfall ziemlich egal. Oder es war doch keine Einbildung …

Argh! Das ganze Nachdenken führt doch zu nichts und macht meine Kopfschmerzen nur noch schlimmer.

Ich nehme mir vor, Kilian das nächste Mal danach zu fragen. Ich glaube, seitdem wir unsere beiden Texte vorgelesen haben, ist das Eis zwischen uns gebrochen. Ich bin zwar noch immer wütend wegen all dem, was er über mich preisgegeben hat, aber ich kann verstehen, warum er es getan hat. Meine Vergangenheit bietet eine ganze Bandbreite an starken Gefühlen, wenn auch allesamt negativ, und mal abgesehen davon, dass er all diese Dinge mit dem gesamten Kurs geteilt hat, war Kilians Text doch wunderschön. Auf eine düstere Art, ganz gleich, was Professor Johannsen gesagt hat. Außerdem war es ziemlich clever, das Internet zu nutzen. Ich bin fast ein bisschen sauer auf mich, dass ich nicht selbst auf die Idee gekommen bin, ihn zu googeln. Vielleicht hätte ich so noch ein paar mehr interessante Informationen über ihn herausgefunden und ihn besser verstehen können. Oder auch nicht. Aber das alles gehört längst der Vergangenheit an. Die Zukunft liegt vor mir, und spätestens am nächsten Montag werde ich sehen, ob ich alles nur geträumt habe oder ob Kilian wirklich im Krankenhaus gewesen ist. Vielleicht ist er sogar wirklich an der Unfallstelle gewesen, auch wenn er da nicht er selbst, sondern ein Schattenmensch gewesen ist. Oder meine Wahrnehmung hat sich durch den Aufprall so verschoben, dass das alles nur in meinem Kopf stattgefunden hat.

Keine Ahnung.

Damit will ich mich jetzt wirklich nicht beschäftigen. Ich muss diese Hausarbeit schreiben und den

Stoff nachholen. Ich muss mich von diesen Gedanken ablenken! Antworten werde ich, wenn überhaupt, sowieso erst nächste Woche erhalten.

45

An Allerheiligen schleift mich Sophie mit auf den Friedhof, um an der Prozession teilzunehmen. Sie hat mir erzählt, dass mein Großvater dort begraben liegt. Er ist gestorben, als meine Mutter noch sehr jung gewesen ist. Sie wusste also, wie es ist, einen Elternteil zu verlieren, dennoch ist sie von dieser Welt gegangen. Hat mich bei *ihm* zurückgelassen.

Auf dem Weg zum Familiengrab werfen mir einige Friedhofsbesucher erschrockene Blicke zu. Auch wenn es mir seit dem Unfall wesentlich besser geht, sehe ich noch ziemlich schlimm aus. Meine rechte Gesichtshälfte ist grün und blau und die Platzwunde noch immer nicht vollständig verheilt. Kein schöner Anblick, aber besser als mit neunzehn Jahren das Zeitliche zu segnen.

Ich lese die Namen meiner Vorfahren auf dem Grabstein, an den Sophie mich geführt hat, kenne keinen einzigen davon, habe sie nie getroffen und werde sie auch nie mehr kennenlernen können. Trotzdem fühle ich mich mit ihnen verbunden. Sie alle sind irgendwie mit mir verwandt. Und sie alle liegen nun vor uns im kalten Erdboden begraben. Wie es wohl sein wird, wenn ich irgendwann zu ihnen gehe? Kalt und leblos in gefrorener Erde … Wird dann auch jemand kommen, um für mich eine Kerze zu entzünden? Wohl kaum, wenn ich so weitermache wie bisher. Ich muss endlich anfangen, richtig zu leben, wo um mich herum doch nichts ist außer Tod.

Bei diesem Gedanken erschaudere ich, denn er bringt die Erinnerung an meine erste Begegnung mit Kilian zurück.

Wo du hingehst, kann nur Tod folgen.

Ich wende mich von dem Grab ab, sehe mich um und beobachte die Menschen, das Leben, das sich unter die Toten mischt. Überall auf dem Friedhof sind Leute, die Gräber von Angehörigen besuchen. Ein paar Reihen von uns entfernt hat sich Kilians Familie versammelt und steht um ein Grab herum.

»Habe ich dir eigentlich erzählt, dass Kilians Vater der Verwalter des Friedhofs ist? Deswegen ist er hier, die Winters haben keine Angehörigen, die hier liegen«, flüstert mir Sophie zu, als sie meinen Blick bemerkt. Schnell wende ich mich wieder ihr zu, weil ich fürchte, dass Kilian mich entdeckt. Es kommt mir so vor, als bräuchte ich ihn nur länger anzusehen und schon könnte sein Hass gegen mich neu entfacht werden. Eigentlich wollte ich ihn fragen, ob er im Krankenhaus wirklich bei mir gewesen ist, aber vor den Augen aller Anwesenden traue ich mich nicht. Was, wenn er mich für verrückt erklärt? Wenn das alles bloß Einbildung war und sich nichts zwischen uns geändert hat?

Solange ich es vermeiden kann, dass wir uns begegnen und er mir seinen Todesblick zuwerfen kann, werde ich es auch tun. Und trotzdem überkommt mich ein kalter Schauder, bloß weil ich an ihn denke.

Während es auf dem Friedhof langsam dunkel wird, die Luft erfüllt vom Duft der Kerzen und dem Klang des Blaskapelle, werfe ich immer wieder verstohlene Blicke auf Kilian und seine Familie. Ich kann einfach nicht anders. Die Erinnerung an die Nacht im Krankenhaus wiederholt sich immer und immer wieder in meinem Kopf. Wie er dasitzt und mich ansieht, nicht mit Hass im Blick, sondern mit Besorgnis, ja fast schon Verzweiflung. Ich weiß immer noch nicht, ob ich den nötigen Mut zusammenkratzen kann, um ihn danach zu fragen. Ich habe einfach Angst, dass er dann glaubt, dass ich vollkommen durchgeknallt bin. Es scheint ja fast so, als hätten wir uns einigermaßen miteinander arrangiert, als wäre da nicht mehr nur Hass zwischen uns. Deswegen will ich es nicht mit einer solch bescheuerten Frage zerstören. Was auch immer *es* ist.

Auch wenn ich glaube, dass ein Körper nach dem Tod nichts weiter als eine Ansammlung aus Knochen und Fleisch und Blut ist, dass danach nichts mehr kommt, finde ich die Atmosphäre hier während der Allerheiligenfeierlichkeiten trotzdem magisch. Die großen Feuerschalen vor uns auf den Gräbern, die Musik und die Stimme des Pfarrers, die über den Friedhof hallt, sogar das gemeinsame Beten, auch wenn ich nicht an Gott glaube. Die Leute singen, während langsam Nebel aufkommt. Je dunkler es wird, umso mehr sieht man, dass die Winters ein seltsames Leuchten ausstrahlen. Das ist mir schon ein paarmal aufgefallen, vor allem in Kilians Nähe, aber auch die anderen vier sind umhüllt von einer Aura aus Licht, als wären sie vollkommen von Kerzenschein umgeben. Aber das ist nicht alles, was ich hier auf dem Friedhof beobachten kann. Hier sind auch Schatten, wie dunkle Aschefetzen, die im Nebel wabern und sich noch kälter als Eis anfühlen, wenn sie meine Haut berühren. Schatten, die noch dunkler sind als die aufkommende Nacht. Schatten, die nicht sein sollten.

Plötzlich ist die friedliche Stimmung dahin, für mich zumindest. Außer mir scheint niemand das Strahlen der Winters oder die Schatten zu bemerken. Schon seit einiger Zeit habe ich das Gefühl, dass etwas mit Kilian und seiner Familie nicht stimmt, jetzt noch mehr als zuvor, und diese Schatten haben etwas damit zu tun.

Haben die Winters eben noch wie all die anderen Besucher des Friedhofs mitgesungen, recken sie nun die Köpfe, verfolgen die Wirbel der Schatten im Nebel und Wind. Sie sehen sie auch! Mein Leben lang habe ich geglaubt, verrückt zu sein. Reiner hat sein Möglichstes getan, um mich davon zu überzeugen. Aber nur weil manche Leute etwas sehen, was andere nicht wahrnehmen können, heißt das noch lange nicht, dass dieses Etwas nicht existiert. An diesen Gedanken habe ich mich geklammert, die Menschen um mich herum beobachtet, um zu sehen, ob es noch jemanden gibt, der die Schatten und das Leuchten wahrnehmen kann. Und jetzt habe ich endlich Leute gefunden, die sehen, was ich sehe. Die Winters.

Um uns herum wirbeln immer mehr Schatten. Sie scheinen aus der Erde emporzusteigen und landen hin und wieder auf einem der Menschen. Wer von einem der Schatten berührt wird, beginnt zu zittern, weil ihre Eiseskälte auch diejenigen erfasst, die die dunklen Fetzen nicht sehen können. Niemand scheint sich daran zu stören, niemand außer den Winters. Fast schon panisch blicken sie sich um. Ich folge ihren Blicken und sehe, dass sich manche der Schatten an Menschen heften. Ich habe das schon ein paarmal beobachtet. Nicht nur auf Friedhöfen, sondern auch in Krankenhäusern oder an Orten, von denen ich weiß, dass dort Menschen gestorben sind. Viele Menschen.

46

Während der nächsten Tage konzentriere ich mich wieder ganz auf meine Hausarbeit, aber es hat sich noch etwas anderes in meinen Kopf geschlichen, das mich einfach nicht mehr loslässt. Statt weiter zu recherchieren, durchsuche ich das Internet und die Bibliothek nach Traditionen und Bräuchen, die mit Allerheiligen und Halloween zu tun haben. Irgendwie werde ich das Gefühl nicht mehr los, dass das seltsame Leuchten der Winters etwas mit diesen Feierlichkeiten zu tun haben könnte. Es ist, als hätte das Leben eine riesige Schachtel Puzzlestücke vor mir verstreut, und nun muss ich irgendwie versuchen, sie zu einem Bild zusammenzusetzen, ohne die Vorlage zu kennen.

Wieder versuche ich, mich an jede Begegnung mit Kilian zu erinnern, sei sie auch noch so flüchtig gewesen. An das Leuchten, das ihn umgeben hat, und an die Schatten, die während Allerheiligen davon fast wie magisch angezogen worden sind. Warum ist mir das nicht von Anfang an aufgefallen? Warum habe ich ihn nicht darauf angesprochen?

Vermutlich aus all den Gründen, aus denen ich jahrelang die Schattenmenschen und Schattensplitter in der Luft ignoriert habe. Weil mich jeder für verrückt gehalten hätte. So wie mein Stiefvater es getan hat.

Vor mir blinkt der Cursor auf der leeren Seite. Während meines Krankenhausaufenthalts und der ersten Tage danach bin ich einigermaßen weit gekommen, aber jetzt fällt es mir nicht mehr so leicht, mich auf Erzähltheorie zu konzentrieren, wenn es etwas viel Interessanteres, etwas viel Mysteriöseres in meinem Leben gibt. Und alles führt wieder zurück auf ihn. Auf Kilian.

Irgendwann schließe ich die Augen, weil sich die Kopfschmerzen zurückmelden. Vor mir tauchen sämtliche Momente auf, bei denen ich diese Gestalten gesehen habe, die genauso durchscheinend gewesen sind wie Kilian nach meinem Unfall. Es fällt mir schwer, mich daran zu erinnern, weil ich häufig mit Medikamenten ruhiggestellt worden bin, nicht nur wegen meiner angeblichen Wahnvorstellungen. Aber trotzdem habe ich noch einige verschwommene Erinnerungen daran. Ich schreibe sie auf, so gut es geht, da ich kein wichtiges Detail übersehen möchte.

Alicia und Mara sehen regelmäßig nach mir, bringen mir Essen oder etwas zu trinken. Sie versuchen, mich von meinem Laptop wegzubewegen, schaffen es manchmal, müssen aber dann feststellen, dass ich mein Notizbuch mitgenommen habe. Sie geben sich wirklich Mühe, und trotzdem gelingt es ihnen einfach nicht, mich aus diesem Wahn herauszuholen. Ich bin den beiden dankbar, dass sie sich so um mich kümmern, und es tut mir wirklich leid, dass ich ihnen solche Sorgen bereite, aber ich kann einfach nicht anders. Ich bin wie besessen von diesem Thema und meinen Fragen, die Kilian betreffen. Alles andere ist nebensächlich. Ich muss wissen, was es mit dieser Familie auf sich hat oder ob ich tatsächlich durchdrehe. Wahrscheinlich tue ich das schon längst, so wie ich mich verhalte, aber dieses Puzzle, diese Fragen lassen mich einfach nicht mehr los. Verfolgen mich in meine Träume, so dass ich mitten in der Nacht aufstehe, um weiter darüber nachzudenken. Oder ist es schon wieder Tag?

Ich weiß es nicht. Jegliches Zeitgefühl ist verschwunden. Wieder und wieder schreibe ich die Dinge auf, die keinen Sinn ergeben wollen und nur noch mehr Fragen aufwerfen. Aber was mache ich, wenn ich endlich Antworten gefunden habe?

47

Am Sonntagabend gehe ich spät ins Bett, weil ich so aufgeregt bin, wieder an die Akademie zurückzukehren, endlich Antworten zu bekommen. Morgen ist Montag, was bedeutet, dass ich Kilian in unserem Werkstattseminar wiedersehen werde. Und genau dann werde ich ihn fragen, was das zu bedeuten hat.

Ich muss es einfach tun, auch auf die Gefahr hin, dass er mich einweisen lässt. Wäre ja nicht das erste Mal für mich ... Knapp ein Jahr nachdem meine Mutter Reiner geheiratet hat, hat er mich in die Kinderpsychiatrie gefahren und so lange auf seine Kollegen eingeredet und dabei irgendwelche Symptome beschrieben, dass sie mich dortbehalten haben. Meine Mutter wusste davon nichts und durfte mich erst zwei Tage später wieder abholen, weil keiner der Psychologen etwas Ungewöhnliches an mir hat feststellen können. Das hätte meiner Mutter zu denken geben sollen, aber damals war sie regelrecht blind vor Liebe.

Irgendwann in der Nacht wache ich auf, weil mein Hals brennt. Wahrscheinlich habe ich seit Ewigkeiten nichts mehr getrunken. Verzweifelt suche ich in meinem Zimmer nach Wasser, taumle durch die Dunkelheit, und als ich endlich den Lichtschalter finde und mein Zimmer so hell wie seit Tagen nicht mehr erstrahlt, muss ich die Augen zukneifen. Als ich sie wieder öffne, brennen sie wie Feuer. Genauso hat es sich angefühlt, wenn Reiner mich endlich aus dem dunklen Keller gelassen hat. Nur dass ich dann die Wärme der Sonne auf meiner Haut gespürt habe, das Licht sanfter, weicher als das harsche Leuchten der Glühbirne über mir war. Und warm ist es auch nicht, vielmehr eiskalt, als hätte ich mein Fenster offen gelassen. Alle Wasserflaschen, die hier herumstehen, sind leer. Überhaupt sieht mein Zimmer im harten Licht der Lampe aus wie eine Müllhalde, mit dreckigem Geschirr, leeren Flaschen und Klamotten überall. Es ist wirklich unglaublich, in was mich diese Besessenheit, Antworten zu finden, verwandelt hat. Eine vollkommen Wahnsinnige, die sich nicht mehr aus ihrer Höhle traut. Jetzt muss es sein, weil mir der Hals brennt, als wäre ich mehrere Tage durch die Trockenheit der Wüste gewandert. Ich gebe mir Mühe, leise durch das Wohnzimmer zu laufen, um Mara und Alicia nicht zu wecken. Aber ich bin noch immer so neben der Spur, dass ich mehrmals gegen irgendwelche Möbel stoße.

Im Badezimmer fülle ich eine der leeren Flaschen auf und vermeide es, in den Spiegel zu blicken. Wahrscheinlich sehe ich nach dem Unfall vor zwei Wochen und den letzten Tagen des Wahnsinns mehr tot als lebendig aus. Darüber will ich jetzt nicht auch noch nachdenken, weil ich dann wirklich gar nicht mehr schlafen kann. Allein die Aufregung, Kilian endlich zur Rede zu stellen, lässt mein Herz schneller schlagen und vertreibt die Müdigkeit aus meinen geschundenen Knochen.

Darum kannst du dich auch morgen noch kümmern, sage ich mir, während eiskaltes Wasser meine Kehle hinabrinnt und das Brennen in meinem Hals löscht.

Auf dem Weg zurück in mein Zimmer fällt mein Blick auf Maras Skizzenblock, der auf dem Wohnzimmertisch liegt. Das Gesicht, das mir im Mondlicht von der aufgeschlagenen Seite entgegenblickt, ist mir mittlerweile fast so vertraut wie mein eigenes. Kilian.

Immer wieder Kilian. Überall wo ich hingehe, scheint er mir zu folgen.

Langsam setze ich mich auf das Sofa und betrachte Kilians Porträt. Mara hat ihn fast genauso glorreich dargestellt, wie ich ihn gesehen habe, kurz nachdem ich mit dem Auto zusammengeprallt bin. Er wirkt durchscheinend und von einem seltsamen Licht umgeben, das seine dunklen Augen schimmern lässt. Mara hat Wasserfarben benutzt und es so aussehen lassen, als wäre um ihn herum ein ganzes Kerzenmeer erleuchtet. Vorsichtig fahre ich mit dem Finger seine Gesichtszüge nach, als wäre nicht Papier vor mir, sondern er selbst. Sie hat ihn perfekt getroffen, er ist so wunderschön, dass es mir die Sprache verschlägt.

Im nächsten Moment kämpft sich eine Erkenntnis mit aller Macht in mein Bewusstsein: Ich bin nicht die Einzige, die glaubt, dass etwas mit Kilian nicht stimmt. Mara sieht sie auch, diese seltsame Aura, die ihn umgibt. Kilian sieht aus wie ein Engel. Es fehlen nur noch die Flügel, dann wäre das Bild perfekt. Ich schlucke. Bilde ich mir das alles nur ein? Ist das ein Schachzug meines Unterbewusstseins, um mir die Angst vor morgen zu nehmen, die Angst vor der Konfrontation mit Kilian?

Weil ich keine Ahnung habe, was ich damit anfangen soll, beschließe ich, Mara am nächsten Tag darauf anzusprechen. Dieses Bild sieht so aus, als hätte sie fast genauso viel Zeit damit verbracht, Kilian anzustarren wie ich. Es ist so detailliert und genau, dass es beinahe wie ein Foto wirkt. Kilian so zu sehen, mit diesem schiefen Lächeln und den strahlenden Augen, ist merkwürdig. Wie er die Hand nach mir ausstreckt, als könne er jeden Moment aus dem Bild steigen. Ich habe ihn selten lachen sehen, die meisten unserer Begegnungen waren von Hass und Misstrauen geprägt. Auf Maras Bild kommt er mir fast wie ein Fremder vor, dennoch ist mir sein Strahlen so vertraut. Mit einem Mal ist mir diese seltsame Nähe unangenehm. Der echte Kilian hat sich für sein Verhalten mir gegenüber nämlich nicht entschuldigt und wird sicher genauso weitermachen wie bisher: mich ignorieren oder mir seinen Todesblick zuwerfen, wann immer sich unsere Wege kreuzen. Zumindest erwarte ich das, weil ich mir noch immer nicht sicher bin, ob sein Besuch im Krankenhaus tatsächlich real gewesen ist. Vermutlich ist er noch dasselbe Arschloch, das Dinge über mich erzählt hat, die ich niemals freiwillig mit meinen Kommilitonen geteilt hätte. Und das kann ich ihm nicht verzeihen. Nicht, solange ich nicht weiß, was ihn dazu bewogen hat. Und genau das werde ich morgen herausfinden. Ich will endlich Antworten auf all die Fragen, die mich seit Tagen herumwandeln lassen wie ein Zombie.

Es wird Zeit, dass ich endlich hier herauskomme und einen Blick auf die Vorlage für Maras Bild erhasche, um das Puzzle fertigzustellen.

48

Nach diesem Schock, den Maras Bild in mir ausgelöst hat, dauert es eine ganze Weile, bis ich wieder einschlafen kann. Unter der muffigen Bettdecke habe ich meine Knie an die Brust gezogen, weil den Raum noch immer eine Kälte erfüllt, gegen die selbst die Heizung nicht ankommt. Hin und wieder macht sie gluckernde Geräusche, als stünde jemand in der Ecke und tränke literweise Wasser. Alte Häuser können wirklich gruselig sein.

Nur langsam stellt sich Dunkelheit hinter meinen Augenlidern ein, wieder und wieder schiebt sich Kilian in meine Gedanken, bis sein Leuchten allmählich mit der Nacht verschmilzt wie die Wolken mit den Sternen am Himmel. Die Fragen werden weniger, bis ich tatsächlich einschlafen kann. Doch Kilian schleicht sich sogar in meine Träume. Wieder werde ich von einem Auto angefahren, spüre den Aufprall so deutlich, dass ich zusammenzucke. Wieder liege ich auf dem kalten Boden, meine Kleider durchnässt von Regentropfen, Matsch und meinem eigenen Blut. Ich sehe, wie Kilian sich über mich beugt. Diesmal ist er noch stärker umhüllt von goldenem Licht und hat tatsächlich Engelsflügel. Statt plötzlich zu verschwinden, bleibt er bei mir. Er lächelt mich an, nicht fröhlich, sondern traurig. Seine Hand umfasst die meine, die mit Blut überströmt ist. Kilians Körper ist wieder durchscheinend, dennoch kann ich seine Berührung spüren. Seine Hand ist warm, so dass mich sofort ein Gefühl der Geborgenheit durchströmt, wie ich es nie gespürt habe. Sein Druck ist fest, aber nicht unangenehm. Kilian ist kein Geist oder sonst irgendetwas in dieser Art. Er ist wirklich da, auch wenn ihn sonst keiner zu sehen scheint. Langsam kniet er sich neben mich auf den Boden und legt seine Hand behutsam auf meine Brust. Ein sanftes Vibrieren durchzieht meinen Körper, eine fremde Macht rauscht wie Wellen durch meine Adern, zieht an mir, bis ich plötzlich neben ihm schwebe und ihm in die Augen sehe. Kilians Lächeln verblasst langsam, während er seinen Blick auf meinen leblosen Körper zu seinen Füßen richtet. Vorsichtig nimmt er auch meine andere Hand. Ich bin kein Mensch mehr, nur noch ein Etwas aus dunklem Licht, das vage die Gestalt eines Menschen hat. Meine Beine kann ich kaum erkennen, und auch meine Hand sieht komisch aus. Da sind überall Risse und Löcher. Ich sehe aus wie eine Statue, die in ein schreckliches Feuer geraten ist. So dunkel, so zerbrochen, dass es mir Angst macht.

Wieso bin ich so kaputt? Was hat das alles zu bedeuten?

Ich kann Kilian nicht danach fragen, habe keinen Mund mehr. Er nimmt mich sanft in seine Arme, trägt mich hinauf in die Lüfte, wobei ich nur seinen Flügelschlag hören und nichts als Dunkelheit sehen kann. Immer höher und höher steigen wir hinauf zu den Sternen über uns.

Wo bringt er mich hin? In den Himmel? Gibt es so was tatsächlich?

Ein durchdringender Schrei reißt mich aus Kilians Armen auf unserem Weg zu den Sternen. Plötzlich bin ich wieder in meinem Körper, aber nicht auf der nassen Straße, sondern in meinem Bett. Trotzdem umweht mich kalte Nachtluft, und das Schreien hört nicht auf. Ein Kreischen, das sich in meinen Ohren festsetzt und sich über meinen ganzen Körper ausbreitet. Als ich mich umdrehe, um in meinem Zimmer nach der Quelle dieses schrecklichen Geräuschs zu suchen, stelle ich fest, dass auf der Lehne meines Sessels ein Rabe sitzt. Durch das Fenster strömt kalte Herbstluft herein. Ich versuche, den Raben vom Bett aus zu verscheuchen, doch das schert ihn herzlich wenig. Er legt seinen Kopf schräg, mustert mich aus schwarzen Augen, die mich in diesem Moment so sehr an Kilian erinnern, und krächzt wieder. In einer anmutigen Bewegung breitet er die Flügel aus und neigt wieder den Kopf, aber er fliegt nicht weg. Langsam stehe ich auf, ziehe fröstelnd die Bettdecke um mich und gehe auf den Raben zu, und trotzdem macht er keine Anstalten wegzufliegen. Erst als ich ihn fast berühre, lässt er einen letzten Schrei los, ehe er durchs Fenster davonfliegt, hinein in den dunklen Wald hinter dem Wohnheim.

Verwundert sehe ich ihm nach. Ich kann mich nicht erinnern, das Fenster geöffnet zu haben. Was er wohl hier gesucht hat?

Bevor es noch kälter wird, schließe ich das Fenster und überprüfe das Thermostat des Heizkörpers.

Ich bleibe noch eine ganze Weile am Fenster stehen, umhüllt von meiner Bettdecke, bis das Zimmer wieder einigermaßen aufgeheizt ist und ich nicht mehr zittere. Erst dann mache ich mich für meinen ersten Tag zurück an der Akademie fertig. Ich habe einen neuen Text geschrieben, um mir darüber klarzuwerden, was mit Kilian und seiner Familie nicht stimmt. Es ist einer von vielen Texten, die ich während meiner Besessenheit, anders kann man es einfach nicht nennen, verfasst habe. Ich bin gespannt, was er dazu sagen wird, wenn ich ihn heute vorlese. Es ist mir egal, was die anderen denken. Ich werde einfach so tun, als wäre es tatsächlich nur Fiktion, als stecke kein Funke Wahrheit in meinen Worten. Vielleicht bekomme ich für meine »originelle Idee« sogar mal ein Lob von unserem Professor – dabei beschreibe ich nur, was wirklich passiert.

Kilian und ich werden wissen, dass mehr in diesen Worten versteckt liegt.

Und ich wüsste zu gerne was.

49

Und selbst jetzt sehe ich dich leuchten, weiß nicht, was es damit auf sich hat, aber es ist da, und ich frage mich, ob dir bewusst ist, dass es dich umgibt.

Ich hebe meinen Blick, um Kilian zu beobachten, versuche, seine Miene zu deuten. Das gehässige Grinsen, das er mir beim letzten Mal zugeworfen hat, ist verschwunden. Stattdessen ist sein Gesicht starr, in seinem Blick diese Finsternis, die mir mittlerweile vertraut sein sollte, aber mir immer wieder aufs Neue den Atem raubt.

Die Stunde ist schon beinahe vorbei, aber trotzdem sieht es Professor Johannsen als seine Pflicht an, meinen Text zu zerreißen. Seine Kritik ist noch schlimmer als beim ersten Mal.

»Jetzt stellen Sie ihn also plötzlich als Engel dar, wo Sie ihn doch beim letzten Mal überhaupt nicht haben einschätzen können, wenn ich mich recht erinnere«, sagt er und lässt seinen Blick zwischen Kilian und mir hin und her schweifen. Kilian verschränkt die Arme vor der Brust und schaut zur Abwechslung mal nicht mich wütend an, sondern unseren Dozenten. Ich zucke bloß mit den Schultern und erwidere Professor Johannsens Blick. Dieses Mal soll er sehen, dass ich mich nicht für meinen Text schäme. Mein Ziel scheine ich erreicht zu haben. Kilian wirkt ziemlich durcheinander, und vielleicht kann ich ihn jetzt dazu bringen, mir meine Fragen zu beantworten.

Meine Kommilitonen starren mich an, als hätte ich meinen Verstand verloren, aber mein Kopf ist noch nie so klar gewesen. Mir ist egal, was sie von mir denken. Nur Kilians Meinung zählt.

»Hatte ich Ihnen nicht gesagt, dass es ein realistischer Text sein soll? Ein Engel hat darin nichts zu suchen, Frau Hagen. Strengen Sie sich bitte etwas mehr an, sonst sehe ich mich gezwungen, Ihnen eine schlechte Note zu geben. Das wäre wirklich schade, schließlich haben Sie Talent«, sagt er, was mich überrascht. Das hat sich bisher aber nicht so angehört, schließlich hat er alles, was ich vorgetragen habe, nur zerrissen und mich damit eher entmutigt.

Professor Johannsen tritt an meinen Tisch und nickt. Neben mir höre ich ein paar Studenten genervt aufseufzen.

»Ja, Sie haben Talent, Frau Hagen. Das dürfen Sie mir ruhig glauben. Das erkennt man an der Art und Weise, wie Sie Sätze stricken. Und trotzdem könnte ich Ihnen keine gute Note geben, weil Sie die Aufgabenstellung nicht beachtet haben«, erklärt er, was mir einiges an Kichern von meinen Kommilitonen einbringt. Ich komme mir vor wie in der fünften Klasse, als ich einmal eine Klassenarbeit verhauen habe, weil ich das Thema komplett verfehlt habe.

Da haben auch alle gekichert, als die Lehrerin erklärt hat, dass es kein Beinbruch wäre, am Thema vorbeizuschreiben. Man lerne trotzdem etwas dazu, und wenn es nur die Lektion ist, das nächste Mal der Aufgabenstellung zu folgen. Offenbar sind die Regeln an der Akademie wesentlich strenger. Meine Themaverfehlung ist mehr ein Genick- als ein Beinbruch, schließlich könnten mich schlechte Noten mein Stipendium kosten. Und trotzdem würde ich es wieder tun, ganz gleich, welche Konsequenzen es hat. Statt der erwarteten Panik, nachdem ich nun schon ein zweites Mal eine schlechte Kritik eingesteckt habe, bin ich vollkommen ruhig, so wie in dem kurzen Moment nach meinem Unfall, als die Schmerzen noch nicht da waren und Kilian sich durchscheinend und leuchtend wie ein Engel in mein Sichtfeld geschoben hat.

»Ich lege Ihnen noch einmal nahe, sich intensiver mit Herrn Winter auseinanderzusetzen und gemeinsam an Ihren Texten zu arbeiten. Dieser wird schließlich einen großen Teil Ihrer Bewertung ausmachen. Wir wollen ja nicht, dass Sie die Akademie vorzeitig verlassen müssen.«

Wieder Kichern.

Ich aktiviere meinen inneren Kilian und werfe meinen Kommilitonen einen grimmigen Blick zu. Natürlich habe ich gewusst, dass es schwierig werden würde, hier zu studieren, vor allem mit einem Stipendium. Viele sehen nur allzu gerne, wenn ein »Wunderkind«

versagt. Aber dass es so schlimm werden würde, hätte ich nicht gedacht.

Als die Stunde endet, verlasse ich langsam das Gebäude, hoffe aber, dass Kilian hinter mir herkommt, um mit mir über den Text zu sprechen oder mich zur Rede zu stellen. Ich bin bereits auf dem Hof vor dem Gebäude angekommen, blicke mich unschlüssig um, ob ich mich einfach auf eine Bank setzen soll, um dort auf ihn zu warten. Ich steuere gerade eine unter einem kahlen Baum an, als er mich endlich erreicht und völlig unerwartet nach meiner Hand greift. Sie ist warm wie in meinem Traum, aber das Gefühl der Geborgenheit will sich nicht einstellen. Ohne ein Wort zieht er mich auf den Wald zu. Erschrocken will ich mich losmachen, aber er wirft mir einen durchdringenden Blick zu, der meinen Protest zunichtemacht. In seinen dunklen Augen liegen ein Flehen und ein Versprechen zugleich. Offenbar ist er bereit, mir endlich ein paar Fragen zu beantworten. Er schlägt einen ausgetretenen Trampelpfad ein, führt mich immer tiefer hinein in den Wald. Ich folge ihm in der Hoffnung auf Antworten und spüre, wie mein Herzschlag sich beschleunigt. Die ganze letzte Woche habe ich darüber nachgedacht, was Kilian mir erzählen würde. Was er mir erzählen könnte. Ich hoffe, dass es die Wahrheit ist. Warum sonst sollte er mich so weit fort von den anderen ziehen? Warum sonst sollten wir den Weg in den Wald einschlagen, wo bei dieser Kälte außer uns niemand unterwegs ist? Endlich ist es so weit.

50

»Wo gehen wir hin?«, frage ich, als er noch immer nicht stehen bleibt.

Kilian reagiert nicht, läuft weiter stur geradeaus den Pfad entlang, bis mir die Gegend irgendwie bekannt vorkommt. Ich weiß nicht warum, aber alles hier habe ich schon einmal gesehen. Vielleicht bei unserer ersten Begegnung?

Und tatsächlich, vor uns erscheint auf einmal der Baumstamm, auf dem ich damals, vor knapp einem Monat, gesessen habe. Erst dann bleibt er stehen, lässt meine Hand allerdings nicht los.

»Ich hätte noch viel mehr über dich schreiben können, aber das ändert ja nichts, weil mir sowieso niemand glauben würde, ganz egal, was ich sage«, stoße ich hervor, weil ich das Gefühl nicht loswerde, dass das der wirkliche Grund ist, warum er sich so seltsam verhält. Dass er wütend auf mich ist, weil ich diesmal diejenige gewesen bin, die etwas über ihn preisgegeben hat. Etwas, das sonst niemand zu bemerken scheint. Außer Mara vielleicht.

»Und was wirst du jetzt tun?« Kilians Stimme ist vollkommen ruhig. Er sieht mich wieder ausdruckslos an, als würde ihn all das überhaupt nicht interessieren. Aber sein Blick ist wachsam. Kilian beobachtet mich, beobachtet meine Reaktionen, selbst das kleinste Zucken würde ihm nicht entgehen.

»Ich will bloß eines von dir wissen«, lüge ich, und nun lässt er meine Hand los. Die Kälte, die sich plötzlich um meine Hand schließt, lässt mich wieder frösteln. Schnell ziehe ich meinen Mantel enger um mich und bemerke, dass Kilian einen halben Schritt auf mich zumacht, dann jedoch wieder innehält. Sein Selbstbewusstsein scheint sich in Luft aufgelöst zu haben. Stattdessen wirkt er plötzlich ziemlich unsicher.

Was ist bloß mit ihm los?

»Und was wäre das?«, fragt er scheinbar gelangweilt, doch erkenne ich in seinem Blick, dass es ihn mehr als brennend interessiert. Seine Augen leuchten regelrecht auf.

»Ich will bloß wissen, warum du es nicht getan hast«, sage ich.

Kilian runzelt die Stirn und legt den Kopf schief wie der Rabe heute Morgen.

»Warum hast du meine Seele nicht einfach mitgenommen und mein Leben beendet?«

Seine Augen weiten sich, er scheint tatsächlich erschrocken zu sein über diese Frage, für den Bruchteil einer Sekunde meine ich, Wut in ihnen aufblitzen zu sehen, doch dann schleicht sich ein schwaches Lächeln auf seine Züge.

»Deinetwegen«, sagt er, und sein Lächeln wird breiter, lässt mir das Herz aufgehen, weil es allein mir gilt.

51

Erschrocken starre ich ihn an. Was hat er gerade gesagt?

Meinetwegen?

Mein Herz rast, weil ein winziger Teil von mir glaubt, dass Kilian tatsächlich etwas anderes als Hass für mich empfinden könnte.

»Kannst du dich noch daran erinnern, was ich in meinem Text über dich geschrieben habe?« Ich nicke. Wie könnte ich das vergessen?

»Deswegen habe ich es nicht getan. Außerdem ist deine Zeit noch nicht gekommen, Lenora«, sagt er und ist mir plötzlich so nah, beugt sich zu mir herunter, dass ich seinen warmen Atem auf meiner Wange spüre. Mir wird schwindelig, meine Knie drohen unter mir nachzugeben. Ich spüre, wie er über meine Wange streicht. So wie kurz nach dem Unfall oder später im Krankenhaus.

Ich will ihn fragen, was das alles zu bedeuten hat, was oder wer er ist, doch im nächsten Moment ist er fort. Wie vom Erdboden verschluckt, als wäre er nie hier gewesen. Lange Zeit starre ich in den dunklen Wald, versuche, Kilian in den Schatten zwischen den Bäumen auszumachen, doch kann ich ihn nicht finden. Irgendwann wird es mir zu kalt, meine Hoffnung, dass ich heute noch ein paar mehr Antworten bekomme, schwindet zusehends. Also gehe ich langsam zurück zum Wohnheim. Meine Füße wollen mir nicht richtig gehorchen, mein Kopf ist nicht ganz bei der Sache, so dass ich immer wieder stolpere, was aber auch an der aufziehenden Dämmerung liegen könnte. Wie gut, dass mich mein Orientierungssinn nicht im Stich lässt, sonst hätte ich mich ganz sicher zwischen den Baumriesen und moosbewachsenen Felsbrocken verlaufen.

Meine Gedanken wirbeln durch meinen Kopf. Woher will Kilian wissen, dass meine Zeit noch nicht gekommen ist? Was soll das überhaupt bedeuten?

Eigentlich habe ich mir von diesem Tag Antworten erhofft. Antworten habe ich bekommen, aber dazu noch eine ganze Menge Fragen mehr, die nur Kilian mir beantworten kann. Aber ob er das tun wird?

52

Als ich das Wohnheim erreiche, ist es still in unserem Apartment. Mara und Alicia sind anscheinend noch unterwegs. Ist vielleicht auch besser so, weil ich dann erst einmal in Ruhe über die letzte Stunde nachdenken kann, bevor ich ihnen davon erzähle.

Ich setze mich ins Wohnzimmer auf die Couch, hoffe, dass Maras Skizzenblock noch immer auf dem Tisch vor mir liegt, damit ich mir das Bild von Kilian noch einmal ansehen kann, aber natürlich hat sie den Block mit zu den Vorlesungen genommen. Dann warte ich, während mir meine Fragen durch den Kopf rauschen wie Güterzüge und die Kopfschmerzen zurückbringen. Ich muss unbedingt mit Mara sprechen, sie fragen, warum sie Kilian mit dieser leuchtenden Aura dargestellt hat. Ich muss einfach wissen, dass ich nicht die Einzige bin, die Kilian so sieht. Dass ich mir das alles nicht eingebildet habe, auch nicht unser letztes Gespräch im Wald. Im Moment komme ich mir nämlich wirklich so vor, als würde ich meinen Verstand verlieren, wenn es nicht schon längst passiert ist.

Mara kommt zum Glück als Erste nach Hause, so dass uns genug Gelegenheit bleibt, um über diese Zeichnung zu sprechen, bevor Alicia hereinplatzt und uns zur nächsten Party zerren kann. Keine Ahnung warum, aber solange ich nicht weiß, was hier los ist, was mit Kilian nicht stimmt, was mit mir nicht stimmt, geht mir ihre Friede-Freude-Eierkuchen-Mentalität ziemlich auf die Nerven.

Ich winke Mara zu mir und bedeute ihr, Platz zu nehmen. Mara folgt meiner Einladung, ihre Augen sind weit aufgerissen. Offenbar hat sie nicht damit gerechnet, dass ich mich heute aus meinem Zimmer bewegt habe oder dass ich mit ihr sprechen will. In den letzten Tagen habe ich nur mit Grunzlauten geantwortet, wenn mich jemand angesprochen hat.

»Ich habe heute Nacht das Bild gesehen, das du von Kilian gemalt hast«, sage ich mit einem Blick auf den leeren Couchtisch, wo in der Nacht noch Kilians Porträt gelegen hat. »Was hat es damit auf sich? Dieses Leuchten um ihn und der Gesichtsausdruck? Wo hast du das gesehen?«

Nun bin ich es, die diesen wachsamen Blick aufsetzt, den Kilian mir vorhin gezeigt hat. Ich beobachte Maras Bewegungen, jede einzelne Regung ihres Gesichts. Es dauert eine ganze Weile, bis sie endlich zu sprechen beginnt, doch als sie es tut, kann ich endlich tief durchatmen.

»Manchmal habe ich Träume oder Tagträume, in denen ich Personen anders wahrnehme als in der Wirklichkeit. Ich kann es nicht genau erklären, aber irgendwie muss ich diese Bilder dann malen. So wie das von Kilian«, sagt sie schließlich und wirkt ziemlich verlegen. Die blauen Haare stehen in krassem Kontrast zu ihren feuerroten Wangen.

»Das heißt jetzt aber nicht, dass ich auf ihn stehe, Lenora«, schiebt sie leise hinterher, während sich ihr Blick auf die Tür zu ihrem Zimmer richtet.

Ich kann Mara verstehen, schließlich ist es eine schwierige Angelegenheit, seinen künstlerischen Schaffensprozess mit anderen zu teilen, schwieriger noch, wenn man über solch private Dinge wie Träume spricht. Mir wäre es an ihrer Stelle auch unangenehm.

Plötzlich kommt mir wieder der Traum in den Sinn, den ich gestern Nacht hatte. Kilian, der sich über mich beugt, der meine Seele aus meinem Körper befreit und mich in den Himmel trägt. Vielleicht haben wir ganz ähnliche Träume, Mara und ich.

»Hattest du auch mal so einen Traum von mir?«, frage ich und denke mit Schrecken an die Beschaffenheit meines Seelenkörpers aus dem Traum zurück. An all die Risse und Löcher, an all die Dunkelheit. Wie eine verbrannte zerbrochene Statue.

Mara nickt, zögert allerdings. Ich blicke sie flehend an. Ich muss einfach hören, was sie zu sagen hat. Vielleicht nimmt sie mich ja ganz anders wahr, vielleicht bilde ich mir bloß ein, innerlich so zerrissen zu sein.

»Manchmal sehe ich dich, wie du von einer tiefen Dunkelheit umgeben bist, aber mit einem inneren Licht, das gegen all die Schatten ankämpft. Aber es ist zu schwach, so dass andere Menschen immer nur Dunkelheit und Zerstörung, aber kein Licht sehen«, sagt Mara so leise, dass ich sie kaum verstehen kann.

Eine Weile bleibt es still in unserem Wohnzimmer, so still, dass ich sogar meinen Herzschlag hören kann. Mir wird schlecht. Hat Mara damit recht? Ist meine Seele wirklich so zerstört? Das, was sie erzählt, was ich in meinen eigenen Träumen gesehen habe, deckt sich auch mit dem, was Kilian über meine Seele geschrieben hat. Sie ist wirklich dunkel, zerbrochen, beinahe am Ende. Ich fürchte, dass nicht mehr viel fehlt, bis genau das passiert: bis meine Seele tatsächlich in

Tausende Stücke zerbricht oder zu Staub zerfällt. Ist das überhaupt möglich?

»Manchmal sehe ich Kilian in diesem goldenen Licht. Ich habe keine Ahnung, woher das alles kommt. Es ist einfach da, und danach muss ich es zeichnen«, sagt Mara nach einer ganzen Weile und rutscht näher an mich heran, um nach meiner Hand zu greifen.

»Das alles hat nichts zu bedeuten, Lenora. Ich hoffe, dir ist das klar. Das sind bloß irgendwelche Träume, nichts, worüber man sich Sorgen machen sollte«, sagt sie mit solch eindringlicher Stimme, dass es sich doch so anhört, als wäre es mehr als das. Und wahrscheinlich stimmt das sogar.

Das Bild, das Mara gemalt hat, und das, was sie über meine Seele erzählt hat, beides trifft so perfekt zu, dass ich nicht mehr weiß, was ich denken soll. Ich brauche mehr Antworten. Aber ich weiß nicht, ob Kilian sie mir geben wird.

53

Als ich am nächsten Tag das Eichendorff-Haus betrete, herrscht dort gähnende Leere. Erst nach einiger Zeit fällt mir auf, dass überall Zettel hängen, dass die Lehrer auf irgendeiner Fortbildung sind und die

Vorlesungen ausfallen. Auch das noch. Also werde ich Kilian heute wahrscheinlich nicht mehr sehen. Und das, obwohl ich unbedingt wissen muss, was hier vor sich geht.

Mein Gespräch mit Mara hat mich gestern nur noch mehr aufgewühlt, noch mehr Fragen aufgeworfen, die mich nicht mehr ruhen lassen wollen. Ich habe kaum geschlafen, so dass ich jetzt ziemlich wackelig auf den Beinen unterwegs bin und wahrscheinlich auch deswegen auf die dumme Idee komme, ins Krankenhaus zu fahren, damit man sich dort noch mal meinen Kopf anschaut.

»Die Ärzte sind gerade alle beschäftigt. Ich werde aber sehen, was ich machen kann, Frau Hagen«, sagt die Schwester, die mir irgendwie bekannt vorkommt. Vielleicht hat sie sich während meines Krankenhausaufenthalts um mich gekümmert. An diese Tage kann ich mich kaum noch erinnern. Es fühlt sich an, als wären seitdem Jahre vergangen.

Ich setze mich in den Warteraum und überlege, was ich dem Arzt erzählen soll. Was soll ich sagen, um nicht gleich als verrückt rüberzukommen? Und was, wenn er tatsächlich etwas entdeckt, das darauf hinweist, dass etwas mit meinem Kopf nicht stimmt?

Durch die offene Tür sehe ich, wie immer wieder Krankenhauspersonal stehen bleibt und mich beobachtet. Anscheinend kennen sie mich, alle kennen mich mittlerweile in Dunkelfelsen. Auch die Lokalzeitung hat es sich nicht nehmen lassen, über meinen Unfall zu schreiben, als würde sonst nichts Interessantes in Dunkelfelsen passieren. Sie alle halten es für ein Wunder, dass ich überlebt habe. Dass ich mir keinen einzigen Knochen gebrochen habe. Ich selbst bin mir da nicht so sicher. Vielleicht hatte Kilian seine Hand im Spiel, vielleicht ist er dafür verantwortlich, dass meine Seele jetzt nicht irgendwo im Himmel herumschwirrt oder in der Hölle schmort, falls es so etwas tatsächlich gibt.

»Frau Doktor Winter wäre dann bereit für Sie, Frau Hagen. Bitte folgen Sie mir«, sagt plötzlich eine Schwester und reißt mich aus meinen düsteren Gedanken über die Hölle.

Doktor Winter?

Eigentlich habe ich gehofft, bei einem anderen Arzt zu landen. Nicht bei Kilians Mutter, die von dieser ganzen Sache ebenfalls betroffen ist. Sie strahlt schließlich auch dieses weiße Licht aus. Ich meine, mich dunkel an irgendwelche Gespräche zu erinnern, die ich mit ihr geführt habe, kurz nachdem ich im Krankenhaus aufgewacht bin. Irgendetwas über Kilian und durchscheinende Wesen. Ich bin mir nicht mehr ganz sicher, ob ich das ihr gegenüber tatsächlich laut ausgesprochen habe. Wäre ja ziemlich dumm, aber wer weiß …

Als ich das Sprechzimmer von Doktor Winter betrete, schlägt mein Herz schneller. Hat ihr Kilian von unserem Gespräch im Wald erzählt? Oder von meinem Text? Weiß sie, dass ich aus irgendeinem Grund das Leuchten wahrnehmen kann, das sie und den Rest ihrer Familie umgibt? Vielleicht erklärt sie mich ja auch einfach für verrückt. Wäre schließlich nicht das erste Mal. Damit kann ich umgehen.

54

»Wie geht es Ihnen, Frau Hagen?«, fragt mich Kilians Mutter, als ich mich auf den Stuhl vor ihrem Schreibtisch niederlasse. Ich zucke mit den Schultern und habe wirklich keine Ahnung, was ich sagen soll. Also entscheide ich mich für die Wahrheit. Kilian weiß längst, dass ich hinter sein kleines Geheimnis gekommen bin, das sicher auch den Rest seiner Familie betrifft. Vielleicht bekomme ich ja von seiner Mutter ein paar Antworten oder zumindest eine Erklärung dafür, was gerade mit mir passiert.

»Ich glaube, ich werde langsam verrückt.«

»Da irren Sie sich, Frau Hagen. Ihre Verletzung heilt, alles andere wird sich fügen. Machen Sie sich keine Sorgen deswegen«, sagt Doktor Winter und lächelt, aber ich sehe, dass da mehr ist, dass sie mir etwas vorenthält. Das Leuchten um sie herum flackert, wie eine Kerze im Luftzug. Doktor Winter scheint zu wissen, dass ich nicht nur hier bin, um meine Kopfverletzung noch einmal untersuchen zu lassen.

»Ich muss endlich wissen, was hier los ist. Warum

sehe ich diese Dinge, die andere Leute nicht wahrnehmen können? Ich weiß, dass es etwas mit Ihnen und Ihrer Familie zu tun hat, aber ich habe keine Ahnung was«, stoße ich schließlich hervor und sehe, wie Kilians Mutter zusammenzuckt. Das Leuchten wird heller. Offenbar hat sie nicht damit gerechnet, dass ich sie direkt darauf ansprechen würde, aber ich habe keine Kraft mehr, das irgendwie elegant zu verpacken.

»Ich bin nicht diejenige, die Sie das fragen sollten, Frau Hagen. Sprechen Sie mit meinem Sohn darüber. Es geht ihn mehr an als mich«, sagt sie und verschränkt die Arme vor der Brust.

Ich schüttle den Kopf, will protestieren, doch kommt sie mir zuvor: »Glauben Sie mir, wenn ich Ihnen sage, dass Sie nicht verrückt sind. Normal ist es zwar nicht, aber es ist kein Grund zur Besorgnis.«

Das beruhigt mich ein wenig. Wenigstens ist Doktor Winter nicht der Meinung, dass ich verrückt bin. Anscheinend ist tatsächlich irgendetwas Wahres an dieser ganzen Sache dran. Es ist nicht meine Kopfverletzung, die das alles verursacht, oder meine Vergangenheit, die mich nun doch eingeholt hat.

Erleichterung durchfließt mich, aber auch Ungewissheit, all die Fragen nagen noch immer an mir. Doch ich sehe Doktor Winter an, dass sie keine Diskussion dulden wird.

»Wo ist er?«, frage ich. Mit Kilian zu sprechen, ist vermutlich die beste Lösung, auch wenn unser kleiner Ausflug in den Wald gestern recht kurz ausgefallen ist.

Frau Winter zuckt mit den Schultern und schüttelt den Kopf: »Ich weiß es nicht. Kilian ist mal hier, mal da. Sie werden ihn schon finden. Folgen Sie Ihrer Intuition.«

Damit erhebt sie sich von ihrem Stuhl, reicht mir ihre Hand, und ich schüttle sie perplex.

Ich hätte sie gern nach ein paar Orten gefragt, an denen ich Kilian finden könnte, aber sie deutet bloß auf die Tür und lächelt mich aufmunternd an.

Wut rauscht durch meine Adern. Das ist alles so frustrierend! Ich versuche krampfhaft, dieses Puzzle zusammenzufügen, aber ohne einen Blick auf die Vorlage, einen Blick hinter die Fassade der Familie Winter, wird es mir wohl nie gelingen. Es kostet mich einiges an Anstrengung, Doktor Winter nicht finster anzusehen oder noch irgendetwas zu sagen. Sie wird ihre Gründe haben, mir nichts zu erzählen.

55

Ich stelle alle Orte auf den Kopf, an denen sich Kilian befinden könnte. Ich durchsuche die Uni-Bibliothek ganze drei Mal, frage alle Studenten, die mir irgendwie bekannt vorkommen nach ihm. Vermutlich glauben sie, dass ich mich jetzt auch in eines dieser

Stalker-Mädchen verwandelt habe, die ihn den ganzen Tag anschmachten. Ganz so abwegig ist das nicht, aber schmachten würde ich es in meinem Fall nicht nennen.

Meine nächsten Ziele sind die Mensa und die Cafés auf dem Campus. Selbst im Buchladen schaue ich nach, kann ihn aber nirgendwo finden. Irgendwann gebe ich es auf. Ich kehre in das Uni-Café zurück, genau an den Tisch, an dem wir uns zum ersten Mal für unsere Aufgabe getroffen haben. Ich bestelle einen Kaffee, weil ich noch immer todmüde bin und hoffe, damit das Pochen meiner Schläfen zu vertreiben. Langsam breitet sich Wärme in mir aus, und die eisige Herbstkälte, die ich von draußen mitgebracht habe, verschwindet allmählich. Ich zermartere mir den Kopf darüber, wo ich noch suchen soll. Vielleicht ist er bei sich zu Hause, aber ich habe keine Ahnung, wo das ist. Außerdem wäre es ziemlich unangebracht, einfach dort aufzutauchen.

Es gibt nur noch einen Ort, an dem ich noch nicht gewesen bin. Der Baumstamm im Wald. Dort hat er mir gesagt, dass er mich um meiner selbst willen gerettet hat. Was auch immer das bedeuten mag. Und dort sind wir uns zum ersten Mal begegnet.

Ich verlasse das Café und mache mich auf den Weg, auch wenn es leicht nieselt und die Tropfen sich wie flüssiges Eis auf meinem Gesicht anfühlen. Ich bin schon so weit gekommen, dass mich jetzt nichts mehr aufhalten kann. Eine Viertelstunde später erreiche ich das Wohnheim und den dahinterliegenden Waldweg, der mich direkt zu der kleinen Lichtung führt. Dorthin, wo der Baumstamm noch immer mit dem Tod kämpft. Und tatsächlich ist Kilian dort. Er lehnt mit dem Rücken zu mir am Baumstamm, streicht über die Rinde, scheint vollkommen in Gedanken versunken, so dass er mein Kommen überhaupt nicht bemerkt. Ich nehme mir einen Moment, um ihn zu beobachten. Wäre da nicht die ganze Vorgeschichte mit Kilians Todesblicken, seinen schrecklichen Vorurteilen mir gegenüber und all den fiesen Bemerkungen, wäre ich wahrscheinlich tatsächlich eines dieser schmachtenden Mädchen geworden. Noch immer durchfließt mich die Wut, die ich seit unserer ersten Begegnung auf ihn verspüre, aber inzwischen ist das nur noch ein Bruchteil meines anfänglichen Hasses auf Kilian, wie ein Echo aus meiner Vergangenheit. Ich will ihm nicht mehr den Kopf abreißen, im Gegenteil. Wenn ich ihn jetzt so dastehen sehe, kann ich einfach nicht anders: Ein Lächeln schleicht sich auf meine Lippen, während mich eine seltsame Wärme durchfließt.

Ich trete näher, doch Kilian reagiert noch immer nicht. Vorsichtig berühre ich ihn an der Hand, habe Angst, dass er vor Schreck zurückweicht, wenn er mich sieht. Aber er tut es nicht, stattdessen dreht er sich langsam zu mir um, und zum allerersten Mal lächelt er mich richtig an. Es ist kein gehässiges Lächeln, kein trauriges, sondern eines, das mir zeigt, wie froh er ist, dass ich bei ihm bin, ihn gefunden habe. Eines, das seine Augen erreicht und seine Aura noch heller strahlen lässt. Und das wirft mich ziemlich aus der Bahn. Ich taumle ein Stück zurück, ziehe meine Hand weg und mustere ihn von oben bis unten. Ist das noch derselbe Kilian, der mich wochenlang finster angestarrt hat?

»Kannst du mir das alles erklären?«, frage ich irgendwann, als ich die Stille nicht mehr aushalte.

Statt zu antworten, deutet er auf den freien Platz neben sich auf dem Baumstamm.

56

»Ich muss zugeben, es überrascht mich, dass du hier bist«, sagt er schließlich, und das Lächeln wird ein wenig schwächer, verschwindet allerdings nicht vollkommen.

»Ich dachte, du würdest dich vor mir fürchten, nachdem du herausgefunden hast, was ich tue«, gibt er nach einer Weile zu, womit er nicht unrecht hat. Ich habe noch immer Angst, dass er meine Seele einfangen und sie ins Jenseits befördern könnte, wo immer das auch liegen mag. Ein anderer Teil von mir kann das noch immer nicht glauben.

»So wirklich weiß ich ja nicht, was genau du tust …«, murmele ich, schließlich habe ich keine Ahnung, wer oder was er ist. Wieso er tut, was er tut.

Kilian setzt mehrmals an, etwas zu sagen, überlegt es sich aber wieder anders. Offenbar fällt es ihm unendlich schwer. Ich gebe ihm Zeit, seine Gedanken zu ordnen, und warte geduldig auf eine Erklärung für alles, was in den letzten Wochen zwischen uns passiert ist, auch wenn es mich innerlich vor lauter Neugier fast zerreißt. Muss er es so spannend machen?

»Viele Religionen dieser Welt haben etwas über Wesen wie mich in ihren Schöpfungsmythen geschrieben. Immer wieder kommen wir in der Literatur vor, aber noch nie hat es jemand so gut und richtig beschrieben wie du. Hier würde man meine Art wohl Todesengel nennen«, sagt Kilian nach sehr langem Schweigen. »Auch wenn wir keine Engel sind.«

Er zögert weiterzureden und mustert mich so eindringlich, dass ich ein Stück zurückweiche. Sein Blick ist einfach zu intensiv, nicht argwöhnisch wie bei unserer ersten Begegnung hier, sondern so voller Besorgnis und Unsicherheit, dass mir bei seinem Anblick schwindlig wird.

Ich schlucke. Es ihn aussprechen zu hören, ist ein Schock für mich, auch wenn ich immer geahnt habe, dass er anders ist. Es aber wirklich zu hören, aus seinem Mund, zu wissen, dass ich recht gehabt habe, ist wirklich furchteinflößend. Es ändert alles, was ich bisher über den Tod und das Danach gedacht habe.

Ich sage nichts, weil ich fürchte, dass er hören könnte, wie sehr mich diese Offenbarung mitnimmt. Ich will, dass er mir mehr erzählt. Ich will eine Antwort auf die Frage, die sich die Menschheit seit Anbeginn der Zeit stellt, will lernen, ihn und seine Welt zu verstehen, auch wenn es bedeutet, die Bürde, die dieses Geheimnis mit sich bringt, tragen zu müssen.

Kilian dreht sich zu mir, wobei sein Blick auf einer Stelle direkt über meinem Herzen ruht. Jedem anderen Kerl hätte ich vermutlich eine Abfuhr erteilt, wenn er mich so angesehen hätte, aber bei Kilian weiß ich, dass es ihm nicht um Sex geht. Im Gegenteil. Er sieht etwas anderes, und mir graut es vor seinem Urteil darüber.

»Ich kann deine Seele sehen, deine zerbrochene Seele, Lenora. Deswegen war ich am Anfang so … fies zu dir. Ich konnte einfach nicht verstehen, wie deine Seele in diesen Zustand geraten konnte«, fährt er irgendwann fort.

Der Zustand meiner Seele also. Das hat ihn so aufgeregt, wobei *fies* noch eine ziemliche Untertreibung ist. Jetzt ergeben auch seine Fragen bei unserem Treffen im Café Sinn. Er hat herausfinden wollen, wieso meine Seele so zerstört ist. Dabei hätte er aber ruhig etwas einfühlsamer vorgehen können.

Mir brennen unendlich viele Fragen auf der Zunge, aber statt ihn damit zu bombardieren, gebe ich uns beiden Zeit, um mit dieser Situation klarzukommen. Es kostet mich unendlich viel Kraft, ruhig zu bleiben, ihn nicht zu drängen. Ich zwinge mich, ihn anzulächeln, auch wenn ich am liebsten in Tränen ausgebrochen wäre. Er kann sie wirklich sehen, meine zerbrochene Seele und die Dunkelheit darin. Diese Erkenntnis reißt mir den Boden unter den Füßen weg. Kilian scheint es zu bemerken und legt mir seinen Arm um die Schultern.

»Der Tod ist nicht das Ende, musst du wissen. Die Seelen leben weiter, und meine Pflicht ist es, sie ins Jenseits zu bringen. Es ist keine leichte Aufgabe, das kann ich dir sagen«, sagt er, wobei seine Stimme immer leiser wird. Er seufzt tief und wirkt plötzlich um Jahrzehnte gealtert. Nicht äußerlich, aber ich kann in seinen dunklen Augen sehen, wie sehr ihn diese Verpflichtung mitnimmt. Ganz langsam greife ich nach seiner Hand und drücke sie sanft.

Er lächelt und erwidert meinen Händedruck, was mir für einen Moment den Atem raubt. Vorsichtig fährt er mit dem Daumen über meinen Handrücken, so wie er es schon im Krankenhaus getan hat. Mittlerweile bin ich davon überzeugt, dass er tatsächlich dort gewesen ist, dass es nicht bloß irgendeine Halluzination gewesen ist.

»Und was passiert dann mit den Seelen?«, frage ich, weil er nichts mehr sagt, sondern nur still dasteht und meine Hand festhält, als könnte ich ihm jeden Moment entgleiten. Und, ehrlich gesagt, fühle ich mich auch fast so. Nach all den Tagen der Ungewissheit, des Rätselns und der Besessenheit, endlich Licht ins Dunkel zu bringen, haben die Antworten doch eine größere Wirkung auf mich, als ich angenommen hatte. Und trotzdem will ich mehr wissen, mehr über Kilian, mehr über das Leben und den Tod. Was ist mit der Seele meiner Mutter nach ihrem »Unfall« passiert? Was wäre mit mir passiert, hätte ich den Zusammenstoß mit dem Auto nicht überlebt?

»Entweder bleiben sie für eine Weile im Jenseits, erholen sich von den vielen Leben, die hinter ihnen liegen, oder sie werden wiedergeboren, um das zu Ende zu führen, was man ihnen aufgetragen hat«, sagt er und lächelt. »Es ist wirklich wunderbar, ein Teil dieser Reise zu sein, auch wenn es bedeutet, die Trauer der Angehörigen mit ansehen zu müssen, sie zu spüren und nichts tun zu können, um sie zu lindern.«

Ich sehe, wie Kilian schluckt und offensichtlich mit sich kämpft. Vermutlich wird er gerade von seinen Erinnerungen übermannt. Von all den Trauernden, denen er geliebte Menschen nehmen musste.

Ich rücke ein Stückchen näher, hoffe, dass es ihm hilft, sich auf das Hier und Jetzt zu konzentrieren und nicht auf die Vergangenheit, die wir sowieso nicht ändern können.

»Ist das alles?«, frage ich ihn, was Kilian ein belustigtes Schnauben entlockt. Er schüttelt den Kopf.

»Noch lange nicht. Dir jetzt sofort alles zu erzählen, würde zu lange dauern und dich vermutlich überfordern. Aber ich verspreche dir, dass ich nichts zurückhalten werde. Es hat sowieso keinen Sinn, dir etwas zu verschweigen, schließlich kannst du aus irgendeinem Grund sehen, dass wir anders sind als die Menschen um uns herum«, sagt er und hat wieder dieses wunderbare Lächeln auf den Lippen. Das Lächeln, das auch Mara in ihrer Zeichnung von ihm festgehalten hat.

»Todesengel …«, murmele ich und schüttele den Kopf. Ich kann es kaum glauben.

»Wir bevorzugen den Begriff Seelenführer«, schiebt Kilian nach, und es klingt so, als würden ihm all die anderen Begriffe überhaupt nicht gefallen.

Ich nicke. Also gut, Seelenführer, ein Leben nach dem Tod … Das bringt mein gesamtes Weltbild ins Wanken. Schließlich habe ich die ganze Zeit angenommen, dass nach dem Tod ein tiefes dunkles Nichts kommt, kein Himmel, keine Hölle und erst recht keine Wiedergeburt. Jetzt sitzt Kilian neben mir und erzählt mir genau davon. Im Moment fühlt es sich noch so an, als wäre all das eine Geschichte, ein Thema für unser Werkstattmodul, wenn wir Phantastik behandeln. Wie lange es wohl dauert, bis ich diese neue Realität wirklich akzeptiert habe?

»Warst du im Krankenhaus bei mir?«, frage ich, um mich von diesem überwältigenden Gedanken abzulenken.

Kilian nickt, diesmal ist sein Lächeln traurig, als ich zu ihm aufblicke. Sein Griff wird fester, zieht mich noch näher zu sich. Dieses Mal werden meine Knie aus ganz anderen Gründen weich …

»Das waren die schlimmsten Tage meines Lebens.

Glaub mir, ich bin schon länger unter den Lebenden, als es den Anschein hat. Mach das nie wieder, hörst du, Lenora?« Seine Stimme ist eindringlich, vollkommen ernst, so dass mir ein eisiger Schauer den Rücken hinabrinnt. Ich nicke, weil ich merke, wie wichtig ihm dieses Versprechen ist. Ich weiß zwar nicht, ob ich es auch halten kann, schließlich habe ich keinen Einfluss auf solche Dinge, aber ich werde mein Bestes geben und auf mich und meine zerbrochene Seele achtgeben.

»Ich hatte solche Angst, dass du es nicht schaffst. Das wäre das Ende gewesen. Für dich.« Kilians Stimme bricht, er lässt den Kopf sinken und atmet tief durch. Was soll das denn nun bedeuten?

»Und für mich«, fügt er leise hinzu.

57

Auch wenn mich diese Aussage mehr als überrascht und verwirrt, frage ich nicht weiter nach. Mir scheint, dass die Antwort keine gute ist, und genau das kann ich jetzt nicht gebrauchen.

»Und ich dachte die ganze Zeit, dass du mich aus irgendeinem Grund abgrundtief hasst«, sage ich nach einer Weile und spüre wieder, wie Kilian leise lacht.

»Das habe ich tatsächlich. Deine Seele war einfach so kaputt, dass ich wütend auf dich war, weil ich gedacht habe, dass du selbst daran schuld bist. Ich habe versucht, dir aus dem Weg zu gehen, weil es so schrecklich ist, sie zu sehen. Die Dunkelheit, all die Risse. Aber als du den Unfall hattest und ich deine Hand gehalten habe, habe ich gesehen, dass es nicht deine Schuld ist. Zumindest nicht alles.«

Ich denke an diesen Moment zurück, erinnere mich, wie sein Gesicht plötzlich so voller Erkenntnis, so liebevoll gewesen ist. Ich erschaudere, so dass Kilian mich noch näher an sich zieht und seinen Mantel um mich schlägt.

»Meinst du, dass ich vor diesem Leben auch schon gelebt habe? In anderen Körpern, oder wie funktioniert das?«, frage ich.

Kilian schweigt. Vermutlich ist das etwas, das er sich für später aufheben will. Und ich bin froh darüber, schließlich ist das ganz schön viel auf einmal. Mein Weltbild hat sich um 180 Grad gedreht. Das muss ich erst einmal verarbeiten.

»Ganz bestimmt. Es fühlt sich so an, als hättest du schon Hunderte Leben hinter dir. Sonst wäre deine Seele nicht in diesem Zustand. In einigen dieser Leben musst du etwas getan haben, um diese Risse zu verursachen, aber es ist nicht nur deine Schuld. Da bin ich mir sicher«, gibt er schließlich irgendwann zu, was mir einen tiefen Stich versetzt. Ich weiche ein Stück zurück, lasse ihn aber nicht los, aus Angst, dann tatsächlich zusammenzubrechen unter der Last all des

Wissens, all der Geheimnisse, die er mit mir teilt. Ich kann einfach nicht glauben, dass ich mir selbst diese Zerstörung angetan haben kann. Ich glaube, so, wie ich mich gestern in meinem Traum gesehen habe, als Kilian mich auf dunklen Schwingen in den Himmel getragen hat – so muss er meine Seele wahrnehmen: als eine verbrannte, zerstörte Statue. Und dann ist da noch das, was Mara mir über meine Seele berichtet hat. Das Licht, das verzweifelt versucht, gegen die Dunkelheit anzukämpfen.

»Was meintest du damit, als du gesagt hast, dass es das Ende für mich hätte sein können?«, frage ich dann doch, weil ich einfach wissen muss, was der Tod für mich bedeutet. Je mehr ich darüber weiß, umso besser kann ich verhindern, dass etwas wie der Unfall neulich noch einmal passiert.

Kilian seufzt tief. Er lässt sich viel Zeit mit seiner Antwort, scheint sich genau zu überlegen, was er mir sagen will. Das ist kein gutes Zeichen.

»Ich hatte Angst, dass deine Seele in diesem Moment zerbrechen könnte. Dass sie vollkommen zerstört wird, sobald du dieses Leben beendet hast«, sagt er schließlich.

Meine Seele könnte zerbrechen? Was bedeutet das? Werde ich doch irgendwann Teil dieses Nichts, an das ich geglaubt habe, bevor Kilian in mein Leben getreten ist? Ich erschaudere bei dem Gedanken daran, in unendlicher Dunkelheit gefangen zu sein, dunkler noch als meine Seele.

Kilian scheint zu spüren, was in mir vorgeht. Er schlingt die Arme fest um mich, so dass ich seine Wärme spüre, die langsam die kalte Herbstluft um uns herum vertreibt.

»Das bedeutet, dass du für immer fort wärst«, erklärt er und jagt mir damit eine Heidenangst ein. Dann wäre ich also tatsächlich tot. Nicht nur mein Körper, sondern auch all das, was mich ausmacht.

»Ich hatte Angst, dass deine Seele nach deinem Tod in tausend Splitter zerfallen würde. Natürlich hätte ich versucht, sie alle einzusammeln, aber es wäre mir nie gelungen, dich zu heilen.«

Ich weiß nicht, was ich sagen soll. Das alles hört sich an, als käme es direkt aus irgendeinem Film oder einem Buch, als wäre es erfunden und nicht die Wahrheit. Und trotzdem ist Kilian vollkommen überzeugt davon.

Wir schweigen lange Zeit, bis es schließlich anfängt zu regnen. Kilian reicht mir seine Jacke. Dankbar lege ich sie über meinen Kopf, folge ihm über den matschigen Waldweg zurück zum Wohnheim und hinein in das warme alte Haus. Statt in unsere Wohneinheit geht er hinauf zur Gemeinschaftsküche, ohne meine Hand loszulassen. Es fühlt sich an, als wären wir miteinander verwachsen, als gehörten wir zusammen, auch wenn wir uns vor nicht allzu langer Zeit nicht haben ausstehen können. Aber für alles in diesem Leben gibt es einen Grund. Und was Kilians Verhalten angeht, muss es der Zustand meiner Seele gewesen sein.

Während er mich auf einen der wackeligen Stühle zuschiebt, sucht er sich ein paar Zutaten aus dem Kühlschrank und den Schränken zusammen und macht uns etwas zu essen. Ich schaue ihm dabei zu, spüre aber nur zu deutlich die Kälte, die meine nun leere Hand umschließt, und wünschte, er hätte mich nicht losgelassen. Ich fühle mich wie ein Blatt, das in eine reißende Strömung geworfen wurde. Mal werde ich in die Tiefe gedrückt, gegen Felsen geschleudert, ehe ich wieder Luft zum Atmen finde und die Wasseroberfläche durchbreche. Aber eben nur für ein paar Sekunden.

»Du musst etwas essen«, sagt er, als ich das Rührei vor mir misstrauisch betrachte. Es riecht verführerisch, aber ich kann mich einfach nicht überwinden, einen Bissen davon zu nehmen. Kilians Worte lassen mich nicht mehr los, all die Antworten, die er mir heute gegeben hat, wirbeln mir durch den Kopf. Ich habe die ganze Zeit angenommen, dass ich damit abschließen könnte, sobald er mir erzählt, was vor sich geht, aber dem ist nicht so. Und das ist ja erst der Anfang … Es gibt noch so viel, das er mir nicht erzählt hat. So viel mehr.

»Lenora, bitte. Iss etwas«, sagt er mit derselben flehenden Stimme, die er schon einmal benutzt hat. Im Krankenhaus, als er mich gebeten hat, mich nie wieder in Gefahr zu bringen.

Nur widerwillig folge ich seiner Anweisung und schiebe mir die erste Gabel Rührei in den Mund. Es schmeckt gut, sogar sehr gut, und erst jetzt merke ich, dass ich tatsächlich ziemlich ausgehungert bin. Aus den Augenwinkeln sehe ich sein schiefes Grinsen, als hätte er damit gerechnet, dass ich hungrig bin. Ich gebe mir Mühe, so langsam wie möglich zu essen, nur um nicht zu zeigen, wie gut es mir schmeckt. Ich bin es nicht gewohnt, dass man sich so um mich kümmert. Meistens sind auf einen schönen Moment viele schreckliche gefolgt, und selbst jetzt fürchte ich, dass Kilians freundliche Seite gleich wieder verschwinden könnte, dass er sich wieder in den grimmigen Waldschrat mit seinen Todesblicken verwandeln könnte. Noch habe ich ihm nicht für sein Verhalten mir gegenüber vergeben, kann aber besser verstehen, warum er mich so behandelt hat.

»Und jetzt legst du dich hin und schläfst. Du brauchst Ruhe«, sagt er in einem Ton, der keine Widerrede zulässt. Er klingt schon fast wie seine Mutter.

Ich versuche trotzdem zu protestieren, aber Kilian hört nicht auf mich. Er packt mich einfach und trägt mich in mein Zimmer. Es ist schon fast unheimlich, dass er genau zu wissen scheint, in welchem Zimmer ich wohne, und am liebsten hätte ich ihn gefragt, warum er sich hier so gut auskennt. Doch als mein Kopf das Kissen berührt und er die Decke vorsichtig über mir ausbreitet, kann ich an nichts anderes mehr denken als an Schlaf. Der heutige Tag hat einiges an Kraft gekostet, vor allem die vielen Offenbarungen, die Kilian mir hat zuteilwerden lassen. Das alles fordert nun seinen Tribut. Ich habe nicht einmal mehr die Kraft, ihn zu bitten, dass er bleibt. Dunkelheit umfängt mich und dann Licht wie Kerzenschein. Sein Licht.

58

Als ich am nächsten Morgen aufwache, liegt in meiner Hand ein kleines Stück Papier. Ich brauche nicht einmal die Augen zu öffnen, um zu wissen, dass Kilian fort ist. Ich bin von einer Leere erfüllt, die ich noch nie in meinem Leben gespürt habe. Aber da ist auch Zuversicht. Dass sich jetzt alles zum Guten wendet, dass ich doch eine Chance auf ein Happy End habe.

Langsam setze ich mich auf und betrachte den Zettel, den er mir anscheinend in die Hand gedrückt hat, als ich geschlafen habe.

Komm in den Wald, steht darauf. Ein K in der rechten unteren Ecke zeigt mir, dass es tatsächlich eine Nachricht von Kilian ist. Also hat er sich entschlossen, mir noch mehr zu erzählen und es nicht bei den Informationen von gestern zu belassen. Aufregung durchfährt mich, schüttelt die letzte Müdigkeit von mir ab und hilft mir aufzustehen. So schnell ich kann, werfe ich mir Klamotten über, esse ein paar Kekse, die irgendjemand im Wohnzimmer stehen gelassen hat, und mache mich dann auf den Weg. Ich kann es nicht abwarten, noch mehr über seine Welt zu erfahren, die in gewisser Weise auch meine ist. Wir alle sind davon betroffen, schließlich wird uns alle früher oder später ein Seelenführer zurück ins Jenseits bringen.

»Du bist gekommen«, sagt Kilian, noch bevor ich die Lichtung betrete, und kommt mir ein Stück entgegen. Die Überraschung steht ihm ins Gesicht geschrieben. Seine dunklen Augen leuchten, genau wie seine Aura. Hat er gedacht, dass er mich mit der Wahrheit verliert? Dass ich vor ihm und seiner Aufgabe davonlaufen werde?

Um ehrlich zu sein, weiß ich nicht, ob ich mit offenen Armen auf ihn zurennen oder besser so viel Abstand zwischen uns bringen soll wie möglich. Noch weiß ich nicht alles, was ihn ausmacht, aber ich werde bleiben, bis er mir alles erzählt hat. Und dann …? Darüber kann ich nachdenken, wenn es so weit ist. Jetzt will ich einfach nur verstehen, wie der Kreislauf von Leben und Tod tatsächlich funktioniert und welche Rolle Kilian dabei spielt.

Ich nicke langsam, und gemeinsam lassen wir uns wie gestern auf den Baumstamm sinken. Als wäre es selbstverständlich, greift Kilian nach meiner Hand und drückt sie fest. Nun bin ich es, die lächeln muss.

»Was ist eigentlich an Allerheiligen passiert? Ihr habt heller gestrahlt als sonst, glaube ich zumindest. Und überall waren diese dunklen Schatten im Nebel«, sage ich und merke, wie sich Kilian neben mir versteift. Sein Blick ruht forschend auf mir, scheint zu überlegen, was er mir erzählen soll. Er wirkt beunruhigt.

»Du kannst sie sehen? Die Seelensplitter?«, fragt er.

Nennt man sie tatsächlich so?

Ich zucke mit den Schultern und nicke, frage mich, warum ihn das so überrascht. Wenn ich das Leuchten, das ihn umgibt, sehen kann, warum dann nicht auch diese Schatten?

»Ist das denn so ungewöhnlich?«, will ich wissen und merke, wie mein Herzschlag sich beschleunigt. So wie Kilian darauf reagiert, scheint es jedenfalls nichts Gutes zu sein.

Wieder lacht er, doch klingt er nicht wirklich belustigt, eher frustriert.

»Es ist schon total seltsam, dass du *mich* nach deinem Unfall sehen konntest. Dass du unser Seelenlicht sehen kannst«, sagt er, und das beunruhigt mich sehr. Seit ich denken kann, sehe ich diese komischen durchscheinenden Menschen, die anscheinend allesamt Seelenführer sind, wie sich Kilian selbst nennt. Und ich sehe diese Schatten, die durch die Luft wabern und sich manchmal auf Menschen festsetzen.

»Was bedeuten sie denn? Diese Schattensplitter?«

Es dauert eine Weile, bis Kilian mir antwortet. Er richtet den Blick auf die Bäume jenseits unserer kleinen Lichtung, scheint nach Worten zu suchen, um mir die Erklärung verständlich zu machen.

»An Allerheiligen sind die Grenzen zwischen dem Reich der Lebenden und dem Jenseits fließend, so dass sich mehr Seelensplitter im Diesseits befinden als sonst. Sie sind gefährlich, setzen sich auf Seelen fest und beeinflussen sie. Sie bringen noch mehr Dunkelheit mit sich, noch mehr Risse und Zerstörung. Wir wissen nicht genau, was sie bewirken, sind uns aber alle einig, dass sie zu einem Problem geworden sind«, erzählt Kilian. Das hört sich wirklich nicht gut an. Ich habe schließlich gesehen, wie manche dieser Schatten sich auf Menschen gesetzt haben, wie diese zusammengezuckt sind, als hätte sie ein eisiger Windstoß erfasst.

»Das heißt, dass auch sie dazu beitragen, eine Seele zu zerstören?«, frage ich.

Er nickt langsam.

»Über kurz oder lang wahrscheinlich schon ... Es lässt sich schwer beweisen. Wir wollen niemanden unnötig in Gefahr bringen, indem wir Experimente durchführen. Also beobachten wir bloß«, erklärt er. Seine freie Hand ballt er zu einer festen Faust, so dass die Knöchel darunter weiß hervortreten. Nun bin ich es, die vorsichtig nach seiner Hand greift, sie fest drückt. Sie ist eisig, scheint aber unter meiner Berührung wärmer zu werden.

»Und wo kommen die Seelensplitter her?« Ich will, dass er weiterspricht. Es ist wie Magie, wenn er über all diese Dinge redet. Dinge, die ich mir vorher nie hätte vorstellen können. Und doch weiß ich tief in mir drin, dass er die Wahrheit sagt.

»Sie waren einst ganze Seelen, die irgendwann zerbrochen sind. So wie deine zerbrechen könnte«, sagt er, was mir einen eisigen Schauder über den Rücken jagt. Bald schon könnte ich Teil der Schatten sein, die durch die Luft wirbeln.

Kilian seufzt und schüttelt den Kopf, spricht aber nicht weiter.

»Ganze Seelen?« Mir steht der Schock offensichtlich ins Gesicht geschrieben, denn er legt mir beruhigend einen Arm um die Taille, zieht mich näher an sich.

»Keine Sorge, wir werden einen Weg finden, um zu verhindern, dass deine Seele zerbricht«, sagt er und drückt mich fest an sich. »Versprochen.«

59

Aus einem großen Korb zu seinen Füßen holt Kilian eine Wolldecke und wickelt mich darin ein. Er hat sogar an eine Thermoskanne mit heißem Tee gedacht, schenkt uns ein und reicht mir eine dampfende Tasse. Ich kann nicht fassen, dass er das alles nur für mich gemacht hat. Dankbar nehme ich sie an und lege beide Hände darum, um mich zu wärmen.

Statt weiter über die Schattensplitter zu sprechen, erzählt Kilian mir über seine vielen Reisen als Seelenführer in die verschiedensten Welten. Einige Geschichten sind so kurios und lustig, dass ich meine Angst wegen der Seelensplitter allmählich vergesse.

»Es gibt noch mehr bewohnbare Planeten außer der Erde?«, frage ich und kann mein Erstaunen kaum verbergen. Klar habe ich immer angenommen, dass angesichts der Weite des Universums die Möglichkeit besteht, dass es ähnliche Planeten wie die Erde gibt. Einige haben irgendwelche Wissenschaftler ja schon gefunden, aber das alles scheint so weit entfernt, so theoretisch, dass es mich beinahe vom Baumstamm reißt, als er mir davon erzählt.

»Natürlich. Sogar so viele, dass wir die Übersicht verloren haben. Diese Welt ist nur eine von vielen, Lenora«, entgegnet Kilian.

»Okay, was kommt noch? Erst die Sache mit den Wiedergeburten und dann die anderen Welten? Was gibt es noch da draußen?«, frage ich kopfschüttelnd. Jetzt bin ich froh, dass er mir gestern nur einen Teil von all den Dingen erzählt hat, die die *Lande der Lebenden*, wie er es nennt, ausmachen. Dass er mir Zeit gibt, mich an all das zu gewöhnen. Ich bin mir nicht sicher, ob ich jemals akzeptieren kann, dass dort draußen, jenseits des Nachthimmels und der leuchtenden Sterne, noch so viel mehr ist. Das ist doch total verrückt!

»Eines nach dem anderen, Lenora«, sagt er lachend. Es ist zwar kalt hier draußen, aber der Tee in meinen Händen und Kilian, der die Arme um mich geschlungen hat, wirken wie ein Schutzschild. Ich könnte ewig so sitzen bleiben, über die Welten, das Leben und den Tod nachdenken, während er mich einfach festhält und bei mir ist. Während er erzählt, vergeht die Zeit wie im Flug.

Wir Menschen sind nicht allein, es gibt noch viele andere Lebewesen, die entfernt mit uns verwandt sind oder vollkommen anders sind als wir. Und sie alle tragen eine Seele, sie alle sind sterblich. Genau wie ich. Es erstaunt mich, dass Kilian endlich den Mut gefunden hat, mit mir darüber zu sprechen. Ich weiß nicht, was ich getan oder gesagt habe, um ihn dazu zu bewegen, aber ich bin froh, dass er sein Wissen über all diese Wunder mit mir teilt. Er erzählt mir alles über seine Aufgabe als Seelenführer, über das Jenseits und die Wiedergeburten. Es ist so viel, dass mir der Kopf schon nach wenigen Minuten zu rauschen beginnt, aber trotzdem unterbreche ich ihn nicht. Ich will einfach hier sein, ihm zuhören und ihm meinerseits alles erzählen, denn das kann ich bei ihm auf einmal. Besser als mit jedem anderen. Und es tut gut, endlich jemanden gefunden zu haben, mit dem ich offen über meine Vergangenheit reden kann. Ich habe mich immer nach jemandem gesehnt, der mich auch ohne Worte versteht und mich akzeptiert, wie ich bin, gebrochene Seele hin oder her. Es ist, als hätten wir uns nach langem Suchen endlich gefunden.

»Es gibt noch eine Sache, die ich nicht ganz verstehe. Warum machst du dir plötzlich Sorgen um mich, warum bist du auf einmal so nett zu mir, wo du doch am Anfang so wütend gewesen bist?« Diese Frage liegt mir schon die ganze Zeit auf den Lippen, aber ich habe mich einfach nicht getraut, sie zu stellen, aus Angst, er würde wieder dichtmachen, wieder verschwinden. Und anscheinend war meine Sorge deswegen berechtigt. Plötzlich ist die wärmende Decke um meine Schultern verschwunden, genauso die Teetasse, die er einfach achtlos in den Korb wirft. Kilian sagt kein Wort mehr, packt alles zusammen, das Lächeln ist verschwunden, er wirkt wieder finster, grimmig, und das nur, weil ich ihm die für mich entscheidende Frage gestellt habe.

»Kilian, warte!«, rufe ich und packe ihn am Arm, damit er nicht wieder einfach so verschwinden kann. »Es tut mir leid, dass ich dir diese Frage gestellt habe, aber ich muss einfach wissen, was los ist.«

Er hält in der Bewegung inne, erstarrt einfach unter meiner Berührung.

»Du kannst nicht einfach so verschwinden, okay?«, sage ich mit flehender Stimme und trete vor ihn, damit er mich ansehen muss. Tränen brennen mir in den Augen und lösen Kilian aus seiner Starre. Vorsichtig streicht er mir eine Strähne aus dem Gesicht, trägt wieder diese Unsicherheit im Blick.

»Ich weiß, Lenora, aber ich kann nicht anders. Ich weiß nicht, wie ich es dir sagen soll«, entgegnet er und macht Anstalten, sich von mir loszumachen, aber das kann er vergessen.

»Was ist denn das für eine Ausrede, hm? Nach allem, was wir erlebt haben, nach allem, was du mir erzählt hast, müsstest du doch wissen, dass du mir alles sagen kannst. Alles, Kilian«, sage ich so laut, dass er sich besorgt auf der Lichtung umsieht. Von mir aus kann uns die ganze verdammte Welt zuhören, wenn ich nur endlich eine Antwort von ihm bekomme.

»Alles …«, wiederholt er leise und lässt seinen ausgestreckten Arm sinken. Ich glaube, er ist kurz davor, mir endlich zu sagen, was er mir die ganze Zeit noch verheimlicht hat.

»Ich weiß nicht, wie ich es dir erklären soll, ohne dass du ausrastest«, sagt er schließlich. Er wirkt verlegen.

»Was es auch ist, es wird nichts ändern«, sage ich, greife nach seiner Hand und drücke sie fest an mein Herz, wo sich meine Seele befindet. Kilian starrt mich an, als wäre ich ein Geist, kein Mensch, nicht Lenora, sondern irgendeine Seele, die zurückgekehrt ist, um ihn heimzusuchen.

»Was ist? Was hast du, Kilian?«

»Deine Seele …«, murmelt er und bricht ab.

»Was ist damit?«, frage ich und halte den Atem an. Bereite mich innerlich darauf vor, dass er gleich irgendetwas Schreckliches über den Zustand meiner Seele sagen wird. Dass ihr Anblick für ihn mittlerweile unerträglich geworden ist. Dass er meine Nähe nicht mehr aushält.

»Sie heilt.«

60

»Was?«, platzt es aus mir hervor. »Was hat das zu bedeuten?«

Kilian greift nach meinen Händen und drückt sie fest. Ein Lächeln umspielt seine Lippen.

»Es bedeutet, dass sich die Risse schließen. Ich kann dein Seelenlicht sehen, Lenora. Und es ist so hell«, sagt Kilian vollkommen erstaunt, während er noch immer auf meine Seele starrt.

»Es ist wirklich unglaublich. Die Dunkelheit bildet sich langsam zurück«, sagt er voller Staunen und hebt endlich den Blick, um mir in die Augen zu sehen. Seine Freude ist spürbar, aber ich bin zu durcheinander, um sie teilen zu können. Kilians Welt, die Sache mit den Seelen, all das ist noch so neu für mich. Er wirkt allerdings so erleichtert, dass ich gar nicht anders kann, als zu lächeln. Meine Seele ist auf dem Weg der Besserung.

Sie heilt.

»Vielleicht kann deine Seele doch überleben. Ich könnte es einfach nicht ertragen, dich für immer zu verlieren«, murmelt Kilian und wendet plötzlich den Blick ab.

Ich verstehe noch immer nur Bahnhof. Aber Kilian scheint so glücklich, dass ich ihn nicht unterbrechen und nachfragen will. Stattdessen freue ich mich einfach mit ihm.

»Wir haben vielleicht eine echte Chance. Vielleicht schaffst du es, den Tod zu überwinden«, sagt er, was mir wieder eisige Schauer über den Rücken laufen lässt. Jedes Mal wenn er vom Tod spricht, überkommt mich ein mulmiges Gefühl. Ich will nicht sterben. Ich will nicht ins Jenseits und wiedergeboren werden, vielleicht in einer ganz anderen Welt als dieser. Oder endgültig zerstört werden. Ich will bei ihm bleiben, für immer, auch wenn ich ihn kaum kenne. Irgendwie habe ich das Gefühl, dass wir zusammengehören, so verrückt sich das auch anhören mag.

»Bei allen Mächten, du weißt gar nicht, wie toll das ist, Lenora! Ich kann es kaum glauben, nicht nach unserer ersten Begegnung, egal, was ich für dich gefühlt habe«, sagt er, und sein Lächeln wird noch breiter.

Was er für mich gefühlt hat?

»Was soll das denn jetzt wieder heißen?«, frage ich und könnte mich im nächsten Moment dafür ohrfeigen. Das letzte Mal, als ich ihm eine solche Frage gestellt habe, hat es dazu geführt, dass er spurlos verschwunden ist. Für mehrere Tage. Als wäre er nie da gewesen.

61

»Ich sagte doch, dass ich nicht weiß, wie ich es dir am besten sagen soll …«, murmelt Kilian und weicht nun ebenfalls zurück. Kälte durchströmt mich, macht mir schmerzlich bewusst, dass er nicht mehr direkt vor mir steht und mich anlächelt.

Eine ganze Weile schweigt er, den Kopf gesenkt. Seine Schultern heben und senken sich unnatürlich schnell, und als er aufblickt, sind seine Augen glasig.

»Ich habe dich so sehr gehasst, weil ich es einfach nicht wahrhaben wollte, dass ich mich zu ihr hingezogen fühlte, zu deiner Seele, obwohl sie doch so kaputt ist«, sagt Kilian schließlich.

Ich kann es nicht leiden, wenn er so über meine Seele spricht, ganz gleich, ob es nun der Wahrheit entspricht oder nicht. Am liebsten würde ich … Moment mal, hat er gerade gesagt, dass er sich zu mir hingezogen gefühlt hat?

Überrascht hebe ich den Blick. »Was?«

»Tu nicht so verwundert, Lenora. Tief in dir drin weißt du doch, dass du etwas Besonderes bist.«

Wir stehen direkt voreinander, und es tut fast weh, so nahe bei ihm zu sein und ihn nicht zu berühren.

»Es war unglaublich egoistisch, dass ich mich von dir ferngehalten habe und so fies zu dir gewesen bin.

Jetzt erst sehe ich, wie sehr ich dir damit geschadet habe, wie sehr *ich* damit deine Seele verletzt habe«, sagt Kilian. »Es tut mir leid. Es tut mir so verdammt leid!«

Einen Moment lang glaube ich, dass er gleich in Tränen ausbricht.

»Wieso beginnt meine Seele dann auf einmal zu heilen?«, frage ich, um das eigentliche Thema zu umgehen. Nicht dass er am Ende wieder verschwindet und dieses Mal vielleicht nicht mehr zurückkehrt. So wie meine Mutter.

»Ich weiß es nicht. Ich bin noch nicht so lange Seelenführer, musst du wissen. Manche Dinge versteht man selbst mit jahrelanger Erfahrung nicht«, sagt er nach einer Weile und mustert mich von oben bis unten. »Es ist wirklich unglaublich!«

Kilian schaut mich an, als wäre ich ein verdammtes Weltwunder, und ich wünschte, ich könnte sehen, was er in mir sieht, aber ich bin nicht wie er. Ich habe keine Ahnung von Seelen und ihren Zuständen, aber ein Anrecht darauf zu erfahren, was mit meiner eigenen passiert.

»Aber ich muss es wissen, Kilian. Wenn ich sie heilen kann, macht das mein Leben vielleicht einfacher. Vielleicht ist all die Dunkelheit dafür verantwortlich, dass es mich immer wieder zurück in meine Vergangenheit zieht«, sage ich und schaue ihn flehend an. Ich muss es einfach wissen. Ich muss herausfinden, was mich heilen könnte. Und ich muss mich davon ablenken, was Kilian vorhin zu mir gesagt hat. Was er für mich empfindet.

»Ich weiß es wirklich nicht, Lenora. Aber ich kenne jemanden, der das möglicherweise herausfinden könnte. Mein Vater«, sagt er und sieht sich auf der Lichtung um, als könnte Herr Winter jeden Augenblick hinter einem Baum hervorkommen.

»Warum kommst du morgen nicht einfach mit zu mir? Dann können wir herausfinden, wieso sich deine Seele allmählich zu erholen scheint«, sagt er und greift nach meiner Hand.

Langsam nicke ich, auch wenn ich irgendwie Angst davor habe, seiner Familie zum ersten Mal offiziell vorgestellt zu werden.

Es ist mir wichtig, dass Kilians Familie mich mag, weil ich Kilian mag. Nicht nur er fühlt sich zu mir hingezogen, wie er es vorhin genannt hat. Dieses Gefühl beruht mittlerweile auf Gegenseitigkeit.

62

Vor meinem Besuch bei Kilians Familie bin ich so aufgeregt wie schon lange nicht mehr. Nicht nur weil ich noch immer nicht ganz begreifen kann, dass er mich mag, sondern auch wegen der Reaktion seiner Familie. Die Angst, dass sie mich wegen meiner zerstörten Seele nicht akzeptieren könnten, lässt mich einfach nicht los. Aber Alicia steht mir natürlich mit Rat und Tat zur Seite, auch wenn ich mir ganz sicher bin, dass sie noch nie bei den Eltern irgendeines ihrer Freunde zu Hause gewesen ist. Schließlich halten die meisten Beziehungen nur ein oder zwei Wochen, wie wir inzwischen bezeugen können.

Auch Mara ist mit von der Partie und versucht, mir Mut zu machen, wartet sogar mit mir, bis Kilian endlich auftaucht, um mich abzuholen.

»Das wird schon«, sagt sie immer wieder.

Ich glaube, sie weiß auch nicht so recht, was sie mit mir anfangen soll. Seit ich heute Morgen aufgewacht bin, bin ich ein einziges Nervenbündel. Obwohl … das war ich gestern Abend auch schon.

Und trotzdem bin ich so nervös, dass ich meine Fingernägel abkaue, bis es weh tut. Was sollen die Winters von mir denken, wenn ich in einem so ungepflegten Zustand zu ihnen komme? Voller Panik renne ich in unser Badezimmer, krame in den Schränken nach Alicias Nagelset. Es muss hier doch irgendwo sein! Meine Hände zittern so stark, dass ich nur noch mehr Chaos im Badezimmer anrichte. Verdammt!

Beruhige dich, Lenora.

Als ob das helfen würde!

Durch die offene Tür höre ich, dass Mara zur Wohnungstür geht. Ist Kilian etwa schon da?

Ich halte inne, als ich seine Stimme auf dem Gang

höre. Zwar verstehe ich nicht, was er sagt, aber allein zu wissen, dass er hier ist, nimmt mir jegliche Angst. Ich lasse den Schwamm fallen, um den sich meine Hände kurz verkrampf haben, und kehre ins Wohnzimmer zurück. Als mein Blick auf Kilian fällt, ist auch das letzte bisschen Nervosität verschwunden. Meine abgeknabberten Nägel sind egal. Alles ist egal. Hauptsache, er ist da.

»Bereit?«, fragt er mit einem schiefen Grinsen und reicht mir die Hand.

Nein, ganz und gar nicht. Mir wird wieder flau im Magen.

Ich nehme Kilians Hand trotzdem und ziehe ihn zur Wohnungstür. Am liebsten möchte ich meinen Besuch bei den Winters so schnell wie möglich hinter mich bringen.

»Brauchst du nicht noch einen Mantel? Draußen ist es ganz schön kalt«, sagt Kilian lachend und deutet auf mein zugegeben luftiges Outfit. Ein Kleid mit kurzen Ärmeln, das ich sonst nur im Sommer trage. Alicia hat es ausgesucht.

»Ähm, klar«, murmle ich und drehe mich schnell um, damit er nicht merkt, wie ich rot werde. Auch wenn wir einiges zwischen uns geklärt haben, wird eine Sache sich nie ändern: Kilian wird mich immer aus dem Konzept bringen.

Nur ungern lasse ich seine Hand los, um eine Jacke aus meinem Zimmer zu holen, und beeile mich so sehr, dass ich beinahe über meine eigenen Füße stolpere. Dass auch ausgerechnet heute meinem Gehirn wieder einfallen muss, wie unkoordiniert ich doch eigentlich bin. Super!

Als ich zu ihm zurückkomme, steht Kilian lässig an den Türrahmen gelehnt, während Mara ihn über den Rand ihres Zeichenblocks hinweg anstarrt. Alicia nennt diesen Blick Maras *Künstlerblick. Serienkillerblick* würde wohl eher passen.

Sollte Kilian meine Tollpatschigkeit aufgefallen sein, überspielt er das gut und lächelt mich an. Wortlos reicht er mir die Hand und zieht mich an sich, als ich sie ergreife. Er beugt sich zu mir herunter und haucht einen Kuss auf meinen Nacken. Meine Beine verwandeln sich in Pudding, und mein Herz rast nur so in meiner Brust. Ich bin mir sicher, dass ich gleich einen Herzinfarkt bekomme, vor allem weil jetzt meine Furcht vor dem Besuch bei seiner Familie wieder hochkommt.

»Dann mal los, bevor du mir noch in Ohnmacht fällst«, flüstert Kilian mir zu und legt mir fest den Arm um die Taille. Wenn er nicht wäre, würde ich es wohl nicht zu seinem Auto schaffen, das mitten auf der Auffahrt unseres Wohnheims parkt.

Die Autofahrt durch den Wald zum Haus der Winters verläuft schweigend. Ich bin viel zu nervös, um zu reden, und Kilian gibt mir Raum, um mich zu entspannen. Wenn er doch nur wüsste, dass das genau das Gegenteil bewirkt.

Es dauert eine ganze Weile, bis wir endlich da sind. Mein Herz hat sich gerade etwas erholt, doch als Kilian eine gepflasterte Auffahrt hinauffährt und schließlich das Auto parkt, beginnt es wieder zu rasen. Werde ich mich jemals in seiner Gegenwart beruhigen können?

Wie es sich gehört, öffnet Kilian mir die Beifahrertür und hilft mir aus dem Wagen. Einen Arm legt er mir um die Taille, ehe wir uns zum Haus umdrehen. Wobei *Haus* eine völlige Untertreibung ist.

Es ist ein gigantisches Anwesen. Wir machen einen Schritt auf das Gebäude zu, wobei ich mehr taumle als gehe, aber ich kann den Blick nicht vom Anwesen seiner Familie abwenden. Es ist mindestens doppelt so groß wie unser Wohnheim und wirkt noch älter, aber wunderschön. Es sieht nicht so düster und unheimlich aus wie die meisten Gebäude in Dunkelfelsen, sondern ist hell verputzt. Ein alter Gutshof, mit Fachwerk und Schindeldach. Aber selbst diese Beschreibung wird dem imposanten Bauwerk vor uns nicht gerecht. Es ist fast schon ein kleines Schlösschen. Alles, was ich als Kind immer haben wollte und nie bekommen habe.

»Willkommen daheim«, murmelt Kilian neben mir. Täusche ich mich oder schwingt da ein kleines bisschen Unsicherheit in seiner Stimme mit?

»Wow, ihr müsst aber echt Kohle haben«, platzt es aus mir hervor, und im nächsten Moment schlage ich mir die Hand auf den Mund, was Kilian ein lautes Lachen entlockt.

»Das Haus ist schon lange im Besitz der Seelenführer. Wir wohnen erst seit ein paar Jahren hier«, sagt er und greift wieder nach meiner Hand. Er steuert bereits auf die Eingangstür zu, aber ich zögere noch. Kilian lächelt mich aufmunternd an, scheint meine Nervosität zu spüren, doch auch das hilft nicht, mich zu beruhigen. Meine Hände sind fürchterlich schwitzig, aber Kilian beschwert sich keine Sekunde darüber. Er ist einfach da, während ich mit jedem weiteren Schritt auf die Tür zu ein kleines bisschen mehr zusammenschrumpfe.

Ist das immer so, wenn man die Eltern eines Typen trifft, der einem plötzlich ziemlich am Herzen liegt? Oder liegt das nur daran, dass ich Angst habe, dass die Winters mich und meine Seele für einen schlechten Einfluss auf Kilian halten?

63

Das Anwesen ist wunderschön eingerichtet. Alles ist sehr hell und schlicht gehalten, alte Möbel wurden mit modernen kombiniert und geben dem Haus so einen ganz eigenen Charme. Es gefällt mir sofort, weil ich die Geschichte dieses Ortes spüren kann. Fast ist es, als könnte ich die früheren Seelenführer fühlen, als sähe ich ihr Leuchten noch deutlich vor mir. Die Wände haben einen Hauch ihrer Kräfte absorbiert und geben ein warmes Licht ab, das mich sofort entspannen lässt.

Ich bewege mich langsam durch die Eingangshalle, die mindestens zweimal so groß ist wie unser Wohnzimmer. In einer Ecke entdecke ich, ungelogen, eine blank polierte Ritterrüstung. Kilian folgt mir mit seinen Blicken, beobachtet mich die ganze Zeit, ich spüre ihn in meinem Rücken und drehe mich schließlich zu ihm um. Wieder macht mein Herz einen Satz und rast davon, aber aus ganz anderen Gründen.

Da liegt wieder diese Wachsamkeit in Kilians Blick, als würde er erwarten, dass ich gleich schreiend weglaufe, doch das wird nicht passieren. Nie. In seiner Gegenwart fühle ich mich mehr zu Hause als sonst irgendwo auf der Welt. Und das macht mir Angst, schließlich weiß ich kaum etwas über ihn, von seinen Reisen zwischen der Welt der Lebenden und der der Toten mal abgesehen. Wovor ich mich aber am meisten fürchte, ist seine Familie. Dass sie mir das Zuhause wegnehmen, das Kilian mir gegeben hat. Dass ich wieder allein dastehe.

»Komm, sie warten sicher schon auf uns«, sagt er und nimmt mich wieder an die Hand. Kilian führt mich ohne ein weiteres Wort durch einige Gänge, deren Wände mit alten Malereien geschmückt sind. Sie zeigen die Felsen draußen im Wald zu allen Jahreszeiten. Sommer verschmilzt mit Herbst, Winter und Frühling. Für eine Sekunde sieht es so aus, als würden sich die Blätter tatsächlich im sanften Wind bewegen. Als ich meine Augen kurz zukneife und wieder öffne, sind die Blätter wieder völlig reglos, genauso wie sie sein sollten. Das muss wohl meine Aufregung sein.

Kilian hält vor einer angelehnten Holztür inne, sieht mich ein letztes Mal aufmunternd an und schenkt mir dieses Lächeln, das mich einfach alles um mich herum vergessen lässt. Und dann schiebt er mich in das Zimmer dahinter, ein geräumiges Wohnzimmer, in dem ich mich sofort wohlgefühlt hätte, wären die Winters nicht gewesen. Ich spüre ihre Blicke auf mir, auf meiner Seele, so durchdringend und intensiv, dass ich ihnen nicht lange standhalten kann. Auch wenn es unhöflich ist, wende ich den Blick ab und schaue mich stattdessen im Zimmer um.

An einer Wand erstreckt sich ein gigantischer Kamin, in dem ein Feuer knistert und den Raum auf natürliche Weise wärmt. Mehrere Sessel stehen davor, Frau und Herr Winter, die laut Kilians Erzählungen nicht wirklich seine Eltern, sondern seine Partner sind, haben es sich dort gemütlich gemacht. Von seiner *Schwester* und deren Freund gibt es allerdings keine Spur.

»Manchmal ist es für uns leichter, uns als Familie auszugeben. So fallen wir weniger auf und können besser zusammenarbeiten«, hat er mir gestern erzählt, was natürlich erklärt, warum sie sich kein bisschen ähnlich sehen. »Mit der Zeit wächst man dann tatsächlich zusammen und entwickelt eine starke Bindung zueinander.« Genau deswegen ist es so wichtig, dass mein Besuch bei den Winters heute gut verläuft. Im Moment scheint allerdings das Gegenteil der Fall zu sein. Die Stille im Kaminzimmer ist drückend. Ich bin mir nicht sicher, ob ich irgendetwas sagen soll. Ein Kompliment zum Haus vielleicht?

Während ich noch nach den passenden Worten suche und auch Kilian keinen Ton herausbringt, kommen mir die Winters zuvor.

»Lenora, wie schön, dich zu sehen«, sagt Kilians *Vater* und erhebt sich schwungvoll aus seinem Sessel. Er kommt auf uns zu und streckt mir seine Hand hin, die ich zögerlich ergreife. Ich habe noch immer keine Ahnung, welche Wirkung meine Seele auf sie hat. Eine Berührung könnte ausreichen, um sie für immer gegen mich aufzubringen.

»Ich bin Gabriel Winter, Kilians Vater«, sagt er und zuckt tatsächlich zusammen, als ich schließlich seine Hand berühre.

»Tut mir leid«, sage ich und ziehe sie schnell wieder zurück. Was mache ich denn hier? Warum habe ich zugestimmt mitzukommen?

Ich werfe einen Blick auf Kilian, in der Hoffnung, dass er merkt, was für eine schlechte Idee das Ganze hier gewesen ist. Zur Antwort drückt er nur meine Hand, wie um mir Mut zuzusprechen.

»Das ist schon in Ordnung. Wir wussten ja, was auf uns zukommt. Es ist nur … interessant, es dann mit eigenen Augen zu sehen«, sagt Gabriel. Schnell bringt er etwas Abstand zwischen uns und muss sich an einem der Stühle festhalten, um nicht umzukippen. So sieht es zumindest aus. Anscheinend sind seine Beine genauso wabbelig wie meine. Auch ich habe das Gefühl, gleich zusammenzusacken, wäre Kilian nicht, der mich festhält.

»Wir haben uns ja schon einmal kennengelernt. Ich bin wirklich froh, dass es dir wieder gut geht«, sagt Kilians Mutter und reicht mir ebenfalls ihre Hand. Sie zuckt nicht zusammen, wahrscheinlich weil sie mich während der Untersuchungen im Krankenhaus ein paarmal berührt hat. Aber trotzdem sehe ich, dass es ihr schwerfällt, meine Nähe zu ertragen.

»Vielleicht sollte ich wieder gehen. Es war keine gute Idee hierherzukommen«, sage ich und stoße Kilian an.

Er schüttelt den Kopf. Auch er ist nervös, das merke ich erst jetzt, aber warum? Es ist ja nicht so, dass mir hier irgendwer gefährlich werden könnte, oder? Oder fürchtet er, dass sie mich wegen meiner Seele nicht akzeptieren werden?

»Nein, nein. Bitte bleib«, sagt Kilians Mutter sofort und hebt beschwichtigend die Hände, vermeidet es aber tunlichst, mich anzuschauen. Sieht meine Seele wirklich so schlimm für sie aus?

»Es ist nur so, dass deine Seele aussieht, als hätte sie den Untergang mehrerer Welten durchgemacht. Verwundet, zerbrochen und so unglaublich hoffnungslos … Es ist kaum noch etwas übrig, das sie überhaupt noch als eine Seele erkennen lässt.« Frau Winter lässt sich mit einem lauten Seufzen wieder auf ihren Sessel sinken. Sie wirkt plötzlich sehr erschöpft, und ich fühle mich nur noch mehr fehl am Platz.

Es ist kaum noch etwas von ihr übrig? Warum hat mir Kilian das nicht erzählt?

»Ich glaube, mir wird schlecht«, sage ich und versuche, mich von ihm loszumachen, doch legt er mir bloß einen Arm um die Schultern, um mich näher an sich zu ziehen.

Die Beschreibung meiner Seele macht mir Angst. Doch ich entscheide mich dafür, das zu suchen, was meine Seele heilen kann. Wer weiß, vielleicht steht dieses Etwas gerade direkt neben mir und drückt mich fest an sich …

64

»Vielleicht ist es besser, wenn ich dir erst einmal das Haus zeige«, schlägt Kilian vor, was seine Eltern mit einem erleichterten Nicken bestätigen. Er zieht mich zurück in den Flur und zeigt mir einige Zimmer, die bis zur Decke mit Bücherregalen vollgestopft sind. Der Geruch von altem Papier in der Luft beruhigt mich etwas, aber selbst das hilft nicht dabei, gegen den Drang anzukommen, so schnell wie möglich von hier zu verschwinden.

Erst als ich mir sicher bin, dass Kilians Eltern uns nicht mehr hören können, mache ich meinen Sorgen Luft.

»Sie mögen mich nicht«, spreche ich das aus, was doch ziemlich offensichtlich ist. Der Zustand meiner Seele mag erklären, warum sie so zurückhaltend reagiert haben. Aber eigentlich ist doch offensichtlich, dass sie nicht wirklich begeistert sind, dass Kilian und ich uns plötzlich so nahe sind.

»Nein, das stimmt nicht. Es ist einfach nur schwer zu ertragen, in deiner Nähe zu sein und deine Seele zu sehen. Es ist, als müsste man dabei zusehen, wie du dich Stück für Stück selbst zerstörst. Und wir können nichts tun, um dir zu helfen«, sagt er, womit wir wieder bei der Aussichtslosigkeit meiner Situation sind.

Auch wenn ich mein Leben lang gespürt habe, dass etwas mit mir nicht stimmt, dass etwas vor langer Zeit in meinem Inneren zerbrochen ist, kann ich mir einfach nicht vorstellen, dass es tatsächlich so schlimm ist, dass mein Tod zur Auslöschung meiner Seele führt. Trotzdem versuche ich, etwas mehr Verständnis für Kilian und seine Familie aufzubringen. Wie kann er meine Nähe ertragen, wenn seine Eltern mich nicht einmal ansehen können?

»Warum machst du das alles? Ich meine, warum bringst du mich hierher, warum verbringst du Zeit mit mir?«, frage ich und kann meine Wut nicht ganz verbergen. »Es muss doch schrecklich sein, ständig mit so viel Zerstörung konfrontiert zu werden.«

Kilian greift nach meinen Händen. Wir sind nur noch Zentimeter voneinander entfernt, und trotzdem fühlt es sich so an, als lägen Welten zwischen uns. In gewisser Weise stimmt das ja auch.

Fest blickt er mir in die Augen, zuckt nicht zurück wie seine *Eltern* zuvor. Er sieht meine Seele und hat keine Angst davor, aber es ist nicht genug. Ich muss wissen, warum er das tut, warum er mich hierhergebracht hat und mich nicht einfach in Ruhe lässt.

Die Antwort, die ich erhalte, ist anders, als ich es erwartet habe. Denn schon in der nächsten Sekunde presst Kilian seine Lippen auf meine.

65

Es dauert einen Moment, bis ich begreife, was gerade vor sich geht. Erst dann kann ich reagieren, aber da ist es schon zu spät. Mit einer ruckartigen Bewegung weicht Kilian von mir, so dass ich sofort wieder fröstele im kalten Flur des alten Hauses. Ich habe mich geirrt. Es liegen keine Welten mehr zwischen uns, sondern eine ganze Galaxie.

»Vielleicht solltest du doch besser gehen«, sagt er plötzlich und wirkt wieder wie der alte Kilian.

Erschrocken starre ich ihn an. Was ist gerade passiert?

»Ich hätte das nicht tun sollen. Es ist falsch«, sagt er, um noch mehr Salz in die Wunde zu streuen. Die Wut treibt Tränen in meine Augen, doch bin ich nicht bereit, vor ihm die Fassung zu verlieren. Nein, so soll er mich nicht heulen sehen.

»Warum hast du es dann überhaupt getan, hm? Warum hast du mich nicht einfach in Ruhe gelassen, wo es doch so *falsch* ist?«, frage ich so laut, dass man mich bestimmt auch noch im Kaminzimmer hören kann. Sollen sie doch!

»Ich weiß es nicht, Lenora. Ich weiß nicht, was gerade los ist«, gibt Kilian zu und sieht plötzlich so niedergeschlagen aus, dass ich ihn am liebsten in den Arm genommen hätte. Aber genau das scheint er ja nicht zu wollen.

»Dann schlage ich vor, dass du das so schnell wie möglich rausfindest, wenn dir mein *Seelenheil* noch immer etwas bedeutet«, sage ich.

Er zuckt zusammen und starrt mich an. Sein Blick ist nicht mehr wütend, sondern traurig.

»Lenora, bitte …«, setzt er an, aber ich drehe mich um und gehe. Ich will einfach nur weg, und Kilian läuft mir nicht hinterher, lässt mich ziehen, was mir nur noch mehr weh tut. Sieht er das denn nicht? Sieht er nicht, wie sehr das meine Seele zerreißt?

Ich halte es keine Sekunde länger hier aus. Wenn Kilian Gefühle für mich hat, dann soll er auch dazu stehen und nicht behaupten, es wäre falsch.

Es ist mir egal, wie lange ich zu Fuß brauchen werde, um zum Wohnheim zurückzukommen.

Es war ein Fehler, seiner Bitte zu folgen und hierherzukommen. Es war ein Fehler, mich auf das hier einzulassen, aber da habe ich auch noch gedacht, dass es das Risiko, wieder verletzt zu werden, wert ist.

All die Geschichten, die Kilian mir erzählt hat, das Gefühl von Sicherheit und Geborgenheit, endlich angekommen zu sein, das er mir vermittelt hat. Daran klammere ich mich, während das letzte bisschen meiner Seele in Splitter zerbricht, die nicht einmal mehr durch ein Wunder wieder zusammengefügt werden können. Jetzt, da ich über diese Dinge Bescheid weiß, kann ich es deutlich spüren.

66

Auf dem Weg durch den Wald beginnt es wieder zu regnen. Anfangs werden die Tropfen zwar vom dichten Blätterdach aufgefangen, das sich wie die Decke einer Kathedrale über die schmale Straße spannt, aber nach einiger Zeit sind meine Kleider komplett durchweicht. Mir ist kalt, so kalt wie an jenem Tag, als mich das Auto erwischt hat. Als Kilian mir erschienen ist. Schon allein der Gedanke daran löst einen ganzen Sturm an Gefühlen in mir aus. Nicht nur Regentropfen rinnen über mein Gesicht, sondern auch dicke Tränen, die sich zumindest für eine Sekunde warm auf meiner Haut anfühlen, bis sie kalt wie Eis in meinen Kragen laufen.

Ich verfluche mich selbst dafür, dass ich nicht Alicia gebeten habe, mich herzufahren, und stattdessen mit Kilian gekommen bin. Hätte ich nicht ahnen können, dass es schieflaufen würde? Dass sie mich nicht mögen würden?

In diesem Moment hasse ich mich für meine eigene Dummheit, und sosehr ich es auch versuche, meinen Hass auf Kilian zu lenken, kann ich es einfach nicht. Wütend bin ich trotzdem, so wütend, dass ich am liebsten auf etwas eingeschlagen hätte.

Zitternd wandere ich durch die anbrechende Dunkelheit. Mein Akku ist leer, so dass ich Alicia nicht einmal anrufen kann, damit sie mich abholt. Es bleibt mir also nichts anderes übrig, als den ganzen Weg zurück in die Stadt zu laufen. Und es ist ein langer Weg. Mit dem Auto haben wir knapp fünfzehn Minuten gebraucht, aber zu Fuß zieht er sich endlos in die Länge.

Die Straße führt in scheinbar unendlich vielen Windungen immer tiefer hinein in den Wald. Bald ist es fast vollkommen dunkel um mich herum. Ich bin froh, dass ich die Straße noch einigermaßen erkennen kann, aber ein bisschen Angst habe ich doch, so ganz alleine hier im Wald.

In einer Kurve werde ich beinahe von einem Van erfasst. Ich muss daran denken, was ich Kilian im Krankenhaus versprechen musste. Offenbar wird es schwierig, das einzuhalten. So viel kann Kilian aber auch wieder nicht an mir liegen, sonst hätte er mich vorhin nicht einfach gehenlassen.

»Hey, alles in Ordnung?«, höre ich da eine Stimme. Ich bleibe abrupt stehen und stelle fest, dass der Van einige Meter vor mir stehen geblieben ist. Der Fahrer ist ausgestiegen und kommt langsam auf mich zu. Ich beachte ihn nicht, laufe einfach nur weiter und will bloß nach Hause, genauer gesagt in unser Bad und unter der heißen Dusche den Matsch und die Tränen abwaschen, bevor ich mich unter meiner Bettdecke verkrieche, bis Hunderttausende von Jahren vergangen sind und Kilian längst nicht mehr hier ist.

»Kann ich dich irgendwohin fahren?«, fragt der Fahrer und hat mich schließlich erreicht. Er ist noch ziemlich jung, sein Haar ist dunkler als das von Kilian, was aber auch daran liegen könnte, dass es völlig durchnässt ist.

Ich schüttle den Kopf. Bei Fremden sollte man nicht ins Auto steigen. Das hat mir zumindest meine Mutter so beigebracht, und ich wünschte, sie hätte sich damals auch daran gehalten. Dann wäre sie nicht in das Auto von Reiner gestiegen, kurz bevor er mich in Behandlung genommen hat.

»Du musst doch bestimmt zurück in die Stadt. Bis dahin ist es noch ein weiter Weg. Du wirst dich erkälten, wenn du weiter hier draußen herumläufst«, sagt der Typ und packt mich an der Hand. Ich zucke zusammen, reiße mich los und gehe weiter. Er folgt mir und stellt sich mir in den Weg. Erst da erkenne ich das Schimmern, das ihn umgibt. Ein Schimmern, das mir über die letzten Tage hinweg sehr vertraut geworden ist. Er ist einer von ihnen. Ein Seelenführer.

»Ich fahre nicht bei Fremden im Auto mit«, sage ich und versuche, an ihm vorbeizugehen.

»Ach, komm schon, ich werde dir wirklich nichts tun. Ich will nur nicht, dass du dich hier draußen erkältest«, sagt er und reicht mir wieder seine Hand. »Ich bin Manuel und neu hier.«

Irgendetwas in seinem Blick überzeugt mich davon, dass er die Wahrheit sagt. Als ich seine Hand schließlich ergreife, beschleicht mich das Gefühl, ihm schon einmal begegnet zu sein. Vielleicht in einem anderen Leben?

»Na komm, ich kann hier nicht ewig stehen bleiben«, sagt er und zieht mich auf seinen Van zu. Mein wie wild schlagendes Herz ignoriere ich vollkommen. Und mein Versprechen an Kilian auch.

67

Die Autofahrt verläuft in unbehaglicher Stille. Nicht einmal das Radio ist angeschaltet. Nur das Trommeln des Regens und das Brummen des Motors begleiten uns durch die Dunkelheit. Während der ersten Minuten habe ich es tatsächlich bereut, eingestiegen zu sein. Vielleicht ist dieser Manuel ein Psychopath und bringt mich in irgendeinen verlassenen Keller, statt zurück ins Wohnheim. Irgendwohin, wo man mich nicht finden wird.

Auf dem Beifahrersitz rutsche ich, so weit ich kann, von ihm weg, die eine Hand auf dem Türgriff, die andere auf dem Sicherheitsgurt, damit ich abhauen kann, sollten mich meine Instinkte täuschen. Ein Sprung aus einem fahrenden Auto wird mich wahrscheinlich wieder ins Krankenhaus befördern, aber das ist mir hundertmal lieber, als wieder allein in einem dunklen Keller eingesperrt zu werden. Doch Manuel fährt geradewegs zu der Adresse, die ich ihm genannt habe, hält den Wagen an und wirft mir ein freundliches Lächeln zu. Dann steigt er aus, öffnet mir die Beifahrertür und hilft mir sogar aus dem Van. Er bringt mich bis vor die Haustür, als wollte er wirklich sichergehen, dass ich auf den nassen Steinstufen nicht ausrutsche. Aber warum? Was kümmert ihn das?

Alicias und Maras Gesichter tauchen im Fenster unseres Wohnzimmers auf. Sie folgen uns mit ihren Blicken, und ich bin mir ganz sicher, dass diese Situation einige Fragen nach sich ziehen wird. Nur habe ich keine Lust zu reden.

»Danke, aber das wäre wirklich nicht nötig gewesen«, sage ich nun schon zum zweiten Mal.

Manuel schüttelt bloß den Kopf und zuckt mit den Schultern.

»Was tut man nicht alles für eine Seele in Not«, sagt er, und allein bei dem Wort *Seele* zucke ich zusammen, versuche aber, keine Miene zu verziehen. Er soll nicht merken, was ich über die Seelenführer weiß, falls er tatsächlich nicht zu Kilians Familie gehört. Von Kilian weiß ich, dass es auch umherwandernde Seelenführer gibt, denen man besser nicht trauen sollte, auch wenn er nie gesagt hat wieso.

Ich verabschiede mich von Manuel und schließe die Haustür auf. Mir kommt es so vor, als hätte mein Retter in der Not ein dunkles Geheimnis, als wäre er mehr als bloß der nette Typ, der völlig durchnässte Mädchen nach Hause bringt. Oder bilde ich mir das bloß ein?

Nach Kilians plötzlichem Sinneswandel bin ich vollkommen durcheinander und weiß nicht, was ich denken soll.

Jetzt stehe ich mit ihm wieder am Anfang, wo ich doch so sehr gehofft habe, dass wir uns aufeinander zubewegen und nicht voneinander weg.

Die Tür fällt mit einem leisen Klicken hinter mir zu, und das Geräusch bringt mich zurück in die Realität. Ich spüre die Wärme des alten Gebäudes um mich herum. Es ist so anders als das Haus der Winters, und plötzlich fühle ich mich hier wesentlich geborgener als dort. Doch Kilians Abwesenheit hinterlässt eine Kälte in meinem Herzen, die auch tausend Heizstrahler oder ein Bad in flüssiger Lava nicht lindern könnten.

Als ich das Wohnzimmer erreiche, warten Mara und Alicia bereits auf mich. Sie stürmen zur Tür, kaum dass ich sie geöffnet habe.

»Das war aber nicht Kilian«, stellt Mara fest. »Ziemlich mysteriöser Typ.«

Alicia nickt und verschränkt die Arme vor der Brust.

»Ich weiß. Kilian und ich haben uns gestritten, und Manuel hat mich zurück nach Hause gefahren, weil ich sonst wahrscheinlich im Regen ertrunken wäre«, sage ich und versuche zu lächeln, schaffe es aber nicht. Der Schmerz strahlt von meinem Herzen aus in jede Faser meines Körpers, bis ich es kaum noch aushalte.

»Was ist passiert? Gab's Schwierigkeiten mit seinen Eltern?«, fragt Alicia.

Ich zucke mit den Schultern. Wieder kämpfe ich mit den Tränen, doch raubt mir das Eis in meinem Körper jegliche Kraft, um sie zurückzuhalten.

Sofort zieht Alicia mich in ihre Arme und wirft Mara einen so bedeutungsvollen Blick zu, dass auch sie mich umarmt.

»Hast du auch alle meine Ratschläge befolgt?«

Ich schüttle bloß den Kopf und kämpfe weiter dagegen an, vor den beiden in Tränen auszubrechen. Den ganzen letzten Nachmittag über hat Alicia mich gebrieft, wie ich mich verhalten soll, doch ich habe nicht die Chance gehabt, auch nur einen ihrer Tipps umzusetzen. Meine Seele hat alles zerstört. Am liebsten würde ich jetzt allein sein, aber Alicias Tonfall sagt mir, dass sie noch nicht fertig ist.

»Du hast irgendwie das Talent, düstere Typen anzulocken, die dir das Leben retten, Lenora«, sagt sie und löst sich langsam von mir. Mag sein, dass ich düstere Typen anlocke, das liegt wahrscheinlich auch an meiner kaputten Seele, aber das Leben hat mir Manuel wirklich nicht gerettet. Nein, in seiner Nähe habe ich mich seltsam gefühlt, ziemlich verletzlich. Als wüsste er nach einem einzigen Blick alles über mich und mein Leben. Die Begegnung mit ihm war so anders als die mit Kilian oder seinen Eltern.

»Er sah ziemlich seltsam aus. Ich mag ihn nicht«, sagt Mara plötzlich in die Stille hinein, was mir eine Gänsehaut verursacht. Ich muss an unser Gespräch über ihre seltsamen Träume denken. Plötzlich werde ich das Gefühl nicht mehr los, dass mit Manuel etwas nicht stimmt. Aber ich werde ihn sowieso nie wiedersehen, oder? Vermutlich war er bloß auf der Durchreise. Aber hat er nicht gesagt, dass er neu hier ist? Was hat das zu bedeuten? Gibt es manchmal mehrere Familien oder Gruppen von Seelenführern in einer Stadt? Vielleicht muss ich doch noch einmal mit Kilian sprechen, auch wenn das eigentlich das Letzte ist, was ich im Moment will. Am liebsten würde ich ihn nie wiedersehen, doch allein der Gedanke daran, für immer von ihm getrennt zu sein, lässt das Eis in meinem Inneren nur noch kälter, noch schmerzhafter werden.

68

Am Montag habe ich überhaupt keine Lust, zu meinen Vorlesungen zu gehen. Das Schlimmste von allem ist das Werkstattmodul, bei dem ich Kilian wiedersehen werde.

Gestern Nacht habe ich lange über meinen Besuch bei ihm nachgedacht. Wird er mir wieder aus dem Weg gehen? Oder sich bei mir entschuldigen?

Was auch immer er tut, ich werde es ihm nicht leicht machen. Er soll sehen, dass er mich ziemlich verletzt hat. Und dass dieser Nachmittag seine Spuren auf meiner Seele hinterlassen hat. So fühlt es sich zumindest an.

Den gesamten Vormittag über versuche ich vergeblich, mich und mein rasendes Herz zu beruhigen. Seit ich nach Dunkelfelsen gekommen bin, scheint es kaum noch zur Ruhe zu kommen. Aber ist es das jemals, als ich noch in Reiners Schatten stand?

Als es dann so weit ist und ich den Kursraum betrete, sitzt Kilian bereits an seinem Platz. Von unserem Professor ist noch nichts zu sehen, aber kaum dass dieser den Raum betritt, geht Kilian zu ihm und redet leise auf ihn ein. Ich bin zu weit weg, als dass ich etwas verstehen könnte, aber Kilian wirkt seltsam nervös. So habe ich ihn noch nie gesehen, nicht einmal, als er mir gesagt hat, dass er mehr für mich empfindet als Freundschaft. Als Professor Johannsen schließlich nickt, kann ich förmlich sehen, wie Kilian erleichtert aufatmet. Er kehrt zu seinem Platz zurück, genau am anderen Ende meiner Stuhlreihe, und schlägt das schwarze Notizbuch auf, das ihn überallhin begleitet.

Ich bin zu nervös, zu wütend, als dass ich dem Vortrag unseres Professors folgen könnte. Warum kann ich nicht einmal Glück haben in meinem Leben?

Egal, wo ich bin, es gibt immer jemanden, der mir das Leben schwermacht. Erst Reiner, dann Philip und seine Mutter und nun Kilian und all die Seelenführer, die er zu seiner *Familie* zählt. Das Schicksal meint es wohl einfach nicht gut mit mir. Es gibt mir genau das, was ich verdiene, was meine geschundene Seele verdient. Denn laut Kilian bin ich beziehungsweise mein früheres Ich selbst daran schuld, dass ich nun aussehe wie eine völlig zertrümmerte Statue.

Meine Güte ist das kompliziert!

Ich wünschte, ich könnte zu der Zeit zurückkehren, als ich noch nichts von Seelenführern und Wiedergeburten gewusst habe. Als ich noch gedacht habe, dass nach dem Leben ein endloses Meer an Nichts kommt. Aber ich weiß genau, dass das nicht geht. Zumindest in diesem Leben werde ich mit all dem Wissen auskommen müssen. Im nächsten habe ich all das sicher wieder vergessen, so wie ich vergessen habe, warum meine Seele so ist, wie sie ist. Falls meine Seele meinen Tod überhaupt heil übersteht und nicht als winzige schwarze Fetzen in der Luft um uns herum endet.

Während Professor Johannsen die ersten Studenten auffordert, ihre verbesserten Texte vorzulesen, werde ich das Gefühl nicht los, dass in dieser Stunde irgendetwas passieren wird. Ob Kilian ihn darum gebeten hat, dass Professor Johannsen mich noch einmal aufruft, um meinen Text vorzutragen? Ich habe nicht weiter daran gearbeitet. Kilian hat mich zu sehr in Beschlag genommen, und nachdem ich gestern nach Hause gekommen bin, hatte ich keine Zeit und Energie mehr. Und selbst wenn ich nach dem gestrigen Desaster noch dazu in der Lage gewesen wäre, hätte ich keinen Tropfen Tinte an Kilian verschwendet.

Doch statt mich aufzurufen, gibt der Professor Kilian gegen Ende der Stunde ein Zeichen, seinen neuen Text vorzutragen. Was er vorliest, macht mich halb wahnsinnig vor Wut. Es ist eine ellenlange Entschuldigung für sein gestriges Verhalten. Und das vor dem gesamten Kurs.

Kann er das nicht einfach unter vier Augen machen? Versteht er nicht, dass ich es nicht mag, immer so im Mittelpunkt zu stehen?

Glaubt er, dass das irgendetwas zwischen uns ändert? Kein einziges seiner Worte, sei es auch noch so voller Reue, wird etwas an meiner Meinung ändern: Er ist ein Arschloch, ist es immer schon gewesen, und ich bin für eine Sekunde dumm genug gewesen, das außer Acht zu lassen.

Ich sammle all meine Kraft, lege sie in einen einzigen wutentbrannten Blick, der ihm hoffentlich ein für alle Mal klarmacht, dass es vorbei ist. Was auch immer *es* gewesen ist. Als ich mich umblicke, merke ich, dass unsere Kommilitonen zwischen uns hin und her schauen. Erst jetzt trifft mich die Erkenntnis, dass es nun alle wissen. Sie wissen, dass Kilian und ich für einen winzigen Augenblick in unserem Leben mehr waren als bloß Partner bei einer Aufgabe. Am liebsten würde ich in der Zeit zurückreisen, um Professor Johannsen dazu zu überreden, mir einen anderen Partner zuzuteilen, ganz gleich, was wir ausgelost haben. Ich will nicht mehr mit Kilian zusammenarbeiten müssen. Nicht, solange er mir nicht in die Augen sehen und mir sagen kann, was wirklich los ist. Was wirklich in ihm vorgeht.

Als die Stunde endlich vorbei ist, ist Kilian immer noch nicht fertig. Trotzdem stehe ich einfach auf und gehe.

69

Statt nach Hause zu fliehen, schlage ich einen anderen Weg ein und gehe zu Sophie ins Altenheim. Ich fürchte, dass Kilian mir vor dem Wohnheim auflauern könnte. Also muss eine Alternative her, und ich bin froh, noch einen Anlass zu haben, unter der Woche etwas Zeit mit meiner Großmutter zu verbringen.

»Lenora, was machst du denn hier?«, fragt Sophie überrascht. Ich weiß nicht, ob es eine gute oder schlechte Idee ist, ihr alles zu erzählen, aber sie ist im Moment die Einzige, der ich genug vertraue, um mit ihr darüber zu sprechen.

Während ich ihr von Kilian erzähle, kann ich die Tränen nicht mehr zurückhalten. Und Sophie ist für mich da, nimmt mich in den Arm und zieht mich eng an sich, lässt mich nicht los. Es fühlt sich so verdammt gut an, endlich jemanden zu haben, der sich wirklich für mich interessiert, sich um mich kümmert – und nicht die vollkommene Zerstörung meiner Seele im Sinn hat.

»Ich bin froh, dass du mir so vertraust und mit deinen Problemen zu mir kommst«, sagt sie irgendwann, als ich längst keine Worte mehr habe, ihr zu beschreiben, was in mir vorgeht. Und dennoch: Sophie weiß nicht annähernd alles über die Dunkelheit in meiner

Vergangenheit. Und das soll auch so bleiben. Vorerst zumindest.

Ich nicke, bin auch froh, dass ich sie habe und ihr wenigstens einen kleinen Teil meines Leids klagen kann. Viel kann Sophie nicht für mich tun, aber allein ihre feste Umarmung und die Wärme, die sie ausstrahlt, helfen mir, mich zu beruhigen. Warum habe ich nicht schon viel früher nach ihr gesucht?

»Ich weiß, dass dir das im Moment nicht weiterhilft, aber Kilian ist es nicht wert, dass du dich so aufregst. Manchmal muss man einfach einen Schlussstrich ziehen, wenn es zu kompliziert wird, aber manchmal lohnt es sich auch zu kämpfen. Du musst in dich hineinhören und herausfinden, was auf Kilian zutrifft. Loslassen oder kämpfen?«

Deswegen habe ich meine Großmutter so fest in mein Herz geschlossen. Sie weiß immer, was sie sagen muss, damit ich mich besser fühle. Okay, das hat nicht wirklich dazu beigetragen, dass das ganze Kilian-Drama vergessen und vergeben ist, aber ich weiß immerhin, was der nächste Schritt ist, auch wenn der alles andere als leicht sein wird. Und es hat sowieso gutgetan, einmal laut auszusprechen, was seit gestern in mir vorgeht.

»Ich versteh einfach nicht, was er von mir will. Einmal ist er aufgeschlossen und unglaublich lieb, und dann macht er wieder dicht und schiebt mich von sich weg«, sage ich und habe das Gefühl, dass ich mich wiederhole wie eine hängen gebliebene Schallplatte.

Sophie hört sich alles geduldig an, den Arm tröstend

um meine Schulter gelegt, und wirft hin und wieder ein paar Ratschläge ein, die klug klingen, die ich mir aber nicht zu Herzen nehmen kann, weil es sich im Moment so anfühlt, als wäre mein gesamtes Leben im Eimer.

»Vielleicht solltest du Kilian sagen, was in dir vorgeht. Ich weiß, dass das nicht leicht ist, aber Ehrlichkeit bringt einen meistens weiter«, fällt mir Sophie irgendwann ins Wort.

Die Wut wallt wieder in mir auf und vertreibt die Verzweiflung, die mich seit gestern lähmt. Und dann fällt mein Blick auf ihn. Er steht draußen auf dem Friedhof, perfekt platziert, so dass ich ihn vom Sofa aus sehen kann. Und diesmal kümmert er sich nicht um verwahrloste Gräber, an die sich sonst kein Mensch mehr erinnert, sondern starrt stur zu uns hoch, als könnte er uns hier in Sophies Zimmer sitzen sehen. Wartet er etwa auf mich?

»Wenn man vom Teufel spricht«, höre ich Sophie murmeln und zucke bei dem Wort *Teufel* zusammen. Vielleicht ist er das ja. Vielleicht ist er gar kein Todesengel, kein friedfertiger Seelenführer, sondern irgendein Monster, das man ausgeschickt hat, um mich zu quälen.

»Geh zu ihm, Lenora. Sprich mit ihm«, sagt Sophie, und wieder bin ich überrascht über ihren grenzenlosen Optimismus. Wo nimmt sie ihn bloß her? Kann sie mir davon mal ein Stück abgeben?

»Ich weiß nicht. Ich glaube, ich schaffe das nicht«,

sage ich und spüre, wie mir die Knie wieder weich werden. So wie gestern, als Kilian mir aus dem Auto geholfen hat. So wie gestern, als er mich völlig unvermittelt geküsst hat, nur um im nächsten Moment alles zu zerstören.

Nein, am liebsten würde ich mich hier für immer verstecken und darauf warten, dass die Winters weiterziehen, Dunkelfelsen hinter sich lassen und ein anderes gigantisches Anwesen weit weg von hier beziehen, um dort die Seelen der Verstorbenen ins Jenseits zu befördern.

»O nein, meine Liebe. Du wirst dich nicht hier verstecken. Geh jetzt. Komm erst wieder zurück, wenn du das geklärt hast, hörst du?« Sophie sieht mich mit dem strengen Blick an, den sie sicher auch bei ihren Studenten eingesetzt hat, als sie noch an der Akademie unterrichtet hat. »Und vergiss nicht: Ich kann euch beide sehen.«

70

Jeder Schritt, den ich mich Kilian nähere, macht mich wütender und vor allem eines: stärker. Das Tor kreischt in den Angeln und fällt schließlich mit einem ohrenbetäubenden Krachen hinter mir zu. Für eine

Sekunde ist es das einzige Geräusch um uns herum, ein Geräusch, das Kilian einige Meter von mir entfernt zusammenzucken lässt. Ich kämpfe gegen den Drang an, ihn anzulächeln, auf ihn zuzustürmen und ihn in den Arm zu nehmen, als hätte ich ihm längst vergeben. Nach allem, was ich wegen ihm nun schon durchgemacht habe, kommt er mir nicht mehr so leicht davon.

Als ich ihn erreiche, öffnet Kilian den Mund, um etwas zu sagen, doch bedeute ich ihm mit einer einzigen Handbewegung, dass ich jetzt dran bin.

»Bevor du irgendetwas sagst, will ich, dass du mich ausreden lässt«, sage ich mit scharfer Stimme, was Kilian erstaunt die Augen aufreißen lässt. Damit hat er offenbar nicht gerechnet. Hat er gedacht, dass ich schön brav zu ihm zurückkomme und kampflos aufgebe?

Nicht mit mir, Waldschrat!

»Dieses ständige Hin und Her mit dir kotzt mich richtig an. Ich habe keine Ahnung, wo ich bei dir stehe. So geht das nicht weiter! Ich will wissen, woran ich bei dir bin. Also entscheid dich endlich mal und denk vielleicht auch mal an andere. Zum Beispiel daran, wie sich dieser ganze Scheiß auf meine ach so kostbare Seele auswirken könnte!«, sage ich, so laut ich kann. Es muss einfach raus. Alles, jetzt sofort, ohne Rücksicht auf Verluste.

»Ich habe keinen Bock, länger zu warten. Du hast ja keine Ahnung, wie sich das anfühlt, erst so mies von dir behandelt zu werden, dann ist alles wieder gut, dann mehr als gut, und im nächsten Moment wehrst du mich wieder ab. Ich kann das einfach nicht mehr, Kilian!«

Ich will gerade zu einer weiteren Runde ansetzen, doch Kilian ignoriert meinen Protest, schlingt seine Arme um mich und bringt mich mit einem Kuss zum Schweigen.

»Ich habe mich schon entschieden«, sagt er so leise gegen meine Lippen, dass ich ihn über das Heulen des Herbstwinds um uns herum kaum verstehe. Und im nächsten Moment küsst er mich wieder. Seine Lippen sind auf meinen, warm und weich, seine Hände um meine Schultern, in meinem Haar. Ich bin so überrumpelt und überrascht, dass er sich doch für mich entschieden hat, für uns, dass ich einen Augenblick brauche, bis ich den Kuss schließlich erwidere. All meine Vorsätze sind dahin. Einzig seine Nähe zählt.

»Oh, das ist so was von egoistisch von mir«, murmelt Kilian gegen meine Lippen, ehe er mich erneut küsst.

Ist mir egal, ob es egoistisch ist oder nicht, Hauptsache er hört nicht damit auf.

»Nur damit das klar ist …«, stoße ich hervor und hole keuchend Atem. »Damit ist noch nicht alles aus der Welt.«

»Schade, ich dachte, ich könnte dich besinnungslos küssen«, entgegnet er mit dem schiefen Grinsen, das sofort einen ganzen Schwarm Schmetterlinge in meinem Bauch freisetzt.

Ich versuche, ihn von mir zu stoßen, aber mein Verlangen nach mehr ist zu stark, so dass ich ihn keine Sekunde später wieder an mich ziehe.

Die Wut auf ihn rauscht weiter durch meine Adern und lässt mich nicht vergessen, dass wir noch eine Rechnung offen haben. Aber bei Kilian fühle ich mich so sicher und geborgen, dass alles leicht ist, wenn ich bei ihm bin. Ich vergesse, wo wir sind, vergesse fast zu atmen, und als ich die Augen aufschlage, erstarre ich vor Schreck. Wir sind längst nicht mehr allein auf dem Friedhof. Es dauert eine Sekunde, bis ich das Gesicht, das einige Meter von uns entfernt aufgetaucht ist, erkenne. Es ist Manuel, und er starrt uns mit ausdruckslosem Blick an.

71

Kilian merkt sofort, dass etwas nicht stimmt, und stellt sich beschützend vor mich. Ich protestiere, aber allein Kilians Haltung macht deutlich, dass ich hinter ihm bleiben soll. Doch schon im nächsten Moment höre ich ihn erleichtert aufseufzen. Also keine Gefahr.

»Manuel«, sagt Kilian in einem Tonfall, den ich nicht recht deuten kann. Dann kennen Sie sich doch? Ob Manuel ein Teil seiner *Familie* ist?

»Nun, wenn das nicht mal Kilian Winter ist«, sagt

Manuel mit einem gehässigen Grinsen. »Interessante Gesellschaft hast du da.«

»Das geht dich überhaupt nichts an«, knurrt Kilian. Ich sehe, wie er seine Hände zu Fäusten ballt. Könnte Manuel uns gefährlich werden? Gibt es Seelenführer, die gegeneinander arbeiten?

»Du kennst ihn?«, flüstere ich Kilian zu. Er nickt kaum merklich, den Blick noch immer auf unseren Störenfried gerichtet. Ich kann die Anspannung zwischen den beiden förmlich spüren. Sie bringt mein Herz zum Rasen, während mich eine dunkle Vorahnung lähmt. Irgendetwas stimmt mit Manuel nicht. Er ist nicht wie die Winters, aber ich habe keine Ahnung, woher ich diese Erkenntnis nehme.

»Vor ihm bist du also davongerannt«, sagt Manuel mit einem Blick auf mich. Spott liegt in seiner Stimme, was Kilian nur noch wütender werden lässt. Seine Kiefer sind fest aufeinandergepresst.

Langsam komme ich hinter Kilian hervor, auch wenn ich spüre, dass es ihm nicht gefällt, dass ich Manuel gegenübertrete.

Um ihn zu beruhigen, greife ich nach seiner Hand. Es ist nicht leicht, seine Faust zu öffnen und meine Finger mit seinen zu verschränken, aber er soll spüren, dass alles in Ordnung ist.

»Ein dummes Missverständnis«, sage ich. Manuel soll nicht merken, dass zwischen Kilian und mir noch immer Differenzen liegen. Ich weiß nicht, wie die beiden zueinanderstehen, aber Freunde sind sie offenbar nicht. Dafür ist ihre Begrüßung zu kaltherzig, Kilians Haltung plötzlich zu angespannt.

»Was willst du hier?«, fragt Kilian unfreundlich.

»Angeblich sollt ihr bald alle Hände voll zu tun haben. Ich dachte, ich komme vorbei und helfe aus«, sagt Manuel schulterzuckend.

Ich erstarre. Bedeutet das etwa, dass bald einige Leute hier sterben werden, so viele, dass die Winters allein nicht in der Lage sein werden, alle Seelen ins Jenseits zu bringen?

»Das ist mir aber neu«, entgegnet Kilian, während er beruhigend meine Hand drückt. Er klingt ehrlich überrascht.

Manuel zuckt bloß mit den Schultern und schaut wieder mich an. Eindringlich, so dass mich kalte Schauder überkommen.

»Du solltest wirklich auf deine Seele aufpassen, Lenora«, sagt er, ehe er sich umdreht und verschwindet. Nicht so wie Kilian, der manchmal wie vom Erdboden verschluckt ist. In einer Sekunde noch hier, in der anderen schon fort. Nein, Manuel schlendert einfach auf den Ausgang des Friedhofs zu, als wäre er ein ganz normaler Mensch, als hätte er uns nicht gerade vor einer Katastrophe gewarnt. Einzig das Leuchten, das ihn umgibt, zeigt mir, dass er mehr ist als einfach nur ein lässiger Typ, den wir zufällig auf einem Friedhof getroffen haben.

»Was war das denn?«, frage ich und wende mich Kilian zu.

»Ein wandernder Seelenführer, nichts weiter. Es kommt manchmal vor, gerade in Krisenzeiten, dass wir auf die Hilfe anderer Seelenführer angewiesen sind. Meistens erhalten sie schon vorher einen Tipp, wo sie als Nächstes gebraucht werden könnten. Allerdings weiß ich nichts von einer größeren Katastrophe hier«, erklärt mir Kilian, was Gänsehaut auf meinen Armen auslöst. Ich hasse es, mit ihm über den Tod reden zu müssen, vor allem dann, wenn anscheinend so viele Leben auf dem Spiel stehen. Zwar weiß ich mittlerweile, dass der Tod hier auf der Erde nicht das Ende, sondern vielmehr der Beginn eines neuen Lebens ist. Und trotzdem fällt es mir schwer, diese Tatsache zu akzeptieren. Es könnte schließlich jeden treffen, Leute die ich kenne und die ich mag, wie Alicia, Mara oder Sophie. Dieser Gedanke stimmt mich traurig, und Kilian scheint das zu bemerken.

»Mach dir keine Sorgen. Es wird schon alles gut werden«, versucht er, mich zu beruhigen. Doch wenn ich eine wichtige Lektion im Leben gelernt habe, dann dass man den Tod nicht aufhalten kann.

»Was hat Manuel denn damit gemeint, dass ich auf meine Seele aufpassen soll?«, frage ich.

Kilian weicht ein Stück von mir zurück, lässt mein Hand jedoch nicht los.

»Du solltest besser auf ihn hören.«

72

In diesem Moment fängt es an zu schneien, etwas, das ich überhaupt nicht erwartet habe, vor allem nicht so früh in diesem Jahr. Sonst fällt der Schnee immer erst im Januar oder Februar, nur ganz selten an Weihnachten und erst recht nicht im November. Es ist wahrlich ein magischer Tag, der gerade von *schrecklich* in *wunderschön* übergegangen ist. Schnee macht alles romantischer.

»Komm, lass uns noch etwas Warmes trinken gehen«, schlägt Kilian vor und zieht mich auf den Ausgang zu. Auf dem Weg zur Straße blicke ich hinüber zum Altenheim, das die Friedhofsmauern um einiges überragt. In einem der Fenster meine ich, eine vertraute Silhouette zu sehen.

Sophie.

Ich hebe eine Hand und winke ihr zu, was mir einen verwunderten Blick von Kilian einbringt. Ich schüttle bloß den Kopf und bedeute ihm weiterzugehen. Irgendwann werde ich ihm von Sophie erzählen, aber im Moment habe ich das Gefühl, dass jedes Wort, das wir sprechen, diese magische Atmosphäre zwischen uns zerstören könnte.

Es dauert nicht lange, da haben wir eines der unzähligen Cafés rund um den Campus erreicht. Ein paar

Studenten haben sich hierher zurückgezogen, um zu lernen oder eine Pause einzulegen. Kilian hilft mir aus meinem Mantel und winkt einem der Kellner zu. Wir setzen uns an einen der Tische, bestellen Tee und Kaffee und sehen uns eine ganze Weile einfach nur an. Kilian hat über den Tisch hinweg meine beiden Hände ergriffen und drückt sie fest. Ich kann noch immer nicht glauben, dass ich tatsächlich hier sitze. Mit ihm, so nah. Vor allem wenn ich bedenke, wie das alles mit uns angefangen hat. Die hasserfüllten Blicke, die Abneigung. All das ist wie weggewischt, als hätte es nie existiert. Und ich bin froh, dass es für uns so ausgegangen ist.

Anderen scheint das allerdings nicht so zu gehen. Ich spüre, wie wir angestarrt werden, und nicht auf freundliche Art und Weise, sondern richtig finster. Dank Kilian habe ich dafür einen sechsten Sinn entwickelt. Es dauert einen Moment, bis ich merke, dass diese Feindseligkeit allein mir gilt.

»Das gefällt deinem Fanclub aber überhaupt nicht«, sage ich nach einer Weile und breche damit unser Schweigen.

Kilian runzelt verwundert die Stirn und folgt meinem Blick zu einem der Mädchen.

»Beachte sie einfach nicht, Lenora«, sagt er mit einem Schulterzucken, ehe er sich wieder mir zuwendet und mir fest in die Augen sieht. »Es gibt sowieso nur eine, die mich wirklich interessiert.«

In meinem Magen beginnt es zu kribbeln, als hätte jemand darin Scharen von Schmetterlingen ausgesetzt. Kilians schüchternes Lächeln, das allein mir gilt, lässt mein Herz höherschlagen. Plötzlich merke ich, wie meine Hände schwitzig werden, und will sie ihm entziehen, doch Kilian hält sie fest. Ich habe keine Ahnung, was ich auf seine Worte erwidern soll, und löse meine Hände stattdessen aus seinen, um einen Schluck von meinem Tee zu trinken. Und sie klammheimlich an meinem Oberteil abzuwischen.

»Warum hast du eigentlich beschlossen, hier zu studieren? Hättest du dich nicht einfach nur auf deine Aufgabe als Seelenführer konzentrieren können?«, frage ich aus reiner Neugier. Es interessiert mich wirklich, warum Kilian sich gerade für diesen Studiengang entschieden hat. Darüber haben wir noch nie gesprochen.

»Wenn man schon so viel gesehen hat wie ich, beginnt man irgendwann, alles aufzuschreiben. Als wir nach Dunkelfelsen versetzt worden sind, ist es für mich nur natürlich gewesen, mich für diesen Studiengang zu bewerben, als Zeitvertreib. Und ich bin froh, dass man mich genommen hat, sonst hätte ich dich nicht getroffen«, sagt er mit einem schiefen Grinsen.

»Ich kann mir gar nicht vorstellen, wie es ist, in einer anderen Welt zu leben. Das muss furchtbar aufregend sein, nicht wahr?« Ich kann meinen Wissensdurst nicht mehr zurückhalten und bin froh, als auch das letzte bisschen Anspannung von Kilian weicht. Die Begegnung mit Manuel hat ihn anscheinend tief getroffen.

»Irgendwann, das verspreche ich dir, nehme ich dich mit in eine andere Welt. Dann zeige ich dir die Wunder, die sich in den Schatten der Welten verbergen«, sagt Kilian mit einem breiten Grinsen. Er sieht aus wie ein kleiner Schuljunge, der gerade eine riesige Tafel Schokolade geschenkt bekommen hat. Ich kann nicht anders, ich muss bei diesem Anblick lachen und ernte dafür einen giftigen Blick von den Mädchen um mich herum, aber das ist mir egal. Kilian hat deutlich gemacht, wie er zu mir steht. Endlich! Und ich habe das Gefühl, dass er diesmal keinen Rückzieher mehr machen wird. Zumindest hoffe ich das.

»Und warum hast du dich für diesen Studiengang entschieden?«, fragt er sanft, greift nach meiner Hand und malt kleine Kreise auf meinen Handrücken.

Ich schlucke. Ich brauche einen Moment, bis ich die richtigen Worte finde, um es ihm zu erklären. Warum ich mich hierfür entschieden habe. Für Dunkelfelsen, die Akademie und diesen ganzen Konkurrenzkampf.

»Das Schreiben hat mir schon immer geholfen, alles zu verarbeiten. Ich glaube, im Endeffekt war es das, was mich davor bewahrt hat, verrückt zu werden. Es ist der Grund, warum ich überhaupt noch am Leben bin. Nicht die Medikamente, die Reiner mir die ganze Zeit gegeben hat, um mich ruhigzustellen«, sage ich so leise, dass uns niemand sonst hören kann. Ich will nicht plötzlich als die Verrückte gebrandmarkt werden oder als das Opfer von häuslicher Gewalt. Das hat mir damals schon nicht gefallen, als Reiner endlich für seine Taten vor Gericht stand. Ich mag es nicht, das Opfer zu sein, auch wenn es in diesem Fall zutrifft. Als Opfer fühle ich mich schwach und hilflos, und ich habe mir geschworen, mich nie mehr so zu fühlen.

»Es tut mir wirklich leid, was dir passiert ist. Aber ich bin froh, dass du nun endlich hier bist und deine Seele heilt.« Wieder fährt Kilian mit seinem Daumen über meinen Handrücken, was mir wohlig warme Schauer über den ganzen Körper jagt. Er scheint es nicht zu bemerken, sondern betrachtet mich noch immer so, als wäre ich ein Wunder für ihn, die Augen weit aufgerissen, ein erstauntes Lächeln auf den Lippen. Und vielleicht bin ich das ja, ein Wunder, schließlich hört es sich so an, als wäre es ziemlich außergewöhnlich, dass eine so kaputte Seele zu heilen beginnt.

»Außerdem erklärt deine Vergangenheit den Zustand deiner Seele«, sagt Kilian irgendwann.

»Was meinst du damit?«, frage ich verwundert und weiche ein Stück von ihm zurück, um ihn besser betrachten zu können. Ist Reiner schuld daran, dass meine Seele so kaputt ist?

»Nun ja, wir beide wissen, dass dieses Leben nicht leicht gewesen ist für dich. Aber auch davor muss dir einiges zugestoßen sein, um deine Seele so zuzurichten. Manches kommt sicher von anderen Seelen, aber diese Risse … So etwas habe ich noch an keiner anderen Seele gesehen«, erklärt Kilian.

Er sieht mich eindringlich an, und ich spüre, dass er hofft, dass ich endlich ganz ehrlich zu ihm bin, aber ich kann noch nicht darüber reden. Nicht mit ihm und nicht mit irgendjemanden sonst. Selbst in meinen Tagebucheinträgen fällt es mir schwer, offen zu sein.

»Können andere Seelen auch Spuren auf meiner Seele hinterlassen?«, frage ich. Total unheimlich, wenn man darüber nachdenkt. Und trotzdem muss ich es wissen.

»Ich nehme an, dass Reiners Seele ebenfalls beschädigt war. Das kann sich auf unterschiedliche Arten auf das Wesen einer Seele auswirken, musst du wissen«, fährt Kilian in seiner Erklärung fort und schenkt mir ein gequältes Lächeln. »Entweder zerstört diese Seele sich selbst, so wie bei dir, oder sie versucht, andere zu zerstören.«

73

In den nächsten Tagen und Wochen verbringe ich jede freie Minute mit Kilian. Wir lernen zusammen, er hilft mir bei meinen Hausarbeiten, und wir feilen gemeinsam an den Texten, die wir für den Unterricht schreiben müssen. Die meiste Zeit über treffen wir uns im Uni-Café oder in der Bibliothek, manchmal sind wir auch bei mir, aber nie bei seiner *Familie*. Das ist wohl auch besser so nach meinem letzten Besuch dort.

»Gib ihnen etwas Zeit, um sich daran zu gewöhnen. Es ist nicht leicht, aber es ist nicht unmöglich«, sagt Kilian, als ich ihn einmal darauf anspreche, ob ich jemals in der Nähe seiner Familie sein kann. Es scheint ihn zu belasten, dass wir so von ihnen getrennt sind. Die Winters stehen sich sehr nah, was für mich vollkommen ungewöhnlich ist. Einen solchen Zusammenhalt habe ich noch nie erlebt. So langsam bekomme ich ein schlechtes Gewissen, weil er viel mehr Zeit mit mir verbringt als mit seiner Familie. Wenn ich ihn darauf anspreche, winkt er bloß ab.

»Ich habe schon so viele Leben mit ihnen verbracht, da tut uns ein bisschen Abstand auch mal ganz gut«, sagt er dann immer und drückt mir einen Kuss auf die Wange. Spätestens dann habe ich längst vergessen, dass ich ihn eigentlich habe nach Hause schicken wollen.

Mit Kilian fühle ich mich, als hätte ich mein Leben lang in einem Nebel verbracht und könnte jetzt erst wirklich sehen, was mein Leben zu bieten hat. Dass es so viel mehr gibt als das, was wir vor uns sehen. Ich bin glücklich, so glücklich, dass es fast weh tut. Doch je mehr Zeit ich mit Kilian verbringe, umso mehr wächst die Befürchtung, dass unser Glück im nächsten Moment vorbei sein könnte, dass Kilian sich wieder von mir abwendet, mich ignoriert oder sogar aus meinem Leben verschwindet. Aber noch ist es nicht so weit, und ich möchte wirklich jeden einzelnen Augenblick mit ihm genießen.

»Hast du Manuel noch mal gesehen?«, frage ich, weil es nun schon eine Weile her ist, dass wir ihm auf dem Friedhof begegnet sind. Noch ist keine schlimmere Katastrophe geschehen, die seine Anwesenheit hier in Dunkelfelsen begründen könnte. Trotzdem nagt die Angst an mir. Jeden Morgen erwache ich aus einem neuen Albtraumszenario, das all die Menschen, die mir nahestehen, das Leben gekostet hat. Die Gewissheit, dass bald etwas Schlimmes passieren könnte, ist immer da. Die Befürchtung, dass Kilian schon in der nächsten Sekunde verschwindet, um Seelen ins Jenseits zu begleiten, lässt mich einfach nicht mehr los. Ich will nicht, dass er geht.

»Nein, er ist wie vom Erdboden verschluckt. Ich habe mit den anderen gesprochen, und sie haben auch keine Ahnung, weshalb er hier ist«, antwortet Kilian.

Was hat Manuel dann hier zu suchen? Ist er doch nur auf der Durchreise? Was ihn auch nach Dunkelfelsen gebracht hat, ich hoffe einfach, dass er wieder gegangen ist, dass diese Katastrophe, von der er angeblich gehört hat, nicht eintrifft. Auch wenn Kilian und ich häufiger über seine Aufgabe und über das Leben nach dem Tod sprechen, fällt es mir noch immer nicht leicht, es zu akzeptieren. Ich gebe mir wirklich alle Mühe, aber ich kann mir einfach nicht vorstellen, wie es sein muss, in seiner Haut zu stecken. So viele Leben enden zu sehen und ständig mit der Trauer der Angehörigen konfrontiert zu sein.

»Hast du nie versucht, ihnen zu erklären, dass es

nach dem Tod nicht vorbei ist?«, frage ich ihn an einem Nachmittag, als wir gerade in meinem Zimmer zusammensitzen und schreiben.

Kilian weiß sofort, was ich meine, und schüttelt den Kopf.

»Es hätte keinen Sinn. Sie würden mich sowieso nicht verstehen. Am Ende halten sie mich nur für einen Verrückten oder so. Sie sind in ihrer Trauer gefangen, und es gibt nichts, was sie daraus befreien könnte«, sagt er, und sein Blick ist plötzlich wieder traurig. Ich schiebe meinen Laptop beiseite und setze mich neben ihn, lege ihm einen Arm um die Schulter und ziehe ihn an mich. Kilian legt seinen Kopf auf meine Schulter und atmet tief ein.

»Du hast ja keine Ahnung, wie gut es ist, mit jemanden darüber zu sprechen, der nicht zu meiner Familie gehört«, flüstert er ganz nah an meinem Ohr, und im nächsten Moment spüre ich, wie er meinen Hals küsst.

»Du hast meine Familie noch gar nicht kennengelernt«, sage ich und lehne mich von ihm weg, weil ich fürchte, gleich den Verstand zu verlieren, wenn er damit weitermacht. Wir sind jetzt schon einige Wochen zusammen, so dass ich Sophie nicht länger ausweichen kann. Schon seit Tagen versucht sie, mich dazu zu bringen, Kilian zum Tee bei ihr mitzunehmen, und heute, an diesem kalten verschneiten Sonntag, ist die perfekte Gelegenheit dafür.

»Willst du mich etwa nach Frankfurt schleppen?«,

fragt Kilian und wirkt ein wenig enttäuscht, weil ich ihm ausgewichen bin.

»Nein, nicht diese Familie. Aber meine Großmutter will dich gerne kennenlernen«, sage ich und spüre, wie er sich plötzlich versteift.

»Bist du dir sicher, dass das eine gute Idee ist?« Von einem Augenblick zum nächsten wirkt Kilian unsicher. Hat er etwa Angst vor Sophie? Hat ihm seine Mutter etwas über meine Großmutter erzählt? Weiß er, dass sie ziemlich anstrengend sein kann?

»Ich glaube schon. Sie war es schließlich, die mich dazu gezwungen hat, zu dir auf den Friedhof zu gehen. Am liebsten wäre ich schreiend nach Hause gerannt und hätte mich unter der Bettdecke verkrochen, aber Sophie hat dagegen protestiert«, erzähle ich ihm und kann mir ein Lächeln nicht verkneifen. Meine Großmutter weiß einfach, wie Menschen ticken, und gibt die besten Ratschläge. Ich kann mir ein Leben ohne sie nicht mehr vorstellen und hoffe, dass wir noch viele gemeinsame Jahre haben werden.

»Und was machen wir, wenn sie mich nicht mag?«

Ich lache.

»Mach dir da mal keine Gedanken. Sophie ist der festen Überzeugung, dass du ein guter Junge bist«, sage ich, was nun auch Kilian ein Lachen entlockt. Er wirkt noch immer unsicher, angespannt. Ich bin mir sicher, dass es nicht lange dauern wird, bis er merkt, dass Sophie von ihm begeistert ist.

»Also gut. Lass uns gehen.«

74

Als wir das Altenheim erreichen, ist es gerade Zeit für Kaffee und Kuchen, wie an jedem Tag gegen fünfzehn Uhr. Langsam kann ich Sophie verstehen, dass sie gerne hier ist.

»Ich habe uns schon Kuchen organisiert. Man muss immer schnell sein, sonst bekommt man nur noch die trockenen Randstücke«, sagt Sophie munter. Durch die Fensterfront des Aufenthaltsraums sehen wir, wie einige der anderen Bewohner auch das Kuchenbuffet plündern. Auch wenn viele hier bereits aufgegeben haben und nur noch darauf zu warten scheinen, dass ein Seelenführer sie ins nächste Leben begleitet, gibt es trotzdem noch einige andere Bewohner, die sich wie Sophie ans Leben klammern. Ich bin froh, dass meine Großmutter hier nicht allein ist, auch wenn das mein schlechtes Gewissen nicht beruhigt. Ich sollte viel häufiger herkommen, und ich nehme mir fest vor, das zukünftig zu tun, vorausgesetzt Sophie und Kilian verstehen sich.

Wir ziehen uns in Sophies Zimmer zurück, essen gemeinsam Kuchen und berichten Sophie von den Geschehnissen der letzten Woche. Sophie erzählt uns einige alte Geschichten über unsere Professoren, bis wir vor Lachen keine Luft mehr bekommen.

Im Gegensatz zu meinem Besuch bei den Winters läuft es hier mehr als gut. Sophie ist begeistert von Kilian, macht ständig irgendwelche Andeutungen darüber, wie gut wir zusammenpassen, und kann sich ein Grinsen einfach nicht verkneifen.

»Ich bin wirklich froh, dass du jemanden wie Kilian gefunden hast«, sagt Sophie, als Kilian das Geschirr wie ein Gentleman zurück in den Aufenthaltsraum bringt. Ich runzle die Stirn und schüttele den Kopf. Sie vergisst ganz offensichtlich das Drama, das dieser Beziehung vorausgegangen ist.

Kilian muss uns gehört haben. Ich höre, wie er beim Hinausgehen nervös lacht, und kann mir einen verstohlenen Blick auf ihn nicht verkneifen. Er zwinkert mir über die Schulter zu, was mein Herz einen Satz machen lässt. Wie gut, dass meine Teetasse längst leer ist, sonst hätte ich sie vermutlich fallen gelassen. Es ist mir fast schon ein wenig peinlich, so offen vor meiner Großmutter mit ihm zu sein, aber warum nicht? Sie ist schließlich das letzte bisschen Familie, das mir geblieben ist, wenn man meinen Vater und Helena nicht mitzählt.

»Ich finde ja, dass Lenora ihren Text für das Winterfest einreichen soll, aber noch geniert sie sich davor«, erzählt Kilian Sophie, als er zurückkommt.

»Das ist eine exzellente Idee, Kilian. Lenora, du solltest dein Talent öffentlich zeigen. Du brauchst dich nicht zu verstecken«, stimmt meine Großmutter zu und klatscht begeistert in die Hände.

Ich seufze und zwinge mich, nicht die Augen zu verdrehen. Seit Tagen liegt Kilian mir damit in den Ohren, spätestens seit Professor Johannsen im Werkstattmodul erwähnt hat, dass er einige unserer Texte für die Lesung auf dem Winterfest vorschlagen möchte.

»Ich weiß wirklich nicht, ob sie dafür geeignet sind«, wehre ich ab, weil ich mich nur zu gut an die ersten Reaktionen auf meine Texte erinnern kann. Das möchte ich nicht unbedingt vor der halben Akademie wiederholen.

Als ich nach Dunkelfelsen gezogen bin, habe ich nicht gewusst, dass die Akademie ein solches Fest ausrichtet. Es erstreckt sich über die ganze Stadt, überall gibt es kleine Events. Alle Studenten teilen ihre Talente mit den Bewohnern Dunkelfelsens und den Gästen, die eigens für dieses Fest anreisen. Es gibt mehrere Ausstellungen, auf die sich Mara schon seit Tagen vorbereitet und für die sie ihre besten Werke auswählt. Unser ganzes Wohnzimmer ist mit ihren Zeichnungen und Gemälden gepflastert, so dass man kaum noch durchkommt. Gestern Morgen hat sie allen Ernstes an meinem Bett gestanden und mich, gleich nachdem ich aufgewacht bin, gefragt, welche Version ihres Selbstporträts besser ist. Ich bin zu erschrocken gewesen, um eine Antwort zu geben, also ist sie aus meinem Zimmer gestürmt, um eine dritte Version dieses Bildes zu zeichnen.

Auch Alicia ist mit von der Partie und wird bei einem der unzähligen Stücke, die während der Festwoche aufgeführt werden, eine Hauptrolle spielen. Und die Kommilitonen in meinem Studiengang sprechen auch von nichts anderem mehr als den vielen Lesungen, die in den Cafés stattfinden werden. Die größte wird allerdings im Eichendorff-Haus ausgerichtet, weil dort am meisten Platz für Publikum ist. Für diese Lesung ausgewählt zu werden, ist anscheinend etwas ganz Besonderes. Einige Professoren mit Verbindungen zu Verlagen laden angeblich Lektoren und Agenten ein. Einige unserer Mitstudenten aus dem Werkstadtmodul drehen gerade richtig durch, weil sie unbedingt bei dieser Lesung dabei sein möchten. Ich kann sie verstehen, aber für mich ist das nichts. Zu viel Aufmerksamkeit hat mir noch nie gutgetan, aber Kilian und Sophie scheinen das ganz anders zu sehen.

»Doch, meine Liebe, das musst du unbedingt. Zu meiner Zeit sind zum Winterfest oft wichtige Leute aus Verlagen und Kunstagenturen angereist, um neue Talente zu suchen. Du hast ja keine Ahnung, welche Türen dir eine solche Lesung öffnen könnte«, sagt Sophie und bestätigt damit die Gerüchte, die seit Anfang der Woche durch die Flure der Akademie kursieren. Sie ist sofort Feuer und Flamme für die Idee.

Ich werfe Kilian einen finsteren Blick zu, den er mit einem unschuldigen Grinsen quittiert. Es ist zwar schön, jemanden zu haben, der an mich glaubt und mich zu solchen Dingen ermuntert, aber am Ende ist es immer noch meine Entscheidung. Es sind ja schließlich auch meine Texte, aber an Sophies Gesichtsausdruck, der Entschlossenheit in ihren Augen sehe ich, dass ich keine Chance haben werde, ihr zu widersprechen.

»Du musst mir unbedingt die Texte zeigen, die du einreichen wirst«, sagt Sophie und greift nach meiner freien Hand, die andere hält Kilians, so wie in den letzten Tagen immer, wenn wir zusammen irgendwo gewesen sind. Langsam habe ich mich mit den feindseligen Blicken abgefunden, die allmählich weniger werden. Die Menschen gewöhnen sich daran, dass wir zusammen sind, sogar Alicia und Mara brechen nicht jedes Mal wieder in freudiges Quietschen aus, wenn sie uns sehen. Das ist auch gut so, schließlich sind die beiden neben Sophie die wichtigsten Menschen in meinem Leben hier in Dunkelfelsen. Fehlt nur noch Helli, die ganz sicher auch ausflippen wird.

»Ich weiß noch nicht, welche Texte ich einreichen soll. Da muss ich noch überlegen«, entgegne ich, auch wenn ich bereits einen gefunden habe, der mir ganz gut gefällt. Manche meiner Texte sind gar nicht geeignet, um sie öffentlich vorzulesen, aber dieser eine, der vermutlich auch mein Abschlusstext für das Werkstattmodul wird, ist vielleicht doch gut genug …

»Dann lies uns alle vor, damit wir zusammen auswählen können«, drängt Sophie.

Kilian gibt mir einen aufmunternden Stoß in die Seite und zieht meinen Laptop aus meiner Tasche hervor. Er hat darauf bestanden, dass ich ihn einpacke. Deswegen wären wir fast zu spät zu Sophie gekommen.

»Wirklich? Jetzt?«, frage ich. Ich hatte angenommen, wir verbringen einfach einen schönen Nachmittag mit Sophie, so dass sie und Kilian sich kennenlernen können. Das haben wir einfach so übersprungen. Die beiden haben sich längst gegen mich verschworen.

Gegen die geballte Kraft der beiden komme ich nicht an und gebe mich schließlich geschlagen. Ich lese den ersten Text vor, aber irgendetwas stimmt mit Kilian nicht. Sonst hört er mir immer zu, seine ganze Aufmerksamkeit ruht auf mir, aber jetzt wirkt er plötzlich abwesend, fast schon verstört, und reagiert nicht einmal, als ich seinen Namen sage. Irgendwann steht er auf und verlässt ohne ein Wort das Zimmer. Ich spüre Sophies verwunderten Blick, weiß, dass sie gleich Fragen stellen wird, bedeute ihr aber, ruhig zu bleiben.

Ich folge Kilian hinaus auf den Gang, habe bereits eine Ahnung, was vor sich geht. Eine Stimme in meinem Inneren schreit mich an, umzukehren, wieder zu Sophie zu gehen, um es nicht mit ansehen zu müssen. Ich weiß nicht, ob ich es ertragen kann, aber irgendetwas zieht mich hinter ihm her. Den Gang entlang um eine Ecke, bis Kilian in einem anderen Zimmer verschwindet. Instinktiv weiß ich, was mich dort erwarten wird. Offenbar liegt einer der Bewohner im Sterben. Hier im Altenheim ist das nicht weiter verwunderlich. Sophie selbst macht ständig Scherze, dass fast jeden Tag jemand hier tot hinausgekarrt wird und sie wahrscheinlich bald die Nächste ist, was mir natürlich überhaupt nicht gefällt.

Ich blicke mich auf dem Gang nach Personal um, ehe ich Kilian folge. Als ich die Tür erreiche, dreht er sich endlich zu mir um. Seine Miene ist gequält, hin- und hergerissen. Es sieht so aus, als wollte er auf mich zukommen, aber irgendetwas hält ihn zurück. Seine Pflicht, seine Aufgabe, die Seele des Sterbenden im Bett hinter ihm.

»Du hast schon so viel Tod gesehen, Lenora. Geh zurück zu Sophie«, sagt er mit einem Tonfall, der keine Widerrede zulässt. Sein Blick ist traurig, als er sich auf dem Bett niederlässt. Der Mann, der darin liegt, ist vollkommen bleich. Er atmet noch, aber man kann dabei zusehen, wie das letzte bisschen Leben aus ihm rinnt.

Ich schlucke schwer, fühle mich plötzlich an den Tod meiner Mutter erinnert und mache auf dem Absatz kehrt. Ich befolge Kilians Rat, auch wenn ich ihn in dieser Situation nicht gern alleine lasse. Ich habe keine Ahnung, was jetzt geschieht. So weit sind wir noch nicht mit unserem Gespräch über seine Aufgabe gekommen. Ich weiß nur, dass Kilian gleich verschwinden wird, an einen Ort, den ich nicht erreichen kann, nicht solange mein Körper noch am Leben ist: das Jenseits.

75

Auf halbem Weg zurück zu Sophie halte ich inne und kehre um. Meine Neugier ist einfach zu groß. Ich will sehen, was Kilian tut, wenn das Leben aus diesem armen alten Mann weicht. Das ist es, was Kilian ausmacht. Und ich möchte alles über ihn erfahren, nicht nur seine Abenteuer in fremden Welten, sondern wirklich alles. Also gehe ich zurück und warte in der Tür, schaue ihm dabei zu, wie er sich über den Sterbenden beugt. Noch hebt und senkt sich dessen Brust, während Kilians Gestalt allmählich durchscheinend wird, so wie damals nach meinem Unfall. Er sieht noch immer aus wie er selbst, aber der Sterbende scheint jemand anderen zu sehen.

»Johanna, bist du das?«, fragt er mit schwacher Stimme und versucht, seine Hand nach Kilians Gesicht auszustrecken. Kilian nickt, und ein erleichtertes *Ahh* kommt dem Sterbenden über die aufgesprungenen Lippen. Ein letztes Mal atmet er tief ein und wieder aus, seine Augen werden ausdruckslos, und dann scheint sein Herz stehenzubleiben. Kilian lehnt sich vor, drückt plötzlich seine Lippen auf die des Toten, was mir eine Heidenangst einjagt. Ihn so zu sehen, wirft mich derart aus der Bahn, dass ich froh bin, den Türrahmen in meinem Rücken zu haben. Ein einziger

Gedanke jagt durch meinen Kopf, so laut, dass es fast schon weh tut.

Wenn er mich küsst, werde ich nur noch daran denken können. An diesen Moment. An die Toten, die er schon ins Jenseits gebracht hat. Aus etwas Berauschendem ist plötzlich etwas Unheimliches geworden.

Und trotzdem bin froh, dass ich jetzt hier bin. Die ganze Zeit habe ich mich gefragt, ob Kilian es mir jemals zeigen würde. Nun ist ihm der Zufall zuvorgekommen, aber wenn man Kilians Erzählungen glaubt, gibt es so etwas wie Zufälle nicht. Bloß das Schicksal, das unser aller Leben lenkt.

Um den Toten breitet sich allmählich ein dunkelrotes Leuchten aus. Langsam schwebt es, geleitet von Kilians Blick, über dem Bett, verfestigt sich zu einer nebulösen Gestalt aus Licht, doch auch diese Seele scheint von der Dunkelheit nicht unberührt zu sein. Einige rabenschwarze Linien ziehen sich durch das Leuchten wie Adern durch Gestein. Ob das die Risse sind, von denen Kilian immer spricht? Die Risse, die meine Seele überziehen und bei meinem Tod zu ihrer endgültigen Auslöschung führen könnten? Einige von diesen dunklen Stellen fallen ab, verflüchtigen sich in der Luft, und ich bin mir sicher, dass es sich dabei um Seelensplitter handelt.

Von Kilian scheint plötzlich ein Sog auszugehen. Das rote Leuchten kommt ihm immer näher, bis er es in einigen wenigen Zügen eingeatmet hat. Der Schimmer erlischt. Für einen Augenblick meine ich noch, das Leuchten durch Kilians Haut hindurch zu sehen, doch dann ist alles wie zuvor. Nur dass der Mann im Bett nicht mehr atmet.

Plötzlich dreht Kilian sich zu mir um, sieht, dass ich noch da bin, und schüttelt den Kopf. Er ist enttäuscht, weil ich mich nicht an seine Anweisung gehalten habe. Ich weiß, dass wir darüber sprechen müssen, über das, was ich heute gesehen habe. Unbedingt sogar, aber jetzt ist nicht der richtige Zeitpunkt dafür, denn Kilian löst sich vor meinen Augen in Luft auf, seine Konturen verwischen immer mehr, bis sie plötzlich ganz verschwunden sind. Ich bin allein und kann noch gar nicht fassen, was passiert ist.

Eines steht fest: Der Mann im Bett vor mir ist tot, und Kilian hat seine Seele in sich aufgenommen.

Die einzig logische Schlussfolgerung: Kilian ist ins Jenseits gewechselt, um die Seele sicher dorthin zu geleiten, so wie es seine Pflicht ist.

Und warum werde ich dann das Gefühl nicht los, dass er wütend auf mich ist? Dass er auch deswegen ohne ein weiteres Wort einfach so verschwunden ist?

»Sie dürfen nicht hier sein«, sagt plötzlich eine strenge Stimme hinter mir.

Ich wirble herum, komme mir vor, als hätte ich den Mann eigenhändig getötet. Fühle mich ertappt, auch wenn ich eigentlich nichts getan habe.

Ein Pfleger taucht in der Tür auf und schiebt mich unsanft beiseite, um sich über den Toten zu beugen.

Ich sehe, wie er die Finger an dessen Halsschlagader hält, um zu überprüfen, ob der Mann noch lebt. Ob ich ihm sagen soll, dass er zu spät kommt?

Nein, ich drehe mich um und gehe zurück zu Sophie. Ich kann nicht länger in der Nähe des Toten bleiben.

Ich murmele irgendetwas Unverständliches, um Kilians plötzliches Verschwinden bei Sophie zu entschuldigen, aber es scheint sie nicht zu stören. Als wäre es vollkommen normal, dass Leute mitten beim Teetrinken aufstehen und wortlos den Raum verlassen. Hat Sophie nicht gemerkt, wie sich die Stimmung plötzlich gewandelt hat?

Ein Mensch ist gestorben, und doch dreht sich die Welt einfach weiter. Diese Erkenntnis trifft mich, während Sophie mir versichert, wie toll sie Kilian findet. Ich höre kaum zu, mein Blick wandert immer wieder zur Tür in der Hoffnung, dass Kilian dort auftaucht. Ich muss unbedingt mit ihm darüber sprechen, auch wenn ich weiß, dass das nicht leicht werden wird. Für keinen von uns beiden.

Plötzlich mache ich eine Bewegung an der Tür aus. Ich kann gerade noch sehen, wie Manuel um die nächste Ecke des Gangs verschwindet.

Was macht er hier? Ich dachte, er hätte Dunkelfelsen längst verlassen. Hat er gespürt, dass es mit dem Leben dieses Mannes zu Ende geht, und ist gekommen, um das zu tun, was Kilian längst erledigt hat?

Ohne ein Wort zu Sophie stehe ich auf und folge

ihm – mit einigem Abstand, denn ich will nicht, dass er mich sieht. Auch er geht in das Zimmer des Verstorbenen, wird schon beim Eintreten durchsichtig, so dass der Pfleger und der Arzt Manuel nicht bemerken. Keine Ahnung, was er dort tut, aber es ist seltsam, schließlich muss er doch spüren, dass längst niemand mehr hier ist, den er ins Jenseits begleiten kann. Was sonst könnte er hier wollen?

Ich habe zu große Angst, dass er mich bemerkt oder dass mich der Pfleger endgültig aus dem Altenheim schmeißt, also kehre ich zu Sophie zurück. Wahrscheinlich wundert sie sich schon über mein seltsames Verhalten. Erst jetzt fällt mir auf, wie unhöflich das gerade war. Auch von Kilian.

Ich entschuldige mich für uns beide, doch Sophie tut das Ganze mit einem knappen Kopfschütteln ab.

»Immer diese jungen Leute!«, murmelt sie.

Ich bleibe noch eine Weile bei ihr, lasse mich berieseln von ihren Ratschlägen, was ich zum Winterfest anziehen soll, welche Texte ich vortragen soll und was für eine große Chance das doch für mich ist. Irgendwann kann ich einfach nicht mehr so tun, als wäre alles in bester Ordnung, als wäre Kilian einfach nur zu einem dringenden Familientreffen gefahren und nicht in eine andere Sphäre gereist, um die Seele eines Mannes dort abzuliefern. Allein darüber nachzudenken, kommt mir in diesem Moment so verrückt und absurd vor, dass ich in hysterisches Gelächter ausbreche. Spätestens jetzt wird mir klar, dass ich gehen sollte, bevor ich Sophie noch von Kilians Geheimnis erzähle. Sie hat einfach etwas an sich, das es schwermacht, Dinge für sich zu behalten. Ihre leicht angehobene Augenbraue, die geschürzten Lippen, das Tippen ihres rechten Zeigefingers auf ihrem Unterarm, während sie darauf wartet, dass ich mit der Sprache rausrücke. Das alles macht mich so furchtbar nervös, dass ich zu schwitzen beginne. Ich tue so, als hätte ich eine wichtige Nachricht von den Mädels bekommen, weil ich mir sicher bin, dass Sophie keine Ahnung hat, wie so ein Handy funktioniert, und verabschiede mich von ihr.

Als ich das Altenheim hinter mir lasse, stecke ich schon mitten in einer Panikattacke. Die habe ich seit fast einem Jahr nicht mehr gehabt und habe sie ganz sicher nicht vermisst. Meine Hände zittern wie verrückt, als wäre ich irgendein Junkie auf Entzug. Meine Beine sind so wackelig, dass es an Selbstmord grenzt, so nach Hause zu laufen. Und trotzdem tue ich es, weil ich aus Erfahrung weiß, dass Bewegung meine einzige Chance ist, diesem schrecklichen Zustand zu entkommen. Während immer mehr Gedanken auf mein armes Gehirn einbrechen, rast mein Herz so schnell wie schon lange nicht mehr. Bisher sind Kilians Geschichten von Seelen und anderen Welten, von Leben und Tod nicht mehr als das gewesen: Geschichten. Gut, einige Details waren mir sehr vertraut, so wie das Leuchten um ihn oder die Seelensplitter, die ich hin und wieder durch die Luft wirbeln sehe, aber alles andere hat sich angehört, als läse er mir aus einem verrückten Buch vor. Dass ich das alles und mehr mit meinen eigenen Augen gesehen habe, macht diese Geschichten zur Realität. Und offenbar bin ich noch nicht bereit dazu, das zu akzeptieren.

Ich weiß, dass Kilian zu mir zurückkehren wird, um mir das alles zu erklären. Aber wer weiß, wie viel Zeit es in Anspruch nimmt, eine Seele ins Jenseits zu bringen und zu regeln, was auch immer er dort regeln muss. Ich bin keine von ihnen, was weiß ich schon? Ich weiß nur, dass es mir ganz und gar nicht gefällt, solange von ihm getrennt zu sein, nicht zu wissen, wo er ist und ob es ihm gut geht. Aber es bleibt mir nichts anderes übrig, als auf ihn zu warten. Wie lange auch immer das dauern mag. Irgendwann muss er doch wieder zurückkommen.

Oder?

76

Den Großteil des nächsten Tages verbringe ich in der Bibliothek, um weiter an meiner Hausarbeit zu feilen. Gerade sitze ich an einem besonders kniffligen Part, als mich ein Ruck durchfährt. Sofort habe ich eine Gänsehaut, und das altvertraute Herzrasen ist zurück.

Ich brauche mich gar nicht umzudrehen, als sich mir Schritte nähern. Ich weiß längst, dass es Kilian ist. Mittlerweile ist mir sein Gang so vertraut wie alles andere an ihm. Es ist schon seltsam, dass wir uns erst seit so kurzer Zeit kennen und ich doch das Gefühl habe, als wären wir schon viel länger zusammen.

»Du hast es gesehen, nicht wahr?«, fragt er, ohne mich zu begrüßen, als er sich neben mir niederlässt. Seine Stimme klingt erschöpft. Ich nehme an, dass seine Aufgabe äußerst kraftraubend war.

Zur Antwort nicke ich und klappe meinen Laptop zu, um mich Kilian zuzuwenden. Er nimmt meine Hand und drückt sie fest. Es ist sein Zeichen, um mir zu sagen, dass wir okay sind, dass ich keine Angst mehr um ihn haben muss.

»Es wäre besser gewesen, wenn du meinem Rat gefolgt wärst, aber so ist es vielleicht leichter zu erklären, was ich tun muss, sobald jemand stirbt«, sagt er leise.

Wieder nicke ich.

»Ich kann verstehen, wenn das die Dinge zwischen uns ändert«, fügt Kilian nach langem Schweigen hinzu und blickt mich unsicher an.

Ich runzle verwundert die Stirn und reiße mich von ihm los. Was soll das denn jetzt wieder heißen? Hat er etwa Angst, dass ich deswegen schreiend vor ihm weglaufe? Er ist doch kein Monster nur eben … anders als normale Menschen.

Mit beiden Händen greife ich nach seinen und schüttle den Kopf. Fest schaue ich Kilian in die Augen, warte, bis ich seine volle Aufmerksamkeit habe, und dann schenke ich ihm ein Lächeln. Es erreicht nicht meine Augen, aber er soll sehen, dass sich unter keinen Umständen etwas zwischen uns ändern wird. Nicht in tausend Leben.

»Eine Vorwarnung wäre gut gewesen, aber jetzt weiß ich wenigstens, was passiert«, sage ich schließlich, auch wenn es mich Überwindung kostet. Ich werde noch einige Zeit brauchen, um den Anblick zu verarbeiten. Der Todeskuss, die Seele, ihre Risse und dunklen Stellen. Sofort überzieht eine Gänsehaut meine Arme, und ich bin froh, dass ich mich heute Morgen für meine Strickjacke entschieden habe, deren Ärmel mit jeder Wäsche länger zu werden scheinen.

Kilian stößt geräuschvoll den Atem aus und wirkt plötzlich erleichtert. Er strahlt mich an wie die Sonne selbst, was mir das Herz erwärmt und für einen Moment all die dunklen Gedanken vertreibt, die diese Begegnung mit dem Tod mit sich gebracht hat.

»Du hast keine Ahnung, wie froh ich darüber bin«, sagt er und beugt sich über mich, um meine Stirn zu küssen. »Danke.«

Ich erschaudere unter seiner Berührung und wünsche mir, dass wir uns auf ewig so nah sein können. Aber es wird immer Tage geben, an denen Kilian nicht unter den Lebenden weilt. Tage, die ich allein verbringen muss. Das weiß ich, und trotzdem kann ich den Gedanken, auch nur eine Sekunde von ihm getrennt zu sein, kaum ertragen. Es stimmt anscheinend, was man sagt: Manchmal merkt man erst dann, wie viel jemand einem bedeutet, wenn dieser Jemand auf unbestimmte Zeit von der Bildfläche verschwindet.

»Manuel war im Altenheim. Kurz nachdem du verschwunden bist«, sage ich nach einer Weile, auch wenn es unseren Moment zerstört. Ich muss es einfach loswerden. Irgendwie macht Manuel mir Angst.

Kilian löst sich von mir und nickt.

»Alle Seelenführer im Umkreis mehrerer Kilometer werden von Sterbenden angezogen. Wer als Erster ankommt, bringt die Seele zurück. Wahrscheinlich ist Manuel ganz in der Nähe gewesen, auch wenn ich noch immer nicht verstehe, warum er überhaupt in Dunkelfelsen ist«, sagt Kilian und runzelt die Stirn.

Es beunruhigt mich, dass er den Grund für Manuels Anwesenheit noch immer nicht kennt. Wäre es nicht logisch, dass wandernde Seelenführer bei den ortsansässigen unterkommen, schließlich ist das Haus der Winters groß genug. Aber dem ist offenbar nicht so, was alles nur noch merkwürdiger macht. Noch unheimlicher.

»Du brauchst dir wirklich keine Sorgen zu machen. Von Manuel geht keine Gefahr für uns aus«, sagt Kilian, als könnte er meine Gedanken lesen.

Schon die ganze Zeit habe ich Angst, dass es nicht Kilian ist, der das nachholt, was am Tag meines Unfalls eigentlich unvermeidlich gewesen wäre. Ich habe schon ein paar Albträume gehabt, in denen ich von Manuel ins Jenseits befördert worden bin, nicht von

Kilian. Nur Kilian zuliebe schiebe ich diese düsteren Gedanken beiseite. Er hat mit seinen Aufgaben als Seelenführer und der Bürde, die diese mit sich bringen, schon genug zu schaffen. Da muss er sich nicht auch noch mit meinen irrationalen Ängsten herumschlagen.

Außerdem habe ich mir geschworen, jeden einzelnen Moment mit Kilian zu genießen. Ich weiß nicht, wann er das nächste Mal verschwindet und wie lange er dann fort sein wird. Das macht jeden Augenblick so kostbar, so wichtig.

Also verbanne ich Manuel und all meine Bedenken aus meinem Kopf, schiebe sie weit fort, hinein in einen tiefen Abgrund, in dem all die Erinnerungen an meine Zeit bei Reiner lauern, um mich auf das wirklich Wichtige in meinem Leben zu konzentrieren. Das Schreiben und Kilian.

77

Einige Tage später habe ich die Ereignisse im Altenheim erfolgreich verdrängt beziehungsweise sie mir von der Seele geschrieben. Die Seiten habe ich aus meinem Notizbuch gerissen und unter meine Matratze gestopft, damit Kilian sie nicht findet und sich noch mehr Sorgen um mich und meine lädierte Seele macht. Im Nachhinein ist das eine ziemlich blöde Idee gewesen, denn immer wenn ich im Bett liege, kriechen die Erinnerungen an jenen Tag von den Blättern hinauf in meinen Kopf. Aus der schwarzen Tinte bilden sich Albtraumgestalten und schließlich ein furchteinflößender Schatten Manuels, der sich über mich beugt und mir die Seele raubt. Die Albträume sind also nicht besser geworden, aber damit komme ich klar. Seit ich sieben bin, sind sie mein ständiger Begleiter.

Ich habe gerade eine weitere Vorlesung Erzähltheorie hinter mich gebracht, was mit einiger Anstrengung verbunden und nur mit viel Kaffee zu schaffen war, sonst wäre ich tatsächlich eingeschlafen. Ich kann mir ein Gähnen kaum verkneifen, zwinge mich aber zu einem Lächeln, als Professor Johannsen um die Ecke kommt. Sein Gesicht hellt sich bei meinem Anblick schlagartig auf.

»Frau Hagen, ich habe bedeutende Neuigkeiten für Sie«, sagt er und schenkt mir ein freudiges Lächeln. Er macht eine dramatische Pause, als würde er erwarten, dass ich ihn danach frage, doch als das ausbleibt, fährt er endlich fort: »Ihr letzter Text hat mich sehr beeindruckt. Ich habe ihn für die Lesungen auf dem Winterfest eingereicht, und er wurde ausgewählt, um vorgetragen zu werden. Am Anfang des Semesters hatte ich ja meine Zweifel bei Ihnen und Ihrem Partner, aber Sie beide haben sich wirklich gemacht. Auch Herr Winter wird mit einem Text vertreten sein.«

Wie bitte, was?

Ich blinzle und versuche angestrengt, die Bedeutung seiner Worte zu erfassen. Es dauert eine Weile, bis mein müdes Gehirn anspringt und die Worte *Ihr Text, Winterfest* und *Lesung* in einen sinnvollen Zusammenhang bringt.

Erschrocken zucke ich zusammen. Ich bei einer Lesung? Hab ich jetzt Halluzinationen?

Kilian und Sophie haben die vergangenen Tage beide weiter versucht, mich davon zu überzeugen, an den Vorauswahlen für die Lesung teilzunehmen. Auch Alicia und Mara haben mich dazu gedrängt, weil auch sie ihre Ergebnisse des letzten Semesters auf dem Fest präsentieren werden. Aber jetzt tatsächlich zu wissen, dass ich ebenfalls etwas zu den Darbietungen beitragen soll, überwältigt mich.

»Sagen Sie schon etwas, Frau Hagen. Das ist doch ein Grund zur Freude«, sagt Professor Johannsen.

Ich nicke und zwinge mich zu einem Lächeln, auch wenn ich weiß, dass es wahrscheinlich wenig überzeugend aussieht. Ich bin schon jetzt so aufgeregt, dass es an ein Wunder grenzt, dass ich überhaupt noch stehe.

»Sie werden das großartig machen, Frau Hagen!«, fügt Professor Johannsen hinzu und klopft mir aufmunternd auf die Schulter.

Ich bin überrascht über seine Einschätzung, schließlich hat er bisher alle meine Texte gnadenlos zerrissen. Allein der Gedanke an seine Kritik reicht, um mich taumeln zu lassen. Am Ende hat mir das zwar geholfen, meine Texte zu verbessern, aber ich träume noch heute davon, wie er mir vorbetet, was ich alles falsch gemacht habe.

Professor Johannsen verabschiedet sich mit einem Kopfnicken und ist schon im nächsten Moment um die Ecke verschwunden, lässt mich allein mit meiner wachsenden Nervosität. Ich stoße den Atem aus, versuche, den ersten Schock zu verdauen. Es ist natürlich nichts im Vergleich dazu zu sehen, wie eine Seele ins Jenseits befördert wird, oder dabei zu sein, wie jemand stirbt. Aber trotzdem … Ich habe Angst, meine Texte vor völlig fremden Menschen vorzulesen. Was ist, wenn dem Publikum mein Text nicht gefällt? Wenn es mich auslacht oder mich kritisiert?

Eines ist für mich klar: Der Tag ist gelaufen. Ich würde jetzt nichts lieber tun, als nach Hause zu gehen, mich in hundert Decken zu hüllen und nie mehr aus diesem schützenden Kokon herauszukommen. Nur eine Sache hilft mir dabei, überhaupt noch aufrecht zu stehen: der Gedanke an Kilian.

Am Mittag treffe ich mich mit ihm in der Mensa, wo wir gemeinsam essen und er natürlich meine schlechte Laune bemerkt. Als er mich darauf anspricht, will ich ihm erst nichts erzählen. Ich weiß nicht, ob er schon gehört hat, dass er bei einer der Lesungen dabei sein wird. Offenbar nicht, sonst hätte er mir längst davon erzählt. Doch genau wie Sophie hat auch Kilian etwas an sich, das mich schließlich doch dazu bringt, mit der Wahrheit herauszurücken, auch wenn ich beim bloßen Gedanken an die Lesung keinen Bissen mehr herunterbekomme.

»Aber das ist doch wunderbar! Jetzt sehen endlich mehr Leute, was für ein Talent du hast«, ruft Kilian begeistert und greift nach meinen Händen. Sofort beruhige ich mich. Es ist fast wie Magie, nur besser. »Ich weiß, dass das nicht leicht für dich ist, aber du bist gut, Lenora. Mach dir deswegen keinen Kopf.«

Er hat leicht reden. Anscheinend hat er überhaupt keine Probleme damit, seine Texte vor Publikum vorzutragen. Ob es daran liegt, dass ihm die Mädchen scharenweise hinterherrennen und ihn anhimmeln für das, was er schreibt? Oder daran, dass er einfach schon so viele Leben hinter sich hat und sich deswegen viel sicherer fühlt?

Ich weiß es nicht, aber ich bewundere ihn dafür und wünschte, ich hätte dasselbe Talent für öffentliche Auftritte. Das letzte Mal, als ich etwas in dieser Größenordnung gemacht habe, habe ich mir zehn Minuten vor meinem Auftritt die Seele aus dem Leib gekotzt. Okay, natürlich nicht wortwörtlich, sonst wäre damals schon ein Seelenführer gekommen, um meiner jämmerlichen Existenz in dieser Welt ein Ende zu bereiten.

»Wie wär's, wenn wir ein bisschen üben. Wir könnten eine Probelesung veranstalten. Im Altenheim vielleicht? Dann hat Sophie auch etwas davon«, schlägt Kilian vor, was meine Laune wirklich nicht verbessert. Die Hälfte der Bewohner des Altenheims würden zwar nicht mitbekommen, was ich da tue, aber trotzdem graut es mir bei dieser Vorstellung.

Ich schlucke und schiebe den Teller weg, damit kein Unfall passiert. Allein der Geruch des Essens macht es mir schwer, nicht zu würgen.

»Hey, mach dir keine Gedanken. Ich bin immer bei dir«, versucht Kilian, mich zu beruhigen, als er meine anhaltende Unruhe bemerkt. Vorsichtig greift er nach meiner Hand, drückt sie fest und sucht meinen Blick. In seinen Augen liegt so viel Gefühl, dass ich für einen Moment überwältigt bin.

Ich spüre, wie die Anspannung langsam von mir abfällt. Gänzlich verschwindet sie allerdings nicht. Ich bin einfach zu nervös, wenn ich meine Texte vor Publikum vortragen muss. Das macht mich verwundbar, verletzlich, und ich habe mir geschworen, mich nie wieder so zu fühlen. Aber ich darf diese Chance nicht ungenutzt lassen.

78

Bevor wir Sophie im Altenheim besuchen, um ihr unsere Texte für die Lesung zu zeigen, gehen wir ins nächstgelegene Café, um eine engere Auswahl zu treffen. Dafür tauschen wir unsere Laptops und gehen die einzelnen Dokumente durch, geben uns Tipps und polieren unsere Favoriten noch etwas auf. Als die Tür aufgeht und plötzlich zwei weitere Studenten hereinkommen, erstarre ich mitten in der Bewegung. Kilian, der noch immer über seinen Laptop gebeugt sitzt und an seinem Text feilt, bemerkt die beiden gar nicht. Ich tue so, als hätte ich sie nicht gesehen, kann mich aber kaum noch auf meinen Text konzentrieren. Die Worte auf dem Bildschirm ergeben plötzlich keinen Sinn mehr und lösen sich vor meinen Augen auf. Zu spät bemerke ich, dass mein Finger wie in einem Krampf die Löschen-Taste herunterdrückt. Um das Geschriebene zu retten, schließe ich das Dokument, ohne zu speichern, und blicke auf, weil ich eine Bewegung ganz in unserer Nähe ausmache. Zwei Gestalten, die von hellem Licht umhüllt sind. Es ist das Mädchen, das ich vor einiger Zeit mit Kilian zusammen gesehen habe. Seine *Schwester* Clara und ihr *Cousin* Felix. Kilian hat mir viel von den beiden erzählt, aber bisher sind sie auf Abstand geblieben, weil sie den Anblick meiner Seele noch immer nicht ertragen können. So wie Kilians *Eltern*.

»Da seid ihr! Wir haben euch schon gesucht«, ruft Clara und lässt sich ungefragt auf einen der freien Stühle an unserem Tisch sinken. Kilian hebt nun ebenfalls den Blick und lächelt sie zur Begrüßung freundlich an. Er strahlt regelrecht, wirkt erleichtert. Wahrscheinlich ist es ein gutes Zeichen, dass sich die beiden zu uns setzen, nachdem sich Kilians *Familie* seit unserem offiziellen Kennenlernen etwas von uns distanziert hat. Wegen mir und meiner gebrochenen Seele.

»Wir haben gehört, dass ihr für die Lesung ausgewählt wurdet. Herzlichen Glückwunsch«, sagt Felix und lässt sich neben Clara nieder. An der Akademie gibt er sich als Kilians und Claras Cousin aus, aber es ist ziemlich offensichtlich, dass sie nicht miteinander verwandt sind.

Kilian nickt ihnen zu und erzählt den beiden von meiner Begegnung mit Professor Johannsen und unserem Vorhaben, im Altenheim eine kleine Probelesung zu veranstalten, um mich auf den Ernstfall vorzubereiten. Es ist mir unangenehm, dass er so offen über meine Ängste spricht. Bisher sind die Winters mir gegenüber sehr reserviert gewesen. Deshalb frage ich mich, was passiert sein muss, dass Kilians Familie sich überhaupt in meine Nähe wagt. Ich habe mich in den letzten Wochen so daran gewöhnt, dass es nur uns beide gibt, dass ich fast schon gekränkt bin, mit welcher Selbstverständlichkeit sie auf einmal an unserem Gespräch teilnehmen. Als wäre es das Normalste auf der Welt, als hätte es etwas anderes nie gegeben.

»Sorry, wenn ich euch unterbreche, aber was ist hier los?«, frage ich schließlich, nachdem ich all meinen Mut zusammengekratzt habe.

Sofort richtet sich Claras Blick auf mich, und ein glückliches Grinsen breitet sich auf ihrem Gesicht aus.

»Was meinst du damit? Wir wollten euch einfach nur gratulieren«, sagt sie.

Ich spüre, wie Kilian mich ansieht. Sofort stellen sich mir alle Nackenhaare auf. Aus irgendeinem Grund weiß ich, dass er nicht möchte, dass ich diesen Moment des Friedens zerstöre, aber ich muss das jetzt einfach loswerden.

»Na ja, sonst wart ihr immer sehr distanziert«, sage ich und werfe Kilian einen Blick zu, suche nach Hilfe, doch er zuckt bloß mit den Schultern.

»Ach so, das meinst du«, sagt Clara und lacht.

Was gibt's da zu lachen? Verwundert schaue ich sie an, doch sie reagiert nicht auf meine stumme Frage.

»Es ist zwar nicht leicht für uns, einer zerstörten Seele so nah zu sein, aber langsam gewöhnen wir uns daran«, sagt Felix, was ihm einen finsteren Blick von Kilian einbringt. Felix hebt entschuldigend die Hände in die Höhe und schüttelt den Kopf. »Ist doch wahr. Es ist wirklich nicht einfach.«

»Ich weiß nicht, wie du das die ganze Zeit machst, Kilian, aber wir kommen damit klar, euch beide zusammen zu sehen. Zumindest für eine gewisse Zeit. Und außerdem ist es nicht mehr ganz so schlimm wie am Anfang«, sagt Clara und schenkt mir wieder eines dieser Lächeln, die ich nicht ganz zuordnen kann. Was ist hier los?

Ich wende mich Kilian zu, schaue ihn fragend an.

»Du hast es ihr nicht erzählt, Kilian?«, fragt Felix und klingt dabei ernsthaft überrascht.

»Mir was nicht erzählt?« Allmählich wird dieses Gespräch ziemlich anstrengend. Ich mag es nicht, wenn ich nicht weiß, was vor sich geht.

»Der Zustand deiner Seele hat sich stark verändert, Lenora. Seit ihr zusammen seid, heilt sie, was echt ein Wunder ist«, sagt Clara und strahlt bis über beide Ohren, als könnte sie dieses Wunder tatsächlich sehen. Das tut sie wahrscheinlich auch.

»Das muss Schicksal sein«, sagt Felix und lächelt. Kilian hat mir bereits erzählt, dass Felix fest daran glaubt, dass das Schicksal die Macht ist, die alles antreibt, die unseren Handlungen zugrunde liegt und unsere Hand führt. Ich bin mir da nicht so sicher. Irgendwie kann ich mir nicht vorstellen, dass es eine höhere Macht gibt, die für alles, was passiert, verantwortlich ist. Warum gibt es dann so viel Krieg in der Welt? So viel Tod? Ganz sicher nicht, damit die Seelenführer genug zu tun haben.

»Nein, wir haben das doch schon besprochen, Felix. Ich glaube eher, dass das Liebe sein muss«, sagt Clara und strahlt nur noch breiter.

Ihre Worte bringen mich vollkommen aus der Bahn. *Liebe* hat sie gesagt. Ich schlucke und sehe Kilian an. Entweder hat er sie nicht gehört, oder es interessiert ihn nicht, was sie gerade gesagt hat. Aber ein einziges Wort wiederholt sich wie Tausende Chöre in meinem Kopf.

Liebe. Liebe. Liebe.

Hoffentlich sehen die anderen mir nicht an, wie unsicher mich dieses Thema macht. Nicht weil ich mir nicht sicher bin, ob ich Kilian wirklich liebe, sondern vielmehr, ob es umgekehrt auch so ist.

»Ähm, ich glaube, ich muss noch mal ins Wohnheim zurück. Da liegt noch ein Text, den ich vielleicht für die Lesung nutzen möchte«, sage ich, klappe meinen Laptop zu und springe auf. Ich werfe den dreien einen letzten Blick zu, ehe ich aus dem Café eile. Ich weiß, dass meine Reaktion überstürzt ist, aber ich kann Kilian einfach nicht in die Augen sehen, wenn ich über etwas so Bedeutendes nachdenke.

Liebe.

Ist es das wirklich zwischen uns?

79

Als ich das Wohnheim erreiche, bin ich unheimlich froh, dass Kilian mir nicht gefolgt ist. Oder er plötzlich vor mir auftaucht. Aus seinen Erzählungen weiß ich, dass er das kann, einfach so in Sekundenschnelle den Ort wechseln. Und das macht mir irgendwie Angst.

Ich betrete den Wohnraum und erstarrte, als ich Mara und Alicia über einige von Maras Zeichnungen gebeugt sehe. Ich brauche jetzt meine Ruhe, um über das nachzudenken, was gerade im Café passiert ist, und nicht das Geschnatter und Gekreische der beiden. Aber es ist zu spät. Als sie mich hereinkommen hören, drehen sie sich um und sehen sofort, dass etwas nicht stimmt.

»Lenora, was ist los?«, fragt Mara besorgt. »Ist was passiert?«

Ich bin so geschockt, dass ich lange brauche, um mich aus meinem Mantel zu schälen, und schon zu schwitzen beginne, weil es in unserem Zimmer so warm ist.

»Hat Kilian wieder irgendeine Scheiße gebaut?«, fragt Alicia. Sie wirkt zwar so, als sollte das ein Scherz sein, aber sie hat ja keine Ahnung, wie sehr das den Nagel auf den Kopf trifft. Okay, Kilian hat nicht wirklich irgendetwas falsch gemacht, aber es hat immerhin etwas mit ihm zu tun.

Ich setze mich auf das Sofa, muss das alles erst einmal sacken lassen. Als ich ihnen schließlich alles erzähle, kommen die Worte nur zögerlich aus mir heraus. Ich muss mehrmals ansetzen, um zu wiederholen, was Clara gesagt hat. Und natürlich entlockt es meinen beiden Mitbewohnerinnen ein entzücktes Quietschen. Ich verdrehe die Augen und bin schon im Begriff, in mein Zimmer zu flüchten, doch Mara hält mich zurück.

»Also, wenn das zwischen euch keine Liebe ist, dann weiß ich auch nicht«, sagt sie und strahlt mich an.

Alicia nickt und legt mir den Arm um die Schulter. »Ihr seid einfach füreinander bestimmt«, pflichtet sie

Mara bei. Es gelingt ihr allerdings nicht, meine Bedenken auszuräumen, ganz im Gegenteil, denn plötzlich erwachen Gedanken zum Leben, düstere Gedanken, die schon die ganze Zeit irgendwo in meinem Unterbewusstsein herumgegeistert sind.

Kilian ist ein Seelenführer.

Ich bin ein Mensch.

Wir sind so unterschiedlich wie Tag und Nacht. Der Zustand meiner Seele macht das nicht leichter, auch wenn sie angeblich heilt. Wie soll das denn bitte mit uns weitergehen? Kilian scheint schließlich unsterblich zu sein, zumindest habe ich das so verstanden. Und ich werde früher oder später das Zeitliche segnen und wiedergeboren werden, sollte meine Seele nicht im Tod zerspringen, so wie Kilian am Anfang angenommen hat.

Dieser Gedanke stimmt mich so traurig, dass ich die Tränen nicht mehr zurückhalten kann. In dicken Tropfen rollen sie mir über die Wangen und landen schließlich auf meinem Schal. Weil ich es nicht leiden kann, in Gegenwart anderer Leute zu heulen, stehe ich auf und gehe in mein Zimmer. Ein letzter Blick auf meine Mitbewohnerinnen macht hoffentlich deutlich, dass sie mir nicht folgen sollen. Ich muss jetzt alleine sein, muss mir klarwerden, was das alles für mich bedeutet. Was das für uns bedeutet. Für Kilian und mich.

Die letzten Wochen über habe ich wie in einer Blase gelebt, habe mich nicht mit diesen Gedanken beschäftigt. Vor allem nicht mit dem Gedanken, dass irgendwann alles für mich vorbei sein wird, während für Kilian das Leben weitergeht. Und er hat auch geschwiegen, obwohl er genau weiß, dass wir früher oder später an diesen Punkt kommen werden.

Ich ziehe mein Tagebuch aus dem Regal hervor und beginne aufzuschreiben, was mir durch den Kopf geht. Ich versuche, mir klarzumachen, was diese Beziehung bedeutet, versuche herauszufinden, was ich für Kilian empfinde und was er für mich empfinden könnte. Seite um Seite füllt sich, während die Zeit vergeht und meine Hand langsam weh tut. Als es plötzlich an mein Fenster klopft, zucke ich so heftig zusammen, dass ich versehentlich einen schwarzen Strich über die vollgeschriebene Seite ziehe. Ich drehe mich um und sehe, wie Kilian auf dem Fensterbrett hockt und darauf wartet, dass ich ihn reinlasse. Auch das noch! Ich hatte gehofft, dass er einfach von selbst merkt, dass ich etwas Abstand brauche, dass er wegbleibt, bis ich zu ihm komme, um darüber zu reden.

Ich versuche, Kilian zu ignorieren, auch wenn ich darin bei weitem nicht so gut bin wie die Winters, und wende mich wieder meinen Aufzeichnungen zu.

Kilian ist aus meinem Leben nicht mehr wegzudenken, und ich kann mir überhaupt nicht vorstellen, wie es für ihn sein wird, wenn ich tot bin. Er wird die Erinnerung an mich haben, wird mich hoffentlich suchen, aber vielleicht nie finden bei der schieren Masse an Welten und Seelen, die es da draußen gibt. Und ich? Ich werde ihn nicht mehr erkennen. Werde nicht wissen, dass es jemanden wie ihn gibt. Eine Seele, die so gut zu meiner passt, dass es fast schon weh tut.

Eine Bewegung im Augenwinkel lenkt mich vom Schreiben ab. Ich wende mich wieder dem Fenster zu, sehe gerade noch, wie Kilian sich auf dem Fensterbrett aufrichtet und durchscheinend wird. Im nächsten Moment steigt er durch die Glasscheibe, als existiere sie nicht. Erschrocken starre ich ihn an. Nie hätte ich gedacht, dass er solche Fähigkeiten besitzt. Als wäre er tatsächlich ein Geist.

Kilian kommt zu mir, nimmt wieder feste Gestalt an und scheint von einem noch helleren Strahlen umgeben zu sein als zuvor. Langsam kniet er vor mir nieder, nimmt das Tagebuch aus meinen Händen, legt es auf den Tisch neben mich und schlägt mich dann mit seinem Blick in seinen Bann. Seine Augen, seine ganze Haltung strahlen so viel Liebe aus, dass ich schlucken muss. Jetzt ist der Zeitpunkt gekommen. Jetzt müssen wir darüber reden, ob wir wollen oder nicht.

80

»Ist alles okay bei dir?«, fragt Kilian schließlich, die Stimme voller Zärtlichkeit, und greift nach meinen Händen.

Ich schüttele den Kopf, lasse den Tränen wieder freien Lauf, so dass er mich eng an sich zieht. Ihm so nahe zu sein, wo ich doch überhaupt nicht weiß, wie es mit uns weitergehen soll, ob es überhaupt weitergehen kann, bringt mich beinahe um.

»Es ist einfach alles zu viel. Wie kann das zwischen uns funktionieren?«, bringe ich schließlich zwischen Schluchzern hervor und presse mich gegen seine muskulöse Brust.

Kilian umschließt mich mit seinen Armen und drückt mich so fest an sich, dass ich kaum noch Luft bekomme. So nahe bei ihm zu sein, gibt mir das Gefühl von Geborgenheit, auch wenn meine Ängste noch immer da sind. Selbst er kann sie mir nicht nehmen, aber vielleicht hilft es uns beiden, einfach darüber zu sprechen. Was haben wir schon zu verlieren?

Ich erzähle ihm alles, was mir in den letzten Stunden durch den Kopf gegangen ist, hoffe, dass wir gemeinsam eine Lösung finden können, und merke, dass es ihm ähnlich geht, dass auch er befürchtet, unser Ende stünde bevor.

»Ich verspreche dir, einen Weg zu finden, bei dir zu bleiben, egal, was passiert. Ich werde dafür kämpfen«, sagt Kilian irgendwann mit solcher Überzeugung in der Stimme, dass ich mich, zumindest im Augenblick, ein wenig entspanne. Trotzdem fürchte ich, dass das nicht funktionieren wird, dass wir uns doch verlieren. Auf die eine oder andere Weise. Könnte mich eine Trennung von Kilian wieder in den Abgrund stoßen, aus dem ich mich langsam hochkämpfe?

»Wir werden einen Weg finden, Lenora.« Das wiederholt er wieder und wieder, während er mich an sich drückt und mir über den Rücken streicht. Irgendwann beginne ich, es ihm zu glauben, auch wenn noch immer Zweifel bleiben. Er redet beruhigend auf mich ein, versucht, mir klarzumachen, wie wichtig ich ihm bin. Trotzdem kann ich es noch immer nicht ganz glauben. Gerade ich, das Mädchen mit der zerstörten Seele, und der Seelenführer? Wie kann das nur sein? Wie?

»Ist es okay, wenn ich heute Nacht bei dir bleibe?«, fragt Kilian, was mein Herz sofort schneller schlagen lässt. Ich hatte gehofft, dass er das vorschlägt, weil ich jetzt unmöglich alleine sein kann. Ich brauche ihn in meiner Nähe, so nah wie möglich. Sonst werde ich wegen meiner Albträume keine Ruhe finden.

Ich nicke und hauche ihm einen Kuss auf die Wange. Er lächelt mich an. Es ist das Schönste, was ich heute gesehen habe. Und das Strahlen, das ihn umgibt, wird noch heller. Vielleicht ist es uns tatsächlich möglich, auch über dieses Leben hinaus zusammenzubleiben. Ich weiß einfach, genau in diesem Moment, dass wir nie wieder getrennt werden dürfen. Wie sollte ich sonst überleben?

Nachdem ich mich fürs Bett fertig gemacht habe, kuscheln wir uns unter die Decken, wobei Kilian so aussieht, als würde er nicht einschlafen können. Er wirkt unruhig, konzentriert. Ein Schatten liegt unter seinen Augen. Ich frage nicht nach, habe für heute genug Drama über mich ergehen lassen. Macht mich das zu einem schlechten Menschen? Vermutlich, aber ich bin mittlerweile viel zu müde, um überhaupt noch einen zusammenhängenden Satz zu formulieren.

»Wir werden noch viele schöne Jahre miteinander verbringen können, wenn es das ist, was du willst«, flüstert Kilian mir zu, kurz bevor ich einschlafe.

Ich nicke zufrieden. Ja, das ist genau das, was ich will, und ich bin froh, dass er offenbar alles dafür tun wird, um es möglich zu machen.

81

Ich bin allein in meinem Zimmer, als ich am nächsten Morgen erwache. Von Kilian keine Spur. Habe ich mir das alles nur eingebildet? Habe ich das alles nur geträumt?

Langsam schleichen sich die Zweifel wieder zurück in mein Bewusstsein, und mit ihnen kommt die Angst zurück. Die Angst, dass ich Kilian für immer verloren habe, dass er eingesehen hat, dass das mit uns auf Dauer nicht funktionieren kann. Meine Augen beginnen, wieder zu brennen, während mein Herz zu vergehen scheint. Kann ich das je überstehen? Ein Leben ohne ihn? Im nächsten Moment öffnet sich die Tür, und Kilian kommt herein. In der Hand hält er zwei Tassen und Löffel und lächelt mich strahlend an, als hätte er gerade die wichtigste Person in seinem Leben gesehen.

»Du bist ja schon wach. Ich dachte, du schläfst noch eine Weile«, sagt er und kommt zu mir ans Bett. Die beiden Tassen stellt er auf dem Nachttisch ab, und erst jetzt erkenne ich, dass darin weder Tee noch Kaffee ist, sondern etwas, das aussieht wie Kuchen.

»Hast du jetzt auch noch für mich gebacken?«, frage ich ungläubig. Das Rührei, das er mir neulich gemacht hat, hat fabelhaft geschmeckt, aber Kuchen in Tassen habe ich noch nie gegessen.

»Ich dachte mir, wir beide könnten ein gutes Frühstück gebrauchen. Das Rezept ist von Clara. Sie ist total süchtig danach«, sagt er. Kilian bleibt stehen, macht keine Anstalten, sich hinzusetzen, und scheint trotzdem auf irgendein Zeichen von mir zu warten. Langsam setze ich mich auf und klopfe auf den Platz neben mir auf dem Bett. Sofort ist sein Lächeln zurück, als er sich neben mir niederlässt und mir eine der Tassen reicht. Gemeinsam sitzen wir dort, essen den Kuchen, der einen weichen Kern aus Nutella hat, und beobachten den Schnee draußen vor dem Fenster. Es fühlt sich richtig an, mit Kilian hier zu sitzen. So als hätte es nie etwas anderes gegeben. Als wären all die Ängste des gestrigen Tages unbegründet.

»Der ist richtig gut«, nuschele ich zwischen zwei Bissen, was Kilian ein Lachen entlockt.

»Das will ich auch hoffen. Ich musste einem deiner Mitbewohner etwas Nutella dafür klauen«, sagt er lachend und stellt seine leere Tasse auf den Nachttisch. Dabei kommen wir uns so nah, dass mein Herz vor Freude einen Sprung macht.

Statt sich zurückzuziehen, legt Kilian mir einen Arm um die Schulter, zieht mich näher an sich heran, so dass ich seine Wärme spüren kann. In diesem Moment bin ich so glücklich und froh, dass er sich dazu entschlossen hat, bei mir zu bleiben, und dass ich mich entschieden habe, überhaupt nach Dunkelfelsen zu kommen. Es scheint, als hätte mein Leben endlich die Wendung eingeschlagen, die ich mir seit Jahren erhofft habe. Als hätte ich endlich eine Chance darauf, glücklich zu werden.

82

Am späten Vormittag verabschiedet Kilian sich von mir, weil er zu einer Vorlesung gehen muss. Es fällt uns schwer, uns voneinander zu trennen, nachdem wir jetzt endlich wieder zueinandergefunden haben. Um mich abzulenken, verbringe ich den Nachmittag gemeinsam mit meinen beiden Mitbewohnerinnen. Alicias Kurs ist ausgefallen, was ihr anscheinend überhaupt nicht gefällt.

»Ich kann einfach nicht verstehen, wieso ein Arzttermin plötzlich so wichtig ist! Kann man den nicht auf einen anderen Tag legen?«, schimpft sie und läuft aufgebracht durch das Wohnzimmer.

Mara ist wie immer die Ruhe selbst. Sie sitzt auf einem der Sessel und arbeitet an einer Zeichnung, die sie für das Winterfest fertigstellen will.

»Ich dachte, du hast sowieso keine Lust auf diesen Kurs«, sage ich, weil Alicia mir sonst immer vorjammert, wie sehr sie ihn hasst.

»Das war, bevor René zu uns gewechselt ist«, entgegnet sie und stöhnt genervt auf, als wäre sie nur von Idioten umgeben.

Also darum geht es: René. Der Mädchenschwarm schlechthin an der Akademie. Alicia zufolge liegen ihm sogar noch mehr Mädchen zu Füßen als Kilian.

»Was ist eigentlich so toll an ihm? Es gibt noch hundert andere Kerle, die du auf jeden Fall haben könntest«, sage ich zu ihr, kann einfach nicht verstehen, dass sie sich von solchen Äußerlichkeiten blenden lässt.

»Schwer zu erklären, du würdest es nicht verstehen, du hoffnungslose Romantikerin«, entgegnet Alicia.

»Wer ist hoffnungslos?«, fragt Mara.

Ich kann ein Lachen nicht unterdrücken. Es ist wirklich erstaunlich, wie konzentriert sie manchmal ist, wenn sie zeichnet.

»Na du«, sagt Alicia und wendet sich Mara zu. »Seit Wochen himmelst du diesen Musiker aus dem Café an und sagst doch kein Wort zu ihm.« Alicia braucht *diesen Musiker* nur zu erwähnen, und schon wird Mara rot. Damit zieht sie unsere schüchterne Mitbewohnerin schon seit letzter Woche auf, als sie beobachtet hat, wie Mara *diesen Musiker* anstarrt.

»Das stimmt doch überhaupt gar nicht«, entgegnet Mara empört und gibt sich wirklich Mühe, wieder so zu tun, als würde sie weiterzeichnen. Dabei ist ganz genau zu sehen, wie ihre Hände zittern, weil Alicia anscheinend ins Schwarze getroffen hat.

Alicia und ich können ein Kichern nicht länger unterdrücken.

»Du solltest ihn echt mal ansprechen. Wie heißt der noch gleich? Tommy? Toni?«, neckt Alicia sie, woraufhin Mara nur noch röter anläuft und ihren Stift beiseitelegt. Sie macht schon Anstalten, aufzustehen und zu verschwinden, wie immer, wenn Alicia es zu weit treibt mit ihren Sticheleien. Dabei fällt ihr aber der Skizzenblock auf den Boden. Sofort sehen wir, woran sie gearbeitet hat. Ein Bild von ihrem Musiker.

»Eieiei, was sehe ich da?«, sagt Alicia in belustigtem Singsang und steht auf. »Lenora, meine Liebe, ich glaube, es wird Zeit, dass wir uns verbünden. Das schreit ja regelrecht danach, dass wir die beiden verkuppeln!«

Ich stimme ihr mit einem energischen Nicken zu. Wenn ich glücklich bin, weil ich Kilian habe, sollen es Mara und Alicia auch sein. Ich glaube zwar nicht, dass Alicia mit René die Liebe ihres Lebens gefunden hat, aber vielleicht wird ja etwas aus Mara und dem Musiker. Unsere M&Ms.

»Das werdet ihr nicht tun!«, ruft Mara panisch.

»Was schlägst du vor, Partner?«, frage ich und überlege bereits, wie wir es am besten anstellen sollen. Ich bin im Verkuppeln nicht ganz so bewandert wie Alicia, also sollte ich das besser dem Profi überlassen. Wir wollen doch nicht, dass es am Ende schiefgeht.

»Ich sag nur eins: die Party im Theater«, sagt Alicia und deutet auf einen Flyer, der vor uns auf dem Kaffeetisch liegt. Ich habe zwar keine wirkliche Lust, auf eine weitere Party mitgeschleift zu werden, aber es ist ja für einen guten Zweck. Ich bin mir sicher, dass Toni, der Musiker, dort sein wird. Vielleicht schaffen wir es ja, die beiden endlich mal miteinander bekanntzumachen. Den Rest muss Mara dann schon selbst übernehmen.

»Aber ich hab noch so viel für die Ausstellung zu tun. Ich muss noch mindestens drei Bilder fertig machen«, versucht sich Mara herauszureden, schnappt sich ihren Skizzenblock und will sich schon wieder auf den Weg in ihr Zimmer machen. Alicia stellt sich ihr allerdings in den Weg. Selbst im Wohnheim trägt sie ihre High Heels und ist damit mindestens zwei Köpfe größer als die kleine Mara.

»Nichts da. Du kommst gefälligst mit«, kommandiert sie, reißt ihr den Skizzenblock regelrecht aus den Händen, schmeißt ihn auf einen der Sessel und zerrt Mara hinter sich her in ihr Zimmer. Ich bin mir ganz sicher, dass die beiden dort ein oder zwei Stunden verbringen werden, um das richtige Outfit für Mara zu finden. Also ziehe ich mich in mein Zimmer zurück und beschließe ebenfalls, mich fertig zu machen und anschließend in Gesellschaft eines guten Buches auf meine Mitbewohnerinnen zu warten.

Selbst vom Wohnzimmer aus kann ich sie streiten hören, aber am Ende setzt sich Alicia immer durch. Als die zwei dann endlich so weit sind, vibriert mein Handy, das ich in meine Jackentasche geschoben habe. Eine Nachricht von Kilian.

Bin auf dem Weg zu dir. Worauf hast du heute Lust?, steht da, und mein Herz macht sofort einen Satz. Ich kann immer noch nicht ganz verstehen, was er an mir findet, wie er es überhaupt in meiner Nähe aushält, obwohl doch meine Seele so kaputt ist. Aber irgendetwas an ihm scheint ja eine positive Wirkung auf sie zu haben und sie zu heilen. Zumindest glaube ich, dass er der Grund dafür ist.

Party im Theater. Verkupplungsaktion mit Alicia und Mara, schreibe ich zurück und hoffe, dass er mir zu Hilfe eilt und mich rettet, bevor Alicia mich in die Abgründe des Studentenlebens einführen kann.

Alles klar. Bin in 10 Minuten da. Freue mich schon, schreibt er zurück, was mir ein breites Grinsen entlockt. Ich bemerke gar nicht, dass Alicia und Mara bereits draußen auf dem Gang auf mich warten.

»Hey, Turteltäubchen, was treibst du denn da drinnen noch so lange? Wir müssen los!«, ruft mir Alicia zu und reißt mich aus meinen Tagträumen. Ich folge ihnen hinaus in die kalte Winternacht, hinein in das Schneegestöber, das ganz Dunkelfelsen in eine lebendige Schneekugel verwandelt.

83

Als wir das alte Theater betreten, das den Schauspielstudenten als Übungsort dient, fällt mein Blick sofort auf Kilian, der in einer der Ecken auf mich wartet. Ich verabschiede mich von Alicia und Mara und gehe zu ihm, um ihn zu begrüßen. Stürmisch nimmt er mich in seine Arme und küsst mich, als hätten wir uns seit

Tagen nicht mehr gesehen. Im Vergleich zu heute Morgen hat er jedes bisschen Vorsicht oder Schüchternheit abgelegt. Sein Blick ist fordernd, hält mich gefangen, bis meine Beine sich wieder wie Pudding anfühlen.

Wir ziehen uns in eine ruhigere Ecke zurück, lassen uns nebeneinander auf ein Sofa nieder und reden über die Ereignisse des Tages. Ich erzähle ihm von Mara und ihrem Schwarm und dass Alicia die beiden auf dieser Party miteinander verkuppeln möchte. Kilian ist darüber sehr amüsiert und hofft für Mara, dass es klappt. Seit meinem Unfall und dem Beginn unserer Beziehung haben sich meine Mitbewohnerinnen mit Kilian ziemlich gut angefreundet. Es ist wirklich erstaunlich, wie er mit allen Menschen auskommt. Nicht nur mit Sophie oder den Lehrern, sondern auch mit den beiden Mädels und allen anderen. Auch hier auf der Party begrüßen ihn die meisten mit einem Lächeln oder ein paar freundlichen Worten. Es scheint, als kenne er die gesamte Studentenschaft am Campus. Hin und wieder werfe ich einen Blick auf Alicia und Mara, die noch immer nach dem Musiker suchen. Zumindest Alicia tut das, während Mara so aussieht, als würde sie am liebsten davonlaufen.

Das gesamte Foyer des alten Theaters ist ein einziger Trubel, überall stehen Studierende, Lehrer und Angestellte der Akademie. Die meisten halten ein Glas mit Sekt oder Punsch in den Händen, unterhalten sich oder tanzen. Ich bin froh, dass wir einen der wenigen

Sitzplätze ergattert haben, und lehne mich in Kilians Arme zurück, um seine Nähe zu genießen. Ein paar Meter neben uns befindet sich eine improvisierte Bar. Je später der Abend wird, desto häufiger sehe ich, wie Alicia an die Bar kommt, um ein Punschglas nach dem anderen runterzukippen.

»Das sieht nicht gut aus«, sage ich zu Kilian. Ich löse mich langsam aus seiner Umarmung, um Alicia davon abzuhalten, noch mehr zu trinken, aber schon im nächsten Moment ist sie wieder im Getümmel verschwunden. Ich habe keine Ahnung, was vorgefallen ist, dass sie sich derartig betrinkt, aber es muss irgendetwas Schlimmes gewesen sein. Vielleicht hat sie von René eine Abfuhr bekommen?

Ich stehe auf und blicke mich nach ihr um, kann sie aber nirgends sehen. »Ich glaube, ich geh mal lieber nach ihr suchen, nicht dass sie noch etwas Dummes anstellt.«

Kilian nickt und folgt mir durch die Menge. Wir halten uns fest an den Händen, damit wir uns nicht verlieren. Wenigstens dauert es nicht lange, bis wir Alicia entdeckt haben. Sie steht mitten auf der Tanzfläche und bewegt sich, als gäbe es kein Morgen mehr. Sie schmeißt sich an die wenigen Jungs ran, die um sie herumstehen, und ist kurz davor, sich ihres Oberteils zu entledigen. Ich will schon eingreifen, doch Kilian hält mich zurück und deutet auf einen Typen, der mir bekannt vorkommt. Langsam bahnt er sich einen Weg durch die Tanzenden und Gaffer. Als der Typ ins Licht tritt, erkenne ich ihn endlich. Bad Boy, der Kerl aus unserem Wohnheim.

»Was macht der denn hier?«, frage ich laut und fürchte bereits, dass er Alicias Situation ausnutzen könnte. Meine Sorge ist allerdings unbegründet. Bad Boy starrt die anderen Typen nieder, wobei er Alicia vorsichtig, ganz vorsichtig einen Arm um die Schulter legt und sie an sich zieht. In seinem Blick liegt nicht die Begierde, wie in denen der anderen, sondern Sorge. Eine Seite, die mir neu an ihm ist. Ich folge ihm und Alicia, Kilian immer in meinem Rücken. Irgendwo hat Bad Boy ihre Jacke gefunden, legt sie Alicia um und bringt sie zum Ausgang. Sie macht es ihm dabei wirklich nicht leicht, protestiert und kämpft gegen seinen Griff an. Bad Boy bleibt allerdings hartnäckig und schafft es schließlich, Alicia nach draußen zu bringen.

Ich folge den beiden in die kalte Nachtluft, weil ich Bad Boy nicht traue. Wehe er versucht, Alicias Situation auszunutzen!

»Hey! Such dir gefälligst eine andere«, rufe ich ihm über den Vorplatz des Theaters zu und beschleunige meine Schritte, um ihn einzuholen.

»Wie bitte?«, fragt er und dreht sich zu mir um, die Hand noch immer um Alicias Schultern geschlungen. Erst da fällt mir auf, dass sie nicht ihren Designermantel trägt, sondern eine dicke Winterjacke, die ihr viel zu groß ist. Bad Boy steht nur in seinem Hemd in der Kälte.

»Du weißt genau, was ich meine«, sage ich und deute auf Alicia, die ohne jeglichen Grund zu kichern begonnen hat.

»Tue ich nicht, aber ich hatte auch nicht vor, sie abzuschleppen, falls es das ist«, entgegnet er und verschränkt die Arme vor der Brust. Mit den Händen reibt er sich über die Oberarme und wirft mir einen flehenden Blick zu. »Ich wollte sie einfach nur nach Hause bringen, bevor irgendein Arschloch sie ausnutzt.«

Jedes sogenannte Arschloch hätte vermutlich etwas Ähnliches gesagt, aber in Bad Boys Stimme schwingt eine Ehrlichkeit mit, die mich an meiner Befürchtung zweifeln lässt.

»Lenora.« Kilians Stimme lässt mich herumwirbeln. Er kommt mit unseren Jacken auf mich zu, doch seine Aufmerksamkeit gilt alleine dem Bad Boy. Ich kenne diesen Blick, Kilian hat ihn oft genug bei mir angewendet, um in meine Seele schauen zu können. Er wirkt hoch konzentriert, die Stirn liegt in Falten, doch er entspannt sich, als er uns schließlich erreicht.

»Ich glaube, bei Ben ist Alicia in den besten Händen«, sagt er schließlich und nickt Bad Boy zu.

Vertrau mir, scheint sein Blick zu sagen, als ich ihn fragend ansehe.

»Kennen wir uns?«, fragt Bad Boy Ben verwirrt und blickt zwischen mir und Kilian hin und her.

»Kilian Winter. Ich bin Claras Bruder«, stellt sich Kilian mit einem freundlichen Lächeln vor und reicht

Ben die Hand. Zögerlich ergreift Ben sie. Die ganze Situation ist mehr als merkwürdig. Kann Kilian allein mit einem Blick in die Seele eines anderen feststellen, ob man ihm trauen kann?

»Kann ich sie jetzt nach Hause bringen, oder muss ich erst noch alle ihre Freunde kennenlernen?«, fragt Ben und legt Alicia wieder einen Arm um die Schulter, um sie davon abzuhalten, auf die Straße zu rennen.

»Vielleicht sollten wir mitkommen«, sage ich, weil ich Ben noch nicht ganz über den Weg traue. Aber was ist dann mit Mara? Ich kann sie doch nicht einfach alleine hier zurücklassen.

»Ich glaube, sie ist dahinten«, sagt Kilian, als hätte er meine Gedanken gelesen. Er deutet auf eine der Bänke vor dem Theater. Ich erkenne sofort Maras blaue Haare im Licht der Straßenlaterne und bin etwas verdattert, sie eng umschlungen mit Toni dort sitzen zu sehen. Auf seinem Schoß wohlgemerkt, und es geht dabei ziemlich zur Sache.

»Chapeau, Schicksal«, murmelt Kilian, während er die beiden kopfschüttelnd betrachtet. »Und ich dachte, sie kommen nie zusammen.«

Ich werfe ihm einen fragenden Blick zu, doch schüttelt er bloß den Kopf und nickt in Richtung der Straße. Schweigend folgen wir Ben und Alicia zurück ins Wohnheim, wobei Kilian mir leise versichert, dass ich dem Bad Boy trauen kann.

»Woher willst du das wissen?«, frage ich ihn und

lasse Alicia dabei nicht aus den Augen. So langsam scheint die Feierstimmung von ihr abzufallen und der Müdigkeit zu weichen. »Ich hab da so ein Gefühl«, entgegnet Kilian mit einem leisen Lachen, ehe er mir einen Kuss aufs Haar haucht und mich weiterzieht. Mittlerweile habe ich genug Zeit mit ihm verbracht, um zu wissen, dass ich keine andere Antwort auf meine Frage erhalten werde. Zumindest nicht jetzt, also gebe ich mich damit zufrieden.

Ben und Alicia erreichen das Wohnheim etwas früher als wir, weil wir den Spaziergang zurück genießen wollten und uns Zeit gelassen haben. Als ich die Tür zu unserem Apartment aufschließe, kommt Ben gerade aus Alicias Zimmer, die Winterjacke, die sie vorhin anhatte, in der Hand.

»Sie schläft«, flüstert er uns zu und bedeutet uns, leise zu sein. Offenbar hat Kilian recht mit seiner Einschätzung, denn Ben klopft ihm kurz auf die Schulter, ehe er die Wohnung verlässt und leise die Tür hinter sich schließt.

»Ich geh dann auch mal«, sagt Kilian in einem Tonfall, dem man anhört, dass er genau das Gegenteil tun will, dass ich ihn zurückhalten soll. Und das tue ich. Ich will nicht allein sein heute Nacht. Nie wieder, wenn ich ehrlich bin.

»Das Schicksal hat auch noch etwas für uns geplant«, sage ich mit einem breiten Grinsen und ziehe ihn an mich, um ihn zu küssen. Ich spüre, wie er lächelt und die Tür hinter sich zuwirft. Er hebt mich hoch und trägt mich langsam auf das Bett zu, bis wir über die Kante kippen und er auf mir landet.

»Ein Hoch auf das Schicksal«, flüstert er und küsst meinen Hals.

84

Nach dieser magischen Nacht verbringen wir den gesamten Samstag zusammen, lesen oder unterhalten uns und verlassen das Bett nur, wenn es wirklich nötig ist. Am Nachmittag wird Kilian allerdings unruhig. Er sieht plötzlich wieder genauso aus wie vor ein paar Tagen im Altenheim, als der alte Mann gestorben ist. Abwesend, unkonzentriert. Als wäre er lieber woanders als bei mir. Er zuckt zusammen, als ich ihn schließlich darauf anspreche.

»Ich glaube, bald wird irgendetwas Schlimmes passieren. Ich kann es spüren«, flüstert er und sieht dabei so erschrocken aus, dass ich nicht anders kann, als ihn in meine Arme zu ziehen und ihn fest an mich zu drücken, so wie er es sonst bei mir tut. Eine dunkle Vorahnung schleicht sich in meinen Kopf. Der Tod ist in den seltensten Fällen etwas Gutes. Zumindest nicht für diejenigen, die zurückbleiben und lernen müssen, mit dem Verlust zu leben.

Ich schlucke und versuche, meine Gefühle einigermaßen unter Kontrolle zu bekommen, um Kilian zu beruhigen. Ich weiß, wie schwer es ihm immer noch immer fällt, mit seiner Aufgabe zurechtzukommen, mit der Trauer der Hinterbliebenen. Ich will ihm zeigen, dass ich für ihn da bin.

»Vielleicht ist es besser, wenn ich zu meiner Familie zurückkehre. Dann bin ich bei ihnen, wenn es losgeht«, sagt er und löst sich behutsam aus meiner Umarmung. Sein Blick ist fragend, als erwarte er, dass ich ihn zurückhalte, doch ich nicke bloß. Wahrscheinlich hat er recht. Es ist besser, wenn er zu seinen Partnern zurückkehrt und mit ihnen gemeinsam wartet – auf das, was auch immer passieren wird.

»Sei vorsichtig«, sage ich, obwohl es sich bisher nicht so angehört hat, als wäre seine Arbeit besonders gefährlich. Aber wer weiß, was er mir alles nicht erzählt hat, um mich oder meine Seele zu schützen?

Kilian lächelt und drückt mir einen sanften Kuss auf die Lippen, ehe er einfach so vor mir verschwindet. Daran habe ich mich noch immer nicht gewöhnt, auch wenn es schon ein paarmal vorgekommen ist. Ich spüre ein Knistern in der Luft, als wäre noch immer ein Teil von ihm da, ein schwaches Leuchten flimmert noch in der Luft, dort, wo er gerade noch gestanden hat, doch löst es sich in Sekundenschnelle auf. Ich seufze leise und ziehe die Decke fester um mich, weil ich mich plötzlich furchtbar allein fühle. Langsam kehren meine Ängste und Zweifel zu mir zurück, nagen an mir, bis ich es nicht mehr aushalte. Ich muss etwas tun, um mich von Kilians Abwesenheit abzulenken. Und was wäre da besser geeignet als das Schreiben?

Die nächsten Stunden ohne ihn nutze ich, um noch ein paar der Texte durchzugehen, die ich vielleicht bei der Lesung vortragen könnte. Ich bin mir noch immer unsicher und habe keine endgültige Auswahl getroffen, aber vielleicht kann mir Sophie dabei helfen.

Weil ich von Alicia und Mara nichts höre, lege ich ihnen einen Zettel hin, dass ich den restlichen Nachmittag bei meiner Großmutter verbringen werde. Draußen hat es aufgehört zu schneien, und das bisschen Weiß, das sich den Tag über gehalten hat, beginnt langsam zu schmelzen. Mittlerweile bin ich mir nicht mehr sicher, ob wir weiße Weihnachten haben werden, so wie ich es mir wünsche. Aber auch ein bisschen Schnee hier und da reicht, um mir ein Lächeln auf die Lippen zu zaubern.

Als Sophie mich begrüßt, liegt ein freudiges Strahlen in ihrem Blick. Ich kann es noch immer kaum glauben, dass sie sich so sehr über meinen Besuch freut. Durch meine turbulente Vergangenheit bin ich das nicht gewohnt und froh, mich für einen Umzug nach Dunkelfelsen entschieden zu haben.

Während Sophie mich auf das Sofa in ihrem Zimmer zuschiebt, dränge ich alle dunklen Gedanken beiseite. Ich versuche, nicht daran zu denken, dass bald einige Leute sterben könnten und Kilian deren Seelen ins Jenseits bringen muss. Stattdessen konzentriere ich mich auf das Gespräch mit meiner Großmutter.

»Na, wie läuft es so an der Akademie? Ist alles in Ordnung?«, fragt sie, als sie mit zwei dampfenden Tassen Tee zurückkehrt. Eine davon stellt sie vor mir ab, und ich rieche die Lieblingskräutermischung, die sie nur dann herausholt, wenn es ihr wirklich gut geht.

Ich zucke mit den Schultern und weiß gar nicht, wo ich anfangen soll.

»Ich hab noch immer keinen Text gefunden, den ich vorlesen kann. Ich weiß einfach nicht, welchen ich nehmen soll. Vielleicht lasse ich das Ganze doch sein«, sage ich leise. Plötzlich erscheint mir alles, was ich in den letzten Monaten geschrieben habe, nichtig und langweilig. Nicht geeignet für ein so wichtiges Ereignis. Alle Professoren haben während der letzten Woche immer wieder betont, dass sie befreundete Lektoren aus verschiedenen Verlagen zu den Lesungen eingeladen haben. Dass es eine große Chance für uns ist, daran teilnehmen zu dürfen. Jedes Mal wenn ich daran denke, wird mir richtig schlecht.

»Meine Liebe, ich verbiete dir, diese Gelegenheit ungenutzt verstreichen zu lassen. Am Ende wirst du es bereuen. Außerdem glaube ich, dass deine Muse einiges an Inspiration für einen guten Text beisteuern wird.« Mit einem schiefen Grinsen pikst Sophie mich in die Seite, woraufhin ich sofort rot anlaufe.

Wie recht sie doch hat! Kilian inspiriert mich tatsächlich, aber trotzdem … Ich habe noch immer Zweifel, ob ich wirklich dafür geeignet bin, an einer dieser Lesungen teilzunehmen.

»Gib mir mal deinen Laptop. Dann schaue ich mir diese Texte an, von denen du gesprochen hast. Ich bin mir sicher, dass wir zusammen einen finden werden, der perfekt für die Lesung ist«, sagt Sophie und macht eine auffordernde Handbewegung. Ich kann nicht anders und muss schmunzeln. Manchmal, wenn Sophie so mit mir redet, kann ich mir sehr gut vorstellen, dass sie einst selbst an der Akademie unterrichtet hat. Ich frage mich, warum sie damit aufgehört hat, obwohl sie doch so fit ist. Warum ist sie hier?

Wir haben noch immer nicht darüber gesprochen, und ich weiß nicht, wie ich dieses Thema angehen soll. Wieder steht mir meine eigene Furcht im Weg. Die Furcht, dass dabei etwas rauskommen könnte, das mir ganz und gar nicht gefällt. Dass es schlimme Gründe gibt, warum Sophie hier ist. Gründe, die bewirken könnten, dass sie bald ganz aus meinem Leben verschwindet, dass Kilian oder eines seiner Familienmitglieder Sophie ins Jenseits bringt und ich sie nie wiedersehen werde. Zumindest nicht in diesem Leben.

85

»Also, ich bin ja dafür, dass wir Pizza bestellen«, sagt Alicia, als wir darüber sprechen, was wir heute Abend essen sollen. Ein Klopfen an der Tür reißt uns aus unserer hitzigen Diskussion, weil jeder von uns auf etwas anderes Lust hat.

»Erwartet ihr noch Besuch?«, fragt Mara, als es erneut klopft und sie zur Tür geht, um zu öffnen. Ich bin erstaunt, als ich Kilian davor stehen sehe. Sofort wird mir flau im Magen, und das hat diesmal zwei Gründe. Allein sein Anblick reicht, mir wackelige Beine und Herzrasen zu bescheren, aber heute mischt sich noch etwas anderes in diese freudige Aufregung. Angst. Sie streckt ihre eisigkalten Hände aus, greift nach meinem Herz und hält es in einem unerbittlichen Griff gefangen. Ob das, was er vorhin gespürt hat, schon eingetreten ist? Ist das Unglück geschehen? Wie viele Seelen haben er und seine Familie ins Jenseits bringen müssen?

Am liebsten will ich die Fragen hinausschreien, weil ich meine Unwissenheit keine Sekunde länger aushalte. Ich tue es nicht, weil Mara und Alicia hier sind. Ich bin wie erstarrt.

»Ich glaube, das ist für dich«, sagt Alicia.

Wie ferngesteuert stehe ich auf und folge Mara zur

Tür, begrüße Kilian mit einem schüchternen Kuss, weil es mir noch immer etwas unangenehm ist, ihm in Anwesenheit der Mädels nahe zu sein. Auch jetzt bleiben mir ihr Quietschen und das Gekicher nicht erspart, das ich ein wenig peinlich finde.

»Wie süß!«, ruft Alicia, was mich rot anlaufen lässt.

Kilian lacht verlegen und tritt in unser Wohnzimmer, sein Blick ruht dabei auf mir.

»Alles okay? Ich dachte, du hättest heute noch … diese Sache«, sage ich, schließlich kann ich Kilian vor meinen Mitbewohnerinnen nicht direkt darauf ansprechen.

Kilian schüttelt den Kopf und greift nach meiner Hand. Das ist mittlerweile zu einer Gewohnheit zwischen uns geworden, die sich einfach so vertraut anfühlt, dass es schmerzt, wenn er nicht da ist. Die Angst verliert an Macht über mich, aber sie ist noch da, kalt steckt sie mir in den Knochen und will einfach nicht weichen.

»Wir warten noch, aber es wird wahrscheinlich nicht so schlimm werden, wie wir angenommen haben«, erklärt er schließlich und klingt dabei alles andere als entspannt.

»Okay, ziemlich kryptisch, ihr zwei«, höre ich Mara murmeln, die sich gleich darauf in ihr Zimmer zurückzieht. Alicia folgt ihrem Beispiel kurze Zeit später, so dass Kilian und ich alleine im Wohnzimmer zurückbleiben. Noch immer ruht Kilians Blick auf mir, und doch sagen wir kein Wort.

»Ich wollte dich zum Essen einladen. Na ja, das ist nicht ganz richtig. Elvira wollte, dass du kommst«, sagt er nach langem Schweigen.

Der Name seiner Mutter lässt mich zusammenzucken.

»Wirklich?«, frage ich ungläubig. Mein letzter Besuch im Hause Winter ist nicht wirklich gut verlaufen. Eine solche Einladung hätte ich nicht in hundert Jahren erwartet, aber anscheinend haben Kilians *Eltern* ihre Abneigung gegen mich abgelegt. Oder können meine Anwesenheit zumindest ertragen.

Kilian nickt und zieht mich an sich. »Keine Sorge. Sie werden sich schon benehmen«, beruhigt er mich und drückt mir einen Kuss aufs Haar.

Sofort werden meine Knie wieder weich, und ich bin heilfroh, dass er mich festhält.

»Also, was sagst du?«

Da wir noch immer nicht entschieden haben, was wir heute Abend essen wollen, beschließe ich, Kilians *Familie* noch eine Chance zu geben.

Clara und Felix haben sich zwar einigermaßen daran gewöhnt, dass Kilian und ich jetzt zusammen sind, aber sie benehmen sich in meiner Gegenwart noch immer recht seltsam. Manchmal gehen sie einfach so, sagen kein Wort, wenn der Anblick meiner Seele zu viel für sie wird. Selbst jetzt noch, obwohl sie doch zu heilen beginnt.

»Also gut, aber wenn es wieder so wird wie beim letzten Mal, bringst du mich nach Hause«, sage ich bestimmt und sehe, wie sich sein Gesicht vor Freude aufhellt. Das allein ist es schon wert, in dieses Haus zurückzukehren, wo man die Energie Hunderter Seelenführer im Gemäuer spüren kann.

»Es ist ja nur ein einfaches Abendessen und vielleicht noch ein Nachtisch, mehr nicht«, sagt er voller Zuversicht.

Seit meinem letzten Besuch dort habe ich das Haus der Winters nicht mehr betreten, und ich weiß nicht, ob sie tatsächlich mit meinem Anblick zurechtkommen. Der Zustand meiner Seele hat sich laut Kilian zwar stark verbessert, was ich noch immer seiner Nähe zuschreibe, aber trotzdem ist sie weit davon entfernt, eine heile Seele zu sein. Das wird wahrscheinlich Jahre dauern, vielleicht ein ganzes Leben, aber solange ich diese Leben mit Kilian verbringen kann, werde ich mich nicht beklagen.

Ich ziehe mir etwas anderes an, lasse mir Zeit beim Aussuchen meiner Klamotten, weil ich einen guten Eindruck hinterlassen will. Kilian ist seine *Familie* sehr wichtig, und ich weiß, dass es ihn fast zerreißt, zwischen ihnen und mir wählen zu müssen. Und doch hat er sich für mich entschieden. Das Mindeste, was ich im Gegenzug für ihn tun kann, ist, das Beste aus diesem Abend mit seiner *Familie* zu machen. Wer weiß, vielleicht bringt uns das am Ende alle näher.

Als ich einigermaßen mit meinem Spiegelbild zufrieden bin, folge ich Kilian hinaus zu seinem Wagen. Er hält mir die Tür auf und schaltet die Sitzheizung ein, sobald ich Platz genommen habe. Er weiß, dass ich schnell friere, und ich bin ihm sehr dankbar dafür. Während der Fahrt zu seinem Haus schweige ich, versuche, mich darauf vorzubereiten, was mich dort erwartet. Immer wieder schleichen sich Erinnerungen an meinen letzten Besuch in meinen Kopf. Kilian scheint das zu bemerken und greift irgendwann nach meiner Hand, ohne seinen Blick von der Straße zu lösen.

»Ich verspreche dir, dass es diesmal gut laufen wird. Sie werden nichts sagen. Mach dir keine Sorgen, Lenora«, schwört er und drückt wieder meine Hand, während er aus der Stadt hinausfährt und beschleunigt. »Ich will einfach, dass die Leute, die mir im Leben am wichtigsten sind, mehr Zeit miteinander verbringen.«

Nun bin ich es, die seine Hand drückt. Diesen Wunsch kann ich ihm einfach nicht abschlagen, und ich zwinge mich dazu, mich zusammenzureißen. Vielleicht hat Kilian ja recht, und es wird tatsächlich nicht so schlimm, wie ich es mir die ganze Zeit ausgemalt habe. Vielleicht wird es ja ein schöner Abend. Aber vielleicht endet er auch in einer Katastrophe …

86

Kilian sollte recht behalten. Dieses Mal ist es tatsächlich ganz anders als bei meinem letzten Besuch. Die Winters sind wie ausgewechselt und richtig freundlich. Elvira und Gabriel entschuldigen sich bei mir, wie zuvor Clara und Felix. Statt über den Zustand meiner Seele reden sie über ganz alltägliche Dinge, wie die Arbeit im Krankenhaus und die Akademie. Das Winterfest ist dabei Gesprächsthema Nummer eins, weil Kilian seinen Eltern offenbar von unserer Lesung erzählt hat. Und während wir über diese Dinge sprechen, die rein gar nichts mit Seelen oder dem Tod zu tun haben, beschließe ich, dass ich nicht nachtragend sein werde und die Winters eine zweite Chance verdient haben.

Sie fragen mich alle möglichen Dinge über mein Studium, die Gründe dafür, warum ich mich für Kreatives Schreiben entschieden habe, und ich gebe mir wirklich Mühe, ihre Fragen zu beantworten, auch wenn es mich innerlich noch immer zerreißt, darüber zu sprechen. Aber Kilians Hand in meiner zeigt mir, dass er bei mir ist und alles dafür tut, damit ich mich bei seiner Familie wohlfühle. Und das zeigt Wirkung. Das Essen ist unglaublich gut, fast so, als hätten sie alle meine Lieblingsspeisen aufgetischt, und wann immer ich spreche, habe ich ihre volle Aufmerksamkeit.

Die Zeit vergeht wie im Flug, weil wir uns alle so gut unterhalten, scherzen und miteinander lachen.

»Bleibst du noch, ein bisschen?«, fragt Clara, als wir das Geschirr abräumen.

Ich werfe einen Blick auf Kilian, weiß, wie viel ihm das bedeuten würde, und nicke. »Sehr gerne.« Und das ist die Wahrheit. Dieser Abend ist einer der besten, die ich mit Kilian zusammen verbracht habe, und ich bin froh, dass mich seine *Familie* jetzt endlich akzeptiert. Es kommt mir fast so vor, als wäre ich ein Teil von ihnen, ein Teil ihrer Welt, auch wenn es sicher noch so einiges gibt, was ich nicht über ihre Art und ihre Aufgabe im Reich der Lebenden weiß. *Alles zu seiner Zeit,* wie Kilian immer sagt.

Nachdem wir gemeinsam das Geschirr zurück in die Küche gebracht haben, wenden sich Gabriel, Kilian und Felix der Bar zu, die sich in einem der Wohnzimmer befindet. Davon gibt es in dem riesigen Anwesen ganze drei. In diesem hier befindet sich ein großer Flügel, an den sich Clara nun setzt und einige Stücke zum Besten gibt, die sie eigens für das Winterfest komponiert hat. Sie wird einen ganzen Konzertabend alleine bestreiten, auf den sie sich schon seit Wochen vorbereitet. Und sie ist gut, sehr gut sogar. Ich bin schon beinahe neidisch, weil ich mir nicht vorstellen kann, dass meine Lesung etwas Derartiges toppen könnte. Rasend schnell fliegen ihre Finger über die Tasten, schlagen Töne an, die etwas tief in meinem Inneren berühren. Clara bringt mit ihrer Musik meine

Seele zum Schwingen. Ich fühle mich frei, schwerelos und kann einfach nicht glauben, dass sich mein Leben so gewendet hat und plötzlich so wunderbar geworden ist.

Und dann geschieht es: Mitten im Stück schlägt Clara einige falsche Töne an. Sie gerät ins Stocken, ehe sie die Hände abrupt zurückzieht. Auch die anderen Familienmitglieder sehen schockiert aus. Keinen Augenblick später sind alle verschwunden. Alle bis auf Kilian.

»Was … was ist los? Was ist passiert?«, frage ich verwirrt und habe Angst, dass es irgendetwas mit mir zu tun haben könnte. Mit meiner Seele.

»Ein Massenunfall auf der Autobahn. Mein Gott, es ist schrecklich, Lenora. So viele Menschen«, sagt Kilian mit ausdruckslosem Blick, als würde er nicht mich, sondern den Unfallort vor sich sehen.

Ich schlucke. Also ist es so weit. Die Katastrophe ist eingetroffen, und es braucht alle Winters, die Seelen der vielen Unfallopfer ins Jenseits zu bringen.

»Dann musst du gehen, du musst sie unterstützen, Kilian«, sage ich, auch wenn es das Letzte ist, was ich im Moment will. Ich wünsche mir nichts sehnlicher, als dass er bei mir bleibt, dass er mir sagt, dass alles wieder gut wird, weil ich einfach nicht akzeptieren kann, dass plötzlich so viele Leben ausgelöscht werden. »Es ist deine Pflicht!«

Kilian schüttelt langsam den Kopf, scheint protestieren zu wollen, doch schon im nächsten Moment steht Clara neben ihm und packt ihn fest an der Schulter.

»Wir müssen gehen, Kilian! Es sind zu viele Seelen, sie würden sonst nur leiden«, sagt sie, die Stimme so eindringlich, dass es mir eiskalt den Rücken runterläuft.

So viele Seelen, hat sie gesagt. Ich presse die Lippen aufeinander und kralle meine Hände in den Sessel vor mir, um nicht das Gleichgewicht zu verlieren.

Kilian wirft mir einen gequälten Blick zu. Ich weiß, dass er gehen muss, aber gleichzeitig bei mir sein will. Es bricht mir das Herz, ihn so leiden zu sehen, und es wird nicht besser, als ich das ausspreche, was er offenbar noch einmal hören muss: »Geh. Sie brauchen dich jetzt mehr.«

Mit schnellen Schritten kommt er zu mir, drückt mir einen letzten Kuss auf die Stirn und ist im nächsten Moment verschwunden, genauso wie Clara, wie der Rest der Winters.

Ich bin allein in ihrem Haus, ganz allein, und mit einem Mal merke ich, wie groß der Unterschied zwischen uns doch ist. Wie unterschiedlich wir doch sind.

Ich bin mir nicht mehr sicher, ob das alles tatsächlich so funktionieren wird, wie Kilian sich das vorstellt. Ob er tatsächlich einen Weg finden wird, bei mir zu bleiben. Denn es wird immer Seelen geben, die uns so urplötzlich auseinanderreißen.

87

Weil ich weiß oder mir zumindest vorstellen kann, dass Kilian und seine Familie diese Nacht schwer beschäftigt sein werden, ziehe ich mein Handy aus meiner Handtasche und wähle Alicias Nummer. Sicher hätte Kilian nichts dagegen gehabt, wenn ich hiergeblieben wäre, aber ich komme mir so allein in diesem riesigen Anwesen ziemlich komisch vor.

»Ist was passiert? Hat er dir weh getan?«, fragt Alicia, als sie abhebt, und klingt dabei so wütend, wie ich mich im Moment fühle.

»Nein, es gab bloß einen … familiären Notfall. Sie mussten alle weg, und ich weiß nicht, wie ich sonst zurück zum Wohnheim kommen soll«, erkläre ich. Ich hasse es, Alicia anlügen zu müssen, aber was soll ich tun? Ich muss das Geheimnis der Winters bewahren. Ich habe nicht das Recht, irgendjemandem davon zu erzählen, und ganz bestimmt würde mir keiner glauben, solange sie es nicht mit eigenen Augen gesehen haben. So wie ich.

»Okay. Schick mir die Adresse, dann bin ich gleich bei dir«, sagt sie und legt auf.

Ich tue, was sie gesagt hat, suche in den vielen Räumen meinen Mantel und warte auf den Treppenstufen vor dem Haus auf sie. Es dauert eine ganze Weile, bis sie endlich ankommt, aber es macht mir nichts aus, in der Kälte zu stehen. Sie hilft mir, meine Gedanken zu klären und meine Furcht zumindest etwas in Zaum zu halten. Ich weiß nicht, warum ich Angst um Kilian habe, schließlich kann ihm nichts passieren. Trotzdem kann ich den Gedanken nicht ertragen, dass bald ganze Sphären zwischen uns liegen werden. Vielleicht ist er schon fort, befindet sich längst im Jenseits.

»Wahnsinn! Die Hütte ist ja gigantisch«, ruft Alicia, als ich die Beifahrertür öffne und einsteige. »Das ist ja größer als *unser* Haus daheim.«

Ich folge ihrem Blick zum erleuchteten Anwesen der Winters und zucke mit den Schultern. Es ist mir egal, ob es groß ist oder nicht. Das Einzige, was an diesem Haus zählt, ist Kilian, und er ist fort. Ich will einfach nur noch nach Hause, mich in meinem Zimmer verkriechen und darauf warten, dass er wieder zu mir zurückkommt. Ohne ihn fühle ich mich leer, so leer, dass es kaum auszuhalten ist.

»Also, was ist passiert? Es gab doch nicht wirklich einen familiären Notfall, oder?«, fragt Alicia, als sie auf die Hauptstraße zurückfährt.

Ich schüttle den Kopf und murmele irgendetwas Unverständliches, weil ich in diesem Moment einfach nicht darüber sprechen möchte. Stattdessen drehe ich das Radio auf, versuche, mich auf die Musik zu konzentrieren, um mich etwas abzulenken. Aber selbst das bringt mich nicht auf andere Gedanken, denn schon kurz darauf bricht das Lied ab und wird von einer Verkehrsmeldung unterbrochen.

»Achtung an alle Autofahrer in der Nähe von Dunkelfelsen. Auf der A3 hat es wegen Blitzeis einen schweren Massenunfall gegeben. Die Behörden bitten alle Autofahrer, die Unfallstelle möglichst großräumig zu umfahren, um weitere Zusammenstöße zu vermeiden«, sagt der Nachrichtensprecher. Mein Herz beginnt zu rasen, während vor meinem inneren Auge Bilder der Unfallstelle auftauchen. Am liebsten wäre ich Kilian dorthin gefolgt, nur um ihn zu unterstützen. Durch unsere Gespräche weiß ich, dass es ihm noch immer nicht leichtfällt, mit dem Tod umzugehen. Selbst mit dem Wissen, dass dies oftmals nur der Beginn eines großen Abenteuers für die jeweilige Seele ist, kann ein Teil seiner selbst das Ende nicht akzeptieren. Mir geht es da nicht anders. Ich schließe die Augen, versuche, nicht daran zu denken, wie viele Opfer die Unfallkräfte aus den zerquetschten Autos bergen müssen.

»Ach du Scheiße«, sagt Alicia und stellt das Radio lauter. Die Warnung wird mehrere Male wiederholt, so dass ich immer wieder und wieder mit dem Tod dieser Menschen konfrontiert werde. Noch lässt sich die Anzahl der Unfallopfer nicht abschätzen, aber es wird schnell klar, dass es viele sind. Bestimmt mehr als zwanzig.

Als wir das Wohnheim erreichen, steige ich, ohne auf Alicia zu warten, aus und renne zur Tür, den

Flur entlang zu unserer Wohneinheit und hinein in mein Zimmer. Die Tür werfe ich hinter mir zu und lasse mich aufs Bett fallen. Ohne Kilian fühle ich mich plötzlich so allein wie noch nie. Schlimmer noch als früher, schutzlos und meinen Erinnerungen ausgeliefert. Langsam kehrt die Dunkelheit der Vergangenheit zu mir zurück, spielt all die schlimmen Momente meines Lebens in meinem Kopf ab. Ich versuche, dagegen anzukämpfen, doch habe ich längst keine Kraft mehr und gebe mich den Erinnerungen schließlich hin. Erschöpft sinke ich auf meinem Bett zusammen.

Was würde ich jetzt dafür geben, Kilian bei mir zu haben, aber er ist nicht da, sondern bei den Unfallopfern. Es wäre einfach nur egoistisch von mir, mir etwas anderes zu wünschen.

88

Am nächsten Tag warte ich vergeblich vor dem Vorlesungssaal auf Kilian. Als Professor Johannsen kommt und mich hereinbittet, bleibt mir nichts anderes übrig, als ihm zu folgen und die nächsten zwei Stunden über mich ergehen zu lassen. Kaum dass er mir den Rücken zuwendet, ziehe ich mein Handy hervor und schreibe Kilian.

Kann heute noch nicht zum Seminar kommen. Sorry. Muss mich von der Nacht erholen, kommt eine Minute später seine Antwort zurück. Mit einer solchen sachlichen Antwort habe ich nicht gerechnet, aber in Anbetracht der Umstände kann ich es Kilian nicht verübeln, dass er erst einmal seine Ruhe braucht.

Schon heute Morgen habe ich im Radio gehört, dass dieser Unfall dreißig Menschen das Leben gekostet hat. Und deren Seelen haben die Winters letzte Nacht ins Jenseits bringen müssen. Vielleicht kommen noch ein paar dazu, denn manche der Überlebenden schweben in Lebensgefahr.

Ich kann nur ahnen, wie schwer es für Kilian gewesen sein muss, so viel Tod zu sehen. Mit so viel Leid konfrontiert zu sein und diese Seelen ins Jenseits bringen zu müssen … Ich an seiner Stelle hätte mich für eine ganze Woche nirgends mehr blickenlassen. Wenn ich doch nur wüsste, was ich tun kann, damit er sich besser fühlt!

In der ganzen Stadt spürt man heute die bedrückte Stimmung, und auch an der Akademie bleibt es heute sehr still. Im Foyer des Eichendorff-Hauses stehen Kerzen, Blumensträuße und Bilder, denn unter den Opfern sind auch ein paar Studenten. Aus den Nachrichten weiß ich, dass der Unfall so schlimm gewesen ist, dass es nicht nur auf einer Spur, sondern auch auf der Gegenfahrbahn zu Zusammenstößen gekommen ist. Heute Nachmittag soll es deswegen eine Gedenkfeier geben. Professor Johannsen beendet die Vorlesung heute früher, damit wir uns darauf vorbereiten können. Zusammen mit Mara und Alicia mache ich mich in dunklen Klamotten auf den Weg in die große Versammlungshalle im Hauptgebäude der Akademie auf der Burg von Dunkelfelsen.

Die Halle ist bereits zum Bersten voll, als wir auf der Burg ankommen, weil fast alle Studenten, Dozenten und sonstigen Mitarbeiter der Akademie zusammengekommen sind, um der Unfallopfer zu gedenken, die zu unserer Gemeinschaft gehört haben.

»Wahnsinn, so viele Leute«, höre ich Mara neben mir murmeln, während Alicia die Menge nach irgendwem abzusuchen scheint. Ihr Blick bleibt schließlich an jemanden hängen, der mir sehr bekannt vorkommt. Manuel. Er steht mitten unter den Studenten und sticht durch das Leuchten um ihn herum aus der Masse hervor. Er wirkt seltsamerweise überhaupt nicht erschöpft. Ob er wegen dieses Unfalls nach Dunkelfelsen gekommen ist? Er sieht nicht gerade so aus, als hätte er vor wenigen Stunden noch dabei geholfen, dreißig Seelen ins Jenseits zu begleiten. Nein, im Gegenteil, er lächelt mich freundlich an, als wäre er froh, mich zu sehen.

»Der sieht aber zum Anbeißen aus«, flüstert Alicia neben mir.

»Wer?«, frage ich erschrocken und schaue wieder zu Manuel. Alicia nickt in seine Richtung, was mir ein ziemlich flaues Gefühl in der Magengrube verursacht.

Manuel ist mir noch immer nicht geheuer, und ich habe keine Ahnung, was er wirklich im Schilde führt, wieso er hier in Dunkelfelsen ist. Und dann fängt Alicia auch noch an, mit ihm zu flirten! Sie nutzt diesen Augenaufschlag, den sie sonst nur einsetzt, wenn René in der Nähe ist. Und das will was heißen.

»Und was ist mit René?«, frage ich, um ihre Aufmerksamkeit von Manuel abzulenken.

Alicia zuckt bloß mit den Schultern und schüttelt den Kopf. »Das war bloß eine dumme Schwärmerei«, erklärt sie und verschränkt die Arme vor der Brust.

Ich sehe ihr an, dass sie über jenen Abend nicht mehr sprechen möchte. Erst später habe ich herausgefunden, dass René ihr offenbar eine Abfuhr erteilt hat, was bei Alicia zu einer Kurzschlussreaktion geführt haben muss.

Sie lässt meinen Arm los und schlendert lässig durch die Menge, bis sie Manuel schließlich erreicht hat. Mir wird schlecht, als sein Grinsen breiter wird und sein Blick über ihren Körper wandert. Ein letztes Mal schaut er mich an, ehe er sich vollends Alicia widmet. Ich wünschte, Kilian stünde jetzt neben mir, damit ich ihn losschicken könnte, um sie vor der nächsten Dummheit zu bewahren, aber er ist nicht hier, und ich vermisse ihn mit jeder Sekunde, die wir voneinander getrennt sind.

89

Erst am Donnerstag scheint es Kilian wieder so gut zu gehen, dass er an die Akademie zurückkehrt. Ich halte es trotzdem für das Beste, Abstand zu ihm zu halten. Sein plötzliches Verschwinden nach dem Unfall hat doch nur bewiesen, dass wir einfach nicht zusammengehören, dass wir aus zwei verschiedenen Welten kommen und nicht zusammenpassen. Die Distanz, die seine Abwesenheit zwischen uns verursacht hat, hat mir geholfen, das klarer zu sehen.

Ich gehe ihm aus dem Weg, so gut ich kann, auch wenn er immer wieder versucht, sich mir zu nähern. Können wir überhaupt zusammen sein? Etwas Derartiges kann schließlich jeden Augenblick wieder passieren. Habe ich überhaupt die Kraft, das noch ein weiteres Mal durchzustehen?

Noch immer lastet das Wissen um die vielen Seelen, die Kilian ins Jenseits gebracht hat, schwer auf mir. Ich kann mit der Tatsache, dass so viele Menschen den Tod gefunden haben, einfach nicht umgehen. Natürlich existieren ihre Seelen noch irgendwo, sind wahrscheinlich schon wiedergeboren worden, aber ihre alten Leben sind trotzdem vorbei. Die Freunde und Angehörigen der verstorbenen Studenten bei der Gedenkfeier zu sehen, hat nur noch mehr gezeigt, wie schrecklich ein solcher Verlust ist. All die Trauer und das Leid in den Blicken dieser Menschen taten mir in der Seele weh, und noch immer sehe ich ihre Gesichter, die an die Wände der Halle projiziert wurden, in meinen Träumen vor mir. Wie gerne würde ich einfach zu ihnen gehen und ihnen erzählen, dass der Tod nicht das Ende ist. Aber was würde das bringen? Die Seelen der Verstorbenen sind längst weg, am Ende mache ich es damit nur noch schlimmer …

Also halte ich Abstand, nicht nur zu den Trauernden, sondern auch zu Kilian und meinen beiden Mitbewohnerinnen. Der Unfall hat mich nachdenklich gestimmt, so dass ich in der letzten Nacht keinen Schlaf gefunden habe. Eigentlich hatte ich angenommen, dass ich durch das Wissen, das ich dank Kilian über den Tod und das Leben danach gesammelt habe, besser damit zurechtkomme. Nun stellt sich allerdings heraus, dass das Gegenteil der Fall ist. Jetzt, da ich weiß, dass die Seele meiner Mutter wahrscheinlich in einer anderen Welt ist, vermisse ich sie umso mehr. Sie existiert noch irgendwo dort draußen, und ich würde alles dafür geben, sie noch einmal zu sehen. Aber das geht nicht, ich wüsste gar nicht, wo ich mit meiner Suche anfangen soll. Und das raubt mir mehr Kraft, als ich im Moment zur Verfügung habe. Also kapsele ich mich ab und versuche, irgendwie allein damit fertigzuwerden.

Jedes Mal wenn Kilian sich mir nähert, brauche ich

bloß *bitte* zu sagen, und er tut, was ich von ihm verlange. Er geht, weil er auch ohne große Worte versteht, dass ich Zeit brauche, um über dieses schreckliche Ereignis hinwegzukommen. Ich merke jedes Mal, wie enttäuscht er ist, dass ich ihn wieder fortschicke, aber ich kann einfach nicht anders. Es tut zu sehr weh, ihm dabei zuzusehen, wie er sich wegen dieser Aufgabe quält, die sein ganzes Leben bestimmt.

Am nächsten Dienstag halte ich es nicht länger in meinem Zimmer aus und gehe am Nachmittag zu Sophie, um mit ihr gemeinsam Tee zu trinken. Sie weiß sofort, dass etwas vor sich geht, etwas ganz und gar nicht stimmt, aber ich versuche, ihren Fragen auszuweichen.

»Liebes, du weißt doch, dass du mir alles erzählen kannst«, sagt sie irgendwann so verzweifelt, dass es mir in der Seele weh tut. Aber ich kann ihr nichts erzählen. Sonst würde ich ihr ja das Geheimnis verraten, das alle Winters miteinander verbindet.

»Bitte, Lenora. Versuch es zumindest«, schiebt sie schnell hinterher und greift nach meiner Hand. Ihre Finger sind kalt, fast so kalt wie die Winterluft, die mir von draußen ins Altenheim gefolgt zu sein scheint.

Das Flehen in ihrer Stimme und die tiefe Besorgnis in ihrem Blick machen es mir unmöglich, es noch länger zurückzuhalten. Ich versuche, ihr die Situation zu erklären. Das, was mich und Kilian trennt, kann ich natürlich nicht richtig in Worte fassen, aber sie scheint es trotzdem zu verstehen.

»Du solltest ihm noch eine Chance geben. Er ist wirklich verrückt nach dir, Lenora. So jemanden findet man nicht oft in seinem Leben, vielleicht ein einziges Mal, manche nie. Wirf dieses Glück nicht weg«, sagt sie und drückt meine Hand so fest, dass ich Angst habe, sie könnte mir die Finger brechen. Da ist etwas in ihrem Blick, das mich irritiert. Fast so, als würden ihre Worte mehr bedeuten als das, was sie tatsächlich gesagt hat. Bevor ich nachfragen kann, spricht sie schon weiter. »Weißt du, er besucht mich seit ein paar Tagen. Seitdem ihr nicht mehr miteinander sprecht, um genau zu sein. Er ist wirklich ein guter Junge, Lenora.«

Überrascht weiche ich zurück und versuche herauszufinden, ob Sophie mich gerade anschwindelt. Wieso verbringt Kilian Zeit mit ihr? Was erhofft er sich davon? Dass Sophie mich bittet, mit ihm zu sprechen, um diese Sache aus dem Weg zu schaffen?

»Ich weiß, dass es zwischen euch nicht immer leicht ist. Das hat er mir schon klargemacht, aber trotzdem kann ich einfach nicht verstehen, dass du ihn so wegstößt«, fährt sie nach einer Weile fort.

Ich weiß nicht, was ich sagen soll, und bin mir mittlerweile sicher, dass mehr hinter Sophies Worten steckt. Die Dringlichkeit in ihrer Stimme bereitet mir Sorgen. Was geht hier vor?

»Versprich mir, dass du es noch einmal mit ihm

versuchst. Ihr zwei passt einfach so perfekt zusammen. Ich will nicht, dass es so endet«, sagt Sophie und schaut mir fest in die Augen. Fast glaube ich, Tränen in ihrem Blick zu sehen, doch schon im nächsten Moment schaut sie wieder aus dem Fenster.

»Es ist so schwer«, flüstere ich schließlich, was ihr ein kleines Lächeln entlockt.

Ihr Blick wendet sich wieder mir zu, ist nun offen und freundlich. »Wenn es einfach wäre, wäre es doch langweilig, findest du nicht?«

Ich seufze. Wahrscheinlich hat sie recht. Und trotzdem habe ich Angst, dass Kilian und ich einfach zu verschieden sind. Dass es nicht funktioniert.

»Gib ihm noch eine Chance, Lenora. Er hat es verdient«, bestärkt mich Sophie und drückt mich fest an sich.

Eine Weile lang sagt keiner von uns ein Wort, schweigend starren wir hinaus auf den Friedhof, der unter einer dicken Schneedecke vor uns liegt. Hin und wieder nippen wir an unserem Tee oder essen ein Stück Kuchen, doch ich schmecke nichts. Seit ich mich von Kilian fernhalte, ist nichts mehr wie früher. Alles ist so grau, so leer, so sinnlos. Vielleicht hat Sophie ja doch recht. Vielleicht sollte ich es noch einmal versuchen.

»Ich glaube an euch beide, und es tut mir wirklich leid, dass ich bei deiner Lesung nicht dabei sein kann«, sagt Sophie irgendwann und greift wieder nach meiner Hand.

Ich schüttle den Kopf und drücke sie fest.

»Das braucht dir nicht leidzutun. Ich kann doch verstehen, dass du dich ausruhen musst wegen des Arzttermins. Außerdem beginnt die Lesung erst nach neun Uhr. Das ist schon wirklich spät«, sage ich.

»Wer ist denn hier der alte Knacker von uns?«, sagt Sophie lachend und stößt mich spielerisch in die Seite.

Nun kann auch ich mir ein Lachen nicht mehr verkneifen und spüre, wie sich mein Entschluss, mich mit Kilian auszusprechen, verfestigt. Vielleicht war es ein Fehler, ihn von mir fortzustoßen, vielleicht auch nicht. Aber ich brauche mehr Momente wie diesen hier. Mehr Momente, in denen ich lachen und unbeschwert sein kann. Sonst überkommen mich wieder die Erinnerungen an meine Vergangenheit, sonst verfalle ich wieder in alte Verhaltensmuster, ziehe mich zurück und versuche zu verschwinden, auch wenn es mir nie ganz gelungen ist. Und das obwohl ich mir geschworen habe, dass genau das nicht mehr passieren darf. Nie wieder.

90

Auf dem Weg nach draußen schreibe ich Kilian eine Nachricht, dass ich endlich bereit bin, mit ihm zu reden. Sofort erhalte ich eine Antwort, dass er mich abholt. Ich brauche nicht einmal zu sagen, dass ich im Altenheim bin. Keine fünf Minuten später steht er mit seinem dunklen Wagen vor dem Eingang. Er hält mir die Tür auf, sagt kein Wort, während ich einsteige. Als er den Motor startet, habe ich das Gefühl, dass er mich zurück zu seinem Haus bringt oder ins Wohnheim, aber nichts dergleichen geschieht. Als wir das Altenheim ein Stück hinter uns gelassen haben, hält er mitten auf der Straße an. Es fängt gerade wieder an zu schneien, so wie an dem Abend, an dem so viele Menschen gestorben sind.

»Es tut mir leid, dass ich mich so zurückgezogen habe«, beginne ich.

Kilian sagt zwar nichts, greift aber nach meiner Hand, was mich hoffen lässt. Noch ist also nicht alles zwischen uns vorbei.

»Wir kommen aus zwei verschiedenen Welten. Wir können nie wirklich zusammen sein. Es gibt so viel, was uns trennt, und viel zu wenig, was uns verbindet«, sage ich und sehe, wie der Ausdruck in seinen Augen immer trauriger wird.

Kilian nickt und ist schon im Begriff, mich loszulassen, doch bin ich noch nicht so weit. Eine Chance werde ich uns noch geben. Sophie zuliebe, meiner Seele zuliebe.

»Ich weiß, es ist für dich nicht leicht, mit mir zusammen zu sein. Keine Ahnung, wohin das alles führt, aber ich bin noch nicht bereit, das alles aufzugeben«, schiebe ich hinterher und sehe, wie sich Kilians Gesicht aufhellt. Langsam führt er meine Hand an seine Lippen und küsst sie. Jedes Mal wenn mich seine Lippen berühren, fühlt es sich so an, als würde in meinem Herzen ein Feuerwerk explodieren. Ich kann kaum noch an mich halten und bin froh, dass wir sitzen, sonst würde ich vermutlich das Gleichgewicht verlieren.

»Am Anfang habe ich mich so gegen dich gewehrt, weil ich dachte, dass du meine Seelenverwandte bist, und ich Angst hatte. Ich hatte Angst vor der Dunkelheit deiner Seele. Mittlerweile bin ich mir vollkommen sicher, dass wir zusammengehören. Jede Sekunde ohne dich ist schrecklich.« Kilians Worte rauben mir den Verstand. Seine Stimme ist so rau, dass ich eine Gänsehaut bekomme. Ich ertrage seinen Blick kaum noch. Er ist so intensiv, dass mein Herz wieder zu rasen beginnt.

»Ich habe so lange darauf gewartet, deiner Seele zu begegnen. Ich werde alles tun, um dich für immer bei mir zu behalten«, sagt er und zieht mich noch enger an sich. Kilian sieht mir tief in die Augen, und ich spüre, wie seine Hände zittern. Für einen Moment wirkt er verlegen, unsicher, doch dann zieht er mich an sich. Ich spüre, wie sein Atem über meine Wange streicht.

»Ich liebe dich, Lenora. Das ist alles, was zählt.«

Ich erstarre, doch schon im nächsten Moment, als seine Lippen meine berühren, fallen jegliche Zweifel, all die Ängste von mir ab. Ich erwidere seinen Kuss, als hinge mein Leben davon ab. Mit einem Mal frage ich mich, wie ich es bloß so lange ohne Kilian ausgehalten habe, aber jetzt sind wir wieder vereint.

91

Am nächsten Morgen bin ich schon früh wach, kann noch immer nicht glauben, was gestern Abend passiert ist. Immer wieder höre ich Kilians Worte in meinem Kopf.

Ich liebe dich, Lenora. Das ist alles, was zählt.

Kilian schläft so friedlich neben mir im Bett, dass ich mich leise herausschleiche, um einen Text zu verfassen, der mir seit geraumer Zeit durch den Kopf geht. Ohne Pause fliegen meine Finger über die Tastatur meines Laptops, während die Inspiration ihre Magie wirkt und die Worte nur so aus mir herausfließen.

Zwei Stunden später, als auch die anderen Bewohner des Wohnheims zum Leben erwachen, bin ich fertig und gehe mein neuestes Werk mit einem Lächeln auf den Lippen durch. Dieser Text ist einfach perfekt, mal abgesehen von ein paar Tippfehlern. Er ist düster, aber auch voller Hoffnung und Magie. Ein literarisches Kunstwerk, auf das ich wirklich stolz bin. Statt des Texts, den ich zusammen mit Sophie ausgewählt und verbessert habe, will ich diesen hier auf der Lesung vortragen, die heute Abend stattfinden soll. Ich bin zwar immer noch traurig, dass Sophie nicht mitkommen kann, weil sie am nächsten Tag einen wichtigen Arzttermin hat, freue mich aber trotzdem darauf, diesen neuen Text mit der Welt zu teilen. Plötzlich habe ich gar keine Angst mehr davor, im Gegenteil, ich kann es kaum mehr erwarten. Am liebsten würde ich meinen Text in die Welt hinausschreien, dass man ihn noch in weiter Ferne hört. Und das nur wegen Kilian …

Alles geht plötzlich so viel leichter, nachdem ich mich gestern mit ihm ausgesprochen habe. Ich bin froh, dass ich Sophies Rat gefolgt bin. Nach seinem Geständnis gestern Abend haben wir uns lange darüber ausgetauscht, was zwischen uns steht und wie wir diese Hindernisse überwinden können. Noch ist nicht alles geklärt, aber ich bin zuversichtlich, dass wir es schaffen – zusammen.

Während Alicia und Mara zu ihren letzten Vorlesungen vor den Winterferien aufbrechen, verbringe ich den Vormittag in unserem Wohnzimmer an meinem Computer und verbessere meinen Text. Irgendwann kommt Kilian noch ganz verschlafen aus meinem Zimmer und setzt sich zu mir. Gerade als ich die letzten Worte tippe, küsst er mir die Wange, rückt noch etwas näher, um mir über die Schulter zu blicken.

»So denkst du also über mich?«, fragt er, nachdem er den letzten Absatz meines Textes gelesen hat.

Ich nicke und klappe den Laptop zu, bin endlich fertig und habe nun den ganzen Nachmittag Zeit nur für ihn. Heute fallen für uns beide sämtliche Vorlesungen aus, weil die meisten Dozenten mit Vorbereitungen für das Winterfest beschäftigt sind. Wir haben also den ganzen Tag für uns. Diese Zeit will ich unbedingt nutzen, nachdem ich die letzten Tage ohne Kilian verbracht habe. Es tut so gut, ihm wieder nah zu sein, dass ich beschließe, nie wieder etwas so Dummes zu tun und ihn fortzustoßen. Nie wieder, ganz gleich, was kommen mag.

92

Mit lautem Gepolter kündigt sich Alicias und Maras Rückkehr in die Wohnung an. Kilian und ich lösen uns aus unserer Umarmung, in der wir schon seit

Stunden liegen, und ich stehe nur widerwillig auf, um die beiden zu begrüßen.

»Tut mir leid, Casanova, aber du musst jetzt erst mal verschwinden. Jetzt ist Mädelszeit angesagt«, sagt Alicia und stupst Kilian in die Brust.

Was haben sie denn jetzt schon wieder vor?

Ich werfe ihm einen flehenden Blick zu, hoffe, dass er bei mir bleibt, damit ich nicht den ganzen Nachmittag Alicias Modetipps über mich ergehen lassen muss, aber Kilian drückt mir einen letzten Kuss auf die Stirn und verabschiedet sich von uns.

»Ich hole dich dann später für die Lesung ab«, sagt er, ehe er das Wohnzimmer verlässt.

Ich will ihn zurückhalten, doch Alicia stellt sich mir in den Weg und stemmt die Hände in die Hüften.

»Nichts da, meine Liebe. Wir müssen uns doch für heute Abend vorbereiten«, sagt sie streng, packt mich am Arm und zerrt mich zusammen mit Mara in ihr Zimmer, um die passenden Klamotten für unsere Events auszusuchen. Alicia wird natürlich ein Kostüm anhaben, schließlich führen sie ein Weihnachtstheaterstück auf. Mara steckt sie in ein nachtblaues Kleid, das perfekt zu ihren Haaren passt, und mir drückt sie ihr kleines Schwarzes auf, das angeblich meine Kurven perfekt betont, auch wenn da nicht viel zu betonen ist.

Ich vermisse Kilian zwar schon jetzt, aber ich habe nicht mehr das Gefühl, dass noch irgendetwas zwischen uns steht. Es ist wieder alles in Ordnung, mehr als in Ordnung. Fast ist es so, als hätten wir alle Hindernisse, die sich zwischen uns aufgetürmt hatten, innerhalb von wenigen Stunden überwunden. Und das nur, weil wir miteinander darüber gesprochen haben. Wieder bin ich froh, dass mich Sophie mehr oder weniger gezwungen hat, ihm noch eine Chance zu geben. Was würde ich nur ohne meine Großmutter tun?

Wir sind zwar alle vollkommen aufgeregt, Alicia allen voran, die sich sogar heute Morgen schon übergeben hat, was sonst nicht wirklich ihre Art ist, aber trotzdem haben wir Spaß bei den Vorbereitungen. Anscheinend kommen Alicias Eltern extra für ihre Vorstellung nach Dunkelfelsen. Es ist ihre Chance, den beiden zu zeigen, dass sie endlich aus dem Schatten ihres Bruders getreten ist und sich bald schon einen Namen als Schauspielerin machen wird.

Ich weiß nicht, was mit uns los ist, ob es an der Aufregung liegt oder an der Vorfreude auf die Weihnachtsferien, aber wir singen und tanzen durch unsere Wohnung, bis es plötzlich wieder klopft. Ich stürme zur Tür, weil ich glaube, dass es Kilian ist, kann es kaum erwarten, wieder seine Hand zu halten, ihm nah zu sein. Als ich die Tür aufreiße, empfängt er mich mit seinem strahlendsten Lächeln und lässt mein Herz sofort wieder höherschlagen. Hinter ihm sehe ich Toni, der sich angeboten hat, Mara und Alicia zu ihren Auftritten zu bringen, die alle im selben Gebäude stattfinden werden. Mit einem Mal wird mir wieder vollkommen schlecht, weil jetzt der Ernst des Lebens beginnt. In weniger als einer Stunde werde ich auf einer Bühne sitzen und meinen Text vorlesen. Den Text, den ich heute Morgen erst geschrieben habe, ohne ihn noch einmal gründlich zu überarbeiten. Ist das wirklich eine gute Idee?

Kilian braucht bloß seine Hand auszustrecken und seine Finger mit meinen zu verschränken, um mir die nötige Kraft zu geben, die ganze Aufregung zu vergessen und mich wieder zu Atem kommen zu lassen. Allein seine Nähe beruhigt mich so sehr, dass die Panik in mir nur noch ein leichtes Kribbeln in der Magengegend ist. Ich verabschiede mich von meinen beiden Mitbewohnerinnen, wünsche ihnen Hals und Beinbruch und mache mich dann mit Kilian auf den Weg ins Eichendorff-Haus, wo bereits ein Vorlesungssaal voller Leute wartet, um unseren Texten zu lauschen.

Mir ist immer noch flau im Magen, aber Kilian redet leise auf mich ein, was mich ein bisschen runterkommen lässt. Trotzdem mache ich mir Sorgen, irgendetwas Dummes zu sagen oder auf der Bühne kein Wort mehr herauszubekommen. Wäre ja nicht das erste Mal, dass so etwas passiert.

93

Während der Fahrt zum Eichendorff-Haus ist Kilian wirklich gesprächig und versucht die ganze Zeit herauszufinden, welchen Text ich vorlesen möchte. Doch das soll eine Überraschung für ihn sein, eine Art verfrühtes Weihnachtsgeschenk.

Seine gute Laune steckt mich an, vertreibt jegliches Lampenfieber, und endlich habe ich das Gefühl, dass alles gut werden wird. Es ist nur schade, dass Sophie nicht dabei sein kann. Mich würde wirklich interessieren, was sie von meinem Text hält, aber wenn wir sie morgen Nachmittag besuchen, werde ich ihre Kritik schon zu hören bekommen.

»Können wir morgen bei Sophie vorbeigehen, damit ich ihr meinen Text vorlesen kann? Sonst verpasst sie das alles«, sage ich und werde im nächsten Moment abrupt in den Sitz gedrückt. Kilian hat mitten auf der Straße eine Vollbremsung hingelegt. Mit einem Mal ist er wieder vollkommen abwesend, was mir eine Heidenangst eingejagt.

Bitte nicht jetzt, denke ich. *Nicht hier. Nicht so kurz vor unserer Lesung.*

Ich greife nach seiner Hand, versuche, ihn dazu zu bringen, mich anzusehen, doch er blockt ab.

»Kilian? Was ist los? Rede mit mir«, flehe ich ihn

an. Haben wir uns gestern nicht geschworen, uns immer alles zu sagen? Er hat mir versprochen, mich vorzuwarnen, sollte eine Seele in unserer Nähe kurz vor dem Übergang stehen.

Kilian wirft mir einen Blick zu, ehe er das Auto wendet und in die Gegenrichtung fährt, hinaus aus der Stadt, zum Friedhof. Bei dem Tempo, das er hinlegt, wird mir wieder schlecht, während die Angst sich erneut wie flüssiges Eis in mir ausbreitet. Ich ahne nichts Gutes. Langsam kommen meine alten Zweifel zurück, weil er einfach nichts sagt, mir nicht erklärt, was gerade los ist.

»Wenn Sophie den Text noch nicht kennt, bringt es am Ende noch Unglück. Wir müssen ihn ihr zeigen«, sagt er. Warum das denn? Ich hatte nicht gewusst, dass Kilian so abergläubisch ist. Ob Sophie den Text nun gelesen hat oder nicht, spielt doch keine Rolle, oder? Jetzt zu ihr zu fahren, so kurz vor der Veranstaltung, würde bedeuten, dass wir unseren Auftritt verpassen.

Als ich ihn darauf anspreche, schüttelt er bloß den Kopf.

»Das ist jetzt nicht wichtig, Lenora. Wichtig ist deine Familie«, sagt er und scheint sich alle Mühe zu geben, ruhig zu klingen. Aber die Art und Weise, wie er die Kiefer aufeinanderpresst und das Lenkrad umklammert hält, zeigt mir überdeutlich, dass etwas nicht stimmt. Irgendetwas muss geschehen sein, dass er plötzlich einen Rückzieher macht und mit mir in die entgegengesetzte Richtung fährt. Aber was?

Jedes Mal wenn ich ihn danach frage, schüttelt er bloß den Kopf und versucht, sich mit irgendeiner Ausrede herauszureden. Und seine Kehrtwende erklärt er damit, dass Sophie meinen Text noch nicht gelesen hat.

Je mehr ich nachbohre, umso stiller wird Kilian. Irgendwann sagt er gar nichts mehr, sondern starrt stur hinaus auf die Straße, die wieder unter einer dünnen Schneedecke liegt. Mein Herz schlägt in einem unregelmäßigen Rhythmus, weil ich keine Ahnung habe, was ich davon halten soll. Sein Verhalten macht mir Angst. Irgendwie habe ich das Gefühl, dass heute Abend noch etwas Schlimmes passieren wird, so wie bei meinem letzten Abendessen mit den Winters. Der Schreck, als alle urplötzlich verschwunden waren, steckt mir noch immer in den Knochen und kämpft sich langsam aus dem Abgrund hoch, in den ich ihn gestoßen habe. Wird heute etwas Ähnliches passieren? Will Kilian mich deswegen zu Sophie bringen, weil er Angst hat, dass ich durchdrehe, wenn ich ganz allein darauf warte, dass er aus dem Jenseits zu mir zurückkehrt?

94

»Frau Hagen, man hat Sie also doch erreicht?«, begrüßt uns die Empfangsdame im Altenheim, als sie uns hereinkommen sieht. Ihre Stimme ist belegt, die Augen glasig.

Verwundert halte ich inne, verstehe nicht ganz, was sie meint.

»Nein, was ist hier los?«, frage ich, während plötzlich ein schrecklicher Gedanke von meinem Bewusstsein Besitz ergreift. Nein, nicht Sophie!

Frau Obermann, die Empfangsdame, kommt um die Theke herum auf mich zu, nimmt meine freie Hand, die andere hält Kilian.

»Es tut mir sehr leid, aber Ihrer Großmutter geht es sehr schlecht. Sie sollten sich beeilen«, sagt sie und drückt meine Hand. In Frau Obermanns Blick liegt Mitleid, tiefstes Mitleid und Bedauern. Gestern ist es Sophie doch noch so gut gegangen. Sie hat sich so für mich gefreut, dass ich bei der Lesung dabei bin, dass Kilian und ich uns wieder vertragen haben. Ich wende mich wieder ihm zu und merke, dass er alles andere als überrascht von dieser Nachricht ist. Kilian muss es gespürt haben, deswegen sind wir hergekommen. Deswegen hat er alles stehen und liegen gelassen, hat die Lesung ausfallen lassen und mich hierhergebracht. Und das kann auch nur eines bedeuten: Das hier könnte die letzte Nacht meiner Großmutter sein.

Ich reiße mich von den beiden los, lasse sie einfach hinter mir stehen und renne die Treppe hinauf in den zweiten Stock. Dabei verfluche ich Alicia dafür, dass sie mich in dieses verdammte Kleid und diese bescheuerten Schuhe gesteckt hat, mit denen ich nur halb so schnell vorankomme. Beinahe stoße ich mit einem der Pfleger zusammen, kann gerade noch ausweichen, wobei ich allerdings einen Absatz abbreche. Mir egal!

Ich laufe weiter, stolpere wieder und schaffe es schließlich zu Sophies Zimmer. Vor ihrer Tür halte ich inne und bereite mich auf das vor, was mich dahinter erwartet. Gerade als ich meine Hand nach der Tür ausstrecke, wird diese geöffnet. Ein Mann in weißem Kittel kommt heraus und erschrickt bei meinem Anblick.

»Sind Sie die Enkelin?«, fragt er mich und hat sich gleich wieder gefasst. Seine Stimme ist ausdruckslos, genauso wie sein Gesicht, so dass ich nicht erkennen kann, wie es um meine Großmutter bestellt ist.

Ich nicke, unfähig, etwas zu sagen. Mein Herz rast so schnell, dass ich ihn kaum verstehen kann, als er anfängt, auf mich einzureden, und mich vom Zimmer wegschleift, wo doch alles in mir nur zu Sophie will.

»Ich weiß nicht, ob Ihre Großmutter es Ihnen erzählt hat, aber sie hat schon seit sehr langer Zeit einen Tumor im Kopf. Wir können ihn nicht operieren und haben gehofft, dass er sich nicht vergrößert, aber seit einigen Tagen klagt sie über Kopfschmerzen. Es ist schlimmer geworden. Nach einigen Tests mussten wir feststellen, dass wir leider nichts mehr für sie tun können«, erklärt er mir, als wir in seinem Sprechzimmer sitzen. Er muss es mehrmals wiederholen, bis die Worte endlich zu mir durchdringen. Hinter mir höre ich Schritte, Kilian tritt neben mich und fängt mich auf, als meine Welt in sich zusammenzubrechen droht.

»Nein«, stoße ich hervor. *Nein, das kann einfach nicht sein. Nicht jetzt, nicht heute!*

»Es tut mir so leid, Frau Hagen. Ich wünschte, es gäbe etwas, um Ihre Großmutter zu heilen. Ich habe ihr etwas gegen die Schmerzen gegeben, aber mehr kann ich einfach nicht tun«, fügt er hinzu und drückt wie vorhin die Empfangsdame meine Hand.

Ich reiße mich von ihm los, stoße Kilian von mir weg und stürme in Sophies Zimmer. Meine Großmutter liegt kreidebleich auf ihrem Bett und wirkt, als wäre sie über Nacht um mehrere Jahrzehnte gealtert.

Als ich neben sie ans Bett trete und nach ihrer Hand greife, rührt sie sich nicht. Das Heben und Senken ihrer Brust ist das einzige Lebenszeichen, mein einziger Hoffnungsschimmer nach dieser schrecklichen Nachricht. Sophie hat die Augen zwar geöffnet, erkennt mich allerdings nicht. Ich glaube, sie bemerkt gar nicht, dass ich hier bin. Nicht einmal als ich mich neben sie aufs Bett setze. Ihr Blick wandert rastlos durch das Zimmer, als wäre sie auf der Suche nach etwas und könnte doch nichts sehen. Ich versuche mehrmals, sie zum Sprechen zu bringen, frage sie, wie es ihr geht, doch sie antwortet mir nicht. Tränen füllen meine Augen, laufen in Strömen meine Wange hinab, bis sie schließlich auf Sophies Bett landen. In diesem Moment scheint meine Seele erneut zu zerspringen. All die Risse, all die Wunden, die dank Kilian und seiner Liebe zu mir geheilt sind, platzen wieder auf, bis mein ganzer Körper in Flammen steht.

Es dauert nicht lange, da spüre ich Kilian hinter mir, wie er mir einen Arm um die Schulter legt und einen Kuss aufs Haar haucht, während ich Sophies Hand halte und nicht weiß, was ich tun soll.

»Die Ärzte haben gesagt, dass es nicht mehr lange dauern wird. Sie wird einschlafen, ohne Schmerzen. Das haben sie mir versprochen«, flüstert er mir zu, während die Tränen unaufhaltsam über meine Wangen strömen. Ich kann es einfach nicht begreifen. Warum ausgerechnet heute? Warum ausgerechnet Sophie?

»Aber vor ein paar Tagen ging es ihr doch noch so gut!«, protestiere ich und erinnere mich an die letzten Gespräche, die ich mit ihr geführt habe. Ich erinnere mich noch genau an den Tag, an dem sie mich gezwungen hat, endlich wieder mit Kilian zu reden. Ich erinnere mich an den Ausdruck in ihren Augen, an ihre Worte und daran, dass es sich so angehört hat, als würde mehr darin mitschwingen, als es zunächst den Anschein gehabt hat. Ob sie da schon gewusst hat, dass sie nicht mehr lange zu leben hat?

»Warum hat sie es mir nicht gesagt?«, schluchze ich und kann mich kaum noch aufrecht halten. Kilians Arme allein stützen mich, halten mich fest, so dass ich nicht neben meiner Großmutter zusammenbreche unter all meiner Traurigkeit und den Schmerzen meiner zerbrochenen Seele. »Warum hat sie denn nichts gesagt, verdammt nochmal?«

95

»Lenora?«, krächzt Sophie plötzlich. Ihr Blick klärt sich, findet mich und hält mich gefangen. Sofort beuge ich mich über sie, greife nach ihren Händen und spüre, wie sich ihre dünnen Finger um meine schließen.

»Uns bleibt nicht mehr viel Zeit, Liebes«, sagt sie so leise, dass ich sie kaum hören kann.

Tränen tropfen auf das weiße Bettlaken, das sie umhüllt, doch Sophie scheint es nicht zu bemerken.

Ich will etwas sagen, will ihr sagen, wie leid es mir tut, dass ich viel zu selten bei ihr gewesen bin, aber Sophie bedeutet mir zu schweigen.

»Ich möchte, dass du weißt, wie glücklich ich bin, dass du mich gefunden hast«, sagt sie, und ich sehe, wie sehr sie das Sprechen anstrengt. Ihre Finger krallen sich regelrecht in meine Hand. Noch hat sie Kraft dazu, aber wie lange noch?

»Bald werde ich meine Tochter wieder in den Armen halten, und gemeinsam werden wir dich von dort oben aus beschützen«, sagt Sophie, und ein seliges Lächeln schleicht sich auf ihre aufgeplatzten Lippen. Ich versuche, stark zu bleiben, kämpfe gegen die Tränen an, aber Sophie so vor mir zu sehen, dem Tode so nah, reißt alte Wunden in mir auf. Erinnerungen an den Tod meiner Mutter, die ich das letzte Jahr über weggesperrt habe, wirbeln durch meinen Kopf und lassen mich nun endgültig zusammenbrechen. Schluchzend schließe ich die Arme um Sophie, als könnte ich sie mit meiner schieren Willenskraft am Leben erhalten.

Wie kann sich der Gesundheitszustand meiner Großmutter so schnell verschlechtert haben? Wie ist das bloß möglich?

Ihre Worte machen es nicht besser. Es gibt keinen Himmel, von wo aus sie auf mich herabblicken und auf mich achtgeben kann. So funktioniert das nicht, aber das will ich Sophie nicht sagen. Nicht in ihren letzten Momenten, nicht wenn es ihren Seelenfrieden stören könnte.

»Und du Kilian, pass auf meine kleine Enkelin auf. In diesem Leben und all den anderen, die darauf folgen werden.« Sophie tastet mit der Hand auf dem Bett nach Kilian. Es klingt fast so, als wüsste Sophie mehr, als sie wissen sollte. Als wüsste sie, dass Kilian weit mehr ist als bloß ein Mensch. Ich frage mich, ob man das erkennen kann, so kurz vor dem Tod, den Schimmer, der Kilian immer umgibt, doch will ich nicht darüber nachdenken. Noch hoffe ich, dass sich alles wieder zum Besseren wendet, dass mir das Schicksal bloß einen Schrecken einjagen will, weil alles so gut läuft in letzter Zeit.

»Es tut mir leid, dass ich dir nicht davon erzählt habe. Es war nur zu deinem Besten, damit wir die verbleibende Zeit besser nutzen konnten, ohne die Angst, dass es jeden Augenblick vorbei sein könnte«, flüstert Sophie und schaut nun wieder mir in die Augen.

Wut wallt in mir auf. Sie hätte es mir sagen sollen, dann wäre alles nicht so plötzlich gekommen, dann hätte ich noch mehr Zeit mit ihr verbracht, jede freie Minute. Aber ich beherrsche mich, halte die Wut zurück und nicke langsam. Das sind meine letzten Minuten mit Sophie, ich will mich jetzt nicht mit ihr streiten.

Kilian schlingt die Arme um mich, scheint zu merken, dass ich jeden Augenblick zusammenbrechen könnte. Ich spüre bereits, wie Sophies Griff um meine Hände schwächer wird. Sie starrt durch mich hindurch, scheint mich nicht mehr wahrzunehmen, und als schließlich der Arzt hereinkommt, um Sophie noch einmal etwas gegen die Schmerzen zu geben, entspannt sie sich vollkommen. Ein Lächeln erhellt ihr eingefallenes Gesicht, und ihr Atem, der vorher noch gepresst und gequält geklungen hat, beruhigt sich allmählich.

»Es wird jetzt nicht mehr lange dauern«, sagt der Arzt und legt mir beruhigend eine Hand auf die Schulter. Ich versuche, sie wegzuschlagen, habe aber keine Kraft mehr in mir, um mich zu bewegen. Kilian hält mich fest, während Sophies Griff um meine Hand immer schwächer wird. Ich kann einfach nicht verstehen, kann nicht glauben, dass das unsere letzten Augenblicke miteinander sind. Dass es bald schon vorbei sein wird. Ich verstehe nicht, wieso das Schicksal mir erst so viel gibt, nicht nur Kilian, sondern auch

Sophie, einen Teil meiner Familie, den ich fast schon verloren geglaubt hatte, nur um mir dann alles wieder zu entreißen. Was hat das für einen Sinn?

96

Irgendwann zieht sich Kilian einen der Stühle an Sophies Bett. Langsam setze ich mich auf, klammere mich an Sophies Hand, als könnte ich sie so am Leben halten, während Kilian beruhigend auf mich einredet. Ich weiß nicht, wie viel Zeit vergangen ist, doch ihre Atmung wird immer langsamer. Irgendwann schließen sich ihre Augen, so dass ich schon fürchte, dass es vorbei ist, doch noch ist sie bei uns, noch spüre ich das Leben in ihren Fingerspitzen.

Als sie schließlich nicht mehr atmet, fühle ich regelrecht, wie das letzte bisschen Kraft aus meiner Großmutter weicht. Das Schlimmste an der ganzen Sache ist, dass Kilian derjenige sein wird, der sie wegbringt. Er ist hier, als Erster. Und somit hat er die Pflicht, ihre Seele ins Jenseits zu bringen. Diesen Gedanken kann ich nicht ertragen, ich will nicht beide Menschen verlieren, die mir am wichtigsten sind. Ich brauche Kilian jetzt an meiner Seite, jetzt, wo ich Sophie verloren habe, doch als er sich von mir löst, aufsteht und sich über Sophie beugt, bricht mir das Herz. Ich flehe ihn an, uns noch etwas Zeit zu geben, Sophie noch etwas bei mir behalten zu dürfen, aber was bringt das schon? Ihr Körper hat den Kampf gegen den Tod längst aufgegeben. Meine Großmutter ist tot.

Ein paar Minuten lässt Kilian mir noch mit ihr, aber ich weiß weder, was ich tun, noch was ich sagen soll. Ich fühle mich so unglaublich leer und nutzlos, wie ich ihre Hand halte, und weiß, dass sie eigentlich schon längst fort ist. Irgendwann beugt sich Kilian über sie, wird plötzlich durchscheinend und drückt seine Lippen auf ihre. Ich sehe, wie ihre Seele in die Luft schwebt, sehe die dunklen Stellen und Risse darin, die bei weitem nicht so zahlreich sind wie bei mir. Ein paar dunkle Schemen fallen von ihr ab, lösen sich in Luft auf, als Kilian sie vollständig in sich aufnimmt, bis das pfirsichfarbene Leuchten ihrer Seele verschwindet.

»Es tut mir so leid, Lenora. Ich wünschte, es wäre anders«, sagt er, und dann ist er verschwunden und mit ihm Sophie.

Eine halbe Ewigkeit sitze ich allein in ihrem Zimmer, weiß nicht, ob ich eine Schwester oder den Arzt rufen soll, schließlich macht es sowieso keinen Unterschied mehr. Sophies Seele ist längst fort, sie wird nicht mehr zu mir zurückkommen.

Ich erschrecke, als sich plötzlich eine Hand auf meine Schulter legt. Als ich mich umdrehe, sehe ich Gabriel und Elvira hinter mir stehen. Sie mustern mich mit besorgtem Blick und ziehen mich schließlich auf die Füße. Ich kann kaum stehen, drohe umzukippen, doch Gabriel hält mich fest, während Elvira mich in eine Umarmung zieht.

»Wir haben es gespürt. Es tut mir so furchtbar leid, Lenora«, flüstert mir Elvira zu, während Gabriel mir sanft über den Rücken streicht. »Was immer du brauchst, wir sind für dich da, schließlich gehörst du jetzt zur Familie.«

Die Schwestern kommen ins Zimmer gelaufen, und ich meine, die Stimme des Arztes zu hören. Sie wissen nicht, dass sie zu spät sind. Keiner kann mehr etwas für meine Großmutter tun. Elvira und Gabriel ziehen mich weg, hinaus auf den Flur, hinaus in die Kälte, in das Schneetreiben und schließlich in die Wärme eines Autos. Ich bekomme nur am Rande mit, wie sie mich wegbringen, wie die Schwestern bei Sophie nach dem Puls fühlen und doch kein bisschen Leben mehr finden können. Es ist fort. Verschwunden mit Sophies Seele, die Kilian gerade ins Jenseits bringt. Ich fühle mich seltsam leer, leerer noch als an dem Abend, als Kilian verschwunden ist, um die Seelen der Unfallopfer ins Jenseits zu geleiten. So leer, als gäbe es nichts mehr, was mich an diesem Leben hält. Sophie ist fort, für immer – und so plötzlich, dass ich es noch immer nicht glauben kann. Kilian nicht hier bei mir zu haben, macht alles nur noch schlimmer. Gerade ihn hätte ich jetzt gebraucht, ihn und seine Worte, auch wenn sie genauso leer sind, wie ich mich fühle, auch wenn sie mich nicht wirklich beruhigen könnten. Seine Nähe hätte genügt.

Ich habe keine Ahnung, wo die Winters mich hinbringen und was jetzt mit Sophies Körper passiert. Ich weiß nur, dass ich mich nach den beiden Menschen sehne, die so unendlich weit weg von mir sind. Eine ganze Sphäre entfernt. Ich weiß nicht, ob ich Sophies Seele jemals wiederbegegnen werde, ob sie mich in ihrem neuen Leben erkennen würde. Ich weiß nur, dass ich im Moment ganz allein bin. Und das macht mir Angst. Große Angst.

97

Einige Stunden später sind meine Tränen versiegt, aber da sind immer noch diese Leere und der Schmerz, die sich in meine Seele brennen. Ich weiß nicht, wo ich bin. In irgendeinem Arbeitszimmer vielleicht. Dunkle Möbel, Holz überall um mich herum. Vor mir sitzt Gabriel am Schreibtisch, neben mir Elvira. Hinter uns stehen Clara und Felix, die von irgendwoher aufgetaucht sind. Keine Ahnung, ob wir bei den Winters zu Hause sind oder irgendwo anders. Ich habe keinerlei Erinnerung daran, wie ich hierhergekommen bin.

Das Einzige, was sich wieder und wieder in meinem Kopf wiederholt, sind die letzten Sekunden, kurz bevor das Leben aus Sophie gewichen ist.

»Wir kümmern uns um alles, versprochen.« Gabriel streckt seine Hand über den Tisch und drückt meine, versucht, mich dazu zu bringen, ihn anzuschauen. Ich starre trotzdem weiter auf meine linke Hand, die auf meinem Schoß liegt. »Hatte sie Wünsche, was ihre Beerdigung angeht?«

Ich reiße mich vom Anblick meiner perfekt lackierten Finger los, um endlich seinen Blick zu erwidern.

»Ist das nicht egal?« Meine Stimme klingt genauso leer, wie ich mich fühle. Schwach und ausgelaugt, als stünde auch ich an der Schwelle des Todes.

»Das ist ein wichtiges Ritual, Liebes«, sagt Elvira neben mir, doch brauche ich nicht einmal etwas zu sagen, um sie zum Schweigen zu bringen. Sie scheint zu spüren, dass ihre Worte nicht helfen. Nichts hilft.

»Das ist nur ihre fleischliche Hülle, vollkommen nutzlos ohne ihre Seele.«

Aus den Augenwinkeln sehe ich, wie Elvira zusammenzuckt und vor mir zurückweicht. Ohne sie anzusehen, weiß ich, dass sie mich alle anstarren. Nein, nicht mich, nicht mein Gesicht, sondern meine Seele.

»Sie ist fort«, sage ich, und in meiner Stimme schwingt etwas Endgültiges mit. Ich erhebe mich von meinem Stuhl, kann nicht mehr sitzen, kann nicht mehr stehen. Ich halte es hier nicht mehr aus. Ich schaue mich um und begreife endlich, wo wir sind.

Im Verwaltungsgebäude des Friedhofs, in der Nähe des Leichenschauhauses. Bestimmt haben sie Sophie hierhergebracht, nachdem sie ihren Tod festgestellt haben. Ich vermeide es, die Tür anzusehen, die ganz sicher dorthin führt, wo man sie für die Beerdigung vorbereiten wird.

Wo ihr Körper liegt. Sophie selbst ist schon seit Stunden fort und mit ihr all die Freude, all das Licht in meinem Leben. Jetzt ist nur noch Dunkelheit in mir. Dunkelheit und ein einziger Gedanke: *Ich kann das hier nicht.*

Ich muss von hier weg, und zwar so schnell wie möglich!

Der grandiose Auftakt der Everlasting-Trilogie

Lila ist gar kein Mitglied bei der Dating-Agentur ›Everlasting Love‹ – und trotzdem hat man dort angeblich ihren Seelenpartner, ihr Perfect Match gefunden: Cupid, den jungen Liebesgott höchstpersönlich. Erst hält sie das für einen schlechten Witz, bis sie ihm begegnet ...

Der Wattpad-Erfolg aus den USA!

Alle Bände:
Everlasting Love - Gefährliches Schicksal
Everlasting Love - Valentines Rache
Everlasting Love - Ruf der Unterwelt

Lauren Palphreyman
Everlasting love - Gefährliches Schicksal
Aus dem Amerikanischen von Anna Julia Strüh
432 Seiten, Klappenbroschur

Weitere Informationen zum Kinder- und Jugendbuchprogramm der S. Fischer Verlage finden sich auf *www.fischerverlage.de*

AZ 7335-0543/1

Ein zutiefst bewegendes Porträt einer jungen Frau, die sich zurück ins Leben kämpft.

»Ich erinnere mich an die Sterne in jener Nacht. Wie Salzkristalle funkelten sie am Himmel, als hätte jemand den Streuer auf einem sehr dunklen Stoff ausgekippt. Schließlich dachte ich, sie wären das Letzte, was ich sehen würde, bevor ich sterbe.« Charlotte ist gerade einmal siebzehn Jahre alt und hat trotzdem mehr verloren und erlitten, als viele Menschen ihr ganzes Leben lang. In ihrer Verzweiflung fügt sie sich so schwere Schnittverletzungen zu, dass sie fast stirbt. Doch sie wird gerettet. Wird Charlotte stärker sein, als ihre Vergangenheit?

Kathleen Glasgow
Mädchen in Scherben
448 Seiten, Klappenbroschur

Weitere Informationen zum Kinder- und Jugendbuchprogramm der S. Fischer Verlage finden sich auf *www.fischerverlage.de*

AZ 7335-0415/1